REBEKAH STOKE
DAS HAUS MEINER SCHWESTER

Copyright © 2024 Rebekah Stoke
Herausgeber: Rebekah Stoke
c/o Autorenbetreuung | Caroline Minn
(Impressumservice)
Kapellenstraße 3
54451 Irsch
rebekahstoke@web.de
Lektorat: Lilian R. Franke, Youndercover Autorenservice
Korrektorat: Dominique Daniel, Korrektorat Rechtschreibretter
Covergestaltung: Buchcoverdesign.de | Chris Gilcher –
https://buchcoverdesign.de
Bildmaterial AdobeStock_124573637 AdobeStock_361114058
Besuchen Sie die Autorin:
Facebook https://www.facebook.com/rebekahstokeautorin/
Instagram @rebekah_stoke_autorin

ISBN: 978-3-7583-8795-1
Verlag: BoD · Books on Demand GmbH, In de Tarpen 42,
22848 Norderstedt, bod@bod.de
Druck: Libri Plureos GmbH, Friedensallee 273, 22763 Hamburg

Weitere Psychothriller von Rebekah Stoke

DIE BRÜDER
IM TIEFEN DUNKLEN WALD
DIE MUTTER
DIE SÜNDERIN
STILLES HEIM
JÄGERSKIND
DAS VERSTECK
DAS MÄDCHEN (Die Kinder Teil II)
DER JUNGE (Die Kinder Teil I)
DER SCHLECHTE
DAS STÜCK
DIE GEQUÄLTE
DAS INSTRUMENT
DAS INSEKT

REBEKAH STOKE

DAS HAUS MEINER SCHWESTER

Psychothriller

Prolog

Margo

Margot Parker betrat an einem herrlichen Aprilvormittag das Haus im Garden District in New Orleans, und ihr erster Gedanke war: *Ich habe es geschafft.*

Staunend drehte sie sich im großen Eingangsbereich mit der offenen Galerie einmal im Kreis, betrachtete dabei den funkelnden Kronleuchter und die langen Sprossenfenster, die dafür sorgten, dass das Entrée lichtdurchflutet wurde. Nach links und rechts führten offene weiß gestrichene Flügeltüren ab, Bänke unter jedem Fenster und in den gemütlichen Nischen verliehen dem Erdgeschoss der Stadtvilla seinen romantischen Charme.

„Ein 40 Quadratmeter großes Schlafzimmer mit Ankleideraum und Bad en suite. Vier weitere Schlafräume mit Bad, ein großzügiger Salon, in dem Sie Ihre Gäste begrüßen können und eine Küche auf dem neuesten Stand der Technik", hörte sie den Makler sagen. „Es gibt mehrere Räume, die als Büro und sonstiges genutzt werden können, ein großes Esszimmer und ein Wohnraum mit einem Flügel. Spielen Sie, Ms. Parker?"

Margo stand mittlerweile im Wohnzimmer und strich über das hochwertige Tastinstrument der Marke *Steinway & Sons*. Der Flügel war das Einzige in diesem Zimmer in der Farbe Schwarz. Die sonstigen Möbel, Teppiche und Vorhänge waren in hellen Tönen gehalten, wobei Weiß die dominierende Farbe war.

„Nein, Sir, ich spiele nicht."

„Dafür hat sie gar keine Zeit", wandte Edmund Vanderbilt ein. Margos Verlobter schob sich nach dem Makler in den Raum und betrachtete ihn kritisch. Margo musste grinsen. Ed gefiel das Haus, die Villa im wohl schönsten und teuersten Viertel New Orleans, doch zeigen wollte er das nicht sofort. Er hielt die Hände hinter dem Rücken verschränkt, und warf einen prüfenden Blick auf jedes

Möbelstück. „Meine Verlobte ist damit beschäftigt, sich Wünsche auszudenken, die ich ihr erfüllen kann."

„Oh, Ed!" Margo wurde rot im Gesicht. Schnell sah sie rüber zum Makler, der etwas in seiner Mappe nachlas. Auf seiner Nase thronte eine Brille mit dicken Gläsern, der Mann war klein und rundlich, und sicherlich winkte mit dem Verkauf dieses Hauses die Provision seines Lebens.

Margo ließ ihren Blick durch eines der Fenster gleiten. Die Hecken waren hoch, man konnte nur das Dach des Nachbarn erkennen.

„In dieser Straße wohnen viele Familien", berichtete der Makler.

„Gefällt es dir?", fragte Ed und kam dabei näher, legte seine Hände auf ihre Taille und sein Kinn auf ihre Schulter.

Was für eine Frage! „Ich liebe es!"

Sie gingen weiter in die Küche. Margo kochte gern, während Ed jemand war, der für sich kochen ließ. „Wow!", entfuhr es ihr, als sie die noch mit Folie beklebten Luxus-Küchengeräte beäugte und das beachtliche Holz, aus denen die Sitzmöbel an den Fenstern gefertigt waren.

„Wie gesagt, Mr. Vanderbilt, die Villa ist an Luxus nicht zu übertreffen. Lassen Sie sich verraten, es ist das wertvollste Objekt in unserem ganzen Portfolio."

Und ich werde darin wohnen, dachte Margo. *Ed braucht es nur zu kaufen.*

„Das kann ich mir denken", sagte Ed und verengte die Augen, als er durch das Fenster in den Hof spähte.

In Margos Fantasie sah sie sich dort auf einer hübschen Bank sitzen, eine Limonade in der Hand, und den Spatzen in der Vogeltränke zusehen.

„Was ist das dort drüben?"

Margo folgte seinem Blick. Im Hof, der nicht sehr groß war, befand sich noch ein Haus. Die Bauweise war aber völlig anders.

„Das ist ein Gästehaus, Mr. Vanderbilt", erklärte der Makler. „Darin wohnten Angestellte. Ganz früher, als das hier noch einem Plantagengroßgrundbesitzer gehörte, wurden dort die Sklaven untergebracht."

Margo wich zurück. „Ach, ehrlich?"

„Sie können es abreißen lassen, wirklich schön ist es ja nicht. Oder Sie vermieten es."

„Abreißen", sagte Ed. „Gefällt dir der Garten, Liebling?"

Margo betrachtete das Stück Wiese. „Er ist ein bisschen trist, aber das wird schon." Sie sah sich schon im Vorgarten und hinten im Hof Blumen pflanzen. Das Haus brauchte ein bisschen mehr Farbe.

„Folgen Sie mir in den Salon, bitte?" Der Makler ging voraus.

Margo wollte hinterhergehen, da packte Ed sie an der Schulter, zog sie zu sich herum und küsste sie. Ja, jetzt war sie sich sicher, dass ihm das Haus genauso gut gefiel wie ihr!

„Wir werden hier das glücklichste Leben führen, das du dir vorstellen kannst. Du wirst dich wie eine Prinzessin in ihrem Schloss fühlen, und ich verspreche, dass dieses Haus dir all das erfüllen wird, was du dir wünschst", flüsterte er und nahm ihr Gesicht in beide Hände.

Margo kam aus dem Strahlen gar nicht mehr heraus. Was für ein Glück sie nur hatte!

Als sie Hand in Hand durch den Eingangsbereich schritten, huschte ein Lächeln über ihre Lippen. Irgendwann einmal würden viele Kinder durch das Haus toben, sie würde ihr Lachen oben auf dem Flur hören, während sie selbst im Wohnzimmer in einem Buch las, und die Kleinen schimpfen, wenn sie am Handlauf der edlen Holztreppe hinunterrutschten.

„Das ist der Salon!", verkündete der Makler mit einem breiten Grinsen. „Ist er nicht prächtig?"

Margo und Ed hielten inne. Das Herzstück des Hauses, mit Kamin, edlen Polstermöbeln, darauf Hunderte Kissen, Fellteppichen, schweren hohen Steinvasen und einem Servierwagen, auf dem Ed seine teuren Alkoholflaschen drapieren konnte, strahlte im Licht der Sonne, die durch die Fenster schien.

Hier würde sie Besuch empfangen und Feste feiern, weil Margo gern Gastgeberin war, und die Nachbarin auf einen Kaffee einladen, um sich bei ihr vorzustellen.

Ed begutachtete auch hier jeden Winkel sehr genau, während Margos Aufmerksamkeit dem opulenten Kamin galt. Sie fuhr mit dem Zeigefinger über den Marmor. Er war so hochpoliert, dass sich ihr Gesicht darin spiegelte.

Du hast es geschafft, Margo. Früher hast du Teller gewaschen, jetzt bist du bald die Frau eines wunderbaren, reichen Mannes und musst dir nie wieder die Hände schmutzig machen.

Der Makler räusperte sich. „Mr. Vanderbilt, wenn Sie wirklich Interesse haben, würde ich Ihnen empfehlen, nicht allzu lange zu warten. Es gibt schon einige Angebote für das Haus."

„Natürlich." Ed verschränkte die Arme vor der Brust. „Über wie viel reden wir beim höchsten Angebot?"

„Nun, das darf ich nicht ..." Der Makler stockte. „Na gut, Mr. Vanderbilt, weil Sie es sind." Er zeigte ihm eine Liste in seiner Akte, und Margo konnte sehen, dass Ed kurz die Brauen hochzog.

„Na schön. Geben Sie mir Ihren Stift!"

Der Makler hörte aufs Wort und reichte Ed einen hübschen schwarzen Füller. „Hat mir meine Frau zum Sechzigsten geschenkt." Der gutmütige ältere Herr lächelte in Margos Richtung.

Ed notierte etwas auf der Liste. „Wir hängen einfach eine Null ran, und dann dürfte die Sache erledigt sein."

„Ed!" Margo riss die Augen auf. Blickte diesen wunderschönen jungen Mann an, der nickte und dessen Mundwinkel nun nach oben gingen.

„Mr. Vanderbilt ..." Selbst der Makler war irritiert. „Das wird niemand überbieten wollen!"

„Ja, dann ist das doch geklärt." Ed ging an der Couch vorbei und auf Margo zu, die ihm sofort in die Arme fiel und jauchzte wie ein kleines Kind. „Es ist *unser* Haus", sagte Ed, „glaub mir, Liebling, das ist *unser* Haus!"

„Ich bin so glücklich!" Margo empfand wirklich nicht mehr als pure Freude. „Aber Ed, können wir ... uns das leisten?"

Er legte seinen Zeigefinger auf ihre Lippen. „Lass das mal meine Sorge sein."

Margo glaubte, ihr Glück nicht fassen zu können. „Okay", hauchte sie zurück.

Und dieser großartige Mann, den sie von Herzen liebte, weil er ihr die Sterne vom Himmel holte, küsste sie und sagte: „So ist es brav."

DANIELLE

Kapitel 1

1

Montag, 09. Oktober 2023

Der Supermarkt, in dem Danielle seit acht Jahren arbeitete, und der sich in einem hässlichen Ziegelsteinbau befand, sollte *Subway* nebenan Konkurrenz machen.

„Wir brauchen keine Sandwiches anbieten, wenn *Subway* zwei Häuser weiter liegt", hatte Danielle Anthony, ihren Chef, versucht, zu erklären. „Keiner wird die Dinger haben wollen. Du kaufst dir doch auch keinen Donut im Dollar-Shop, wenn *Dunkin' Donuts* gleich der nächste Laden ist."

„Du irrst dich." Dann hatte der dicke Glatzkopf, auf den zu Hause sechs Kinder und eine keifende Ehefrau warteten, auf eine leere Sandwichpackung auf seinem Schreibtisch oben im Büro gezeigt. „Die sind verdammt gut, und ich bekomme sie zu einem sehr attraktiven Einkaufspreis. Da kann *Subway* nicht mithalten."

Danielle hatte nach der leeren Kunststoffverpackung gegriffen, Mayonnaise hatte am Rand geklebt. „Thunfisch und Krautsalat?"

„Ganz recht. Und die haben noch Hähnchen, Truthahn, Baked Beans – hast du schon mal bei *Subway* ein Sandwich mit Baked Beans bekommen?"

Danielle hatte die Packung in den übervollen Mülleimer geworfen und sich die Hände an ihrer Schürze abgewischt. Die blaue Schürze, die an die Überzüge irgendwelcher Tellerwäscher erinnerte, die in den Großstädten einmal zum Millionär werden wollten, waren Teil der Dienstkleidung.

Danielle hasste diese Schürzen.

„Ich habe noch nie ein Baked-Beans-Sandwich haben wollen." Ihr innerer Monk wurde durch den vollen Mülleimer getriggert. Am liebsten hätte sie ihn rausgebracht, doch Anthony sollte mal schön selbst gehen.

„Ich sehe schon, du bist nicht begeistert, dann muss ich eben die anderen fragen …"

Und siehe da – jetzt, acht Wochen später, stand Danielle an diesem Montag im Oktober neben dem Kühlregal, eine Pappkiste in der Hand und sortierte sämtliche abgelaufene Sandwichpackungen aus, weil kein Schwein sie kaufen wollte.

Hatte sie es nicht gesagt?

Eine nach der anderen Packung flog in den Karton, die Baked-Beans-Sorte war nicht ein einziges Mal gekauft worden.

„Heute im Angebot", hörte sie eine Stimme aus dem Lautsprecher, „*Annie's Macaroni & Classic Cheddar* für nur 2,79 Dollar!" Die Stimme gehörte zu Brooke, der einzigen weiblichen Kollegin, die Danielle im *Jeanerette's Main Supermarket* im Ort Jeanerette in Louisiana hatte.

Brooke war genauso alt wie sie, Ende zwanzig, und hatte bisher genauso wenig auf die Reihe bekommen wie Danielle. Sie saßen im selben Boot. Kein Mann, nicht einmal eine Beziehung, keine Kinder, ein Leben ohne viele Freunde, mit einem lausigen Job in einer Kleinstadt ohne Perspektive, ohne vernünftiges Dach über dem Kopf.

Doch während Brooke ihre Durchsagen und ihren Job im Supermarkt zwar kaugummikauend und viel zu langsam ausführte, wollte sie im Gegensatz zu Danielle nicht mehr als das.

„Da hat ein neuer Coffeeshop aufgemacht", sagte sie in der Raucherpause zu Brooke, „drüben in der Cooper Street. Urbane Einrichtung, Gratiskaffee für Mitarbeiter, keine verdammten Schürzen, sondern Hosen und Shirts." Sie sah an sich hinunter und verfluchte das dreckige blaue Ding über ihrer Kleidung. „Vielleicht sollten wir uns da bewerben."

„Bist du irre?" Brooke trug immer viel zu viel Make-up und sah dann aus wie eine Vogelscheuche. Dass sie nicht im Entferntesten so aussah wie ihr Idol Amy Winehouse, hatte ihr leider noch nie jemand gesagt. Aber bei Brookes geistigem Zustand hätte Danielle auch Sorge, sie würde sich dann vor Selbstzweifel von der Brücke in den Bayou Teche werfen. „Anthony sagt, wenn wir kündigen, kriegen wir den letzten Monat kein Gehalt!"

„So'n Quatsch. Das sagt er, weil es Leute gibt, die ihm das glauben." Danielle trat die Zigarette auf dem Boden aus und warf die Kippe in den nächsten Mülleimer. Sie rauchte selten. Meistens nur montags, denn da hasste sie ihr Leben noch mehr als dienstags bis sonntags.

Der Himmel war wolkenverhangen, das Wetter schwül und warm, der Herbst im Anmarsch. Die meisten Leute in Jeanerette hatten schon für Halloween geschmückt. Zwischen etlichen Stores, Dienstleistern, Kirchen, Tankstellen und eben *Subway* schaute hier und da ein hübsches Einfamilienhaus hervor, die Jeanerette zumindest ein wenig attraktiver machten. Doch kaputte Bordsteine, Gehwege und Straßen ließen den Charme dahinschwinden. Einzig *LeJeune's Bakery Inc.* hatte immer etwas von dem Zauber der kleinen Städte im Süden: Im Schaufenster der Bäckerei, in der man dem Bäckermeister bei seinem täglichen Handwerk zuschauen konnte, hingen Geister und Halloweenfiguren aus süßem Teig und Zuckerstangen.

Danielles Telefon, das sich in der Potasche ihrer Jeans befand, vibrierte. Sie zog es heraus.

Margo:
Hallo Danielle! Kannst du mich ganz dringend mal anrufen? Liebe Grüße, Margo.

„Hast du gehört?"

Danielle schüttelte den Kopf. „Was, wie bitte?"

„Wann hast du heute Feierabend?", fragte Brooke, drückte ihre Zigarette am Mülleimer aus und ließ sie dann auf den Boden fallen, was Danielle nicht verstand. „Vielleicht könnten wir …"

„Ich muss bis sieben arbeiten", antwortete Danielle. Das stimmte nicht. Doch sie wusste, dass Brooke schon um fünf Feierabend hatte. Sicherlich wollte Brooke mit ihr irgendwohin gehen, aber darauf hatte Danielle keine Lust. Brooke hatte mit Drogen zu tun und trank manchmal bis zur Besinnungslosigkeit und ziemlich oft war sie immer noch betrunken zur Arbeit erschienen – in ihre Welt wollte Danielle nicht hineingezogen werden.

„Schade", meinte Brooke.

„Ja, schade." Danielle starrte auf den Text ihrer Schwester Margot Vanderbilt. Sie analysierte jedes einzelne Wort. *Ganz dringend.* Hm, was soll schon so dringend sein? Dann steckte Danielle das Telefon wieder weg.

Danielle arbeitete den Rest des Tages an der Kasse. Sagte gefühlte hundertmal „Hi, wie geht's", wünschte einen schönen Abend und bedankte sich für den Einkauf. Da war der Typ dabei, der immer in Latschen und kurzer Hose kam, und bei dem der Bauch unter dem viel zu engen und knappen Shirt hervorlugte, der immer Bier kaufte. Ein paar Kids, die Süßigkeiten und eine Coke bezahlten und Mütter, die Großeinkäufe für die Familie erledigten.

Es war ein ganz normaler Tag in einer gewöhnlichen Stadt im Süden.

Piep, piep, piep – Manchmal verfolgte Danielle das Piepen der Kasse, wenn sie einen Artikel scannte, bis in den Schlaf. Oft auch ihre eigene Stimme: „19 Dollar 37."

Wenn Leerlauf war und niemand an der Kasse stand, lehnte sie sich auf ihrem billigen Drehstuhl zurück, hörte der Musik im Radio zu, die durch den Laden hallte, zog ihr Telefon hervor und scrollte durch TikTok oder Instagram, durch die Leben der Menschen, die eines hatten. Die nicht an der langweiligsten Kasse der USA bedienten. Manchmal beneidete sie ihre Freundin von früher, die bei *Costco* arbeitete, jeden Abend erledigt war, aber der ihr Job gefiel, weil zumindest der Laden cool war.

Jemand klopfte gegen eine Scheibe. Danielle sah auf. Anthonys Büro lag über dem Verkaufsraum, sodass er sie alle bei der Arbeit stalken konnte. Er plusterte sich auf, hob die Hand und bedeutete ihr, das Telefon wegzulegen, doch Danielle schüttelte den Kopf. Er sollte mal still sein, sie war seine fleißigste, freundlichste und sauberste Angestellte.

Resigniert machte Anthony eine wegwerfende Handbewegung und ging zurück an seinen Schreibtisch. Er hatte keine Chance. Schließlich war es schon sechs Uhr und die Überstunde, die sie blieb, um sich nicht mit Brooke treffen zu müssen, würde er ihr nicht bezahlen.

Was für ein kranker Haufen.

Der nächste Kunde näherte sich ihr. Das hörte Danielle am Klappern des Einkaufswagens. Schnell das letzte Video ansehen, das ihr auf Instagram angezeigt wurde: Und das kam zufällig von Margo, Danielles Schwester, die ein gänzlich anderes Leben führte. Ein Leben, von dem Danielle nur träumen konnte …

Zu Hause war Danielle in Charenton, ganz in der Nähe von Jeanerette. Die kleine Stadt am Fluss war hauptsächlich wegen des Casinos bekannt, was aber nicht mit den Casinos in Lake Charles zu vergleichen war. Es handelte sich um ein unspektakuläres Gebäude, was an eine Turnhalle erinnerte, und gleichzeitig ein Hotel war.

Es gab ein winziges Museum der Chitimacha, Angehörigen eines nordamerikanischen Indianerstammes, einen Minimarkt und vier Kirchen. Die Kriminalität war überschaubar, weshalb es viele Familien mit Kindern hergezogen hatte. Zum Wohnen gab es aber nur einfache Flachbauten und Bungalows und Trailer.

Das Haus, in dem Danielle wohnte, lag, wie viele andere, ein ganzes Stück abseits der wenig befahrenen Straße dazwischen, ein gelb angestrichener Holzbau mit einem Crawl Space statt eines Kellers, was an der Überflutungsgefahr und der allgemeinen Feuchtigkeit dieses Gebietes liegen mochte. Hier liefen Kabel der Elektrizität und etliche Rohre entlang, außerdem nutzte sie den Platz um allmöglichen Krempel, Eimer und Müll zu verstecken.

Vor dem Haus stand eine schlanke Eiche mit einer ausladenden, stark verzweigten Krone, die ihren Schatten auf Danielles Veranda warf. Hier saß sie im Sommer in ihrem Schaukelstuhl, und wenn ihr Nachbar gegenüber, Mr. Isaac, endlich aufhörte, an seiner Garage oder seinem Motorrad rumzuwerkeln, konnte sie hier den Sonnenuntergang genießen. Doch meistens kroch er genau dann aus dem Haus, hob ein Bier in die Luft und rief von Weitem, ob er nicht zu ihr rüberkommen sollte. Nein, danke.

Danielles Haus war unscheinbar und nichts Besonderes. Der Aufbau glich einem Shotgun House, also alle Zimmer lagen hintereinander, und jedes Zimmer hatte ein Fenster, was den Bungalow aber nicht reizvoller machte.

„Es verfügt über ein hübsches Schlafzimmer mit einem Bad en suite", hatte die Maklerin geflötet. „Es ist malerisch."

Als Danielle das Drei-mal-drei-Meter-Zimmerchen betreten hatte, hatte sie sich eingeengt gefühlt. „Und wo gehen meine Gäste aufs Klo? Die müssen ja dann durch mein Schlafzimmer."

„Es gibt leider nur dieses eine Bad." Die Maklerin hatte die Schultern gehoben. „Schätzchen, was haben Sie für den Preis denn erwartet?"

Das wusste Danielle selbst nicht. Also war es ihr egal, dass die wenigen Leute, die kommen würden, dicht an ihrem Bett vorbeigehen mussten, um pinkeln zu können, und in den Jahren, in denen sie hier gelebt hatte, waren das gerade mal zwei gewesen.

Es war Danielle dann auch egal gewesen, dass die Maklerin ihr verraten hatte, dass der Fleck unter dem Teppich im Wohnzimmer Blut war. Einer der Vorbesitzer, von denen es in dieser Art Haus wohl mindestens ein Dutzend gab, sei hier vor seinem Fernseher verstorben, weil er sich eine Kugel ins Hirn geschossen hatte.

Aus diesen Gründen hatte das Haus so wenig gekostet, dass Danielle es in nur einunddreißig Raten bezahlen konnte, auch wenn sie ihren Ford verkaufen und gegen einen günstigen alten Mustang hatte eintauschen müssen.

Mit diesem Mustang fuhr sie jetzt durch Charenton.

Sie parkte den Wagen neben ihrem Haus, stieg aus und hörte die Musik von gegenüber. Mr. Isaac arbeitete an einem Boot, das in der Einfahrt auf einem Anhänger stand. Er wischte sich die Hände an einem Tuch ab und winkte dann grüßend. „Hi, Danielle!"

„Hi, Mr. Isaac." Danielle wuchtete den Karton mit ihren Einkäufen aus dem Kofferraum.

„Schönen Tag gehabt?"

„Wie immer!" Sie musste rufen, damit er sie über die Entfernung und die laute Musik hinweg verstand.

„Na dann … gute Nacht!"

„Nacht!" Sie ging, ohne ihn noch mal anzusehen, stolperte fast, als sie die Stufen der Treppe hoch auf die Veranda schritt, die Tür öffnete und im Wohnzimmer stand. „Was zum Teufel …?" Sie runzelte die Stirn und rümpfte die Nase. Irgendetwas stank. Dann stellte sie die Tüte auf die Theke und schaute in den Backofen. „O nein!", entfuhr es ihr. Sie machte die Tür wieder zu. Weil der Ofen so verrostet, die Lampe defekt und das Fett tief in die Scheibe eingebrannt war, hatte sie vergessen, dass sich darin noch die Reste des Essens befanden, das sie vor Tagen gekocht hatte.

Danielle legte den Handrücken gegen die Stirn und ließ sich auf das Sofa im Wohnzimmer fallen. „Was für ein beschissener Tag."

2

Dienstag, 10. Oktober 2023

„Und warum hast du sie nicht angerufen?" Jeffrey hatte die Ellenbogen auf das Kassenband gestützt und beugte sich darüber hinweg, während Danielle darunter nach den Tüten suchte, weil niemand auf die Idee gekommen war, die Einpackhilfen aufzufüllen.

Als sie wieder hochkam, stieß sie sich den Kopf am Kassentisch. „Au, verdammt!"

„Mal im Ernst." Jeffrey spielte nun an einem lockeren Faden seiner Schürze herum. „Wieso hast du deine Schwester nicht angerufen?"

Genervt von der Fragerei murmelte sie: „Ich habe keinen Anlass gesehen."

„Sie hat um Rückruf gebeten. Dringend."

„Das weiß ich." Den wahren Grund wollte sie ihm nicht verraten. Sie konnte nicht zugeben, wie unerträglich es gewesen war, Margos Instagram-Reel anzusehen, wie sie sich in ihrem viel zu großen Badezimmer für eine Date Night mit ihrem perfekten Ehemann fertig machte. Wie sie die Puderquaste in der einen und den Lipgloss in der anderen Hand hielt, in einem professionell eingestellten Licht in die Kamera guckte und ihren Mund zu dem Song bewegte, den sie über ihr Video legte.

Danielle hatte sich das Video Dutzende Male angesehen und innerlich gekocht vor Wut. Es war schon etwas älter gewesen, und gestern hatte der Algorithmus der Social-Media-Plattform es ihr wieder vorgeschlagen.

Sie war nicht wütend auf Margo und nicht auf das tolle Leben, das die Schwester führte, nein, ihre Wut bezog sich darauf, dass sie selbst nicht so leben konnte.

Danielle hatte nur das hier. Einen blauen Schürzenkittel um die Hüfte, kaum Make-up im Gesicht, da keine Date Night geplant war, und Tüten in der Hand, weil ihre Kollegen sich dafür zu fein waren.

Nachdem sie ihre Arbeit erledigt hatte, wischte sie sich seufzend über die Stirn und klemmte lose Strähnen ihrer blonden Haare hinter die Ohren. „Ich rufe sie nachher an."

„Du hast mir noch nie von ihr erzählt, wieso eigentlich nicht?", hakte Jeffrey nach. Er war in Ordnung. Er war genauso alt wie sie und hatte in etwa dieselbe Laufbahn hingelegt: Highschool-Abschluss, bisschen jobben, ein, zwei Jahre durchs Land gezogen, um sich ohne Erfolg selbst zu finden und schließlich in Charenton gelandet, um einen lausigen Job im Nebenort zu ergattern. Er arbeitete genauso lange wie sie hier im *Jeanerette's Main Supermarket*, und in dieser Zeit war er so was wie ihr bester Freund geworden.

Die Wochenenden verbrachten sie stets zusammen, sie waren auch schon miteinander verreist, und Danielle wusste genau, dass Jeffrey sich mehr mit ihr vorstellen konnte. Seit sie ihn kannte, hatte er keine Freundin, nicht einmal ein Date gehabt, während sie schon einige Abenteuer erlebt hatte.

Doch Jeffrey war nicht ihr Typ, oder anders gesagt, weil Danielle ihren Typ gar nicht beschreiben konnte, meinte sie, es passte einfach nicht. Jeffrey war groß, etwas dünn und schlaksig, sodass sie sich mit ihrer völlig normalen Figur trotzdem immer pummelig neben ihm vorkam. Seine Haare waren ungepflegt, strähnig und viel zu lang und den Rasierer, den sie ihm zu Weihnachten geschenkt hatte, hatte er wohl noch nicht einmal anständig benutzt.

Aber er war gut.

Wenn es einen Menschen gab, dem sie alles anvertrauen konnte, dann war es Jeffrey. „Ich liebe Margo", sagte Danielle nun, setzte sich an die Kasse und wartete auf Kundschaft. Heute war nicht viel los. „Wir hatten eine tolle Kindheit, bis Mom und Dad bei diesem Lawinenunglück in Kanada starben. Sie ist acht Jahre älter als ich, und als das passiert ist, hat sie sich um mich gekümmert."

„Du bist bei ihr aufgewachsen?"

Danielle nickte. „Ja, ich war noch minderjährig, sie aber schon erwachsen. Wir haben in einer kleinen Wohnung in New Orleans gelebt."

Jeffrey zog einen Schokoriegel aus seiner Schürze, wickelte das Papier ab und brach ihn in zwei Teile. Einen gab er Danielle.

„Wir hatten ein wunderbares Verhältnis, aber leicht hatte sie es mit mir sicherlich nicht. Ich war in der Highschool und Margo die ganze Zeit arbeiten, um uns über Wasser zu halten, und wenn ich von der Schule kam und Musik hörte, und sie gestresst vom Job war, hat das für extreme Spannungen gesorgt." Danielle legte den Riegel weg, als eine einzelne ältere Dame an die Kasse kam, fertige Corn Dogs und eine Flasche Milch kaufte.

„Und dann?", fragte Jeffrey, als sie weg war.

„Na ja, es wurde kompliziert, weil wir beide gemerkt haben, dass das mit uns nichts für die Ewigkeit ist. Nach der Highschool habe ich meine Koffer gepackt und bin los."

„Und was wurde aus Margo?"

Danielle holte ihr Telefon aus der Schürzentasche. Sie öffnete Margos Instagram-Profil und zeigte Jeffrey das Display.

„*MargosLove – Beauty & Lifestyle Blog.*" Jeffrey pfiff. „Das ist sie?" Er tippte auf ihr Profilfoto. Da strahlte Margo mit ihren blonden Locken und einem Blumenband im Haar, mit schneeweißen Zähnen und einer Haut sonnengeküsst und perfekt geschminkt in die Kamera.

„Ja, das ist Margo."

„250.000 Follower? Ist das viel?"

„Ich würde sagen Ja, ich habe keine." Danielle musste selbst lachen. „Als ich weg war, hat sie einen reichen Mann kennengelernt und geheiratet, und jetzt wohnt sie in einem ziemlich krassen Haus in New Orleans."

„Ist ja irre!"

„Ist es." Sie seufzte. „Und ich sitze an der Kasse."

„Warst du mal da?"

„Ja, am Tag ihrer Hochzeit und einmal kurz darauf. Ich wollte das aber alles nicht. Das Haus ist viel zu groß, dieser Typ, Edmund, den sie geheiratet hat, ist so was von schnulzig und glatt und …"

„Genau das, was du auch gern hättest." Jeffrey richtete sich auf, weil es nun voller wurde.

Danielle wurde auf der Stelle rot. „Nein! Um Gottes willen!"

„Du hast nicht angerufen, weil du neidisch auf ihr Leben bist." Jeffrey lachte. „Gib es doch zu."

„Wir haben ewig nicht miteinander geredet, ich wollte nicht."

„Aber wenn sie dich dringend bittet? Ich will keine Panik verbreiten, nur … nicht, dass etwas nicht stimmt."

Danielle öffnete den Mund, wollte etwas sagen, ließ es dann aber doch. Stimmt, Jeffrey hatte recht. Daran hatte sie noch gar nicht gedacht.

Es war schon ein Jammer, in einen Spiegel auf dem Klo zu starren und die flackernde Glühbirne über sich zu betrachten, dachte Danielle, als sie wenig später im Bad stand und sich die Hände wusch. O Mann, zu was hatte sie es nur gebracht?

Sie beschwerte sich ja gar nicht, sie war glücklich! Ja! Sie mochte Anthony und Jeffrey, vielleicht auch Brooke, sie mochte ihren Wagen, ihr Zuhause und liebte es, sonntags im Jogginganzug auf dem Sofa zu lümmeln.

Sie wollte keinen Mann, kein Social Media, niemandem etwas vorspielen müssen. Denn schließlich konnte Margo nicht einfach so im Bademantel vor die Tür gehen, um die Zeitung reinzuholen, oder ungeschminkt ein paar Chicken Wings bei *KFC* besorgen.

Als Danielle die Toilette verließ und auf ihr Telefon schaute, wunderte sie sich, warum Brooke noch nicht da war, die doch um vier Uhr nachmittags, wenn Danielle Feierabend hatte, übernehmen sollte.

„Du sollst zum Boss gehen!", rief ihr Jeffrey von der Kasse zu. Danielle drehte sich auf dem Absatz um und ging durch einen der Gänge neben dem Verkaufsraum zu der geschwungenen Eisentreppe, über die man das Büro ihres Chefs erreichte.

„Du wolltest mich sprechen?" Danielle trat ein, weil Anthony auf Anklopfen keinen Wert legte. Sein Büro war groß, und durch die Scheibe in den Verkaufsraum konnte Danielle Jeffrey beobachten, weil Anthony noch am Telefon war.

„Ja, alles klar, bis dann." Anthony legte auf. „Danielle, meine Beste."

Danielle setzte sich ihm gegenüber auf einen der Sessel, die durchgesessen und widerlich waren. „Das hört sich nicht gut an."

Anthony verschränkte die Finger miteinander. „Ich brauche deine Hilfe. Brooke fällt aus."

Danielle stöhnte. „Warum denn das?"

„Sie ist krank und will nicht kommen. Ich sag's dir ganz ehrlich." Er seufzte. „Ich glaube, sie passt auch nicht ins Team. Wäre gut, wenn sie gar nicht wiederkommt."

Der Kerl stellte sich das immer so leicht vor.

„Und was heißt das?"

Anthony stand auf und ging zu seinem Whiteboard rüber, an dem ein Plan hing. „Also, du machst heute bis zehn und morgen von neun bis sieben. Donnerstag brauche ich dich dann von sechs bis zwei, dann kannst du Freitag freimachen, weil ich dich Samstag wieder von neun bis sieben brauche …"

„Anthony!", unterbrach sie ihn.

Ihr Boss fuhr herum.

Danielle stand nun neben dem Sessel. „Nein", sagte sie ruhig und genauso entsetzt, wie sie es war. „Ich bin heute seit neun Uhr hier. Ich will in diesem Laden nicht mein ganzes Leben verbringen."

„Was soll ich denn machen?" Er klang flehentlich. „Ich muss Jeffrey genauso einteilen. Ihr seid meine fähigsten Mitarbeiter, alle anderen sind miserabel!"

„Was ist mit Bob?"

„Dem tut der Rücken weh, der kommt erst nächste Woche wieder."

„Carl?"

„Der macht, was er kann. Er ist aber nun mal schon fünfundsechzig."

„Mein Gott." Danielle schüttelte den Kopf. „Was ist mit dem jungen Mann, der Praktikant?"

„Der hat gestern geheult und seine Mutter angerufen, weil ich angeblich so grob war, als ich meinte, er dürfe in der Arbeitszeit nicht dauernd an seinem Telefon hängen. Tiktaks hat er gedreht. Im Getränkelager, kannst du dir das vorstellen? Tiktaks!"

Danielle ließ die Arme fallen. „Ich mach's heute, Anthony. Und morgen, aber ich mach jetzt nicht so viele Überstunden, dass ich hier gar nicht mehr rauskomme."

„Ich suche mir jemand Neues, Danielle, und es ist auch nur diese Woche, versprochen. Aber du musst –"

„Nein!" Es reichte. Irgendwann war genug. „Ich bin immer die Erste, die du anrufst, wenn jemand ausfällt, und ich komme jedes Mal, um zu helfen, aber …"

„Ich bezahle die Überstunden doch auch!"

„Aber ich will nicht."

„Schön, Danielle, dann sag ich es mal so: Wenn dir was an deinem Job liegt, dann solltest du Einsicht zeigen."

Mit offenem Mund stand Danielle neben dem Sessel. Sie richtete ihren Blick darauf. Während dieser hier versifft und jahrzehntealt war, hatte sich Margo gestern auf einen neuen, mit rosa Samt bezogenen Hocker vor ihren Schminktisch gesetzt.

Während sie Tausende von Dollar für ein Schminkvideo bekommt, musst du Stunden an der Kasse verbringen, um überhaupt über die Runden zu kommen.

Danielle wurde schlecht.

„Also?" Anthony hob die Brauen.

Sie konnte nicht mehr tun, als stumm zu nicken, ging aus seinem Büro und hielt sich am Treppengeländer fest, während sie die Stufen runterstieg und unten in Richtung Hinterausgang ging. Dort, wo geraucht wurde, und wo die Lieferungen ankamen, rutschte sie aus, fiel rückwärts auf den Boden, genau auf den Po, und ein stechender Schmerz ging ihr durch Mark und Bein.

Schimpfend schaute sie, worauf sie ausgerutscht war, eine Bananenschale, die aus dem Müllcontainer gefallen sein musste, der vorhin geleert worden war, sie war fast schwarz und völlig zermatscht.

Danielle krabbelte zum nächsten Pfosten, hielt sich daran fest und zog sich hoch, als ihr Telefon klingelte: Margo.

Danielle holte tief Luft und ging ran. „Hey, Schwesterchen."

„Hi, Danielle, kannst du reden?"

Anthony konnte sie mal. „Klar, was gibt's?"

„Ich hatte dir gestern geschrieben …"

„Ich weiß, ich … Ich musste arbeiten." Sie klemmte das Telefon zwischen Schulter und Ohr, zog eine Zigarette aus dem Päckchen und zündete sie an. „Also, was kann ich für dich tun?"

„Du musst nach New Orleans kommen. Zu uns. In unser Haus."

Danielle blies den Rauch aus. „Wieso?"

„Wir brauchen jemanden, der eine Weile auf das Haus aufpasst. Du hättest die ganze Villa für dich. Du kannst tun und lassen, was du willst."

Will ich diesen ganzen Luxus überhaupt? Danielle erschrak sich, weil ein Lieferant aus dem Gebäude kam, die Tür zu schwunghaft aufstieß und beim Verlassen einen kräftigen Rülps von sich gab. „Oh, Verzeihung", raunte er, als er Danielle entdeckte.

Danielle rollte die Augen. Was für ein Drecksladen. „Wie lange ist eine Weile?"

„Ungefähr drei Wochen."

Anthony würde sie nicht drei Wochen freistellen. „Das kann ich nicht, Margo."

„Bitte, Danielle. Es ist wichtig. Es wäre gut, wenn du gleich kommst." Irgendetwas in der Stimme ihrer Schwester klang sehr ernst. „Danielle – es ist wichtig! Ich würde dich nicht darum bitten, wenn ich nicht wirklich deine Hilfe bräuchte."

Danielle seufzte. „Okay." Sie legte auf, ließ die Zigarette auf den Boden fallen, trat sie aus und warf die Kippe in den Müll.

Drei Wochen New Orleans.

Drei Wochen weg aus diesem Loch.

Drei Wochen auf ein viel zu großes Haus aufpassen.

„Drei Wochen am Arsch!", sagte Anthony wenige Minuten später. „Hättest dir keinen besseren Zeitpunkt aussuchen können?"

Doch Danielle hatte es satt. „Du gibst mir den Urlaub nicht?"

„Nein, Danielle! Ich kann nicht!"

In diesem Moment kam eine SMS rein.

Brooke:
Sorry, dass du einspringen musst. War gestern zu stoned, konnte heute Morgen keinen Schritt laufen.

Das Schlimmste an der SMS war aber der lachende Smiley, den sie ans Ende ihres Textes gesetzt hatte.

„Danielle, du kannst Weihnachten wieder Urlaub machen, nicht jetzt, und nun an die Arbeit."

Danielle hob den Blick, steckte das Telefon weg und betrachtete Anthony, wie er sich die Jacke anzog, weil er jetzt Feierabend machte. Pünktlich um fünf, wie jeden Tag.

„Ich kündige", sagte Danielle ernst. „Du kannst dich jetzt selbst an die Kasse setzen."

3

Als Danielle zu Hause ankam, fiel ihr gleich auf, dass der Briefkasten geöffnet war. Sie stieg aus dem Wagen und entdeckte aus dem Augenwinkel Mr. Isaac, der in seiner Garage beschäftigt war. Laute Musik seiner Lieblingsband ACDC dröhnte nach draußen.

Auch er hatte Danielle entdeckt, stellte eine Kiste ab und nahm etwas vom Autodach, während Danielle sich schnell umdrehte und zum Haus ging.

„Warte mal, Süße!"

Danielle rollte die Augen, fuhr herum und sah, wie Mr. Isaac mit einem Brief in der Hand zu ihr herüberschlenderte. Er trug ein Bandana über der Stirn und eine hochgekrempelte Jeansjacke, sodass man die Tattoos an seinen Armen erkennen konnte.

Sie mochte ihn nicht. Seine Art war plump, seine Sprüche unangenehm, sein ganzes Auftreten ihr gegenüber hatte etwas Anzügliches, ja, fast Perverses, weshalb sie den Kontakt zu ihm mied. Als sie einen Blick zum Briefkasten wagte, wusste sie auch, dass er ihn geöffnet und die Post rausgeholt hatte, nur, damit sie beide jetzt aufeinandertreffen konnten.

„Die Stromrechnung", sagte er, blieb dicht vor ihr stehen, sodass sie feststellen konnte, dass er sein Kaugummi schon lange kaute und der keinen guten Geruch mehr abgab. Er prüfte unnötig lange die Adresse, ehe er ihr den Brief hinhielt. „Bitte schön."

„Danke", sagte sie und griff nach dem Umschlag, doch Mr. Isaac hielt ihn fest.

Dann grinste er sie dämlich an. „Musst mal richtig zupacken."

Danielle riss ihm den Brief aus der Hand. „Ach, übrigens", sagte sie, als sie die Treppe der Veranda hochstieg. „Ich bin hier bald weg." Ihr Herz klopfte schnell, sie hatte keine Ahnung, warum sie ihm das jetzt sagen wollte.

„Ach, guck an. Wohin willst'n?"

„Ich fahre zu meiner Schwester."

Mr. Isaac hob die Brauen und pfiff. „Dann viel Spaß … und auf Wiedersehen." Er drehte sich um und ging.

Danielle atmete tief durch, als sie in der Sicherheit ihres Hauses stand. Sie feuerte den Brief auf den kleinen Ablagetisch neben dem Eingang und zog ihr Telefon aus der Hosentasche. Damit setzte sie sich aufs Sofa und ging auf dem Profil ihrer Schwester bei Instagram jedes einzelne Foto der letzten sechs Monate durch. Ja, Margo wohnte wirklich wie in einem Traum. Das Haus war ein Traum.

Auf einigen Bildern war Margo zusammen mit ihrem Mann Ed zu sehen. Danielle hatte schon immer gesagt, er sehe aus wie aus einem Katalog. Er hatte sich kein bisschen verändert, seit sie sich in einem Restaurant zum ersten Mal gesehen hatten. Noch immer verkörperte er Eleganz und Perfektion, genau wie damals, als Danielle mal bei ihnen übernachtet hatte, abends vor dem Schlafengehen, und morgens nach dem Aufstehen. Bei der Hochzeit hatte er natürlich ebenfalls so fantastisch ausgesehen, und sicherlich würde Ed so jemand sein, der mit den Jahren nur noch attraktiver und reizvoller wurde, so wie etliche Schauspieler und Fernsehgrößen in Hollywood.

Als Danielle zu den Urlaubsfotos vorstieß, nicht etwa die Bahamas oder Hawaii, sondern eine Exkursion durch Feuerland und Patagonien, schloss sie Instagram, weil dieses Gefühl in ihrer Brust wieder überhandnahm: *Warum nicht ich? Warum alles sie?*

„Du kannst jederzeit zu uns kommen", hatte Margo einmal zu ihr gesagt. „Wie lange haben wir uns jetzt nicht gesehen? Drei Jahre? Du wohnst doch um die Ecke. Komm an Thanksgiving. Ed und ich würden uns freuen."

Aber Danielle hatte immer abgelehnt. Manchmal sogar eine Grippe vorgeflunkert, nur um nicht ertragen zu müssen, wie großartig ihre Schwester in einem roten Samtkleid und hohen Schuhen zu Weihnachten aussah, oder wie es war, wenn man sein Klo nicht selbst putzen musste.

Die Situation sah aber gänzlich anders aus, wenn niemand da wäre und Danielle das Haus und den ganzen Luxus nur einmal in ihrem Leben für sich allein genießen konnte.

Jeffrey hatte gesagt, dass es töricht wirkte, sich nie bei der Schwester gemeldet und nun dieses Angebot angenommen zu haben, doch das war Danielle egal.

Deswegen würde sie jetzt packen und dann den Kühlschrank ausräumen, damit sie den Strom abstellen konnte. Sie machte sich an die Arbeit, und Vorfreude, das wunderbare Gefühl eines Abenteuers, kam in ihr auf.

Als es abends an der Tür klopfte, schreckte Danielle zusammen. Ein rascher Blick zum Fenster verriet ihr, dass sie die Rollos nicht runtergelassen hatte, so wie sonst, wenn sie nach Hause kam. Mr. Isaac hatte schon diverse Male versucht, sie durch das Fenster zu beobachten.

Sie hatte keine Angst vor ihm, obwohl sie glaubte, dass er seine Chance nutzen würde, sobald er sie sah.

Danielle stand auf, ging langsam zur Tür. „Hallo?", fragte sie, ohne sie zu öffnen.

„Ich bin's." Jeffrey.

Sie zog die Tür auf. „Was machst du hier?"

Jeffrey trat ein. Er blieb im Wohnbereich stehen, die Hände in die Taschen seiner Jeans vergraben. „Was sollte das?"

Obwohl sie es über Stunden so schön hatte vergessen können, brach jetzt die Illusion, dass sich ihr Leben ändern würde, vor dem Hintergrund der Realität zusammen. „Ich konnte nicht anders." Die Vorfreude verschwand, weil der Gedanke *Was hast du nur getan* in den Vordergrund rückte.

„Nein, Danielle, jetzt mal im Ernst: Wovon willst du leben?"

„Es war eine Schnapsidee", gab sie zu. „Ich habe versucht zu verdrängen, was ich getan habe, aber … Ich hab's nun mal getan und … Weißt du, wie unglaublich erleichtert ich mich fühle?"

Jeffrey sah sie verständnislos an. Dann ging er zum Wasserhahn der Spüle in der Küchenzeile und stellte das Wasser an.

Beschämt sah sie zur Seite.

„Und Strom bezahlt sich auch nicht von selbst." Er zeigte nach oben an die Deckenleuchte. „Wie willst du das machen? Als wenn es hier Jobs im Überfluss gibt! Abgesehen davon, wie scheiße es war, mich im Stich zu lassen."

Seine offenen Worte machten ihr sofort ein schlechtes Gewissen.

„Hast du so viel Geld auf der hohen Kante? Dass du zurechtkommst, bis du was Neues hast?"

„Nein …"

„Dann ruf Anthony an. Er nimmt dich sofort zurück, so verzweifelt ist er."

„Nein!" Jetzt wurde sie lauter. „Das kann ich nicht."

Jeffrey schüttelte den Kopf. „Und was hast du für Pläne? Das sind drei Wochen, die du in New Orleans bist, aber danach kommst du zurück und fällst in ein Loch, weil das hier dein Leben ist, Danielle, nicht der Urlaub, in den du fährst!"

„Jetzt hör doch mal auf!" Sie war zittrig, weil sie wusste, falsch gehandelt zu haben, und dass die Einsicht darüber früher oder später so oder so gekommen wäre. Jetzt war sie da.

Danielle setzte sich auf die Armlehne des Sofas. „Was, wenn mir die Stadt einfach gut tut? Ich war schon lange hier an diesem einen Ort, und manchmal denke ich: Das kann doch nicht alles gewesen sein. Hier habe ich nichts, was mich hält, und vielleicht komme ich ja gar nicht wieder?"

„Was soll das denn heißen?" Jeffrey setzte sich zu ihr. Er kam direkt von der Arbeit. Heute hatte er die meiste Zeit an den Gefrierschränken gearbeitet, der Geruch, der ihr in die Nase stieg, war unverkennbar.

„Das soll heißen, wenn ich erst mal da bin, finde ich sicher einen Job, etwas, was ich schon immer gern machen wollte. Dann wohne ich bei ihr, bis ich was Eigenes habe und …"

„Du hast gesagt, dass du es bei ihr nicht erträgst."

„Was ich nicht ertrage, sind diese vier Wände, während sie in einem Palast wohnt." Sie sah sich im Wohnbereich ihres kleinen Hauses um. „Jeden Tag gehe ich zur Arbeit und hoffe, dass irgendetwas anders wird. Dass sich eine neue Chance auftut, Neues auszuprobieren. Ein unverhoffter neuer Job. Oder dass jemand in mein Leben tritt und es zu etwas Besonderem macht, oder dass etwas geschieht, was es verändert. Verstehst du, was ich meine?"

Jeffrey seufzte und verschränkte die Arme vor dem Oberkörper, während er ihr zuhörte.

„Jeffrey", sagte sie und beugte sich vor. „Ich bin jetzt achtundzwanzig Jahre alt. Wie lange soll denn dieser Zustand noch andauern?"

„Ich kenne diese Unzufriedenheit nicht, deswegen kann ich dich nicht so gut verstehen, wie du es dir vielleicht erhoffst. Tut mir leid." Er lachte leise auf. „Wie heißt es doch so schön, Reisende soll man nicht aufhalten. Wenn du gehen willst, musst du wohl gehen."

Hatte Danielle einen Grund, sich zu schämen? Warum fühlte es sich so mies an, hier vor ihm zu sitzen und ihm etwas vorzujammern?

Doch dann dachte sie an die elf Fotobücher, die unter ihrem Fernseher lagen, jedes von einer Reise in ein anderes Land, als sie mit dem Rucksack ganz allein sogar einmal drüben in Europa gewesen war. Natürlich bestand das Leben nicht nur aus Abenteuer, aber acht Jahre in diesem Laden, ohne ein einziges Mal ein Danke gehört zu haben, wenn man freiwillig länger blieb und sich die Stunde nicht aufschrieb, waren genug.

„Ich will nicht das große Geld verdienen", sagte sie fast versöhnlich. „Und ich sage nicht, dass ich gänzlich unglücklich bin. Bei dir, in meinem Häuschen. Aber ich will schauen, was es noch so gibt. Außerdem ist New Orleans meine Heimat. Ich kenne dort wahnsinnig viele Leute …"

„Du hast gesagt, die sind alle weggezogen."

„Dennoch wird es sich wie zu Hause anfühlen. Und darauf freue ich mich."

Jeffrey atmete tief durch. Dann stand er auf, obwohl Danielle den Eindruck hatte, dass er sehr gern geblieben wäre. Er hatte schon oft hier übernachtet, sie hatten dann bis in die späten Stunden *America's Got Talent* geschaut, hatten sich gegenseitig lustige Videos auf TikTok gezeigt, Chips gegessen und Wein getrunken oder einfach auch mal bis in die späte Nacht hinein über Gott und die Welt geredet. Sie hatten oft auf dem Boden gelegen und von gemeinsamen Träumen geredet oder die des anderen motivierend kommentiert. Einmal hatten sie eine einsame Insel in die Luft gekritzelt und darüber philosophiert, was oder wen sie dorthin mitnehmen würden.

Ja, Jeffrey und sie verbanden acht gemeinsame Jahre hier in Charenton und die Arbeit in Jeanerette.

Jetzt brachte sie ihn zur Tür. „Also dann", sagte er und ging hinaus auf die Veranda. „Wann wirst du fahren?"

„Morgen."

„So bald?"

„Ja, Margo fährt morgen. Ed fährt am Freitag, glaube ich. Ich bin dann ganz allein in dem Haus."

Jeffrey senkte den Kopf. „Ohne dich wird es bei der Arbeit nicht mehr dasselbe sein."

Danielle huschte durch den Türspalt und legte ihre Hand an seine Wange. „Danke, Jeffrey."

Als er sie in seine Arme zog, spürte sie, dass ihm der Abschied genauso schwerfiel wie ihr. Sie drückte ihn fest und, ja, es tat ihr leid, ihn im Stich zu lassen. Doch er wollte, dass alles so blieb, wie es war, während sie das Gefühl hatte, auf der Stelle zu treten und mehr aus ihrem Leben machen zu müssen.

„Bye", sagte er, als er sich von ihr löste.

Im Gras neben dem Haus zirpten die Grillen, die Laterne über der Tür warf ein mattes Licht auf sie beide. Moskitos jagten einander darin.

„Ich melde mich", versprach sie, doch der Blick, den er ihr zuwarf, als er sich vor seinem Wagen noch ein letztes Mal umdrehte, verriet, dass er daran nicht glaubte.

Als der Motor von Jeffreys Karre aufheulte, ging Danielle ins Haus. Es war an der Zeit, schlafen zu gehen.

Mittwoch, 11. Oktober 2023 – Tag 1 im Haus der Schwester

Ihre Heimatstadt New Orleans empfing sie am Mittwochmorgen mit den warmen goldenen Strahlen der Oktobersonne.

Ach, was hatte sie „Nola" vermisst, wie New Orleans von den Einheimischen häufig genannt wurde. Hier hatte sie ihre Kindheit und ihre Jugend verbracht, und wann immer sie unterwegs in der großen Welt gewesen war, hatte sie nie vergessen, wie wunderschön es zu Hause im „Big Easy" war. Wenn sie sich mit Menschen aus anderen Ländern unterhalten hatte, hatte sie ihnen stets vorgeschwärmt, wie viel mehr New Orleans zu bieten hatte als die Raddampfer, die sich auf dem Mississippi Delta bewegten, oder die Festival-Umzüge mit ihren bunten Kostümen. Dass da noch mehr war als der Jazz und der Blues und die Klänge der Trompeten. Kulinarisch gab es so viel mehr als die Kreolische und die Cajun-Küche mit ihren Nationalgerichten wie Jambalaya oder der Crawfish Boil. New Orleans war die Stadt im Süden, die niemals schlief, in der Kulturen aus aller Welt ihr Zuhause gefunden hatten.

Auf dem Weg zum Haus ihrer Schwester dachte Danielle darüber nach, wieso sie die Stadt so lange gemieden hatte. Wie viele Jahre waren das, fünf, sechs? Aus welchem Grund?

Sie war mit Jeffrey hier ein paarmal feiern gegangen, aber wirklich Zeit für ihre Heimat hatte sie sich nicht genommen. Jetzt tat ihr das leid, und umso fabelhafter war das Gefühl, endlich nach Hause zu kommen.

Das Haus von Edmund und Margot Vanderbilt lag im Garden District von New Orleans, einer der ältesten Stadtteile der Metropole. Von französischen Einwanderern gegründet, zeugten hier Prachtbauten aus verschiedenen Epochen von einer Ära, in der New Orleans' Reichtum noch stark zwischen Arm und Reich verteilt gewesen war.

Danielle hielt den Wagen vorn an der Straße an. Ihr Mustang war damit das einzige Auto an der Bordsteinkante. Die Gehwegplatten wiesen etliche Stellen auf, die dringend ausgebessert werden sollten – der kaputte Beton passte nicht zu den Villen in dieser Gegend, die einst von Plantagenbesitzern erbaut worden waren.

Margo wohnte in einem Haus an der Ecke, und als Danielle nun davorstand, bemerkte sie, dass sie fast vergessen hatte, wie unglaublich groß die Villa im Kolonialstil war. Sie wurde von einem gusseisernen Zaun umrandet, ein Tor führte nach hinten, wo es eine Garage gab, die von der linken Straßenseite erreicht werden konnte. Im Hof trennte ein Gästehaus, das man von der Straße aus nicht sehen konnte, das Grundstück dann vom nächsten.

Keines der Häuser besaß weitläufige Gärten. Im Vorgarten gab es aber ein paar schöne Hecken, die akkurat geschnitten waren, Blumenbeete in den tollsten Farben und in der Mitte Palmen und Bananenstauden.

Danielle überquerte den mit einigen dünnen Bäumen besetzten Grünstreifen und den brüchigen Gehweg, um zum Tor zu kommen, wo ein schmaler Weg zum Haus führte.

„Hey!", hörte sie jemanden rufen.

Sie drehte sich zur Seite und sah einen Mann um die Ecke kommen. Er war groß und etwas breiter, trug die schwarzen Haare länger und eine blaue Latzhose, in deren Taschen dreckige Tücher steckten. Auch die Hände des Mannes waren voller Schmutz.

Danielle runzelte die Stirn.

„Sie dürfen da nicht parken!"

Danielle sah sich nach einem Schild an der Straße um, fand aber keins. „Warum nicht?"

Der Mann blieb vor ihr stehen und wandte sich zu einem Straßenschild um, das von einem Oleanderbaum verdeckt wurde. *Parken verboten* stand darauf.

„Das habe ich nicht gesehen, Entschuldigung." Danielle setzte ihren Weg fort, ging durch das Tor auf das Haus zu, ohne den Wagen umzuparken, und überraschenderweise kam der Mann ihr hinterher.

„Ma'am, Sie dürfen da nicht parken."

Danielle hielt an. „Das Haus gehört jemandem, mit dem ich verwandt bin, ich werde das klären."

„Mr. Vanderbilt wird nicht begeistert sein."

Sie hob die Brauen. Er kannte Ed? „Wer sind Sie?" Danielle betrachtete das Gesicht des Mannes genauer: Es war vernarbt, vielleicht von den vielen Pusteln und der Akne, das eine Auge war größer als das andere, seine Gesichtsfarbe rötlich, braun, fleckig. Er sah aus, als käme er direkt aus einer Kneipe, in der es massig Alkohol und Schlägereien gegeben hatte. Auch wenn es sich nicht gehörte, aber sie fand den Kerl gruselig und abstoßend.

Er erinnerte sie an Mr. Isaac …

Noch bevor der Kerl antworten konnte, wurde die Haustür geöffnet und Edmund Vanderbilt kam auf die vordere Veranda des Hauses. „Du bist ja schon da!"

Danielle war erleichtert, Ed zu sehen, und ging über den Weg mit den sauberen Steinplatten, auf dem kein einziges Blatt des Herbstes lag, zur Treppe. Sie stieg nach oben und umarmte ihren Schwager kurz. „Ich hatte gehofft, Margo noch zu erwischen", log Danielle völlig ungeniert.

„Tut mir leid, sie ist schon weg." Ed hob seine Hand in die Richtung des Mannes. „Ist gut, Walden, das ist Danielle, Margos Schwester. Ich habe dir doch von ihr erzählt. Ich fahre ihren Wagen nachher weg."

Walden murmelte irgendetwas.

Ed grinste. „Das ist Walden, er arbeitet hier im Garten und kümmert sich dann und wann um das Haus. Er ist sozusagen Gärtner und Hausmeister. Und er passt auf, dass keine fremden Leute vor unserem Haus parken."

Danielle war erleichtert. „Okay." Sie lächelte und betrachtete Ed. „Es ist schön, mal wieder hier zu sein. In der alten Heimat."

„Das freut mich. Ich hätte echt nicht gewusst, was ich ohne dich tun sollte. Wie Walden auch sind mir fremde Menschen in meinem Haus nicht sehr recht. Komm erst mal rein und trink etwas. Deinen Koffer bringe ich dir später."

Bevor sie ihm folgte, ließ Danielle noch einmal den Blick über das Haus schweifen: Vier mächtige weiße Säulen trugen das Vordach, das reichlich mit Stuck verziert war. Die Veranda und der Balkon im ersten Stock waren umgeben von einem schwarzen Eisengeländer, der dem des Zaunes ähnelte. Die Sprossenfenster waren groß und lang, die Rahmen hell gestrichen, an den Seiten befanden sich dunkelgrüne Läden. Der Rest des Hauses war ein Stück eingerückt, und auch dort gab es eine Veranda mit Säulen, die einen Balkon darüber trugen.

Im Haus führte eine Treppe aus edlem dunklem Holz mit weißem Geländer nach oben auf eine Galerie. Der rechte Flügel gehörte Ed und Margo, links gab es etliche Gästezimmer. Während Ed Danielle erklärte, dass sie ihr ein größeres Zimmer ausgesucht hatten als das, was sie bei ihren anderen Besuchen bekommen hatte, staunte sie über den gewaltigen Kronleuchter, der wie Tausende Diamanten funkelte und der von der Decke der Galerie über dem Eingangsbereich leuchtete.

Danielles Zimmer hatte an zwei Wänden Fenster, und wenn sie hinausschaute, sah sie die Querstraße. Es war groß und hell, ein Queensizebett, antike Nachttische, eine alte Kommode, dafür aber ziemlich moderne Kunst an den Wänden gehörten zur Ausstattung. Neu und Alt im ganzen Haus, das schien der Einrichtungsstil der Vanderbilts zu sein: War die Küche mit der neuesten Technik ausgestattet, fand man im Wohnzimmer Sessel, Tische und Chaiselongues mit Schnörkelfüßen und vor den Fenstern prunkvoll verzierte schwere Stoffvorhänge.

„Wir mögen es weder zu modern noch zu altmodisch", erklärte Ed. „Ich hoffe, dein Zimmer gefällt dir? Sonst bekommst du ein anderes."

„Nein, alles gut", antwortete Danielle.

„Ich lass dich erst mal ankommen", sagte Ed, nachdem er Danielle das angrenzende Bad gezeigt hatte. Es war geräumig und besaß mit zwei Waschbecken und einer großen Badewanne mehr, als sie brauchte. „Ich werde Walden bitten, deinen Koffer zu holen." Er blickte auf die Uhr, als hätte er es eilig.

„Ach, das kann ich selbst, ich fahre auch den Wagen dahin, wo er hinsoll." Sie machte eine wegwerfende Handbewegung. Dieser Walden war ihr nicht geheuer.

Ed schien ihre Gedanken zu lesen. „Walden ist in Ordnung", meinte er. „Du brauchst keine Angst vor ihm zu haben, er arbeitet schon lange bei uns."

„Ich habe keine Angst", schnaubte sie. „Ich will nur keine Umstände machen."

„Tust du nicht." Ed ging zur Tür. „Ich arbeite heute im Homeoffice. Ich kann nachher eine Pause machen – lass uns einen Kaffee zusammen trinken, sobald du dich eingerichtet hast."

Fast schüchtern nickte sie und lächelte dann. „Klar, danke!"

Als Ed aus der Tür raus war, dachte sie darüber nach, dass es gut gewesen wäre, hätte sie ihre Schwester noch gesehen. Jetzt allein mit Margos Mann in diesem Haus zu sein, fühlte sich doch irgendwie merkwürdig an.

Danielle steckte ihr Telefon ans Kabel, ignorierte dabei Jeffreys SMS mit der Frage, ob sie gut angekommen sei, und als Walden ihr ihren Koffer brachte, verstaute sie die Kleidung in den Schränken und ihre Hygieneartikel im Bad. Sie öffnete eines der Fenster und sog den süßen Magnolienduft ein, der in der Luft lag, während aus der Ferne der Lärm der Innenstadt zu hören war. Auf den Straßen und Bürgersteigen waren Menschen unterwegs, es gab keinen Stillstand – und ihre Vorfreude auf die nächsten drei Wochen stieg ins Unermessliche.

Ed saß in einem kleinen Zimmer im First Floor, dem Erdgeschoss des Hauses. Vom Eingangsbereich führten offene Flügeltüren ins geräumige Wohnzimmer mit anschließendem Esszimmer, dahinter lag die Küche. Auf der anderen Seite gab es einen Salon, ein Gästebad und ein Gästezimmer. Folgte man dem Gang hinter der Treppe kam man in einen Korridor, wo noch weitere Räume versteckt lagen. Es gab eine kleine Bibliothek, ein Zimmer, in dem Margo wohl ihre Videos drehte, denn Danielle entdeckte ein Stativ und so was wie ein Set, mit Couch, einer großen Pflanze und perfekt platzierte Bücher von Designer Brands, die nur zur Deko dort lagen.

Aus dem kleinsten Zimmer neben einem Gäste-WC, das direkt vor dem Nebeneingang lag, hörte sie Eds Stimme. Wie viele Räume des Hauses war es in hellen Tönen gehalten.

Etwas unsicher blieb sie am Türrahmen stehen, weil er gerade telefonierte. Dabei trug er ein Headset, hatte sich in dem modernen Sessel nach hinten gelehnt und die Hände vor dem Oberkörper gefaltet. Er war mit einem dünnen Pullover, Jeans und

Sportschuhen bekleidet, die dunklen Haare waren kurz geschnitten, der Bart ordentlich getrimmt.

Als sie ein paar Sekunden an der Tür stand, sah Ed endlich zu ihr rüber. Seine Augen waren blau, die Zähne strahlend weiß. Dass er ein wunderschöner Mann war, zeigte nicht zuletzt das Hochzeitsbild der beiden, das neben ihm auf dem Schreibtisch stand.

„Sekunde", flüsterte er.

Danielle nickte schnell, ging in den Flur zurück und kam sich unglaublich überflüssig vor. Soweit sie wusste, würde Ed erst am Freitag nach New York fliegen – warum sollte sie zwei Tage früher anreisen?

Sie hörte, wie Ed sein Gespräch, in dem es um Wertpapiere ging, beendete und beide Bildschirme, an denen er arbeitete, ausschaltete.

„Ich will nicht stören", sagte sie, als er aus dem Raum kam. „Ich kann mich gut allein beschäftigen."

„So ein Unsinn", meinte Ed. „Ich habe es dir ja angeboten. Jetzt trinken wir beide erst mal einen Kaffee."

In der Küche gab es eine Auslucht, ein Vorbau im Erdgeschoss ähnlich eines Erkers, mit einem langen Sprossenfenster an jeder Seite und einem fabelhaften Blick auf ein üppiges grünes Beet im kleinen, aber feinen Hof der Stadtvilla. Das Haus besaß keine Terrasse, keinen Wintergarten oder gar eine Veranda nach hinten raus, was im Garden District absolut üblich war.

Ed servierte Kaffee aus einem Vollautomaten und reichte dazu ein paar Scones. Dann setzte er sich zu Danielle an den kleinen Tisch mit den vier Stühlen, denn große Villen und Häuser im Süden hatten meist einen „Frühstücksbereich" in der Küche.

„Im Esszimmer nehmen wir immer nur das Dinner ein, morgens und am Nachmittag muss es schnell gehen."

„Kocht Margo gern?" Danielle erinnerte sich an früher. Margo hatte immer für sie gekocht, egal, wie lange sie gearbeitet hatte. So, wie Mom es immer getan hatte.

„Ja, wir kochen beide gern."

„Das ist eine tolle Küche", sagte Danielle. Hochglanz dominierte neben Marmor. Es gab zwei Backöfen übereinander, ein Herd mit sechs Gasfeldern, und eine Kücheninsel mit einem Waschbecken. Man fand hier alles, was das Herz eines jeden begehrte, der gern kochte oder buk, und Danielle konnte sich gut vorstellen, wie Ed oder Margo hier standen und Gäste im angrenzenden Esszimmer bewirteten. „Ich habe sie zwar schon mal gesehen, aber in meiner Erinnerung war sie längst nicht so cool, wie ich sie jetzt finde."

„Der Küchenbauer ist fast durchgedreht, weil Margo so viele Extrawünsche hatte." Ed musste lachen und nahm dann einen Schluck Kaffee. „Unter der Kücheninsel führt eine Treppe in den Vorkeller. Dort lagert der Wein, unglaublich praktisch."

„Wie kommt man auf sowas?"

„Das war Margos Idee." Seufzend stellte er die Tasse ab. „Deine Schwester hatte ein paar tolle Einfälle, als es um die Renovierung der Villa ging."

„Wo ist Margo jetzt?" Das wusste Danielle nämlich gar nicht. „Ich meine, wo musste sie so schnell und dringend hinfahren?"

„Sie ist in Atlanta, Georgia. Margo ist Mitgründerin einer Organisation, die sich um die Bedürfnisse der Menschen im Osten Afrikas kümmert."

„Tatsächlich?"

„Ja, ich bin unglaublich stolz auf sie. Es geht vorrangig um die Länder Uganda, Ruanda und Burundi. Sie haben ein Büro in Kampala. Margo war aber noch nicht persönlich vor Ort – wegen ihrer Flugangst."

„Das wusste ich gar nicht." Doch jetzt erinnerte sich Danielle an die neuesten Instagram-Posts ihrer Schwester. Bilder von kleinen afrikanischen Kindern. Danielle hatte geglaubt, das sei Werbung für irgendetwas.

„Sie macht einen tollen Job. Sie ist hier, kümmert sich um Spenden, macht Aufrufe, schaltet Kampagnen, sie ist Ansprechpartnerin für die fleißigen Helfer vor Ort und hat das Ganze mit aufgebaut. Es gibt zwei Mitgründerinnen, hier in New Orleans befindet sich die Hauptzentrale. Abwechselnd fliegen die

Damen dann nach Atlanta, wo es einen zweiten Standort der Organisation gibt."

„Und sie …"

„… ist jetzt an der Reihe, nach Atlanta zu fliegen."

„Ich verstehe."

„Sie besprechen den Bau einer neuen Schule und eines Krankenhauses, und deswegen wird sie eine Weile weg sein, weil sie sich in Atlanta mit mehreren Investoren trifft."

Danielle rührte gedankenverloren in ihrer Tasse, sodass der Milchschaum ihres Cappuccinos schnell verschwand. „Das ist beeindruckend", musste sie zugeben.

„Hast du nichts davon gewusst?"

Nein, ich habe die Bilder, auf denen Hilfskräfte hungernden Kindern Schalen mit Essen reichen, für Werbung gehalten. Ich Dummkopf.

„Weißt du, Ed, wir haben uns schon ewig nicht unterhalten, und ich hatte gedacht, dass sie hauptsächlich Influencerin ist."

„Nicht mehr seit dieser Afrika-Geschichte."

„Aha."

„Ich denke, sie wollte dir nicht so viel darüber erzählen, weil sie – und das tut sie auch gegenüber anderen – sehr vorsichtig damit umgeht. Wie viele Leute haben sie schon als ‚Gutmensch' verspottet, der ‚nur Lob abgreifen will'."

Danielle hob die Brauen. „Aber die eigene Schwester?"

„Na ja, steht ihr euch so nahe, dass sie sich sicher sein konnte, du würdest alles, was sie tut, toll finden?"

„Da ist was dran." Sie sah zur Küche. Dort stand auf einer Anrichte neben diversen Kochbüchern ein Bild von ihr, ihrer Mutter und Margo. Das war zwanzig Jahre her, aber sie erinnerte sich an den Moment, als es aufgenommen worden war. Sie drei waren sich immer nah gewesen. Diese Erinnerung schmerzte, und Danielle sah schnell wieder weg.

Ed trank seine Tasse leer. „Jetzt aber genug von Margo. Erzähl mir von dir!"

„Ich …" Alles, was jetzt kommen würde, klänge wie das Leben eines Versagers. „Nein, lassen wir das. Ich würde gern wissen, was du machst."

„Das weißt du."

„NSYE – *New York Stock Exchange* – du arbeitest an der Börse in New York, aber was genau machst du da? Lass mich raten, es geht um Zahlen und Geld."

Ed lachte. „Ganz recht – ich arbeite bei der NSYE, auch Wall Street genannt – als Analyst. Überwachen, analysieren, das ist genau mein Ding. Größtenteils geschieht das in meinem Büro in New Orleans, aber ich bin sehr oft, mindestens zweimal im Monat, in New York."

„Ich verstehe nicht, warum ihr dann nicht dorthin zieht."

„Margo hängt an dem Ort. Und an dem Haus." Er schüttelte den Kopf. „Und New York, ich weiß nicht. Mir reicht der Trubel auf meinen Reisen, wohnen muss ich da nicht."

„Und du musst jetzt wieder hin?"

„Morgen um acht Uhr geht mein Flieger."

„Ach, morgen schon!" Danielle war erleichtert. Sie wollte Ed nicht unnötig in seinem Haus belagern.

„Richtig. Und weil Margo mindestens drei Wochen weg sein wird, brauchten wir jemanden, der auf das Haus aufpasst." Ed zeigte nach draußen. „Wir haben die besten Alarmsysteme, die genaueste Videoüberwachung, aber trotzdem sind in den letzten Wochen vermehrt Einbrüche im Garden District gemeldet worden, dort, wo niemand zu Hause war."

„Gibt es keine Überwachung durch die Polizei?"

„Schwierig. Die kommen, wenn etwas ist, aber nicht zur Intervention." Er zeigte mit dem Finger auf seine Brust. „Freunde von uns haben uns vom ‚Housesitting‘ erzählt. Leute, die dafür bezahlt werden, auf Häuser aufzupassen, während man nicht da ist. Und das war der Plan."

Danielle musste lachen. „Okay."

„Wir bezahlen dich, damit du keinen Ausfall in deinem Job hast."

„Machst du Witze?" Danielle wollte ihm nichts von der Kündigung erzählen. „Ist schon okay."

„Konntest du dir so lange Urlaub nehmen?", hinterfragte Ed.

„Ja", log Danielle und sah schnell weg. „Alles gut, ihr müsst mich nicht bezahlen. Das ist doch selbstverständlich."

„Da euer Verhältnis ja so super ist." Ed zwinkerte ihr zu und stand auf. „Jedenfalls habe ich dir alle wichtigen Nummern und die Adressen von Margo in Atlanta sowie meine in New York in dieses Buch geschrieben." Er entfernte sich vom Tisch und holte ein Notizbuch von der Küchentheke. Er legte es vor Danielle ab. „Aber morgen früh zeige ich dir noch mal alles ganz genau. Die Alarmanlage und so weiter."

Eine Frage brannte ihr unter den Nägeln. „Was ist mit diesem Hausmeister?"

„Walden? Der wohnt drüben im Gästehaus. Keine Sorge, er wird dich in Ruhe lassen."

„Der wohnt hier?" Sofort fühlte Danielle ein Unbehagen in sich. „Passt der dann nicht auf?"

Ed verzog den Mund. „Ich traue ihm nicht das ganze Haus zu, wenn du verstehst. Er macht den Garten, die Reparaturen und ist immer da. Aber im Haus, nein. Er wird dich nicht stören. Ich sehe ihn manchmal tagelang nicht, nur das, was er geschafft hat." Ed lachte.

Danielle hätte es zu gern gehabt, wirklich ganz allein zu sein. Sie nahm das Notizbuch in die Hand, als sie einen Umschlag darin entdeckte. „Was ist das?"

„Ein Brief von Margo." Ed machte ein versöhnliches Gesicht. „Für dich."

Als Ed wieder bei der Arbeit war und Danielle nach oben ging, hielt sie den Brief in beiden Händen. Dann saß sie auf dem weichen, großen Bett und dachte darüber nach, ob sie ihn öffnen sollte.

Wollte sie ihn überhaupt lesen?

Was wollte Margo ihr mitteilen?

Und warum schrieb sie einen Brief, warum rief sie nicht an?

Danielle tippte auf die Nachrichten-App auf ihrem Telefon. Der Gesprächsverlauf mit Margo war spärlich – und nie war das anders gewesen. Grüße zu Weihnachten und Thanksgiving, zum Geburtstag oder am 4. Juli. Ein paar Nachrichten zwischendurch. Dabei hatte die Schwester früher so vieles verbunden.

Wenn Danielle darüber nachdachte, war es immer Margo gewesen, die überhaupt geschrieben und den Kontakt gesucht hatte.

Aber als die Frage gekommen war, ob Danielle in ihrem Haus kostenfrei für Wochen unterkommen könnte, hatte Danielle sofort eingeschlagen – und einen hohen Preis dafür gezahlt. Denn käme sie wieder heim, würde ein kaltes Haus auf sie warten, und einen Arbeitsplatz hätte sie dann auch nicht mehr.

Deswegen fragte sich Danielle nun, ob nicht vielleicht sie selbst das Problem war.

Seufzend öffnete sie den Umschlag und fand einen handgeschriebenen Brief auf blassrosa Papier darin vor.

„Liebe Danielle, wie schön, dass du hier bist. Ich wünsche dir viel Spaß in unserem Haus."

Danielle zog 500 Dollar aus dem Umschlag heraus.

„PS: Kauf dir was Feines. Margo."

Da war es wieder. Dieses Gefühl der Wut, als sie auf das Geld starrte. 500 Dollar, einfach so, von der reichen Schwester, jener „Gutmensch", der sie sein wollte, da war sich Danielle sicher.

„Pah", machte Danielle und steckte das Geld und den Brief zurück in den Umschlag.

Hatte sie das nötig?

Musste Margo ihr so auf die Nase binden, wie viel mehr Geld sie hatte?

Oder war es Danielle, die damit nicht zurechtkam, weil dieses Gefühl nicht Wut, sondern schlichtweg Neid war?

5

Am Abend bot Ed an, ihnen etwas zu Essen zu besorgen, und schlug ein indisches Restaurant vor, das Margo und er gut kannten. Als er unterwegs war, hielt Danielle sich unten auf und staunte nicht schlecht, als bei Dämmerung im gesamten Haus automatisch die Lichter angingen.

Mit verschränkten Armen stand sie im Gang hinter der Treppe, dort, wo Ed sein Arbeitszimmer und Margo ihr Studio hatte.

Als sich Danielle sicher war, dass Ed losgefahren war, betrat sie das Zimmer und sah sich genauer um. Der Raum war genauso klein wie Eds Büro und komplett weiß gestrichen, die halbhohe gleichfarbige Wandtäfelung mit goldfarbener Bordüre und Rahmenleisten verziert. Hier stand eine Kommode, darauf künstliche Blumen in edlen Vasen und einem goldenen Spiegel darüber. Auf einem hellen flauschigen Teppich befand sich ein Puffhocker und einen Meter davon entfernt das Stativ, das Margo zum Drehen der Videos mit ihrem Smartphone benutzen musste. Eine professionelle Leuchte stand daneben. Danielle schaltete sie an.

Dann schaute sie über die Schulter, als könnte Ed doch noch hier sein, und holte ihr Telefon aus der Hosentasche, um es auf das Stativ zu stecken. Sie öffnete die Kamera-App und setzte sich auf den Hocker. Als sie sich selbst auf dem Display sah, musste sie zugeben, dass das Bild schon ziemlich hübsch war: Der Spiegel reflektierte die Vase mit dem Pampasgras, das Fenster und die luftigen Vorhänge, dazu die weißen Sprossen. Das Licht war perfekt.

„Hi", sprach Danielle in die Kamera und musste lachen, weil sie sich dämlich vorkam. Aber für einen Moment konnte sie das empfinden, was Margo fühlen musste, wenn sie hier saß und in die Kamera redete. Ihre Videos, die sie genau hier aufnahm, bekamen jedes Mal Tausende Likes und Hunderte Kommentare – und scheinbar machte sie ihre Sache ja wirklich richtig gut.

Vielleicht sollte ich meinen Account pflegen.

Danielle schüttelte den Kopf. So ein Unsinn. Sie hieß auf Instagram schlicht und einfach *DaniellePark* für Danielle Parker, und außer ein paar doofen Bildern, die maximal zehn Likes erhalten hatten, hatte sie ihren Account nur dafür benutzt, andere zu stalken. Darunter auch Margo.

Sie nahm ihr Telefon ab und schaute noch mal auf Margos Profil. Keine Story, nur ein letzter Post von gestern, spät am Abend.

„Ich bin offline. Ich arbeite mit all meinen Kräften an einem Herzensprojekt und bin für ein paar Wochen unterwegs. Im Anschluss versorge ich euch mit all meinen Eindrücken, doch was jetzt zählt, sind die Menschen in Afrika. Bis bald, eure Margo."

Dann ein Herz in Rot. Das Foto zeigte Margo hinter einer Reihe afrikanischer Kinder. Der Beitrag hatte knapp 124.000 Likes bekommen.

Danielle stand auf und wollte das Licht ausschalten, als sie aus dem Augenwinkel auf ein Bild aufmerksam wurde, das sich auf einem Schränkchen neben der Tür befand. Daneben sah sie Döschen und Figuren, knallbunt gestrichen und nicht sehr ordentlich, vielleicht von Kindern aus unterschiedlichen Materialien gestaltet.

Das Bild war in Gold gerahmt und auf ihm waren Ed und Margo bei ihrer Hochzeit abgebildet. Es ähnelte dem Bild in Eds Büro und war wahrscheinlich beim selben Shooting vom selben Fotografen aufgenommen worden. Ed hielt Margo darauf fest, während sie sich weit nach hinten beugte. Es sah innig und vertraut aus, und doch wusste Danielle, dass die Hochzeit einen völlig anderen Eindruck vermittelt hatte: Während dieses Shootings hatten die Gäste drei Stunden warten müssen und bei einer Affenhitze in einem viel zu prunkvollen Pavillon im Garten eines Luxushotels gehockt. Danielle erinnerte sich gut an diesen Tag. Der Schweiß war ihr nur so runtergelaufen, und sie hatte sich ständig Luft zugefächert, während sie fünfmal in den drei Stunden beschlossen hatte zu gehen, würden die beiden nicht bald wieder auftauchen.

Die Hochzeit war so was von inszeniert, unpersönlich und übertrieben gewesen, dass Danielle sich danach drei Monate nicht bei Margo gemeldet hatte, so genervt war sie von dem Trubel mit 250 Gästen gewesen.

„Bin wieder da!"

Danielle erschrak, huschte aus dem Zimmer, als sie Ed an der Eingangstür hörte. Er trug einen Mantel, den er nicht brauchte, weil es noch warm war, und der wohl eher sein Outfit komplettieren sollte, als dass er ihn nötig hätte. In der Hand hielt er eine Plastiktüte, hob sie nach oben, als ihre Blicke sich trafen. „Essen ist da."

Sie aßen diesmal an dem Esstisch, in dessen Platte aus Glas sich der Kronleuchter darüber spiegelte. Auf dem Holzparkett lag unter dem Tisch ein Perserteppich, den sich Danielle nie für ihr Haus ausgesucht hätte, der hier aber ins Interieur passte wie kein anderer.

Ed öffnete eine Flasche Wein, sprach über lustige Begebenheiten bei dem Inder, von dem er das Essen geholt hatte, und dass sie dort oft mit Freunden hingingen, weil er die angenehme Art der Menschen mochte, die den Laden betrieben.

Danielle sah dabei zu, wie er verschieden große Styroporschalen mit Deckel aus der Tüte zauberte, diese abnahm und wie köstlich es dann nach indischen Gewürzen zu riechen begann. Selbst der Reis sah appetitlich aus, mit seinen Kräutern, die ihn verfeinerten, und die Suppe mit dem frischen Gemüse darin ließ ihr das Wasser im Mund zusammenlaufen.

Ed hatte von allen Vor- und Hauptspeisen ein bisschen was zusammengestellt, sodass sie beide ein wahres Festmahl auf dem Tisch erwartete.

Die Kerze, die in der Mitte stand, silbern und festlich, und schon einmal gebrannt hatte, ließ er aus, bat Danielle zu Tisch, und als sie beide saßen, stießen sie mit dem Wein an.

„Auf dich", sagte er, „und dass du hier ein paar entspannte Wochen verbringen kannst."

Sie senkte das Glas. „Danke für die Einladung!"

Es war angenehm, mit Ed zu Abend zu essen. Er hatte hervorragende Manieren, achtete stets darauf, sie zu unterhalten und brachte sie zum Lachen. Doch ein Gedanke kam ihr dabei immer wieder auf. „Ist das nicht anstrengend?", fragte sie belustigt. „So zu sein wie du?" Er war ihr Schwager, eine neckende Frage fand sie absolut in Ordnung.

Er schien das genauso zu sehen. „Unglaublich anstrengend. Aber das ist in gewisser Weise der Anspruch unserer Gesellschaft." Er tupfte sich den Mund mit der Stoffserviette ab, stand auf und ging in Richtung Küche. „Und weil ich manchmal in meinen eigenen vier Wänden vergesse, zu Hause zu sein, gönne ich mir nach dem Wein ganz gern mal ein Bier, um mich daran zu erinnern, dass ich auch nur ein Mann bin."

Sie hörte das Öffnen des Kühlschranks und dann das Zischen einer Bierdose.

„Möchtest du?"

„Gern!" Sie trank oft Bier mit Jeffrey, wenn sie zusammen auf ihrem Sofa saßen. Es war das erste Mal, dass sie hier bewusst an Jeffrey dachte.

Ed gab ihr eine Dose und setzte sich wieder. „Margo trinkt nie Bier." Er sprach oft, ja, eigentlich ständig von ihr, das war Danielle aufgefallen. Und immer in einem Ton, der ihr verriet, wie sehr er sie liebte.

„Sie mochte früher schon kein Bier", erzählte Danielle.

„Und du?"

Danielle zuckte mit den Schultern. „Weißt du, da wo ich herkomme", sie betonte diesen Satz mit einem Lächeln, „ist Biertrinken die normalste Sache der Welt. Wein ist für besondere Tage gedacht, Champagner kann sich keiner leisten. Dafür mal ein Glas Sekt."

„Stört dich das?", fragte er. „Ich meine, den Champagner. Hast du dadurch das Gefühl, dass dir etwas fehlt?"

„Quatsch." Danielle winkte ab. Dann setzte sie die Dose an die Lippen. „Ich bin unkompliziert. Gib mir ein Bier und ich bin zufrieden."

Sie mussten beide lachen. Ed legte die Unterarme auf dem Tisch ab. „Das muss toll sein."

„Was?"

„Dir gar keine Gedanken zu machen. Na ja, ob ein Bier jetzt angebracht ist. Margo mag es nicht, wenn ich das trinke. Dabei will ich manchmal, gerade nach einer harten Woche in New York, nicht mehr, als heimkommen, mich vor den Fernseher setzen, Football gucken und ein Bier trinken. So wie 95 Prozent aller Amerikaner."

„Habt ihr überhaupt einen Fernseher?"

„Drüben im Wohnzimmer. Man kann ihn aus der Decke runterfahren."

„Das Zimmer mit dem Kamin und dieser Pferdestatue?"

„Das ist der Salon."

Danielle schnaubte affektiert.

Ed lachte. „Dir muss das hier ganz schön aufgesetzt vorkommen. Ein Leben im goldenen Käfig."

„Anscheinend will Margo das so. Oder hast du das Gefühl, dass es ihr ‚zu viel' ist?"

„Absolut nicht. Sie hat das Haus ausgesucht. Sie hat mit der Innenarchitektin alles ausgewählt." Er trank einen großen Schluck. „Was ist mit dir? Wir haben dich noch nie in Charenton besuchen können. Warum nicht? Magst du keinen Besuch?"

„Ich komme mir dumm vor. Mein Haus ist so groß wie euer Eingangsbereich."

„Das macht doch nichts." Ed holte sein Telefon aus der Hosentasche. Erst dachte Danielle, er würde Margo etwas schreiben, dann aber hielt er es ihr so hin, dass sie das Display sehen konnte. „Das ist vor anderthalb Jahren gemacht worden."

Auf dem Foto, das er ihr zeigte, sah sie Ed in einer Watthose mit Gummistiefeln und einem Hut auf dem Kopf, einen Eimer schleppend vor einer Hütte, die irgendwo in der Sumpfregion liegen musste. „Das bin ich – völlig anders als in diesem Moment."

„Wo warst du da?"

„Bei einem Freund. Er hat einen Schrimps-Kutter. Das hat viel Spaß gemacht. Wir waren auf dem Wasser unterwegs, morgens, mittags und manchmal sogar nachts, mit Leuchten und einem geheimnisvollen Glockenläuten in der Ferne. Das war ein Abenteuer." Er zog das Telefon zurück. „Er wohnt mit seiner Frau und den drei Mädels in einem kleinen Haus mit niedriger Decke und zwei Schlafzimmern. Sie hat einen guten Job in der Stadt und er bringt auch was nach Hause, doch sie wollen dort wohnen bleiben. Sie brauchen nicht mehr als die Natur und sich selbst."

„Das ist aber sehr romantisiert", sagte Danielle. „Ich habe nichts gegen ein bisschen mehr in meinem Leben als das, was mir gerade gehört."

„Also bist du unzufrieden?"

„Schon, ja", gab sie zu. „Aber was soll ich machen?"

Er sah sie lange an, und Danielle wusste nicht wieso, aber sie musste seinem Blick, diesen schönen blauen Augen ausweichen, um nicht rot zu werden.

„Was willst du denn machen?"

„Ich will meine Reisen fortsetzen." Sie stellte die Dose ab, weil sie sich mit beiden Händen am Stuhl festhalten wollte. Woher diese Nervosität kam, konnte sie sich nicht erklären. „Ich war viel unterwegs, das hat Margo dir sicher erzählt. Ich war schon in Europa. Ich war in Argentinien und in Asien, in Japan. Ich würde irgendwann gern mal sagen können, dass ich jeden Kontinent der Erde bereist habe, aber dazu fehlt mir das Geld. Mit meinem Job kann ich nicht sparen, und selbst wenn ich alles verkaufen würde, den Wagen, das Haus – es würde nicht reichen."

„Dein Haus, und es reicht nicht?"

Danielle schüttelte den Kopf. „Nein, du glaubst nicht, wie wenig ich bezahlt habe. Es ist ein kleines, unschönes Haus. Nichts funktioniert richtig. Wenn ich zum Beispiel das Licht im Schlafzimmer anschalten will, dann muss das Verandalicht aus sein, sonst läuft das nicht."

Ed verschluckte sich vor Lachen an seinem Bier. „Dann schicke ich dir einen Elektriker."

„Kann der auch dafür sorgen, dass die Wand in der Küche wieder gerade wird? Sie ist schief und der Küchenschrank ist gerade. So entsteht dazwischen eine Lücke, in die immer was hineinfällt. Ach, und habe ich dir von der feuchten Stelle im Bad erzählt? Dort kippt immer die eine Fliese runter und durch die Feuchtigkeit hält kein Kleber mehr."

„Das sind doch aber alles Dinge, die repariert werden können."

„Und dafür braucht man Geld." Danielle seufzte. „Mich stört das nicht, ich will mein Geld lieber sparen. Für Reisen. Ich will raus, was erleben, weil mich nichts dort hält. Weder mein Job noch habe ich viele Freunde …"

„Dann geh!", meinte Ed.

„Wie gesagt, das Geld. Aber manchmal denke ich, dass ich mit achtundzwanzig Jahren so langsam mal ankommen muss. Irgendwo, wo ich auch zufrieden bin."

„Das sehe ich nicht so."

„Ich rede nicht von Kindern oder einem Mann."

„Das verstehe ich schon. Aber du siehst es an anderen. Die, die es zu was gebracht haben und zufrieden sind, während du das Gefühl hast, deinen Platz im Leben noch nicht gefunden zu haben. Und das macht dich nervös."

„Ja!" Sie fühlte sich verstanden. Ed reagierte genau so, wie sie es sich manchmal von Jeffrey wünschte.

„Meiner Meinung nach musst du die Dinge aber anders betrachten", sagte Ed. „Jetzt bist du noch jung. Und weil du keine Kinder und keinen Mann hast, gibt es für dich keinen Grund, auf der Stelle zu stehen. Oder etwas hinzunehmen, ein Leben, das du noch gar nicht bereit zu führen bist. Nutze deine Neugier, deine Lust auf Neues und zieh los ... Letztens habe ich etwas Spannendes gehört: Ein Mensch, der immer auf der Suche nach was Neuem ist, einem neuen Ort, einem neuen Job, der sich selbst immer wieder neu entdecken will, ist einfach nur neugierig auf das Leben und alles, was ihn erwartet! Das ist doch toll!"

Danielle lachte zufrieden. „Ich weiß, aber das Geld."

„Wie hast du es dir vorher finanziert?"

„Ich bin mit dem Rucksack und ein paar Ersparnissen los. Ich habe die Nächte an Orten verbracht, da würdest du die Hände über dem Kopf zusammenschlagen."

„Verkauf alles, was du hast und ... dann schau einfach, wie weit es dich trägt. Wenn du wieder neues Geld brauchst, bleib irgendwo und arbeite dort. Freunde aus dem College haben das getan. Gegen Kost und Logis haben sie auf einer Ziegenfarm in Kanada gearbeitet und sind dann irgendwann weitergezogen."

„Vielleicht hast du recht."

„Natürlich habe ich recht." Er lehnte sich zurück. „Deine Schwester tut auch, was sie will. Sie wollte die Karriere bei der Hilfsorganisation. Wenn sie das kann, kannst du das auch."

Danielle atmete tief durch, während Ed einen weiteren Schluck Bier nahm. Sie konnte nicht verhindern, in genau diesem Moment, in dem sie sich so verstanden wie noch nie gefühlt hatte, auf den Ehering des Mannes zu starren, mit dem ihre Schwester verheiratet war.

Kapitel 2

1

Donnerstag, 12. Oktober 2023 – Tag 2 im Haus der Schwester

Danielle hatte wunderbar geschlafen. Der Ventilator über ihrem Bett hatte für eine angenehme Kühle gesorgt, weil sie das Fenster wegen der Moskitos geschlossen hatte, die sich durch die Ritzen der Fliegengitter gedrängt hatten. Das Bett war kuschelig weich, sodass sie ziemlich schnell einen sehr erholsamen Schlaf gefunden hatte.

Am nächsten Morgen hatte sie ihr Wecker dann um sechs Uhr geweckt, um halb sieben wollte Ed aufbrechen.

In Schlafshirt und Shorts ging sie barfuß nach unten, wo Ed am Telefon war, und wenn sie es richtig verstand, unterhielt er sich mit Margo.

„Alles klar, ich sag ihr das. Und du passt auf dich auf, ja?" Er ging in dem Gang hinter der Treppe hin und her. „Hier ist alles in Ordnung. Du weißt, du kannst dich auf mich verlassen. Ja, ist gut. Ich liebe dich!" Er legte auf.

Ihre Blicke trafen sich, als Danielle um die Ecke lugte.

„Gute Neuigkeiten", sagte Ed und steckte das Telefon weg. „Ich muss nicht weg."

Danielle empfand sofort eine tiefe Enttäuschung. Ihr „Urlaub" sollte doch gerade erst anfangen! „Oh …"

„Ja, ich … Also mein Kollege, Brian, hat zwei, drei Termine mehr reinbekommen, sodass er unbedingt nach New York muss. Zu zweit zu fliegen, wäre absoluter Blödsinn, weil wir dann hier mit unseren Aufgaben nicht hinterherkämen und zu viel liegenbleibt. Also fliegt er, und ich bleibe."

Sie schluckte und versuchte, sich ihre Enttäuschung nicht anmerken zu lassen.

„Du hast dich auf das hier gefreut, oder?", fragte Ed vorsichtig. Dann grinste er. „Ich habe gerade mit Margo gesprochen. Wenn du willst, kannst du bleiben – fühl dich wie zu Hause!"

„Im Ernst?" Erleichterung machte sich in ihr breit. „Ich würde gern bleiben!"

„Vielleicht kann Margo es ja einrichten, ein paar Tage früher wiederzukommen. Und bis dahin – mach, was du willst, lass es dir gut gehen." Ed lachte nun. Er hatte Jeans an, Sportschuhe, die so weiß waren, dass man denken konnte, er trüge sie zum ersten Mal, ein Hemd und einen Pullover darüber. Sein Parfüm vernahm sie bis zu sich herüber.

„Ich störe dich auch wirklich nicht?"

„Wir werden uns kaum sehen, ab morgen bin ich wieder im Büro." Ed warf einen Blick in Richtung Küche. „Aber heute habe ich frei. Lass uns einen Kaffee trinken, und dann zeig ich dir die Stadt."

„Ich kenne die Stadt", meinte sie belustigt.

„Aber nicht, was es so Neues gibt!", sagte er mit einem Zwinkern.

Nach dem Frühstück zogen sie los. Ed wollte offenbar Eindruck schinden, holte seinen Oldtimer Bentley aus der Garage, ließ das Verdeck runter und kurvte mit Danielle durch die Stadt. Als sie ihre Sonnenbrille aufsetzte, weil er es ihr vorgemacht hatte, und ihre blonden Haare durch den Wind flogen, fühlte sie sich ein kleines bisschen wie ein Star aus einem Tarantino-Film, während sie mit Ed über die Interstate sauste.

Im ältesten und beliebtesten Viertel der Stadt, dem French Quarter, flanierten sie eine Runde durch den Jackson Square, einem Platz direkt am Mississippi, in dem die Statue des Generals Andrew Jackson zum Fluss gerichtet stand. Sie wurden wie magisch von der Partylaune der Touristen angezogen, die dort rund um die Uhr und das ganze Jahr über herrschte. Zwischen Livemusik junger und alter Bands arbeiteten Künstler an jeder Ecke und boten ihre Werke Besuchern zum Verkauf an.

Danielle hatte sich zwischen den vielen Freigeistern früher immer sehr wohl gefühlt, hatte selbst für kurze Zeit bei einer Band mitgespielt, und berichtete Ed nun von ihren Banjo-Künsten.

Sie spazierten unter dicken Eichen mit herabhängendem Spanischem Moos und an Häuserzeilen mit den berühmten gusseisernen Balkonen vorbei, bis zum weltbekannten *Café du Monde*, vor dem es eine Schlange Menschen gab, die darauf warteten, ein Café au lait und dazu ein leckeres Beignet zu ergattern.

Dann führte Danielle ihn in ein kleines Café, in das sie früher gern mit ihren Freundinnen nach der Schule gegangen war. Sie war ganz aus dem Häuschen, dass es immer noch existierte. Es befand sich im French Market in einer kleinen ruhigen Straße, die in eine Sackgasse mündete, und war von der Hauptstraße kaum zu sehen. In diesem Café stapelten sich Bücher, jeder Tisch bestand aus einem anderen Material, Stühle, Sessel und Sofas waren bunt dazu gemixt. Hier bedienten junge Studenten, es gab frischen Kaffee, Selbstgebackenes und kleine Salate mit wunderbarem Kräuterdressing. Ed aß ein Baguette zu einem fruchtigen Cocktail namens „Madame Claude", und Danielle wählte eine Quiche. Sie unterhielten sich über die Zeiten, in denen Danielle noch hier zur Highschool gegangen und dass Ed in dieser Zeit schon auf dem College gewesen war.

Ed redete viel, und Danielle hörte ihm gespannt zu, weil sie es großartig fand, ihn jetzt zum ersten Mal richtig kennenzulernen. Lange Zeit war er nur der Mann ihrer Schwester, eine Person mit einem Namen und einer Rolle gewesen, den Menschen dahinter hatte sie aber nicht gekannt – bis jetzt.

Ed war witzig, gesellig und spontan, und spätestens als die Kellnerin kam, um abzukassieren, musste Danielle zugeben, dass er sehr charmant und höflich war.

Er war ein Gentleman, hielt ihr die Tür offen, als sie das Café verließen und sich plötzlich inmitten einer kleinen Parade wiederfanden, die aus dem Nichts auf einer der Hauptstraßen entstanden war.

Farbenfrohe Tänzerinnen, die zu einer Band gehörten, eine der sogenannten „Second Lines", luden zum heiteren Miteinander ein. Es wurde so laut, dass Ed und Danielle in ihrem Gespräch unterbrochen wurden, und ehe sie sich versah, fand sie sich zwischen den Musikern wieder, die ihr mit Kontrabass und Tuba ein Ständchen sangen.

Danielle sah sich nach Ed um, der vor Lachen die Hände auf die Knie schlug, und dann tat sie es auch. Sie ließ sich von den

Klängen der Musik einhüllen, wurde mitgerissen von der Lebensfreude der Menschen um sie herum, und dachte zum ersten Mal daran, wie dumm es von ihr gewesen war, New Orleans einst den Rücken gekehrt zu haben.

Aus diesem Grund änderte sich ihre Laune in Wehmut, als sie dann beide Richtung Royal Street schlenderten, Ed von teuren Boutiquen und Geschäften redete und Danielle bewusst wurde, dass das hier nur ein Ausflug war und nicht der Alltag, in den sie irgendwann wohl oder übel zurückkehren musste.

Neben Kunstgalerien, Nobelhotels und guten Restaurants fand man in der Royal Street auch eine Reihe von Edelboutiquen und exquisiten Geschäften. Das war ein Teil der Stadt, in dem Ed sich gut auskannte, während Danielle dort noch nie etwas zu suchen gehabt hatte.

Vor irgendeinem Schmuckladen blieb Danielle stehen und begutachtete ein Armband im Schaufenster. Es funkelte und glitzerte und natürlich gab es kein Preisschild. Es hatte ein kleines Herz als Anhänger, was ihr ein Lächeln auf das Gesicht zauberte.

„Wir befinden uns ganz in der Nähe von Margos Büro. Hast du Lust, es dir anzusehen?" Ed selbst kam mit seiner neu gekauften Krawatte in einer Tüte an der Hand zu ihr gelaufen und folgte ihrem Blick. „Gefällt dir das?"

„Ach nein, schon gut, ich wüsste ja gar nicht, wann ich es tragen sollte …"

„Du bist eine Frau. Frauen haben jeden Tag das Recht, schönen Schmuck zu tragen, wenn sie es möchten."

Sie wurde rot. „Margos Büro?"

„Ja, nur eine Straße weiter. Ihre Kolleginnen sind Freunde von uns. Wie wär's?"

Wirklich recht war es ihr nicht. Vor fremden Menschen war Danielle immer sehr schüchtern. Andererseits sah sie das Strahlen in seinen Augen und wollte nicht ablehnen. „Okay", sagte sie deswegen.

Margos Büro war ausgewiesen mit *African Care Organisation* und befand sich im zwölften Stock eines Hochhauses in der Innenstadt.

Das Büro war modern eingerichtet, und durch die Glasfront hatte man einen tollen Blick auf die Stadt und sogar den Mississippi.

Margos Kollegen begrüßten Ed im Flur und waren freundlich zu Danielle, als sie hörten, sie sei Margos Schwester.

Anna, eine der Köpfe der Organisation, in einem schicken grauen Kostüm, führte Danielle und Ed in Margos Büro, während sie die ganze Zeit mit ihm redete und sich Danielle dahinter wie das fünfte Rad am Wagen vorkam.

In Margos Büro gab es zwei Schreibtische, der eine natürlich leer, an dem gegenüber saß eine Frau, auch in Margos und Annas Alter.

„Das ist Julia", stellte Anna sie vor. Anders als Anna begegnete Julia Danielle nicht sofort mit einem breiten und freundlichen Grinsen, sondern blieb eher auf Distanz.

„Hallo."

Danielle hörte zu, wie Anna ihr ein paar Dinge über die Organisation erklärte, wobei sie ihr in einem dicken Ordner Bilder und Pressetexte zeigte, doch das Interessante war das ganze Drumherum in dem Büro. Der Schreibtisch, die Stühle, das Sofa an der Wand, der monströse Kaffeevollautomat draußen in der Lounge – all das war so verdammt prächtig, dass Danielle sich fragte, wie prunkvoll eine Organisation wohl aufgestellt sein sollte, die sich für die armen Bereiche Afrikas einsetzte, und ob der ganze Luxus nicht ein bisschen widersprüchlich war.

Als sie sich an Margos Schreibtisch setzte, blickte sie aus dem bodentiefen Fenster hinaus auf die Stadt und hatte denselben Eindruck wie damals bei Margos Hochzeit mit Ed: Es war alles zu viel von allem und absolut unnötig.

„Komm uns gern mal besuchen", sagte Anna zum Abschied. „Vielleicht hast du ja mal Lust, in die Arbeit deiner Schwester reinzuschnuppern."

Danielle nickte und dachte daran, dass sie irgendwann einen neuen Job brauchte. „Das mache ich gern."

Im Fahrstuhl, in den sie mit Ed stieg, standen sie eng beieinander.

„Was sagst du?", fragte er, musste den Kopf senken, während sie ihren heben musste, um einander anschauen zu können.

„Okay."

„Nur okay?"

Sie fand nur schwer Worte, die ihre Eindrücke beschreiben konnten. „Alles sehr … dekadent."

„Ich hab's mit eingerichtet."

Danielle musste grinsen. „Dann ist mir alles klar …"

Als der Bentley wieder zum Garden District zurückkehrte und Ed sie vor dem Haus rausließ, fuhr sich Danielle erschöpft über das Gesicht. Es war ein anstrengender, aber schöner Tag gewesen, und all das, was sie heute gesehen hatte, musste sie erst mal verarbeiten.

Als sie zum Haus ging, saß Ed noch im Wagen, anstatt ihn gleich in die Garage zu fahren.

„Kommst du nicht?", fragte sie.

„Ich muss kurz weg." Er hob sein Telefon in die Luft. „Die Arbeit ruft."

Sie nickte ihm zu und betrat das Haus allein. Ihr erster Gang brachte sie in die Küche, um sich am Spender ein Glas Wasser zu holen. Es war schön kalt und benetzte ihre Kehle, breitete sich in ihrem Körper aus, sodass sie sich sofort besser fühlte.

Margo führt ein völlig anderes Leben als ich.

Danielle füllte das Glas erneut.

Du hast nichts, was sie nicht hat.

Sie trank das Wasser. Dachte dabei an das Haus, in dem Margo wohnte, an das schicke Büro. Und an den Mann, den sie an ihrer Seite wusste.

Und du hast einfach mal ganz nichts.

Danielle drehte sich um, als in diesem Moment Walden, der Hausmeister, direkt neben ihr in der Tür stand. Sie erschrak so sehr, dass ihr das schwere Glas hinunterfiel und eine große Ecke abbrach.

„VERDAMMT!", fluchte sie und wich unwillkürlich ein Stück weiter weg, weil Walden das dreckige Grinsen auf seinem Gesicht nicht loswurde. „Was soll das?"

„Tut mir leid, Ms. Danielle." Er sprach komisch, undeutlich. Wie froh sie war, nicht drei Wochen allein mit ihm hier zu sein.

Doch jetzt gerade bist du mit ihm allein.

„Ich hoffe, Sie nicht zu stören", sagte er und bewegte die Rohrzange in seiner Hand.

Und mit den Shorts und dem Top, die du trägst, fühlst du dich unfassbar nackt, weil seine Augen dir den letzten Fetzen Stoff vom Körper zu ziehen scheinen.

„Was wollen Sie denn?", fragte Danielle und ihr fiel auf, dass es keinen Messerblock auf der aufgeräumten Arbeitsfläche gab. Nicht einmal eine Schale Obst, sodass sie einen Apfel nach ihm hätte werfen können, falls er ihr gefährlich wurde.

„Ich wollte nur fragen, ob alles in Ordnung ist?"

Sie schluckte. „Ja." *Beruhige dich. Er tut dir schon nichts.* „Danke."

„Gut." Der müffelnde Mann mit dem Grinsen und dem merkwürdigen Gang, den dreckigen Klamotten, machte kehrt und verschwand aus dem Haus.

Erleichtert ging Danielle in die Hocke, um das Glas aufzuheben.

Ed kam eine Stunde später wieder, als sie im Wohnzimmer auf der Couch saß und darüber nachdachte, wie sie ihren Instagram-Kanal etwas aufhübschen konnte. Sie hatte geduscht und sich umgezogen, trug nun Jeans und eine billige Bluse aus dem *Walmart*, die sie noch nie angehabt hatte, weil sie an den Ärmelnähten kratzte.

Doch in dieses Haus passten ihre ausgeleierten T-Shirts nicht, die unter den Achseln schon ausgeblichen waren.

Sie hatte überlegt, sich etwas Hübsches zu kaufen und ein paar Fotos im Salon von sich zu machen, um sie für Instagram zu benutzen. Das Geld von Margo würde sie allerdings nicht dafür anrühren. Sie würde ihrer Schwester den Umschlag genau so zurückgeben, ohne dass auch nur ein Dollar fehlte.

„Hey", sagte Ed nun, als er seinen Kopf durch die offene Flügeltür steckte.

„Hallo." Sie stand auf. „Hast du Hunger?"

„Ja, ich habe schon überlegt, was wir essen könnten …"

Sie schüttelte den Kopf und lächelte. „Ich war so frei und habe Essen bestellt."

Das schien ihn zu überraschen. „Wirklich?"

„Ja, ich habe mal gegoogelt, ob es den Koreaner in der Bronson Street noch gibt und ja, tatsächlich." Sie warf einen Blick auf ihre Armbanduhr. „Wird in 45 Minuten geliefert."

„Danke, das ist nett von dir."

„Ich muss *dir* danken. Für den wunderschönen Tag heute." Sie war glücklich, ihm eine Freude zu machen, außerdem wollte sie sich auf keinen Fall von Ed aushalten lassen.

„Da du davon sprichst …"

Erst jetzt fiel Danielle die edle weiße Papiertüte in seiner Hand auf. Es war keine Tüte, fast schon eine Tasche. Sie las die schwarze Schrift des Schmuckladens und zuckte regelrecht zusammen.

Dann streckte er die Hand aus und hielt ihr das Täschchen hin. „Für dich!"

Danielle kam um die Couch herum. „Ed, das kann ich nicht annehmen."

„Bitte, denn Margo kann ich es nicht geben. Margo liebt Gold und nicht Silber …" Er lächelte. Anders als sonst. Es war kein freundliches Alltagslächeln. Es war ein Lächeln *für sie*. „Du würdest mir eine große Freude bereiten, wenn du es annimmst, Danielle."

Dein Mann schenkt mir gerade ein sündhaft teures Armband, Margo. Ich brauche dein Geld gar nicht, Schwesterchen.

Danielle griff nach dem Täschchen, spähte hinein und fand eine hübsche längliche Schachtel darin vor. „Danke, Ed, danke! Tausend Dank!" Sie fiel ihm um den Hals, weil sie sich so freute.

Er drückte sie fest.

Und Danielle konnte an nichts anderes denken, als dass Margo sich ihr Geld sonst wohin stecken konnte.

2

Freitag, 13. Oktober 2023 – Tag 3 im Haus der Schwester

Am Freitag war Ed bereits aus dem Haus, als Danielle wach wurde. Draußen war es stürmisch, die dünnen Äste der Eiche schlugen gegen die Fenster.

Sie rieb sich die Augen, nahm ihr Telefon und erschrak, als die Uhr schon fast zehn Uhr zeigte. Der Tag gestern hatte sie müde gemacht. Als sie sich zu dem Nachttisch umdrehte, sah sie die Schachtel mit dem Armband drin liegen.

Im Tageslicht gesehen, fand sie die Geste Eds schon etwas sonderbar. Zugegeben, sie hatte sich tierisch über sein Geschenk gefreut, und die 700 Dollar (den Preis hatte sie im Internet recherchiert) waren für Ed sicherlich Peanuts, aber Danielle war eben nicht seine Partnerin oder gar Geliebte, sondern die Schwester seiner Ehefrau. Oder war sein Geschenk genau deswegen vielleicht sogar in Ordnung?

Danielle warf sich zurück ins Bett und beschloss, nicht mehr darüber nachzudenken. Dafür tippte sie eine SMS an Jeffrey, erzählte darin kurz von den Eindrücken ihrer ersten zwei Tage und machte sich dann auf ins Badezimmer.

Als sie wenig später angezogen nach unten ging, sah sie schon auf den obersten Stufen der Treppe durch das Milchglas in der Eingangstür eine Person dort stehen.

Sie hielt inne.

War das Walden, der Hausmeister?

Sie ging langsamer, erreichte das Erdgeschoss und lief eilig rüber in den Salon, weil sie von hier aus durch das Fenster vor die Haustür sehen konnte.

Es war nicht Walden. Es war ein Mann mit rotblonden Haaren, guter Kleidung und einer ganz normalen Figur. Er trug keine Schuhe, das fiel ihr auf. Der Mann blickte sich suchend um, und schien die Tür zu inspizieren.

Danielle dachte an einen Einbrecher und zog ihr Telefon aus der Hosentasche. Ängstlich suchte sie Eds Nummer und rief ihn an.

Irgendetwas an diesem Mann machte sie nervös.

„Hallo?", kam es kurz.

„Ed, ich bin's. Hier schleicht ein Mann vor der Tür herum." Sie flüsterte, obwohl der Mann ja draußen stand, und sie nicht hören konnte.

„Was für ein Mann?"

„Keine Ahnung. Er sieht so aus, als würde er einen Weg hinein ins Haus suchen." Vorsichtig schob sie den Vorhang noch mal zur Seite. „Was mach ich denn jetzt?"

Ed seufzte. „Hör zu, ich kann gerade nicht. Ruf Walden an! Seine Nummer steht in dem Buch in der Küche."

„Nein, ich rufe den nicht an!" Sie kam sich blöd vor, Ed bei der Arbeit zu stören, aber diesen Walden würde sie nicht um Hilfe bitten.

„Okay, ich … Bleib ruhig, ich schau, was ich tun kann."

Ed legte auf.

Danielle beobachtete den Mann weiter. Jetzt ging er vor dem Haus hin und her, lief dabei über die schmalen Rasenflächen. Aber so was tat ein Einbrecher nicht. Nicht am helllichten Tag.

Sollte sie das Fenster öffnen und nach ihm rufen?

Dann ging der Mann über den sauberen Gartenweg zum Tor und verschwand aus Danielles Sichtfeld.

Sie lief durch jedes Zimmer in der unteren Etage und spähte nach draußen – der Mann war nicht mehr zu sehen. Dafür aber hörte sie die Hauseingangstür. „Danielle?"

Eilig kehrte sie zurück. „Es tut mir schrecklich leid, dass ich dich angerufen habe!"

„Schon gut, wo ist er?" Ed sah sich um.

„Er ist weg!"

„Weg?" Eds Stimme klang gereizt, und dazu hatte er auch allen Grund. „Und dafür bin ich hergerast?"

„Es tut mir leid, aber ich wusste nicht, was ich tun sollte."

Ed stemmte die Hände in die Hüfte und atmete tief durch. „Okay – aber wenn du jetzt allein gewesen wärst, und das wärst du ja laut Plan, dann hättest du Walden anrufen *müssen*."

Sie glaubte, er würde ihr das übel nehmen, ihn bei der Arbeit gestört zu haben. Als sie an den Tag gestern dachte, war es ihr wirklich unangenehm, seine Zeit so zu beanspruchen.

„Tut mir leid", sagte Danielle. „Ich hätte nicht überreagieren dürfen."

„Schon gut. Wichtig ist, *dass* du jemanden angerufen hast. Ich … Sorry, ich wollte nicht so barsch klingen."

Danielle schüttelte den Kopf. „Nicht schlimm."

„Weißt du, Margo ist eine Person des öffentlichen Lebens – da kommt es schon mal vor, dass sich hier ein Groupie verläuft." Jetzt lächelte er wieder. „Sagt man das noch so? Groupie?"

Erleichtert lächelte auch sie. „Keine Ahnung."

„Aber ich werde nachher mal die Überwachungskameras checken. Es gibt Wiederholungstäter." Ed warf seinen Autoschlüssel von der einen in die andere Hand. „Also dann, bis später."

„Bye!"

An der Tür blieb Ed stehen. „Ach, da gibt's noch was! Meine Eltern und ich gehen heute Abend essen. Hast du Lust, mich zu begleiten?"

Danielle öffnete den Mund, brachte aber keinen Ton heraus.

„Das Lokal ist in der Innenstadt, ich mag es sehr. Fast alle unsere Geschäftsdinner finden dort statt, ich würde es dir gern einmal zeigen. Die Muscheln dort sind ein Traum."

„Ich weiß nicht." Tabitha und Gerald Vanderbilt hatte Danielle zuletzt bei der Hochzeit vor sieben Jahren getroffen. Sie konnte sich aber noch gut an sie erinnern. Die Mutter hatte ständig an Eds Anzug herumgezupft, und ihr Mann, Eds Stiefvater, war dauernd in Gesprächen mit Geschäftspartnern vertieft gewesen.

„Du würdest mir eine Freude machen", sagte Ed. „Überleg es dir. Ich habe heute viel zu tun. Wir sehen uns so gegen sechs."

„Okay." Danielle hob die Hand, und Ed ging nach draußen.

Das Problem an der Sache war, dass Danielle nichts anzuziehen hatte. Das Restaurant, in das Ed mit seinen Eltern gehen wollte, kannte sie zwar nicht, konnte sich aber vorstellen, dass es nicht der günstige Koreaner war, in dem sie sich damals mit ihren Freundinnen nach der Highschool eingefunden hatte.

Mit prüfendem Blick stand sie vor dem Kleiderschrank und begutachtete ihre Sachen, die sie aus Charenton mitgebracht hatte. Nicht ein Abendkleid war dabei – zu witzig, sie hatte auch noch nie eines besessen.

Wie viele wunderschöne Kleider sich wohl in dem Schrank ihrer Schwester befanden?

Danielle verwarf den Gedanken und blickte stattdessen zu ihrer Geldbörse. Sie hatte in bar noch 57 Dollar. 23 waren für das Essen gestern Abend draufgegangen, das sie bezahlt hatte. Sie hatte ihre Bankkarte – doch da war das Restgehalt noch nicht drauf, und der Monat neigte sich dem Ende zu …

Nein, wie sie es drehte und wendete, sie konnte sich kein Kleid kaufen. Also legte sie eine Alternative für heute Abend auf ihr Bett, wusste aber, dass nichts davon zu dem schicken Armband passen würde, das Ed ihr gekauft hatte.

Nachdem Ed duschen war, fuhren sie gegen sieben Uhr mit seinem Bentley in die Stadt. Die Sonne war untergegangen, die Lichter der Stadt ließen sie jedoch fast noch heller erscheinen als am Tag. Das Nachtleben in New Orleans hatte Danielle damals schon geliebt.

Ed parkte den Wagen nahe der Canal Street, in der sich das Seafood-Restaurant befand. Gerald und Tabitha standen neben der großen Palme vor dem Eingang, und schon bei ihrem Anblick fragte sich Danielle, was sie hier eigentlich zu suchen hatte. Fast ängstlich sah sie zu Ed auf, der ihr ein Lächeln schenkte. „Nur zwei Stunden, und dann können wir wieder gehen."

Er begrüßte seine Mutter und seinen Stiefvater aber doch herzlich, ehe er sich zu Danielle umdrehte und sagte: „Mom, Gerald, ihr erinnert euch an Danielle?"

„Die Schwester." Gerald nickte freundlich.

Als Tabitha ihren Blick auf Danielle warf, spürte diese regelrecht, wie sehr sie sie musterte. Es war ihr schon klar, dass Tabithas wunderschönes rotes Abendkleid gegen den einfachen und viel zu kurzen Jerseyrock von H&M und der billigen Bluse, die sie den ganzen Tag schon getragen hatte, gewonnen hatte. Auch

Danielles Ballerinas, die eher grau als schwarz waren, passten kein bisschen zu diesem Abend. Doch sie versuchte, so gut wie möglich zu überspielen, wie unwohl sie sich selbst fühlte. „Freut mich!"

„Ebenso", sagte Tabitha und wandte sich wieder an ihren Sohn. „Gehen wir rein?"

Erneut kam sich Danielle wie das fünfte Rad am Wagen vor, als sie alle in einem Separee in diesem edlen Restaurant saßen und Gerald Vanderbilt nach 48 Minuten die dritte Flasche Wein orderte, obwohl die zweite noch gar nicht leer war. Die Vorspeise, eine Meeresfrüchtesuppe, hatten sie bereits durch. Auf Anraten Eds hatte Danielle zum Hauptgang Salat und Muscheln bestellt. Zusammen mit dem Wein wusste sie schon jetzt, dass das Dinner ihren Magen auf eine harte Probe stellen würde.

Gerald, Tabitha und Ed redeten ununterbrochen. Es ging nur um Geschäftliches, Tabitha wirkte dabei sehr belehrend, woraufhin Ed versuchte, seinen Standpunkt und seine Ansichten zu verteidigen. Gerald lenkte zwischendurch immer wieder ein, aß aber die ganze Zeit mit einem Zahnstocher eingelegte Oliven, Tomaten und Champignons.

Die Stimmung war okay, Danielle gefiel es, sich die reichen Menschen an den anderen Tischen anzusehen, bewunderte die glitzernden Kleider und Schuhe der Frauen, die wirklich perfekten Frisuren und das Make-up, das jedem Lachen, jedem Küsschen auf die Wange, jedem Speisegang und jedem Schluck aus dem Glas standhielt.

Sämtliche Männer in diesem Raum trugen einen Anzug, alle sahen gleich aus, und es war das erste Mal, dass sie sich wünschte, sie könnte aufstehen, und mit Jeffrey zu *McDonald's* fahren.

„Und Sie?", unterbrach Tabitha ihre Gedanken. Sie war eine große, stämmige Frau und erinnerte Danielle ständig an die dicke Molly aus „Titanic". „Was machen Sie, Danielle?"

„Bitte?"

„Beruflich."

Ein Blick zu Ed. „Oh, ich … Ich habe in Jeanerette in einem Supermarkt gearbeitet. Das ist ein Nebenort von Charenton, wo ich wohne."

„Charenton?" Gerald überlegte. „Richtung Thibodaux?"

„Richtig."

„Ein Supermarkt?" Tabitha lachte. „Bekommt man da so hübsche Schuhe?" Sie nahm die Hand vor den Mund. „Nichts für ungut, aber hat Ed Ihnen nicht gesagt, wo wir heute Abend hingehen?"

„Nein, ich …" Weil es ihr so peinlich war, konnte Danielle ihr nichts darauf antworten. Eingeschüchtert senkte sie den Blick. Ihr Kinn begann zu beben, und das Schlimmste war, dass sie spürte, wie ihr Gesicht hochrot anlief.

Gerald musste sich das Grinsen verkneifen und drehte sich zum Kellner, als der grad die ersten Hauptgänge servierte – und Ed?

Ed nahm seinen Teller an, wandte sich zu Danielle und flüsterte: „Nimm das nicht ernst. Meine Mom ist und war schon immer sehr oberflächlich."

Auch Danielle wurde ein Teller mit Salat und Muscheln serviert, als Ed versuchte, das Thema zu wechseln. „Das sieht großartig aus." Er selbst hatte ebenfalls Muscheln bestellt. Die anderen begannen zu essen, während Danielle keine Ahnung hatte, wie man Muscheln aß. Am liebsten wäre sie gegangen, doch das wollte sie Ed nicht antun.

„Und wie lange werden Sie bleiben?", fragte Gerald.

„Drei Wochen", antwortete Danielle und schaute sich bei Ed ab, was der mit dem Besteck auf seinem Teller machte. Als sie den ersten Bissen endlich im Mund hatte, glaubte sie, Meerwasser und Sand und eine Qualle auf der Zunge zu haben.

„Man kann drei Wochen auf Sie verzichten?" Gerald hatte Fisch bestellt und wartete nun auf ihre Antwort.

Doch Danielle hatte das widerliche Zeug noch nicht mal runtergeschluckt. Schweiß schoss ihr aus allen Poren, sie unterdrückte den Würgereiz, wollte nur noch ausspucken, und spürte die Blicke Eds, Geralds und Tabithas auf sich.

„Lass sie mal in Ruhe essen, Gerald", meinte Ed.

Danielle schluckte. Muscheln waren das Abscheulichste, was sie je gegessen hatte. Fakt. Sogar Tränen hatten sich vor Anstrengung in ihren Augen gebildet. „Um ehrlich zu sein, habe ich den Job gekündigt."

Ed starrte zu ihr rüber.

Gerald klang interessiert. „Oh, haben Sie was Besseres gefunden?"

„Nein, Sir, ich … Ich bin auf der Suche nach etwas Neuem."

Tabitha lachte kurz. „Das wird nicht schwer sein."

„Mom!", mahnte Ed.

„Und an was haben Sie da gedacht?", fragte Gerald.

„Das weiß ich noch nicht." Danielle pikte in ihrem Salat herum.

Tabitha musterte sie von der Seite. Sie selbst hatte Krabbensalat und Brot, Kaviar und irische Butter geordert. „Wie alt sind Sie, Danielle?"

„Achtundzwanzig."

„Oh, mit achtundzwanzig stand ich schon fest im Leben als Unternehmerin mit einem Kind und einem Ehemann an meiner Seite."

Danielle legte die Gabel weg. „Hätten Sie alles richtig gemacht, so wie Sie es mir gerade weismachen wollen, säße jetzt wohl dieser Ehemann mit uns am Tisch und nicht Gerald." Mit einem kurzen Blick zu Ed stand sie auf. In ihr brodelte es, und das lag nicht an den Muscheln.

Gerald verschluckte sich fast an seinem Wasser.

„Also dann, vielen Dank für den Abend, aber ich muss jetzt wirklich gehen." Sie entfernte sich vom Tisch, während sie Tabitha etwas von „Dreistigkeit" maulen hörte.

Danielles Herz schlug wie wild, als sie sich durch die Garderobe kämpfte, in der sich gerade viele Leute befanden, und dann die Tür aufdrückte. Frische Luft drang in ihre Nase, sie sog sie ein, hielt sich an der Wand fest, weil ihr schwindelig und schlecht war.

„Danielle!"

Als sie über die Schulter blickte, sah sie Ed, der ihr gefolgt war. Er hatte seinen Mantel in der Hand, wollte wohl offensichtlich auch nicht bei seinen Eltern bleiben. „Für die Worte meiner Mutter möchte ich mich entschuldigen."

„Du brauchst dich nicht für sie entschuldigen."

„Doch, ich denke schon. Du musst wissen – in deren Leben gibt's nicht mehr als Oberflächlichkeiten."

„Ist das der Grund, warum der Name Margo nicht ein einziges Mal fiel?" Das war ihr nämlich aufgefallen. Nicht ein Mal hatten die Schwiegereltern nach ihr gefragt.

„Kann sein." Ed lächelte. „Kurzer Spaziergang?"

3

Die Luft tat unglaublich gut. Während sie gerade eben vor dem Restaurant noch geglaubt hatte, sich übergeben zu müssen, fühlte sie sich nun schon bedeutend besser. Sie umgingen den Trubel in den Touristenstraßen des French Quarters und flanierten durch eine Gasse, die durch die vielen Hintereingänge und Lieferantenzufahrten zwar nicht sehr ansehnlich, dafür aber ruhig war.

„Warum hast du mir das mit deinem Job nicht gesagt?", fragte Ed.

„Weil es mir peinlich war. Ich wollte nicht so dastehen, als wäre ich eine komplette Versagerin."

„Das bist du nicht! Ich hoffe, es war nicht wegen des Aufenthalts bei uns?"

„Doch, schon, aber alles gut. Ich habe dir erzählt, welchen Traum ich habe. Und in meinem Job wäre ich nur noch länger unglücklich gewesen. Vielleicht brauchte ich diesen … Anstoß zum Glück."

Ed sagte nichts mehr, und so schlenderten sie beide durch die Straße. Danielle genoss die Ruhe.

„Hätte ich gewusst, wie der Abend verläuft, hätte ich dir das erspart", sagte er dann. „Ich bin mit dreizehn Jahren auf ein Internat gegangen und mit neunzehn aufs College", erzählte Ed. „Mom und Gerald haben mich nie lange bei sich haben wollen, zumindest haben sie mir nicht das Gefühl gegeben, dass eine innige Bindung mehr zählt als das frühe Streben nach einem gut bezahlten Job. Ich habe also gar nicht lange zu Hause gewohnt und bin ziemlich schnell erwachsen geworden. Das ist nicht das Schlechteste, aber aus diesem Grund sind Mom, Gerald und ich nie eine Familie geworden."

„Das ist traurig", fand Danielle. „Deinen Stiefvater mochte ich bei der Hochzeit ganz gern, er war lustig. Deine Mom machte schon damals einen recht unnahbaren Eindruck."

„Das siehst du richtig. Erst als ich Margo kennengelernt habe, habe ich erfahren, wie warmherzig ein Mensch sein kann. Sie hat mir von euren Eltern erzählt, und ich habe die Liebe in ihren

Erzählungen gespürt. Ich wünschte, ich würde mit so viel Liebe von meiner Mutter sprechen können."

„Mögen sie Margo?"

„Gerald hat Margo gern. Bei ihm kann sie sein, wie sie wirklich ist. Ob Mom sie mag, weiß ich nicht. Dabei gibt sich Margo viel Mühe: Sie achtet darauf, wie sie sich zu kleiden und zu benehmen hat. Sie hat gelernt, ein Gespräch zu führen, weiß, über was sie wann reden darf. Aber es ist eine Rolle, die sie spielen muss, und dass das manchmal hart für sie ist, kann ich gut verstehen."

Danielle runzelte die Stirn. „Wie meinst du das?"

„Na ja, Margo liebt Tiere und Kinder. Margo mag es, Halloween zu feiern oder unser Haus weihnachtlich zu schmücken. Sie liebt es, zu backen, und sie kann stundenlang denselben Liebesfilm schauen und dabei Berge vollgeheulter Taschentücher produzieren – und sie liebt es, wenn wir gemeinsam auf der Couch liegen und sie mir von all ihren Träumen erzählen kann."

Danielle dachte nach. „Hat sie so viele Träume?"

„Ja, die hat sie. Wie du. Ich denke, ihr seid euch ähnlicher, als du es dir vorstellen kannst. Manchmal glaube ich, Margo wäre auch zufrieden, wenn wir beide auf einer Farm lebten und einfach nur uns hätten."

„Das glaubst du doch selbst nicht." Danielle blieb stehen. „Ich dachte, sie liebt euer Haus?"

„Das tut sie. Aber nur weil sie weiß, dass sich nicht alle Träume erfüllen lassen und die Farm eben genau das bleiben wird: ein Traum." Ed berührte mit seiner Hand ihr Handgelenk und strich über das Armband. Es schimmerte im Licht der Straßenlaterne, unter der sie sich befanden.

„Du ... Du liebst Margo sehr, nicht wahr?"

Ed nickte. „Ich liebe sie mehr als alles andere auf der Welt. Und ob du es glaubst oder nicht, du hast eine ganz wunderbare Schwester, die alles für dich oder für mich tun würde."

Eine Stunde später hörte Danielle Ed drüben in seinem Schlafzimmer telefonieren. Es war ein eher hitziges Gespräch, und sie glaubte, dass entweder seine Mutter oder sein Stiefvater am Telefon war.

Danielle selbst hatte geduscht und dann den Fernseher in ihrem Zimmer angeschaltet. Sie machte es sich auf dem weichen Bett bequem, als ihr Telefon vibrierte.

Margo:
Hallo, Danielle! Hast du meinen Brief gelesen?

Danielle traf fast der Schlag, als sie die SMS von Margo las. Kurz dachte sie darüber nach, ob sie antworten sollte oder nicht.

Dann erinnerte sie sich an Eds Worte von vorhin und fragte sich, ob es denn einen Grund gab, ihrer Schwester nicht zu antworten.

Hatte sie ihr irgendetwas getan?

War es nicht genau umgekehrt? Schließlich saß doch Danielle jetzt auf diesem weichen Bett im Haus ihrer Schwester, war mit ihrem Mann und ihren Schwiegereltern fein essen gewesen und lebte auf Margos Kosten.

Vielleicht war es das, was Danielle so wurmte. Es war kein Wunder, dass sie sich fehl am Platze oder wie ein Eindringling vorkam – in diesem Moment war sie einer, denn das Verhältnis zwischen ihnen war lange nicht mehr so wie früher, und von außen betrachtet würde niemand verstehen, warum sie nicht gefahren war, nachdem Ed doch nicht nach New York hatte fliegen müssen.

Zwar war Margo ihre Schwester und Ed ihr Schwager, aber dieses leichte schmarotzerische Gefühl in ihr sagte Danielle, dass sie mal einen Gang runterfahren sollte.

Danielle:
Ich habe deinen Brief gelesen. Danke für dein ~~liebes~~ Angebot, aber ich möchte das Geld nicht annehmen.

Smiley? Kein Smiley? Danielles Finger schwebte über dem lächelnden Emoji.

Danielle:
☺

Margo:
Wie du willst ☺ Ich hoffe, du hast eine schöne Zeit bei uns, und Ed hat ab und zu mal Luft, um etwas mit dir zu unternehmen!

Danielle seufzte. So war Margo. Schon immer. Sie war noch nie neidisch oder eifersüchtig, sondern gönnte ihr und allen immer nur das Beste.

Ed hatte recht, und Danielle wusste es genau: Margo war ein guter Mensch.

Ihr war es unglaublich unangenehm, mit so viel Missgunst über sie geredet zu haben.

Danielle:
Wir waren heute mit seiner Mom und Gerald essen. Muscheln. IHHHH!

Margo:
Muscheln sind widerlich!

Danielle lachte. Und plötzlich fühlte es sich richtig gut an, mit ihr zu schreiben.

Margo:
Hattest du etwas anzuziehen? Du kannst dich gern an meinen Sachen bedienen ☺

Vor ein paar Minuten hätte Danielle die Frage noch als Angriff gesehen, doch der zweite Teil der Nachricht war zu sehr Margo, als dass sie daran denken konnte, ihr den ersten Teil übel zu nehmen.

Margo:
Ganz hinten links hängt ein Kleid in Folie, es ist von Valentino, silbern und glänzend. Es ist mein Lieblingskleid. Das musst du anprobieren! Schick mir ein Foto davon ☺

Danielle war verdutzt. Dann kam Margos letzte Nachricht, ein Foto, auf dem sie abgeschminkt und im Pyjama war, mit

Augenpads vor dem Spiegel. Herrlich normal. Danielle wünschte ihr eine gute Nacht und legte das Telefon weg.

Margos Kleiderschrank. In Margos Schlafzimmer.

Heute, als Ed bei der Arbeit gewesen war, hatte Danielle das ganze Erdgeschoss inspiziert, sogar sein Büro. Weil es oben nur Gästezimmer gab, hatte sie keinen Grund gesehen, dort herumzuschnüffeln, und in Eds und Margos Schlafzimmer hatte sie sich nicht getraut.

Aber nun hatte sie die Erlaubnis.

Und schöne Kleider gefielen jeder Frau.

Danielle stieg aus dem Bett. Sie ging zur Tür, öffnete sie und hörte Ed noch immer telefonieren. Aber diesmal unten. Der Kühlschrank wurde dabei zugeschlagen und er sprach von „ihrem" Benehmen – ja, ganz eindeutig war seine Mutter am Telefon.

Als Ed sich, den Geräuschen nach zu urteilen, am Alkohol-Servierwagen im Salon bediente, nutzte Danielle die Chance und rannte rüber in den anderen Flügel des Hauses. Sie war barfuß unterwegs, trug nur ein Höschen und ein T-Shirt, das komische Flecken hatte, weil es ihr Haarfärbe-T-Shirt war. Ja, das Blond war nur zum Teil echt.

Die Tür zum Schlafzimmer war angelehnt.

Danielle schlüpfte durch den Spalt. Nachttischlampen spendeten Licht, auch die Lampen im Bad und im Ankleidezimmer waren an. Zunächst bewunderte Danielle das Schlafzimmer. Die Betten waren ordentlich gemacht, die Laken akkurat gefaltet. Sie wusste, dass dreimal in der Woche eine Haushaltshilfe kam, heute war das nicht der Fall gewesen. Also entweder hatte Ed das Bett gemacht oder aber seit zwei Tagen nicht mehr darin geschlafen.

Über dem Bett hing eine große Leinwand, die Ed und Margo zeigte, eng umschlungen, an ihrer Hand funkelte ein Verlobungsring.

Danielle ging zum fensterlosen Ankleidezimmer. An jeder Wand hingen lange beleuchtete Regale, insgesamt sechs Spiegel und in der Mitte eine Konsole mit einer spiegelnden Oberfläche. Ein Turm, behangen mit Schmuck, stand darauf, als ersetzte er einen Blumenstrauß. Noch nie hatte Danielle ein vergleichbares Zimmer gesehen, das nur so von Protz und Prahlerei schrie.

Eine halbe Wand nahmen Eds Schuhe ein. Alle von derselben Sportmarke, blitzblank geputzt und nach Farben sortiert. Sie öffnete zwei Schubladen, zwanzig Krawatten und noch mehr Gürtel lagen säuberlich aufgerollt in Reih und Glied.

Als sie sich umdrehte, stand sie vor Margos Teil des Raumes. Sechs lange Stangen voller Kleidung, verteilt auf drei Wände. Da gab es Pelze und Wollmäntel, etwas mit Federn, Hutschachteln, eine ganze Reihe teurer Taschen, eine ähnelte der anderen, und auf einem wandhohen verspiegelten Regal etwa hundert Paar Schuhe.

Als sie fast über einen Hocker stolperte, der mitten auf dem Teppich, fiel ihr eine Schublade auf, in der sie weiteren Schmuck vermutete. Danielle zog sie auf und hatte recht: Ketten, richtige Colliers und Ohrringe zuhauf funkelten und glitzerten ihr entgegen. Das Armband, das sie noch immer um ihr Handgelenk trug, sah sie in ähnlicher Weise sechsmal in der Schublade.

Danielle schob sie zu und schüttelte den Kopf. Hatte Ed nicht etwas von einer Farm erzählt? Pah, ja klar.

Dann suchte sie nach dem Kleid, von dem Margo geschrieben hatte. Es sollte unter Folie stecken. Es gab einige Kleider unter Folie, aber Danielle fand schnell das, was gemeint war. Sie zog den Bügel heraus und hielt zum ersten Mal in ihrem Leben ein teures Designerkleid in den Händen. Das teuerste Kleid davor war das, was sie zur Hochzeit von Margo und Ed getragen hatte. Sie hatte es online für 200 Dollar bestellt, doch bei dem hier musste man sicherlich den Wert mal dreißig rechnen.

Es war aber auch wirklich schön.

Danielle zog die Folie ab. Es handelte sich um ein Abendkleid, schmal geschnitten, mit einem Schlitz am Bein und oben mit dünnen Trägern und einem tiefen Rücken. Angezogen musste es sehr sexy aussehen.

Ob sie es vielleicht …?

Hier war sie zu weit weg, um Ed telefonieren hören zu können, also ging sie auf Risiko, hängte das Kleid an eine der Stangen, zog ihr T-Shirt aus, warf es zu Boden und versuchte mit zitternden Händen, weil sie Angst hatte, erwischt zu werden, herauszufinden, wie man ein solches Kleid anzog. Sie fand keinen Reißverschluss. Wie auch? Der Rücken war zu tief. An der Seite gab es auch keinen.

Also stieg sie hinein und zog den teuren Fummel über Po und Hüfte. Sie wusste, dass das der verkehrte Weg war, aber schließlich funktionierte es, und nach wenigen Sekunden trug Danielle es am Körper.

Sie ärgerte sich, weil sie Schweiß unter ihren Achseln spürte. Sie nahm ein Tuch aus dem Spender, der hier herumstand, und wischte ihn weg, um ja das Kleid nicht zu beschmutzen.

Dann trat sie vor den Spiegel.

Es war wie bei der TV-Sendung „Say Yes To The Dress", nur dass es sich hier nicht um ein Hochzeitskleid, sondern um ein Abendkleid handelte, und Danielle ungeschminkt war und die Haare mit einem Haarreif nach hinten geschoben hatte, was schon etwas seltsam wirkte.

Aber das Kleid!

„Wow", entfuhr es ihr, als sie sich drehte, um sich den Rücken anzusehen. Sie musste zugeben, dass sie noch nie besser ausgesehen hatte. Woher kam diese Taille? Warum schaffte es ein Kleid, ihren Busen und ihren Po so verdammt gut aussehen zu lassen?

Danielle würde eine Gelegenheit finden, es anzuziehen, ganz bestimmt, dachte sie, als sie sich noch mal vor dem Spiegel drehte und dann erschrocken die Augen aufriss. Sie drehte sich zur Tür, hoffte, er konnte nicht sehen, wie ihr das Blut in den Kopf schoss. „Ed!"

Ed stand angelehnt mit einem Whiskeyglas in der Hand am Türrahmen.

Trotz Erlaubnis der Besitzerin fühlte es sich unfassbar falsch an, hier so vor ihm zu stehen.

„Das habe ich ihr gekauft", sagte er und nahm einen Schluck, wirkte bereits angetrunken. „Aber ich muss gestehen: Du gefällst mir darin mindestens genauso gut."

4

Hörten Ed und Margo nie Musik? Im Salon, in dem damals auch der Empfang am Abend vor der Hochzeit stattgefunden hatte, gab es keine Musikanlage, im ganzen First Floor fand Danielle kein Radio, nicht mal einen alten CD-Spieler, nichts, womit man Musik abspielen konnte.

Also entschied sie sich, als sie am Samstag für Ed Frühstück machen wollte, ihr Telefon auf die Theke zu legen und die Musik darüber abzuspielen. Sie lauschte den Klängen eines Songs von Billie Eilish, während sie in den Schränken nach den Zutaten für die Pancakes suchte.

Pancakes waren so ziemlich alles, was Danielle zustande brachte. Sie konnte nicht kochen. Mom war eine tolle Köchin gewesen. Als Danielle noch klein war, hatte sie ihr oft in der Küche zugesehen, aber dann, im Teenageralter, als ihre rebellische Phase begann, hatte sie sich nicht mehr dafür interessiert. Später, als sie mit Margo zusammengewohnt hatte, hatte die große Schwester versucht, oft frisch zu kochen, doch auch von ihr hatte Danielle in dieser Zeit nichts lernen wollen.

In dem sonst sehr leeren Kühlschrank fand Danielle genügend Eier und Milch. Mehl und Zucker waren in den Schränken über der Theke verstaut. Sie hatte kein Natron gefunden, glaubte aber, es würde auch so gehen.

Sie rührte die Zutaten zusammen, sang, war froh gelaunt, bis sie sich mit der Schüssel mit dem Teig in der Hand zum Herd umdrehte und dabei mit dem Ellenbogen die Tüte Mehl zu Boden riss.

Erschrocken stellte sie fest, dass der gesamte Boden zwischen Kücheninsel und -theke mit Mehl bedeckt war. „Verdammt!"

Danielle stellte die Schüssel ab und hob die Tüte auf, und noch mehr Mehl rieselte nach unten. Dann sah sie sich nach einem Handbesen um. Sie suchte in den Schränken unter der Spüle, fand kaum Reinigungsmittel, erinnerte sich an die Kammer neben der Küche, fand dort aber ebenso keinen Besen. Notdürftig versuchte sie, das Mehl mit den Händen zusammenzuschieben, doch es geriet in die Fugen und verteilte sich nur noch mehr. Sie brauchte eben einen Besen und ein Kehrblech!

Seufzend stand Danielle auf und sah nach draußen. Drüben im Gästehaus gab es unten zwei Türen, wo sich die Schuppen befanden. Danielle hatte Ed dort schon mal einen Eimer holen sehen. Sicher gab es auch einen Besen.

Draußen verschränkte sie die Arme vor der Brust, weil ein frischer Wind wehte, der den Herbst begrüßte. Der Hof war klein, in wenigen Sekunden war sie von der Villa drüben am Gästehaus angekommen. Vor Jahrzehnten hatte der große Backsteinbau mal als Wohnhaus der Angestellten gedient. Jetzt sollte Walden hier wohnen.

Hinter der Holztür rechts befand sich der Schuppen, ein nicht abgeschlossener fensterloser Raum, der wie alle Räume in der Villa ordentlich und aufgeräumt war.

Neben Regalen mit allem möglichen Zeug, Autoreifen, Werkzeug und alten Möbeln fand Danielle eine ganze Auswahl an Besen, griff nach dem erstbesten und gerade, als sie aus der Tür hinauswollte, lief sie Walden in die Arme.

Er schien hinter der Tür auf sie gewartet zu haben. „Was soll das?", fauchte Danielle, wich zurück, sodass sie nun ganz in dem Schuppen stand, und hielt sich schützend den Besen vor die Brust.

„Guten Morgen, Ms. Danielle", sagte Walden und hatte erneut dieses widerliche Grinsen auf dem Gesicht, als hätte er noch nie eine Frau gesehen und würde von lüsternen Gedanken verfolgt werden. „Was treibt Sie denn so früh nach draußen?"

Sie hob den Besen. „Ich habe etwas gesucht. Und es gefunden." Als sie an ihm vorbeiwollte, ging er einen Schritt zur Seite, hielt sie aber an der Schulter fest. Danielle fuhr herum und riss sich von ihm los. „Hey!"

Walden schien nicht beeindruckt, während sie sich an ihm vorbeizwängte, den Besen an sich gedrückt. Als sie draußen war, pumpte ihr Herz schneller, und sie schrie: „Wenn Sie mich noch einmal anfassen …!"

Walden kaute auf etwas herum. „Dann?"

Danielle versuchte, sich zu beruhigen, machte kehrt und rannte zurück zum Haus.

Drinnen empfing sie Musik, die nicht die ihre war. Da sie durch den Nebeneingang gegangen war, sah sie am Ende des Korridors Ed, der in Boxershorts und mit nacktem Oberkörper in der Küche hin und her ging. Er summte zu den Klängen, die nun durch das ganze Haus zu dröhnen schienen. Ein Ticken zu laut, um angenehm zu sein.

Mit dem Besen in der Hand ging sie auf ihn zu, langsam, noch immer viel zu schnell atmend, aufgrund der Situation vor dem Schuppen.

„Beyond The Sea" von Bobby Darin hieß der Song, der nun endete und wieder von Neuem begann. Sie hob den Kopf, fragte sich, ob es in der Decke eingebaute Lautsprecher gab, die nicht sichtbar waren, als sie die Küche erreichte, und sah, dass kein Mehl mehr auf dem Boden lag.

„Da bist du ja", sagte Ed freudig. „Es gab wohl einen kleinen Unfall."

Danielle nickte nur. Sie hätte weinen können, war völlig überfordert. Wo kam diese Musik her? Und warum war sie so laut? Sie hasste laute Musik. Sie machte sie nervös, weil sie all das überklang, was sie zu sagen hatte.

Hilf mir. Ich bin in Gefahr. Hilf mir.

„Alles in Ordnung?", fragte Ed, als hätte er ihre Gedanken gelesen. Mit einer Kaffeetasse kam er auf sie zu.

„Ja, es ist … mir nur zu laut."

„Magst du das Lied nicht?"

Es war oft bei der Arbeit im Radio gelaufen. „Ich …"

„Es ist ein Lied für gute kleine Mädchen", scherzte Ed und strich ihr über die Wange, was sie sofort an gestern Abend erinnerte.

„Ja …"

„Und nun komm, es sieht so aus, als hättest du Pancakes machen wollen. Lass mich dir helfen!"

Am Abend nahm Ed sie mit in einen Jazz-Club, versprach ihr gute Drinks, eine muntere Stimmung und fabelhafte Musik. All das traf ein.

Der Club hatte nichts von dem, wohin sie früher gegangen war, als sie mit ihren Freunden unterwegs durch verrauchte Kellerbars gewesen war. Nein, der hier hatte Stil und Eleganz, war aber dennoch nicht zu pompös, sodass sich Danielle schnell wohlfühlte. Die Band spielte live auf der Bühne, es gab Tische bis ganz weit nach vorn, alle lauschten der Musik und unterhielten sich dazu, getanzt wurde auch. Es war nicht so laut, dass man sein Gegenüber nicht verstand, die Drinks waren hochwertig und das Publikum vernünftig.

Ja, Danielle musste zugeben, dass der Abend genau so begann, wie Ed ihn ihr versprochen hatte. Und das Beste war: Sie konnte ihre Klamotten tragen, ohne sich dafür zu schämen, weil niemand darauf achtete. In Jeans, Sandalen und einem dünnen V-Neck-Pullover saß sie an der Bar und unterhielt sich mit Anna, der Kollegin von Margo, während Ed mit ein paar Freunden und einem Drink in der Hand das Treiben auf der Tanzfläche beobachtete.

Anna war cool.

Sie schien etwas jünger als Margo zu sein, war Single, weltoffen, lustig und charmant. Sie hatte sich schon im Büro Danielles angenommen, war herzlich und redete viel. Nicht nur über sich, stellte Danielle Fragen zu ihrem Leben in Charenton, und nach nur wenigen Minuten war es ihr so vorgekommen, als kannten sie sich beide ewig.

Anna erzählte, dass ihre Großeltern väterlicherseits in Charenton gewohnt hatten, und sie kannte sogar den Supermarkt in Jeanerette, in dem Danielle gearbeitet hatte.

Mit der Zeit kamen immer mehr Freunde von Margo und Ed dazu, und sie alle waren dafür offen, Danielle in ihrer Mitte aufzunehmen.

„Magst du die Musik?", fragte Anna, und schlürfte ihren Cocktail.

Anders als Danielle es erwartet hatte, bezahlte jeder seine eigenen Getränke, es gab keine „Runden", sodass jeder mal eine ausgab, denn das wäre teuer geworden. So konnte Danielle selbst entscheiden, wie viel Geld sie an diesem Abend ausgeben wollte.

„Jazz? Ich komme von hier, ich liebe ihn!" Die Musik, die die Band zum Besten gab, den Jazz, der aus dem Blues des amerikanischen Südens entsprungen war, war wirklich gut.

Immer wieder spürte Danielle Eds Blick auf sich ruhen. Vorhin hatte er ihr sogar zugeflüstert, dass er für sie bezahlen würde, was sie aber dankend abgelehnt hatte. Er hatte schon genug für sie getan.

„Das Armband ist aber schön", sagte Anna und legte ihre Finger an die funkelnden Steine um Danielles Handgelenk. „Wo hast du das her?"

„Es war ein Geschenk", antwortete Danielle rasch und erblickte in diesem Moment Julia, die an einem der Tische ganz in ihrer Nähe saß. Julia war die Kollegin, mit der sich Margo ein Büro teilte, und die schon bei ihrem Besuch dort Danielle gegenüber sehr frostig gewesen war.

Julia war das komplette Gegenteil zu Anna: Sie war verschlossen, wirkte mit ihren schwarzen Haaren, die ihr langweilig und matt über die Schultern fielen, dem dunklen Rock und dem Wollpullover wie ein Mauerblümchen. Die Brille und das fehlende Make-up taten ihr Übriges. Niemand unterhielt sich mit ihr. Sie saß allein da, starrte zur Bühne und nippte an ihrem Glas.

„Es geht ihr gut." Anna schien Danielles Blick bemerkt zu haben. „Mach dir keine Sorgen. Wenn man mit ihr spricht, hört sie irgendwann einfach auf zu reden, und dass ist dann immer das Zeichen für mich, dass sie jetzt gern ihre Ruhe hätte."

„Sie war so abweisend zu mir."

„Weil sie dich nicht kennt."

„Meinst du, ich sollte …"

„Nein, nein, ihr geht's gut." Anna trank von ihrem Drink und schüttelte dabei den Kopf. Dann wandte sie sich zum Barkeeper. „Ich nehme bitte noch einen Whisky Sour!"

„Und ich würde dem Herrn dahinten gern ein Bier spendieren", sagte Danielle rasch.

Anna fuhr herum. „Ed?"

„Ja." Danielle strahlte. Ein Bier war absolut im Budget.

„Ed trinkt kein Bier."

„Doch, sehr gern sogar", widersprach Danielle, war aber unsicher.

Anna lachte. „Lassen Sie das mit dem Bier."

Danielle war die Situation unglaublich peinlich. „Er hat mir gesagt, dass er Bier trinkt."

„Aber doch nicht Ed." Anna lächelte. „Ed trinkt nur harte Sachen. Sieh doch mal hin!"

Danielle starrte auf das Whiskeyglas in seiner Hand. „Aber das heißt doch nichts."

„Ich glaube, Ed wollte nur sympathisch rüberkommen. Ein Bier ist sympathischer als harter Alkohol, wann immer er etwas trinkt."

Jetzt musste Danielle an den vergangenen Abend denken. An den Servierwagen im Salon, auf dem haufenweise offene Alkoholflaschen standen. „Warum tut er das?"

Anna hob die Schultern. „Vielleicht solltest du kein falsches Bild von ihm haben. Er ist kein Alkoholiker, keine Angst."

Danielle stand auf. „Ich muss mal, bin gleich wieder da." Sie ging zur Toilette, richtete anschließend ihr Haar mit einem Blick in den Spiegel und verließ den Raum dann wieder. Als sie um die Ecke zur Bar biegen wollte, traf sie auf Julia. Abrupt blieb Danielle stehen. „Oh", sagte sie, weil sie nicht wusste, was sie sonst sagen sollte.

„Wo ist Margo?", fragte Julia.

Danielle glaubte, sie nicht richtig verstanden zu haben. „Bitte?"

Julia wandte sich um, weil hinter ihr eine Gruppe Frauen Richtung Toilette strömte, und eilte ihnen voraus, während Danielle ihr nur hinterhersehen konnte.

Sie waren erst gegen drei Uhr nachts wieder zu Hause. Danielle war ordentlich angetrunken, Ed ebenfalls, sodass sie das Auto stehen gelassen hatten und mit dem Taxi gefahren waren.

Danielle betrat vor ihm die Villa und lachte, weil Ed den Lichtschalter nicht fand.

„Was für ein schöner Abend", sagte er und blieb im Eingangsbereich stehen. Ein Strahlen auf dem Gesicht.

„Ich hätte nie gedacht, dass die so locker sind", meinte Danielle in Bezug auf Ed und Margos Freunde.

„Aber warum denn nicht? Sind wir für dich … Spießer? Margo und ich?"

„Nein." Sie winkte ab. „Vielleicht will ich damit nur ausdrücken, wie glücklich ich bin, dass du mir diese Welt gezeigt hast."

Er zauberte seinen Kassenbon aus der Tasche. „Sechs Drinks." Dann warf er ihn vor sich auf den Boden. „Und du?"

Sie tat es ihm nach, zog ihren Bon aus der Jeanstasche. „Drei."

„Und davon bist du betrunken?"

„Ich bin nicht betrunken." Sie grinste. „Allenfalls ist mir warm geworden."

Ed musste lachen. „Dann geht womöglich noch ein Drink?" Mit einer Kopfbewegung zeigte er in den Salon. „So als Abschluss eines wunderbaren Abends?"

Ihre Sinne waren nicht so vernebelt, dass sie dachte, es wäre eine gute Idee, mit dem Mann ihrer Schwester mitten in der Nacht einen Drink unten im Salon einzunehmen. „Lieber nicht."

„Schade." Seine Enttäuschung stand ihm ins Gesicht geschrieben. „Warum nicht?"

„Weil ich morgen sonst einen Kater habe", antwortete sie. „Ich bin morgen verabredet."

„Mit wem?" Das hörte sich so an wie: *Mit wem, wenn nicht mit mir?*

„Anna aus dem Büro."

„Ach, Anna." Ed zog seine Jacke aus.

„Was ist mit ihr?"

„Nichts, gar nichts, ich mag Anna sehr. Aber sei trotzdem vorsichtig. Sie sucht sich immer Gespielinnen aus. Wenn ihr jemand nicht mehr passt, sucht sie sich wieder eine neue Bekanntschaft, die sie manipulieren kann."

„Es klingt, als würdest du von ihr nicht viel halten. Das hörte sich im Büro neulich aber noch anders an."

„Ach, im Prinzip macht sie alles richtig. Ich weiß nur, dass … Na ja, Margo und sie hatten auch ihre Querelen. Es gab eine Zeit, da haben sie tagelang kein Wort miteinander geredet."

Danielle holte tief Luft. „Ich freue mich auf morgen." Dann stieg sie die Treppe rauf. „Gute Nacht, Ed."

„Bis morgen, Danielle."

5

Sonntag, 15. Oktober 2023 – Tag 5 im Haus der Schwester

Als Jeffrey Danielle am Sonntag mit seinem Anruf weckte, drückte sie ihn weg. Sie konnte noch nicht aufstehen, war völlig fertig, quälte sich dann aber doch hoch, schließlich zeigte das Display ihres Telefons schon 11.30 Uhr.

Unten herrschte Stille, Ed musste weggefahren sein.

Für einen Moment dachte Danielle darüber nach, ob er sich die Bilder der Überwachungskamera angesehen hatte, denn das hatte er vorgehabt, nachdem am Freitag dieser Mann vor dem Haus aufgetaucht war.

Sie verwarf den Gedanken, als Ed in diesem Augenblick zur Tür hineingeschneit kam, mit Bagels, Cupcakes und Kuchen aus einem kleinen Laden in der Stadt. „Hunger?"

Am Nachmittag traf sie sich mit Anna. Anna hatte ein hübsches Café am Rande des French Quarter für sie ausgesucht, und als Danielle glaubte, einen Zuckerschock zu bekommen, entschlossen sie sich anschließend zu einem Spaziergang im Woldenberg Park am Mississippi, von wo aus man einen guten Blick auf die Greater New Orleans Bridge genießen konnte.

Der Park war voll, nicht nur Einheimische hatte es bei dem sonnigen Wetter nach draußen gezogen, sondern auch jede Menge Touristen, und somit Menschen aus aller Welt.

Mit ihrem zweiten Kaffee in einem Pappbecher in der Hand schlenderten die Frauen durch den Park, während ihnen eine steife, aber warme Brise um die Nasen wehte.

„Wie kommen Ed und du miteinander aus?", wollte Anna wissen.

„Wunderbar! Ich lerne ihn jetzt erst richtig kennen."

„Du warst nicht oft hier, oder?"

Danielle schüttelte den Kopf. „Nein. Margo hat mich oft gefragt, aber ich habe immer abgelehnt."

„Warum dann jetzt?"

„Es fühlte sich richtig an. Und ich hatte zu Hause ein bisschen was um die Ohren, weshalb der Tapetenwechsel genau dann kam, als ich ihn brauchte."

„Und dass Margo nicht da ist …"

„Das ist schade, aber sie hat gesagt, dass sie versucht, zwei, drei Tage früher zu kommen, um mich zu sehen." Auch wenn sie alle drei damit einverstanden waren, fühlte es sich schändlich an, darüber zu sprechen. Jederzeit hätte Danielle in den vergangenen Jahren nach New Orleans zu ihrer Schwester kommen können. Erst als das Haus leer war und eine aufregende Zeit ohne Margo versprach, hatte sie nicht schnell genug da sein können.

„Du hast deinen Job gekündigt, habe ich gehört", sprach Anna das Thema an. „Was stellst du dir als Nächstes vor?"

„Na ja, darüber habe ich mir noch nicht allzu viele Gedanken gemacht, wenn ich ehrlich bin. Ich weiß, was ich nicht will: zurück an die Kasse. Ich reise gern, ich bin gern mit Menschen zusammen … Ich denke, ich hätte gern eine völlig neue Aufgabe." Um sie herum spielten auf den Rasenflächen Kinder, überall gingen Leute ihrer Wege, ein paar Studenten saßen in Gruppen zusammen und lachten. An einer Parkbank blies ein Straßenmusiker in seine Trompete. Wohin man sah, gab es nicht mehr als das blühende Leben – ach, wie hatte sie das vermisst. „Ich kann mir vorstellen hierzubleiben. Ich weiß gar nicht, warum ich damals aus New Orleans weggegangen bin." Dann dachte sie an Jeffrey. „Ich habe einen sehr guten Freund in Charenton, aber diese kleine Stadt bedrückt mich. Ich habe das Gefühl, dass ich viel zu lange gewartet habe, ihr zu entfliehen."

„Dass in Nola aber nicht alles Gold ist, was glänzt, weißt du."

„Natürlich. Jede Großstadt hat ihre Schattenseiten, ich bin nicht blöd. Aber ich liebe die Gegend, in der das Haus meiner Eltern stand, und ich kann mich noch ganz genau an die Bruchbude erinnern, in der ich dann mit Margo gewohnt habe. Dass der Garden District und das French Quarter den Eindruck erwecken, New Orleans wäre der schönste Platz der Welt, weiß ich vielleicht besser als jeder andere."

„Dann such dir einen Job, auf den du Lust hast, einen, bei dem du Leute aus aller Welt kennenlernst. Du bist jung, ungebunden – was hält dich auf?"

Danielle grinste. „Mich hält nichts auf."

Sie blieben am Geländer der Promenade stehen und beobachteten einen vorbeiziehenden Raddampfer, von dem die Musik bis zu ihnen herüberdrang.

„Warum hast du mich nach Ed gefragt?", wollte Danielle nun wissen.

Annas blonde Haarsträhnen wurden ihr ins Gesicht geweht, auf dem Wasser zeichneten die Wellen ein stürmisches Bild. „Ich kenne Ed nun schon sehr lange, doch habe ich manchmal das Gefühl, ihn nicht zu kennen. Oder anders: Vielleicht kenne ich Margo nicht."

Danielle runzelte die Stirn. „Was meinst du?"

Anna holte tief Luft. „Margo verhält sich im Büro manchmal eigenartig. Und wenn ich sie danach frage, antwortet sie mir meist nicht oder meint, dass sie es nicht erklären könne. Ich rede jetzt nicht über die Dinge auf der Arbeit, denn geschäftlich gesehen ist Margo die beste Partnerin, die ich mir vorstellen kann. Margo redet aber selten über sich privat."

„Ihr habt euch doch sicher privat getroffen?"

„Ja, das schon, aber Margo verliert sich ständig in ihrer Rolle als Geschäftsfrau an der Seite eines so wohlhabenden Mannes. Ihre Maske lässt sie nicht fallen, selbst wenn wir in einem gemütlichen Café sitzen. Und deswegen sage ich: Ich kenne Margo gar nicht." Sie drehte sich um und lehnte sich mit dem Rücken gegen das Geländer. „An einigen Tagen kommt Margo nicht zur Arbeit, und frage ich nach, heißt es, sie fühle sich nicht oder habe anderweitig zu tun. Sie führt bei uns als ‚Chefin' keine Komm-und-Geh-Liste."

„Und Ed …"

Anna hob die Schultern. „Ich glaube, er hat es manchmal sehr schwer mit Margo. Deswegen habe ich nach ihm gefragt, weil ich dachte, du bekommst was aus ihm raus. Kommt Margo nicht zur Arbeit, ruft Ed dann manchmal an und entschuldigt sie. Und hin und wieder hatte ich das Gefühl, er hat angerufen, um sich *für sie* zu entschuldigen, weißt du, was ich meine? Mit so einem Seufzen, mit einem Ton in der Stimme, der seine Genervtheit ausdrückt."

„Du meinst, er ist von Margo genervt?"

„Ja! Einmal hat er zu mir gesagt: ‚Ich weiß nicht, was wieder mit ihr los ist.'" Anna zuckte die Schultern. „Ich habe keine Ahnung, was bei denen zu Hause abgeht, aber er klang völlig verzweifelt, resigniert."

Dann erinnerte sich Danielle an Julia und was sie gestern gesagt hatte. „Und Julia? Sie sitzt Margo doch täglich gegenüber?"

„Sie nimmt sofort ab, wenn Ed anruft, ich sehe ja auf dem Display, von wem der Anruf kommt, und meistens ist sie die Erste, die ans Telefon geht." Anna lachte. „Manchmal habe ich den Eindruck, sie legt es darauf an."

Mit ihrem Augenzwinkern konnte Danielle nichts anfangen. „Was meinst du?"

„Es ist schon auffällig, wie schnell sie ans Telefon hechtet, wenn er anruft. Als wollte sie diejenige sein, die mit ihm sprechen kann."

„Du meinst …?"

„Ich will keine Gerüchte streuen, aber stille Wasser sind bekanntlich tief und vielleicht ist unsere sonst recht graue stille Maus eine durchtriebene Ehebrecherin." Anna lachte laut. „Aber zurück zu Margo. Sie verhält sich schon eine ganze Weile abweisend und gereizt. Wenn man sie drauf anspricht, winkt sie ab."

Danielle wunderte sich. „So kenne ich Margo gar nicht."

Anna hob die Brauen. „Na ja, Süße, aber wann hast du – und jetzt überleg genau – das letzte Mal mit ihr gesprochen? Sei es am Telefon oder … persönlich?"

Das versetzte einen Stich in Danielles Herz, und sie seufzte tief. „Du hast ja recht."

„Ich könnte dir noch mehr Dinge über Margo und auch über Ed erzählen, aber …"

„Jetzt spuck's aus!"

„Nein. Vielleicht ein anderes Mal." Anna schüttelte den Kopf. „Weißt du was? Komm doch morgen ins Büro."

„Was soll ich da?"

„Plaudern und hier und da mal was kopieren, uns zur Hand gehen – was ist, hättest du Lust?"

Da Danielle sonst nichts zu tun hatte, stimmte sie zu. „Das ist gar keine so eine schlechte Idee."

Am Abend meldete sich Jeffrey erneut bei Danielle, und dieses Mal wollte sie ihn nicht ignorieren. Im Gegenteil, sie freute sich, seine Stimme zu hören, und warf sich mit dem Telefon aufs Bett. „Hey!"

„Bist du gerannt?"

„Ja, wir haben ein ganz spontanes Barbecue gemacht, und dann habe ich es oben klingeln hören."

„Ein Barbecue? Wir?"

„Ja, Ed und ich … und Anna und noch ein Kollege."

„Sagen mir alle nichts."

„Das ist auch nicht wichtig", sagte Danielle. „Jedenfalls sind Anna und der Kollege jetzt weg, und Ed macht den Grill sauber."

„Ist Ed nicht der Mann deiner Schwester?"

„Ja." Ach, dass Ed geblieben war, wusste Jeffrey noch gar nicht. „Ed musste doch nicht nach New York und hat mir angeboten, trotzdem zu bleiben. Ich sah keinen Grund, das Angebot nicht anzunehmen."

„Soll ich dir einen Grund sagen?"

„Ja?"

„Komm verdammt noch mal nach Hause und lass den Typen allein!"

Danielle hatte das Bedürfnis, jetzt doch auf der Stelle aufzulegen. „Und warum?"

„Weil ich dich hier brauchen könnte."

„Es ist mir völlig egal, ob Anthony der Arsch auf Grundeis geht, weil er kein Personal hat! Das ist nicht mein Problem!"

„Ich habe gestern Doppelschicht gearbeitet, heute auch, und morgen fange ich um sechs Uhr an und darf bis acht bleiben! Abends!"

„Dann kündige!"

„Mein Haus ist nicht abbezahlt, verdammt! Das Leben ist nicht für jeden so einfach wie für dich!"

„Wieso sagst du denn so was? Für mich ist es auch nicht leicht!"

„Ach nein? Was tust du denn jetzt da in New Orleans?"

Was war Jeffreys Problem? „Ich … verbringe Zeit mit der Familie."

„Der Typ ist nicht deine Familie, ich bin deine Familie!"

Stille.

„Fertig, Jeffrey?"

„Kommst du wieder?"

Danielle wusste nicht, was sie antworten sollte.

„Das ist dann wohl ein Nein."

„Jeffrey, ich halte unglaublich viel von dir, du bist mir wichtig, ich schätze dich, aber gerade kommst du mir so vor wie eine eingeschnappte Ehefrau. Was ist los, verdammt?"

„Ich habe ein ungutes Gefühl. Du bist sonst nicht so, Danielle. Du hast deinen Job gekündigt, nur weil du einmal die Schnauze voll hattest, und bist in ein Leben geflohen, das nicht dir gehört. So kenne ich dich nicht."

Danielle schnaubte. „Das war's?"

„Ich denke schon."

„Dann gute Nacht. Unten wartet mein Bier auf mich." Wütend beendete sie die Verbindung.

6

Montag, 16. Oktober 2023 – Tag 6 im Haus der Schwester

Ed staunte schon nicht schlecht, als Danielle gegen sieben Uhr fertig angezogen unten in der Küche erschien, während er gerade seinen Kaffee schlürfte und in der Zeitung blätterte. (Ja, Edmund Vanderbilt las noch eine echte Zeitung.)

„Wo wollen wir denn hin, Ms. Parker?"

„Ins Büro." Danielle grinste. Sie hielt mit den Händen die geöffneten Seiten ihres Blazers fest. Margos Blazers. Schließlich hatte Margo ihr das Okay gegeben, sich an ihren Sachen zu bedienen.

„In Margos Büro?"

„Ja, würdest du mich mitnehmen?"

Es war schon etwas Besonderes, morgens das Haus zu verlassen, dabei gut auszusehen und sich auf die Aufgabe des heutigen Tages bei der „Arbeit" zu freuen. Auch wenn es nur eine Alibi-Aufgabe war, kribbelte es während der Fahrt zum Büro in ihrem Bauch.

Ed ließ sie an der Ecke raus, sodass sie noch Zeit hatte, sich einen Starbucks-Kaffee zu holen und damit ins Büro zu stolzieren, so wie es scheinbar alle berufstätigen Menschen in der Innenstadt zu tun pflegten.

„Guten Morgen", flötete sie gut gelaunt, als sie die Geschäftsräume der *African Care Organisation* betrat und die ersten Gesichter vom Abend in der Jazz-Bar erkannte. Sofort war sie in Gespräche vertieft, mit einem jungen Mann verstand sie sich besonders gut, sodass es bereits nach acht Uhr war, als sie zu Anna ins Büro ging.

Anna war die Einzige mit einem Einzelbüro. Es war zwar klein, aber hier hatte sie ihre Ruhe. Beim Arbeiten trug sie eine Brille, die sie nun abnahm. „Du bist ja wirklich gekommen!"

Diese Feststellung verwirrte Danielle und gab ihr das Gefühl, dass sie diesen Tag etwas wichtiger nahm als Anna, die ihn vorgeschlagen hatte. „Natürlich!"

Anna schlug ein Bein über das andere und klemmte das Ende des Bügels ihrer Brille in den Mundwinkel. „Ja, prima, dann … überlege ich mal, was ich dir zu tun geben könnte." Sie wühlte in den Akten auf dem Tisch herum.

Danielles Laune sank. „Ich kann wieder gehen, kein Problem." Ihre Enttäuschung war groß. „Ich dachte nur, du hättest das ernst gemeint mit dem ‚Kopieren'."

„Das habe ich." Anna stand auf und gab ihr einen Stapel Blätter. „Das sind Spendenurkunden. Die müssen alle kopiert werden, und anschließend müssen die Originale per Post rausgeschickt und die Kopien abgeheftet werden. Die Adressen bekommst du von John."

„Das mache ich gern!" Danielle nahm ihr den Stapel ab.

Es war ein anderes Gefühl, in einem warmen, sauberen Büro an einem Kopiergerät zwischen Schränken voll Büroartikeln zu stehen, als an einer Gefriertruhe und Regalen mit eingefrorenen Erbsen und Möhren. Sie erinnerte sich an ihre eiskalten Hände, mit denen sie Ware eingeräumt hatte, an die Kollegen, die missmutig und träge dem gleichen Job nachgingen, und an die vielen Kunden, von denen mehr als die Hälfte nie einen „Guten Morgen" oder einen „Guten Tag" wünschen konnte, sie nie ohne ein „Bitte" oder ein „Danke" nach dem Standort der Milch gefragt hatten.

Ja, das hier war anders.

Es war stupide, aber es machte Spaß, und als sie beim Kopieren die Spenden überflog, durchströmte ein Glücksgefühl ihren Körper: *Cindy Meyer für ihre Spende von 500 Dollar an das Waisenhaus in Masaka.*

Julia war noch nicht da, Danielle hatte das Büro für sich. Als sie mit dem Kopieren fertig war, setzte sie sich an Margos Schreibtisch und schob die Originale mit dem passenden Anschreiben in die Briefumschläge. Damit ließ sie sich viel Zeit. Währenddessen trank sie zwei Kaffee und genoss immer wieder den Ausblick über die Stadt. Manchmal kam ihr der Gedanke an Jeffrey und wie schlecht er all das reden würde, was sie gerade tat. Aber das war ihr egal.

John, der junge Mann, mit dem sie schon im Jazz-Club viel Spaß gehabt hatte, lugte durch den Türspalt. „Hier sind die Ordner für die Kopien." Er legte zwei schwere Ordner auf den großen Tisch. „Alphabetisch geordnet." Er lächelte. „Hast du Spaß?"

Sie schaute von ihrer Arbeit auf. „Und wie! Es ist so anders als Frischkäse und Orangensaft über die Kasse zu ziehen."

„Verstehe." John setzte sich auf die Tischkante. „Margo hat auch den schönsten Arbeitsplatz. Sie sieht die ganze Stadt. Ich teile mir das Büro mit fünf anderen und wir starren nur auf die PCs unseres Gegenübers."

Danielle schmunzelte. „Hat sich Margo den Platz selbst ausgesucht?"

„Ja, natürlich. Sie hat alles bestimmt, es ist ja auch ihre Firma, also alles gut. Aber ja, sie hat entschieden, wer wo sitzt, mit wem und so weiter."

Bei dem Gespräch mit John und gestern mit Anna hatte Danielle das Gefühl, dass nicht jeder ein Fan von Margo war. „Magst du sie?"

„Klar. Sie ist eine gute Freundin. Wieso fragst du?"

„Ich habe das Gefühl, dass nicht jeder Margo leiden kann", sagte sie freiheraus.

„Sie hat ihre Eigenheiten, aber wer hat die nicht?" Er lachte. „Eines Tages kam sie morgens rein, mit Sonnenbrille und die Haare struppig und fuhr jeden an: ‚Sieh mich nicht an!'. Und dann hast du sie lieber auch nicht angesprochen."

„Okay …"

„Ich hoffe, sie kommt jetzt ein bisschen runter, da, wo sie ist."

„Wohl kaum", bemerkte Danielle. „Weiß nicht, es hörte sich nach sehr viel Arbeit an, drüben in Atlanta."

„Atlanta?", fragte John. „Wieso Atlanta?"

Danielle war irritiert. „Sie ist doch in Atlanta. In eurem anderen Büro?"

Er schüttelte den Kopf. „Nein. Wir haben nur dieses Office. Wir haben kein Büro in Atlanta."

„Aber …" Danielle griff nach ihrem Telefon. Bei Instagram tippte sie auf den aktuellsten Post von Margo. „Sie schreibt das doch. Sieh mal!" Sie reichte John ihr Telefon. Es war das Bild mit den afrikanischen Kindern.

„Keine Ahnung, warum sie das geschrieben hat."

Danielle erstarrte, augenblicklich wurde sie nervös. „Also ist sie weder in Atlanta noch in Afrika."

Er hob beide Hände. „Keine Ahnung, tut mir leid. Ich weiß nur, dass sie Urlaub haben wollte, weil es ihr nicht gut ging. Hatte sie vielleicht einen Burnout? Sie hat sich für drei Wochen abgemeldet. Ich dachte, du als ihre Schwester wüsstest das?"

Danielle wusste nicht wohin mit ihren Gedanken. „Ich glaube, ich muss mit Anna reden."

Minuten später wartete sie an der Tür, bis Anna mit dem Telefonieren fertig war. „Na, wie läuft's?", fragte sie, nachdem sie aufgelegt hatte.

Danielle trat ein. „Es gibt kein Büro in Atlanta. Wo ist Margo dann?"

Anna hob die Brauen, und es sah aus, als wollte sie etwas sagen, doch das tat sie nicht. Stattdessen senkte sie den Blick und fummelte an einem Kugelschreiber herum. „Ich weiß nur, dass sie eine Auszeit wollte."

Unaufgefordert ließ sich Danielle auf dem Sofa an der Wand nieder. „Ed hat mir gesagt, sie sei in Atlanta, er hat es mir so ausführlich berichtet, dass ich …"

„Ich glaube, er wollte, dass du dir keine Sorgen machst", unterbrach Anna sie.

„Aber sie ist meine Schwester!" Dann fiel Danielle etwas ein. „Gestern hast du zu mir gesagt, du könntest mir noch mehr über Margo und Ed erzählen. Was hast du damit gemeint?"

„Hör mal, Danielle, ich weiß nicht, ob es so gut wäre …"

„Ich mache mir Gedanken um Margo!"

Anna seufzte tief. Dann stand sie auf und ging zum Fenster. „Sie hatten eine Haushälterin, ihren Namen weiß ich nicht. Margo hat ständig über sie hergezogen. Sie sei faul, sie schnüffele herum … Sie konnte sie nicht leiden. Irgendwann erzählte sie mir, dass sie nicht mehr kommt und tat das Thema schnell ab. Wochen später erfuhr ich, dass diese Haushälterin verschwunden war."

„Was soll das bedeuten?"

Anna hob die Schultern. „Ich fragte Ed. Wir haben uns zum Dinner getroffen und er hat mir von Margo und dieser Haushälterin erzählt. Es ist nichts Geheimes, also denke ich, ich kann es dir sagen: Margo soll mit einer Stoppuhr unten im Haus gestanden und die Zeit gestoppt haben, wie lange diese Frau zum

Putzen der Bäder und Schlafzimmer brauchte. Waren es mehr als achtzig Minuten, zog sie ihr die Zeit vom Lohn ab. Sie soll absichtlich die Küche verwüstet haben, damit die Frau sie sauber machen musste. Margo soll sie gezwungen haben, ihr die Schuhe zu putzen, während sie sie schon anhatte, sodass sie sich quasi vor Margo verneigen musste."

Danielle schaute verlegen weg. „Das sind schwere Vorwürfe."

„Ich weiß, aber Ed hat es so beschrieben, als sähe Margo diese Haushälterin gern unterwürfig." Anna griff nach einer Wasserflasche und füllte zwei Gläser damit. „Na ja, die Frau gilt als verschwunden."

Danielle nahm ein Glas von ihr an. „Und du glaubst, Margo hat was damit zu tun?"

Anna antwortete nicht direkt. „Ich weiß nur, dass ich mich mit Margo manchmal nicht verstanden habe. Wir hatten unsere Differenzen."

„Aber sie ist ein guter Mensch." Danielle schnaubte. „Ja, ich habe sie Jahre nicht gesehen, aber sie ist gut. Margo ist gut! Das weißt du doch, oder? So hast du sie doch auch kennengelernt, oder?"

Anna trank von ihrem Wasser. „Sie hat diese Organisation gegründet. Von daher muss sie ein guter Mensch sein. Aber ich weiß, dass sie Hilfe brauchte, weil sie fertig war. Und die Sache mit der Haushälterin, das kann ich einfach nicht vergessen. Und dann ist da ja noch dieser Gärtner …"

Walden.

„Er ist gruselig", meinte Danielle.

„Margo will ihn loswerden, doch Ed besteht darauf, dass er bleibt."

Danielle erhob sich von ihrem Stuhl. „Ich werde Margo heute anrufen."

„Tu das! Und dann sagst du ihr einen schönen Gruß von mir."

„Das tue ich." Danielle stellte das Glas ab und verließ den Raum.

Julia war noch nicht da. Also setzte sich Danielle an Margos Tisch und machte mit den Umschlägen weiter. Als sie an die Worte Julias am Samstag dachte – „Wo ist Margo?" –, verstand sie endlich deren Sinn. Sie würde heute Abend mit Margo sprechen, doch bis dahin waren es noch etliche Stunden.

Danielle starrte auf ihr Telefon, das neben der Tastatur lag. Es sprach doch nichts dagegen, ihr eine Nachricht zu schreiben!

Danielle:
Hey, Margo. Ich weiß nicht, wie ich es schreiben soll, aber ich denke, wir sollten miteinander reden. Wo bist du wirklich? Ich mache mir Gedanken. Melde dich!

Die Tür ging auf, und Danielle fuhr zusammen.

„Was machst du denn hier?", fragte Julia. Mit dem grauen Kleid, den schwarzen Strumpfhosen und den Zöpfen sah sie aus wie Wednesday von der Adams Family.

„Ich helfe ein bisschen aus", erklärte Danielle. „Ich hoffe, du hast nichts dagegen."

Julia antwortete nicht, setzte sich an ihren Tisch und schaltete den Rechner ein. Kurz überlegte Danielle, ob an dem Scherz, den Anna gestern über Ed und Julia gemacht hatte, etwas dran sein könnte. Dann aber musste sie innerlich lachen.

Julia war nun wirklich das komplette Gegenteil von Margo.

Am Abend aßen Ed und Danielle zusammen in einem Lokal in der Stadt. Es war ein mexikanisches Restaurant, ungezwungen, doch Danielle trug noch immer den Blazer ihrer Schwester, weil sie fand, dass er ihr gut stand.

Es gab heitere Musik, leckere Cocktails und angenehme Gespräche, sodass sie die Zeit vergaß und sich wünschte, der Abend würde noch ein kleines bisschen länger gehen.

Anschließend fuhr Ed sie in seinem Bentley nach Hause und fragte sie zum zweiten Mal, ob sie noch auf einen Drink im Salon bleiben wollte.

Und dieses Mal willigte sie ein.

Ed schenkte ihnen Wein ein, dann legte er seine Krawatte ab und öffnete die ersten drei Knöpfe seines Hemdes. Erst dann ließ er Whiskey in ein schweres Glas laufen und stieß mit ihr an. „Habe ich dir schon mal gesagt, wie froh ich bin, dass du hier bist?"

Sie wurde auf der Stelle rot. Und das lag nicht am Alkohol. „Nein." Um ihre Verlegenheit zu verbergen, trank sie noch einen Schluck. Der Wein war gut. Nicht zu vergleichen mit der Plörre, die Jeffrey mitbrachte, wenn er zu Besuch kam.

„Ich hoffe, du bist hier bei uns – bei mir – genauso glücklich?"

Sie senkte den Blick. „Ed, ich habe den ganzen Abend überlegt, ob ich ein Thema anschneide, das etwas … na ja, nicht so leicht anzusprechen ist." Ihre Stimme überschlug sich etwas. Es war nicht leicht gewesen, mit den Themen hinter dem Berg zu halten.

„Raus mit der Sprache", sagte Ed.

„Erst einmal: Warum hast du mich angelogen?", fragte Danielle. „Warum hast du mir weismachen wollen, Margo sei in Atlanta, wenn es da nicht einmal ein Büro gibt?"

Ed zog den rechten Mundwinkel hoch. „Weil sie das so wollte." Er nahm einen Schluck und lehnte lässig an der Wand neben dem Servierwagen. „Margo *wollte*, dass ich dir das sage."

Danielle seufzte tief. „Aber warum?"

„Das musst du sie fragen." Er setzte sich auf die Couch neben sie. Dieser Blick in seinen Augen musste genau das bedeuten, was Anna erwähnt hatte: Ed schien zu resignieren.

„Sie antwortet nicht."

„Dann will sie nicht reden." Er zuckte mit den Schultern. „So ist das manchmal mit Margo."

Danielle wurde mutiger. „Die Haushälterin, die verschwunden ist, was weißt du über sie?"

„Oh, jetzt wird's ja wirklich spannend." Er grinste.

Sie fand das nicht lustig. „Ein Mensch wird vermisst."

„Das weiß ich, und ich weiß auch, dass es zum heutigen Stand wahrscheinlich 3.000 nicht auffindbare junge Frauen im ganzen County gibt. Sie wird entweder einfach abgehauen oder getötet worden sein, keine Ahnung."

„Wieso redest du so salopp darüber?"

„Weil mich dieses Thema nervt. Ich wollte keine Haushälterin. Nicht eine, die jeden Tag hier ist, ich habe ungern Leute im Haus, die nicht zur Familie gehören." Er zwinkerte Danielle zu. „Das habe dir schon einmal erzählt. Außerdem … Wenn ich ehrlich bin, hat mir das Thema sehr zugesetzt."

„Inwiefern?"

Ed starrte gedankenverloren in sein Glas. „Sechs Stunden", sagte er leise. „Es hat sechs Stunden gedauert. Sechs Stunden lang saß ich auf dem Revier und sah zu, wie die Zeiger der Uhr sich bewegten. Das Verhör war nur eine Befragung, Routine, ich war nur einer von vielen, die sie sich anhören wollten. Doch kam ich mir die ganze Zeit wie ein Schwerverbrecher vor. Dieser kleine Raum ohne Fenster, mit der Kamera in der Ecke oben an der Wand, kann einschüchternd sein."

Jetzt ärgerte sich Danielle, ihn überhaupt darauf angesprochen zu haben. „Haben Sie das Haus durchsucht?"

„Es gab jemanden, der sich ‚umschauen' wollte, ja. Margo war auch zu Hause. Der Detective war oben im Ankleidezimmer, als würden wir diese Frau im Wandschrank verstecken."

„Das muss keine so schöne Erfahrung gewesen sein."

„Es war furchtbar. Margo war hysterisch, unfreundlich und keinesfalls kooperativ. Das hat keinen guten Eindruck gemacht, und es machte es mir danach auf dem Revier nur noch schwerer. Sie stellten mir dreizehnmal dieselbe Frage, und ich wusste, ich muss immer gleich antworten, sonst wirkt das verdächtig. Aber weißt du, irgendwann glaubst du deiner Geschichte selbst nicht mehr, fragst dich: War das wirklich so? Ich hatte die schlimmste Zeit meines Lebens dort auf dem Revier, das schwöre ich dir." Ed kippte den Whiskey in einem Schluck runter. „Ich liebe Margo. Ich wäre für sie in den Knast gegangen. Aber zu dieser Zeit hatten wir arge Probleme. Wenn du vor dem Altar stehst und den Menschen ansiehst, den du liebst, dann schwörst du, ihm all das Böse abzunehmen. Aber wenn du gebrochen bist von dem Kummer, den dir dieser Mensch bereitet, dann … dann fragst du dich während eines solchen Gesprächs nur: WARUM FRAGT IHR NUR MICH UND NICHT SIE?"

Danielle wurde bei diesen Worten kalt.

„Ich hatte nichts, rein gar nichts mit Beverly zu tun", fuhr Ed fort. „Nichts. Ich wusste, sie ist braunhaarig, eine Latina, zugegeben bildschön. Mehr nicht. Ich weiß nicht mal, ob sie unsere Sprache gesprochen hat. Ich wusste nur, dass sie scheiße ist, weil Margo mir ständig von ihr erzählt hat."

„Und die Polizei dachte, du …"

„Na klar. Sie verdächtigen nie zuerst die Frau, immer erst den Mann. Schlussendlich ließ man mich gehen, denn ich konnte kaum etwas über sie erzählen. Und als ich nach Hause kam und dachte, jetzt haben wir Ruhe, haben Margo und ich uns gestritten. Wegen Bev, der Polizei und ich … Ich habe zu ihr gesagt: ‚Ich hasse dich manchmal'. Das tut mir bis heute leid, aber es war die Wahrheit."

Danielle beobachtete Ed. Es war, als funkelten Tränen in seinen Augen. Die ganze Zeit hatte er immer gut über Margo gesprochen, mit so viel Liebe, jetzt hatte sich das völlig geändert, und Danielle hatte das Gefühl, Margo gar nicht zu kennen. „Das ist furchtbar, Ed, ich hatte keine Ahnung."

„Ich liebe sie, Danielle. Vergiss das nicht."

„Ich glaube dir." Sie legte ihre Hand auf seine Schulter. „Aber meinst du wirklich, Margo … Das ist doch keineswegs … Margo wird doch der Haushälterin nichts angetan haben."

„Natürlich nicht."

„Was ist mit Walden, dem Gärtner?"

„Ausgeschlossen. Walden tut keiner Fliege was zuleide."

„Und dann war doch dieser Mann hier, der vor dem Haus rumgelaufen ist. Erinnerst du dich? Du hast gesagt, dass du dir die Bilder der Überwachungskamera ansehen wirst."

„Das habe ich getan. In derselben Nacht noch. Ich habe ihn darauf nicht gesehen."

„Das kann nicht sein", meinte Danielle. „Ich habe ihn doch gesehen." Wo hatte er nachgesehen? Auf seinem Telefon? Auf seinem Computer im Arbeitszimmer? Wo konnte man sich diese Bilder ansehen?

Ed lehnte sich nach hinten. Er streckte den Arm aus, sodass er mit seiner Hand an ihren Arm greifen und sie sanft zu sich herumdrehen konnte. Unter dieser Berührung fror Danielle ein. „Vielleicht solltest du Margo mal wieder treffen, um zu erfahren, wer sie ist. Wer sie *jetzt* ist."

Als er seine Hand von ihr nahm, war sie froh.

„Ich erinnere mich noch genau daran, wie ich nach dem Verhör hier auf diesem Platz saß und nicht aufhören konnte zu zittern. Allein, dass sie dachten, ich hätte … Es hat mich fertiggemacht."

Auch wenn Danielle wusste, dass Ed gern weitergeredet hätte, wollte sie nichts mehr hören. Also stand sie auf. „Ich bin müde."

Doch Ed schien sie nicht gehen lassen zu wollen. Hoffnungsvoll schaute er auf. „Es tut mir leid, Danielle."

„Was?"

„Dass du davon erfahren musstest. Und dass du dir Sorgen machst, weil wir Probleme haben." Nun hatte er es klar ausgesprochen. Sie hatten Probleme. War das der Grund, warum Margo gefahren war?

„Weißt du, wo sie ist?"

Er schüttelte den Kopf. „Sie wollte weg, einfach weg. Ich konnte sie nicht aufhalten."

Danielle nickte. „Gute Nacht."

Oben setzte sie sich mit ihrem Telefon aufs Bett. Zum hundertsten Mal schaute sie sich die Nachricht an, die sie Margo am Morgen geschickt hatte, und auf die die Schwester noch nicht geantwortet hatte. Wenn Margo einen Ort brauchte, an den sie gehen konnte, warum war sie nicht nach Charenton gekommen?

Auch wenn ihr Verhältnis nicht mehr so war wie früher, Danielle wäre bei Problemen immer für ihre Schwester dagewesen! Immer!

Aber du hast ihr nie das Gefühl gegeben, für sie da zu sein, deswegen ist sie gar nicht erst auf die Idee gekommen.

Danielle schaute auf das Display. Gerade mal zehn Uhr. Viel zu früh zum Schlafen. Also öffnete sie Google. „*Vermisst Beverly New Orleans*" gab sie in die Suchleiste ein. Sie bekam 25.000 Treffer. Treffer von True-Crime-Serien, Filmen, sogar einem Song und ein paar echten Nachrichten und Bildern. Die Suche war zu ungenau. Leider hatte Ed nur den Vornamen erwähnt. Aber sie könnte morgen mal in seinem Büro nachsehen. Sie hatten der Frau ein Gehalt gezahlt, es musste doch Kopien von Schecks oder so was geben, und vielleicht würde sie Eds Computer anbekommen, um selbst mal nach den Aufnahmen der Überwachungskamera zu sehen.

Ihr fiel das Telefon fast aus der Hand, als eine SMS von Margo reinkam:

Margo:
Mir geht es gut. Mach dir keine Gedanken. Ich brauche einfach mal Zeit nur für mich ☺

Danielle stand auf, ging zur Tür und öffnete sie einen Spalt. Sie hörte, wie Ed unten die Spülmaschine einräumte.

Mir geht es gut.

Sie schloss die Tür wieder.

Sie sollte anrufen. Persönlich mit ihr reden. So etwas taten Schwestern in so einer Situation. Also wählte sie Margo an. Doch die nahm nicht ab.

Seufzend schrieb Danielle ihr erneut:

Danielle:
Wenn etwas ist, ich bin für dich da.

Margo:
Danke.

Danielle legte das Telefon zur Seite und dachte an Jeffrey. Zu gern hätte sie jetzt auf dem billigen Sofa in ihrem Haus mit ihm herumgelungert und wäre Theorien durchgegangen, wo Margo sein könnte und was genau vorgefallen war. Doch Jeffrey war mit ihren Entscheidungen nicht glücklich gewesen.

An der Schranktür hing Margos Blazer. Der Blazer, in dem sie sich heute so wohlgefühlt hatte.

Mir geht es gut.

Danielle seufzte. Vielleicht war es gar nicht nötig, sich Gedanken zu machen. Margo war erwachsen und ihr ging es gut. Und das mit Jeffrey kam schon wieder in Ordnung.

Sie öffnete den Schrank und zog ihr Shirt aus. Die Jeans folgte, sodass sie nur noch in BH und Slip dastand, als es an der Tür klopfte.

Voller Scham zog sie willkürlich einen Pullover aus dem Schrank und hielt ihn vor ihre Brust, als Ed die Tür öffnete.

„Oh, sorry!"

„Ich habe nicht gesagt, dass du reinkommen darfst", rief sie ihm zu und wusste genau, dass er ihre Unterhose musterte. Ein schlichter weißer Slip, der maximal drei Dollar gekostet und diverse Male gewaschen worden war. Und auch wenn oft gesagt wurde: „Es ist doch dasselbe wie ein Bikiniunterteil", war es nun mal ihre Unterwäsche, und es fühlte sich genauso an. Fast nackt.

Fast alles von mir.

„Entschuldige, ich … Ich bin völlig durcheinander."

Wenn sie ehrlich war, sah Ed auch so aus.

„Also, was ich dir noch sagen wollte: Als ich damals nach dem Gespräch wieder zu Hause war, und es mir so schlecht ging, weil alles so kompliziert und furchtbar war, da hat … Margo neben der Tür gestanden und … gelächelt."

Kapitel 3

1

Dienstag, 17. Oktober 2023 – Tag 7 im Haus der Schwester

Weil Ed heute früher losmusste, wollte Danielle mit dem Taxi zum Büro fahren, denn Anna hatte ihr angeboten, wieder zu kommen. Doch bis dahin war noch Zeit für ein kleines Frühstück.

Gut gelaunt ging sie pfeifend die Treppe runter und stoppte in der Küche abrupt, als sie Walden dort stehen sah. Er lehnte gegen die Theke, in der Hand eine Tasse.

„Guten Morgen, Ms. Danielle", sagte er. „Kaffee?" Er zeigte auf eine weitere Tasse neben ihm.

„Sie haben mir Kaffee gekocht?"

„Nun, ich denke, es ist an der Zeit, dass Sie mal ein bisschen netter zu mir sind, und ich dachte, ich helfe Ihnen dabei."

Sie fragte sich, wann er das letzte Mal duschen war, denn von ihm ging ein strenger Geruch aus, der stärker wurde, als sie näher kam. Er sah noch genauso schmuddelig aus wie an ihrem ersten Tag hier.

„Aus welchem Grund?", wollte sie wissen, meinte das scherzhaft, wusste aber nicht, warum es so arrogant aus ihrem Mund gekommen war.

„Sie bleiben ja ein Weilchen, wie es aussieht." Sein Grinsen war widerlich. „Sie scheinen sich bei Abwesenheit der Hausherrin als deren Vertretung anzusehen."

Danielle spürte seinen Blick auf ihrem Körper. Doch war es wohl nicht ihr Körper, den er musterte, sondern vielmehr die Klamotten, die sie trug. Heute hatte sie sich aus Margos Kleiderschrank ein Kleid genommen und dazu passende Schuhe. Weil Ed nicht dagewesen war, hatte sie einige Stücke anprobiert. Das graue Bleistiftkleid hatte sie am besten gefunden.

„Das tue ich nicht." Empört griff Danielle nach der Tasse.

„Ms. Margo fährt auch immer mit dem Taxi zum Büro, Sie haben ein eigenes Auto."

„Ich fahre ungern selbst in der Innenstadt." Danielle hob die Brauen. „Haben Sie noch was an mir auszusetzen, oder darf ich mich jetzt für den Kaffee bedanken?"

„Nur zu."

„Also, danke für den Kaffee." Danielle trank einen Schluck. „Sagen Sie, Walden, heute kommt doch die Putzfrau. Wie ist ihr Name?"

„Clara."

„Und davor die Putzfrau, wissen Sie noch deren Namen?"

„Sie meinen die, die verschwunden ist. Wegen der die Polizei hier war."

„Ja."

„Beverly."

„Und weiter?"

„Sie sind sehr neugierig, Ma'am, aber ich muss Sie enttäuschen: Ich weiß nur, dass die alte Beverly und die neue Clara heißt." Walden stellte seine Tasse lautstark neben der Spüle ab und tat so, als würde er den Hut vor ihr ziehen. „Einen schönen Tag, Ms. Danielle." Er verließ die Küche.

Im Taxi rief Anthony bei ihr an. Sie war damit so überfordert, dass sie nicht abnahm und stattdessen Jeffreys Nummer wählte. Doch der ging auch nicht an sein Telefon.

Als sie sich in Margos Büro auf den Stuhl fallen ließ und froh war, dass Julia noch nicht da war, rief sie ihren ehemaligen Chef zurück.

„Komm wieder", flehte er. „Wir vermissen dich."

Sie musste lachen. „Das glaub ich dir gern. Nicht jede würde Doppelschichten hintereinander schieben, ohne zu murren."

„Jetzt mal im Ernst. Wovon willst du denn leben?"

„Lass das meine Sorge sein!"

In diesem Moment betrat Anna den Raum. Sie trug ein Lächeln auf den Lippen und in den Händen einige Ordner, und es sah so aus, als würde sie nur darauf warten, dass Danielle auflegte, um ihr einen Batzen Arbeit in die Hand zu drücken.

„Ich komme nicht wieder, Anthony", sagte Danielle nun bestimmter. „Mach's gut."

Sie plauderte eine Weile mit Anna, machte sich dann an die Arbeit und trank um neun Uhr eine Runde Kaffee mit ein paar Kollegen in der Lounge im Flur.

Als Julia aus dem Fahrstuhl stieg, konnte Danielle das Entsetzen in ihrem Gesicht ablesen. Es musste Julia unglaublich stören, dass man sie hier willkommen hieß. Doch weil das so war, ließ sich Danielle auch nicht beirren, unterhielt sich weiter und ignorierte Julia, die mit hochrotem Kopf weiterging.

Erst als Danielle zurück an die Arbeit musste, konnte Julia ihr nicht mehr aus dem Weg gehen. Stille herrschte in dem Büro, das sie miteinander teilten, und nur zu gern hätte Danielle Julia gefragt, was eigentlich ihr Problem war.

Anna hatte ihr einen ganzen Stapel Arbeit gegeben, und weil sie dafür Akten und Ordner zusammentragen musste, sah ihr Schreibtisch ordentlich gefüllt aus.

Gegen elf Uhr kam Anna ins Zimmer und stellte sich zwischen die beiden Tische. „Danielle, was hältst du davon, wenn du Margo die ganzen drei Wochen vertrittst?" Anna lächelte freundlich. „Ich würde dich natürlich bezahlen!"

„Wirklich?" Ein Strahlen breitete sich auf Danielles Gesicht aus. „Gerne!" Es fuchste sie, dass sie mit ihrem triumphierenden Grinsen nicht rüber zu Julia sehen konnte, weil ihre Monitore im Weg standen.

„Ich habe so viel zu tun, und die Aufgaben von Margo bleiben liegen. Wenn du mir ein paar Sachen abnehmen würdest, kann ich das besser kompensieren. Sagen wir Montag bis Freitag, acht bis vier?"

„Ich bin da!"

„Julia, hast du etwas dagegen?" Anscheinend musste Julia gefragt werden, weil auch sie zur Führungsetage gehörte.

Danielle war auf ihre Antwort gespannt und sandte ein Stoßgebet gen Himmel.

„Da du mich vor ihr fragst, sage ich natürlich nicht Nein." Begeistert klang Julia nicht.

„Schön, Danielle, wir machen das so." Anna nickte zufrieden. „Lass uns alles Weitere heute Abend bei einem Drink im *Soho* besprechen. Ed kennt den Laden. Ich frage John, er kommt bestimmt mit."

„Okay."

Als Anna ging, stand Danielle auf, um nach einem Ordner zu greifen, und unwillkürlich traf sie dabei Julias Blick. Die Tatsache, dass Julia nicht zu diesem „Drink" eingeladen worden war, fand selbst Danielle etwas bitter.

„Es sind nur ungefähr zwei Wochen, die du mich ertragen musst", sagte Danielle leise, und es tat ihrer Freude nicht den geringsten Abbruch, der Frau gegenüberzusitzen, die sie ganz offensichtlich nicht leiden konnte.

„Mir egal", antwortete Julia, und Danielle konnte sich ein kleines Grinsen nicht verkneifen.

Abends im *Soho*, einem modernen und originellen Sushi-Laden, in dem ebenfalls ausgezeichnete Cocktails serviert wurden, saßen sie zu viert an einem der niedrigen Tische auf superweichen Bodenkissen.

Danielle schlürfte irgendetwas mit einem japanischen Sake, Holunder und Jasmin, gekühlt mit Eiswürfeln und verziert mit Minze. Es war schon ihr zweiter Drink. Den ersten hatte Ed ihr spendiert, den zweiten jetzt John.

Während Ed und Anna über Geschäftliches sprachen und ab und zu in die Politik ausschweiften, hatte Danielle ein Auge auf John geworfen, und er schien nicht abgeneigt zu sein. Lässig saß er ziemlich dicht neben ihr, ein Bein angewinkelt, den Arm locker darübergelegt. Die Finger seiner rechten Hand waren von oben um den Rand seines Glases gekrallt.

Er sah gut aus. War ein Jahr jünger als sie, hatte goldene Locken, ein sehr schmales Gesicht mit dunklen Augen und einem Dreitagebart. Sein Kehlkopf stand weit hervor, er trug zerrissene Jeans auf der schmalen Hüfte, sein weißes T-Shirt hatte einen großen Ausschnitt, sodass sie feine Haare und Tattoos auf seiner Brust sehen konnte. Um sein Handgelenk hingen Dutzende Festival-Armbänder.

John flirtete mit ihr, und sie war so aus der Übung, dass sie oft ausweichend in ihrem Drink herumrührte, um von ihrer Verlegenheit abzulenken.

Anna bekam das mit und grinste sie immer wieder an. Später auf dem Damenklo sagte sie zu ihr: „John ist seit einem Jahr Single. Davor hatte er eine lange Beziehung. Ich glaube, das ist ein guter Fang!" Ermunternd musterte sie Danielle von der Seite. „Und für ihn auch!"

Als Danielle zu ihm zurückkehrte, war sie motivierter. „Einen Drink an der Bar, John?"

Er legte seine Hand auf ihr Knie, als sie allein an der Bar saßen und die Gespräche etwas tiefer gingen. Mehr und mehr konnte Danielle sich öffnen, was aber vielleicht auch an den Drinks lag, die sie an diesem Abend nicht bezahlen würde.

Doch immer wieder schaute sie zu Ed rüber, der von Anna vollgequatscht wurde. In seinem Gesicht lag so etwas wie eine Warnung: *Geh nicht zu weit.* Sie fragte sich, warum das wohl so war, und beim nächsten Mal, als sich ihre Blicke trafen, schien er zu sagen: *Aber keine Sorge, ich passe auf dich auf.*

Als sie zu viert den Laden verließen, sah Danielle auf die Uhr und stellte fest, dass es weit nach zwei Uhr nachts war und in fünf Stunden schon wieder der Wecker klingeln würde. Kurz darauf griff John sie am Arm, zog sie zu sich, legte sein Gesicht an ihres, streckte den Arm aus und wies zum Himmel. „Sieh mal, die Sterne!"

Außer den Sternen leuchteten die bunten Farben der Lampions und Lichterketten, die zwischen den Häusermauern gespannt waren, über ihnen vor dem Himmelszelt, während ihr der Duft der Kreolischen Küche in die Nase drang. Der Wind trug die Klänge der unermüdlichen Straßenmusikanten zu ihnen herüber, und Danielle konnte kaum glauben, wie unfassbar gut sich das Leben anfühlte.

Sie sah, roch und hörte es. Das Leben. Genau hier. So wie noch nie zuvor.

Ein Abend in einer Bar mit Freunden. Drinks. Gespräche. Den Alltag, den Stress, die Sorgen – vergessen. Wer man war –

vergessen. Übertüncht. Das Leben in einer Blase, weil sie es sich durch Margo und Ed gerade leisten konnte.

Und es fühlte sich fantastisch an.

2

Mittwoch, 18. Oktober 2023 – Tag 8 im Haus der Schwester

In der Nacht hatte Danielle schlecht geschlafen. Ihr war übel gewesen und sie hatte sich fast übergeben müssen. Irgendwann gegen vier Uhr hatte sie gesehen, dass Margo um zehn Uhr abends angerufen hatte. Eine Nachricht hatte sie nicht hinterlassen, und auch keine SMS geschrieben. Weil sie um diese Zeit im *Soho* gewesen war, hatte sie Margos Anruf unfreiwillig ignoriert.

Am nächsten Morgen stand Danielle mit einem heftigen Kater auf und schminkte sich im Badezimmer. Während jedes ihrer Make-up-Produkte aus dem Drugstore stammte, stapelten sich auf Margos Schminktisch die teuersten Beautyartikel. Als sie sich einen Blazer aus dem Ankleidezimmer holte und in die Schuhe von gestern stieg, warf Danielle einen Blick auf verschiedene Tiegel und Paletten. Nur das Beste vom Besten, Marken aus New York, Los Angeles, Paris und London. Danielle probierte ein paar Parfüms aus, nur ein Spritzer davon und sie würde den ganzen Tag danach duften.

Später verließ sie das Haus, um an der Straße auf ein Taxi zu warten. Als eines kam und sie mit einem Bein im Wagen steckte, erspähte sie den Mann von letzter Woche. Rotblondes Haar, barfuß. Er kam die Straße herunter und sah sich immer wieder zu den Häusern um.

„Ma'am?" Der Taxifahrer drängte. „Brauchen Sie Hilfe?"

Danielle verengte die Augen. Ungern wollte sie fahren, wenn der Mann gerade zur Villa von Ed und Margo marschierte. „Ich …" Doch es war spät, sie musste pünktlich sein. „Schon gut." Sie stieg ein und sah durch die Rückscheibe, dass der Mann vor der Villa der Vanderbilts stehen blieb.

Gegen Mittag kam eine junge Frau in Danielles und Julias Büro. Sie trug ein luftiges Kleid, hohe Schuhe und war ziemlich stark geschminkt. „Huch", sagte sie ohne Begrüßung. „Ist Margo gar nicht da?"

„Sie ist für drei Wochen unterwegs", antwortete Julia. „Hallo, Maria."

Maria wandte sich an Danielle. „Na so was, du siehst aus wie Margo."

Danielle blickte kurz von ihrer Arbeit auf. „Ich bin Danielle, Margos Schwester."

„Wie aus dem Gesicht geschnitten." An der Hand der jungen Dame funkelte ein dicker Klunker.

„Was wolltest du von Margo?", fragte Julia.

„Margo ist eine meiner Brautjungfern. Heute findet unser Verlobungsempfang statt. Ich hatte ihr geschrieben, es ist kurzfristig – aber sie antwortet nicht." Sie lächelte zauberhaft. „Jetzt weiß ich ja, warum."

„Das tut mir leid."

„Sie hat ein Gästebuch vorbereitet, das hätte ich natürlich gern … hm."

„Ich kann zu Hause nachschauen und es dir bringen", schlug Danielle vor. Zu Hause? Hatte sie das gesagt?

„Ach, das wäre lieb. Ich bin traurig, dass Margo nicht da ist, eigentlich vergisst sie wichtige Termine nicht. Die kann was erleben." Ungefragt und völlig selbstverständlich griff Maria nach Zettel und Stift. „Ich schreib dir die Adresse auf. Bring gern jemanden mit. Trinkt was auf uns, wenn Margo mich schon vergisst."

Danielle nahm den Zettel an.

„Ich verstehe das gar nicht. Sie hat gesagt, sie kommt in jedem Fall!" Maria machte sich schon wieder auf den Weg zur Tür. „Aber bitte sag Margo Bescheid, vielleicht will sie ja, wo auch immer sie ist, doch noch kommen."

„Klar." Danielle nickte, und Maria verließ das Zimmer.

Als Danielle mit ihrer Arbeit weitermachte, lugte Julia an ihrem PC vorbei. „Wann wirst du Margo in Kenntnis setzen?" Sie machte eine Kopfbewegung zu Danielles Telefon, das unberührt neben ihr lag.

„Das mach ich schon noch."

„Wenn du es gleich machst, hätte sie Zeit zu kommen. Maria ist eine enge Freundin."

„Ganz ehrlich?" Danielle legte beide Hände auf den Tisch. „Wenn Maria eine so enge Freundin ist, warum ist Margo dann nicht bei ihr? Und warum weiß Maria nicht, dass Margo gar nicht da ist?" Sie stand auf, brauchte eine Pause. Als sie aus der Tür ging, vernahm sie aus dem Augenwinkel, dass Julia nach dem Hörer ihres Telefons griff. Durch die Lamellen an der Glasfront vor dem Büro konnte Danielle erkennen, dass Julia zu telefonieren begann.

Miststück.

Wen rief sie an? Margo? Ed?

Bis sich Danielle am Abend für den Empfang fertig machte, hatte sie Margo nicht angerufen. Sie hatte es wirklich vorgehabt – nicht nur wegen des Empfangs ihrer Freundin, sondern auch weil sie den Anruf der Schwester gestern Abend verpasst hatte und nicht dazu gekommen war, sich zurückzumelden.

Dreimal an diesem Tag hatte sie mit ihrem Telefon in der Hand irgendwo gestanden und den Finger über Margos Nummer schweben gelassen, nur, um den Anruf dann doch nicht zu tätigen.

Auf der Heimfahrt hatte sie dann den Gedanken daran verdrängen wollen – mit mehr oder weniger Erfolg.

Jetzt fühlte sie sich furchtbar.

Es ist noch nicht so spät! Noch kannst du sie anrufen.

Danielle kämmte vor dem Duschen ihr Haar und sah sich im Spiegel an. Der Grund, warum sie nicht mit Margo sprechen wollte, lag auf der Hand, und er war so beschämend, dass sie ihrem Spiegelbild kaum in die Augen sehen konnte: *Du willst nicht, dass sie heimkommt.*

Noch nicht. Sie tröstete sich über ihr Verhalten hinweg, indem sie sich sagte, dass Maria wohl nicht die beste Freundin war. Schließlich wäre Margo dann geblieben oder zumindest für diesen Tag gekommen.

Aber wenn du nichts sagst und sie alle – Margo, Julia und Maria – dann eine Antwort von dir wollen, warum du nicht angerufen hast?

Ach, war das alles kompliziert. Danielle legte die Bürste weg und schlüpfte aus ihren oder besser Margos Klamotten.

Vielleicht eine SMS! Margo würde sie erst später lesen und es nicht zum Empfang schaffen. Dann müsste Danielle auch nicht sofort antworten. Gemeldet hätte sie sich aber trotzdem und wäre aus dem Schneider!

Danielle:
Geht es dir gut? Ich konnte gestern Abend nicht rangehen …

Verdammt, sie wollte den Empfang nicht ansprechen! Margo keinen Grund geben, nach Hause zu kommen! Sie schickte die Nachricht ab und ging unter die Dusche. Als sie fertig war, hatte Margo bereits geantwortet:

Margo:
Na klar, alles okay ☺

Erleichtert seufzte Danielle und wickelte ihr Haar aus dem Handtuchturban.
Alles okay.
Noch einmal betrachtete sie sich im Spiegel und konnte sich dieses Mal sogar in die Augen schauen.
Warum machst du dir immer so viele Gedanken?
Sie dachte an Charenton, an den Job, den sie an den Nagel gehängt hatte, an Brooke, und wie sie sich ständig über sie aufgeregt hatte. Dachte an Mr. Isaac, an ihr Haus, an das durchgesessene Sofa und den lausigen TV-Empfang. An die Abende allein, wenn Jeffrey nicht bei ihr gewesen war.
Und dann daran, dass sie hier ein so verdammt anderes Leben führte.
Ein tolles Haus.
Eine spannende Aufgabe.
Freunde.
Partys.
Danielle lächelte.
Sie hatte es satt, sich Gedanken zu machen. Sie wollte das hier. Das alles. Und sie wollte es in vollen Zügen genießen, ohne Margo! Das Gefühl eines Rausches, das man bekam, wenn alles gerade so richtig gut lief und einem das Leben zu Füßen lag, beflügelte ihren Körper.

Heute ist deine Nacht!

Ihr Blick fiel auf ihre Lidschattenpalette. Sie hatte sie, seit sie einundzwanzig Jahre alt war. Ja, tatsächlich, es war fast antik, dieses Teil. Ihr Make-up war fast leer und es war das billigste vom billigsten. Falsche Wimpern besaß sie nicht. Aber Margo …

Danielle biss sich auf die Unterlippe. Dann huschte sie aus ihrer Tür rüber ins Schlafzimmer ihrer Schwester.

Um kurz vor sieben ging sie runter und verließ das Haus, um draußen auf John zu warten. Sie hatte ihn eingeladen. Sie wäre dort nicht mit Ed aufgetaucht. Und so war es ganz gut, dass er heute länger zu tun hatte und sie sowieso nicht hätte begleiten können.

John fuhr in einem alten Mercedes vor und musterte sie während der Fahrt immer wieder. Er trug einen Anzug mit Fliege, sah stattlich und gut aus, legte seine Hand immer wieder auf ihre. Als sie vor dem Haus der Familie Bellington ankamen, in dem Maria und Mitchell ihre Verlobung feierten, half John Danielle aus dem Wagen. Ihre Abendrobe, das silberfarbene Kleid mit Schlitz, das Ed Margo gekauft hatte, funkelte im Licht der Straßenlaternen.

Sie hatte Stunden gebraucht, ihr Haar mit Margos Pflegeprodukten zu waschen und zu stylen und sich mit dem Make-up ihrer Schwester zu schminken. Nun fielen ihre blonden Haare in voluminösen Wellen über die Schultern, ihre roten Lippen fühlten sich seidig und glossy an. An ihrem Handgelenk funkelte das Armband von Ed und war somit das Einzige an ihrem Körper, was ihr an diesem Abend wirklich selbst gehörte.

„Du siehst umwerfend aus", bemerkte John, und es fiel regelrecht auf, wie stark er ihre Nähe suchte. Sie ließ ihn zappeln, genoss die Blicke der Leute, die am Hauseingang Spalier standen, und ließ sich von ihm ins Haus führen.

Noch vor wenigen Tagen hätte sie die Befürchtung gehabt, hier nicht hinzugehören. Sich fehl am Platze zu fühlen – doch das war vorbei.

Sie *sollte* hier sein!

Es gab keinen Grund, warum sie dieses Leben verpassen sollte. Es war richtig so!

Maria freute sich über das Gästebuch, das in Margos Büro gelegen hatte. Ein goldener Schriftzug auf einem rosa Einband war darauf zu lesen: *The Wedding Of Mr. Mitchell Bellington With Ms. Maria Calente*. In der Mittagspause hatte Danielle auch noch ein Geschenk besorgt und es von ihrem eigenen Geld bezahlt. Dafür hatte sie in den letzten Tagen ja bei ihren Drinks gespart, indem andere für sie bezahlt hatten.

Der Abend verlief wunderbar. Es gab leckere Canapés am Büfett, Häppchen, die man im Stehen essen konnte, literweise Alkohol und Menschen, die aussahen, als wären sie steinreich, während ihre Gespräche ausschließlich von unwichtigem und unpersönlichem Small Talk handelten.

Für Danielle war es, als erfüllte sich ein Traum: Sie inhalierte alles, was um sie herum geschah, und saugte jeden Eindruck in sich auf. Das Haus der Familie Bellington verglich sie fast schon mit einem Schloss, während sie durch den riesigen Salon flanierten, in dem zahlreiche Kronleuchter funkelten. Eine geschwungene Treppe war wie zur Weihnachtszeit mit Girlanden dekoriert, alles in den Farben Weiß und Gold. Die Musik war klassisch, die Menschen eher älter, und die Roben der Damen schienen in einem Wettkampf zu stehen, welche nun die imposantere war, wie bei einer Preisverleihung in Hollywood.

Danielle schwebte durch den Raum, das Kinn gereckt, weil sie sich dazugehörig fühlte in diesem Kleid, das sie sich niemals selbst hätte leisten können, getragen von Schuhen, die nicht ihre waren.

Zwischen Menschen, die sie nicht kannte, in einer Welt, in der niemand sich für den anderen interessierte, außer, wie viele Nullen sich vor dem Komma auf seinem Konto wohl befanden.

„Was möchten Sie trinken?", fragte ein Kellner, der in den schwarz behandschuhten Händen ein Tablett trug.

„Dom Pérignon", antwortete Danielle und wandte sich an John. „Und du?"

Dieser nickte leicht irritiert. „Dasselbe."

Nur Sekunden später hielten sie ein Glas des edlen Champagners in der Hand und prosteten Maria und Mitchell zu.

„Du weißt, was gut ist", bemerkte John mit Blick auf ihr Glas.

Danielle lachte. Es hörte sich anders an als sonst. „Ich bin nicht hier, um Sekt zu trinken."

John quittierte ihre Antwort mit einem Schulterzucken. „Natürlich nicht."

Sie gingen auf die Terrasse. Die Luft war kühl, der Himmel sternenklar. Durch die zahlreichen Lichterketten und Solarleuchten, die im Garten vor der Terrasse aufgestellt waren, glitzerte ihr Kleid selbst in der Dunkelheit.

„Also, hast du vor, in Nola zu bleiben?", fragte John, als sie beide nebeneinander am Geländer standen.

„Ich denke schon", antwortete sie. „Vielleicht kann ich erreichen, dass Anna mich irgendwo empfiehlt."

„Das wird sie tun. Ich glaube, sie findet dich gut."

„Ich kann gut kopieren, ja." Sie machte sich nichts vor.

„Du kannst mehr, als du denkst." John schaute zu den Sternen. „Mich hast du jedenfalls ganz schön beeindruckt."

Danielle wagte es nicht, in seine Richtung zu blicken, als er ein Stückchen näher rückte und sie seinen Atem an ihrem Ohr spüren konnte. Sie wusste, dass er sie gern geküsst hätte. Normalerweise hätte sie auch nichts dagegen gehabt, denn ihr Selbstvertrauen war mit jedem Tag, den sie hier in New Orleans verbracht hatte, gewachsen. Sie hatte Lust zu flirten, Lust, sich hinzugeben – aber nicht mit John.

Es machte Spaß, mit ihm zusammen zu sein, es war aufregend, dass er ihr so deutlich sein Interesse zeigte, doch John erinnerte sie so stark an Jeffrey, dass Danielle sich nicht auf ihn einlassen konnte. John war jung, hatte weniger Ansprüche als sie – zumindest jetzt in dieser Phase seines Lebens –, sah nett aus, ja, aber viel mehr Gefallen fand sie an den Männern, die jetzt gerade im Salon dieses Hauses standen und vom Aussehen und Verhalten Ed ziemlich ähnelten.

Ja, Ed fand sie gut. Männer, die wie er aussahen. Charisma hatten, einen Plan vom Leben, immer nach vorn, nicht auf der Stelle.

Sie wollte einen Mann, zu dem sie aufblicken konnte. Sie wollte keinen Jeffrey, dem Zufriedenheit innewohnte, in einem Leben, vor dem sie weggelaufen war.

„Tut mir leid", sagte John verlegen und schmunzelte, als sie ein Stück wegwich.

„Alles okay", entgegnete sie. „Ich glaube, ich bin noch nicht so weit." Das war eine glatte Lüge. „Ich habe eine Trennung hinter mir." Sie wurde nicht einmal rot dabei.

„Ach so, das tut mir leid. Wieso habt ihr euch getrennt?"

Danielle richtete ihren Blick auf den Mississippi, der hinter den Bäumen eines Parks versteckt lag. Das Horn eines Raddampfers war zu hören. Sie legte den Kopf in den Nacken und dachte über ihre Worte nach. „Ich war noch nicht angekommen. Er schon. Und da, wo er war, wollte ich nicht bleiben."

„Und dann hast du ihn verlassen?"

„Ich musste mich entscheiden. Wäre ich geblieben, wären wir beide unglücklich, weil mit jemandem zu leben, der so nicht glücklich ist, kann ihn doch nicht zufriedenstellen. Und so habe ich wenigstens einen glücklich gemacht. Mich selbst." Sie lächelte. „Das klingt egoistisch, nicht wahr?"

„Nein." Er nahm ihre Hände. „Manchmal muss es sein."

Zwei Männer in pikfeinen Smokings kamen aus dem Haus. Der eine hatte schwarze Haare, genau wie Ed, nach hinten gekämmt, den Bart getrimmt, leuchtende grüne Augen. Er sah aus wie ein Model aus dem *GQ* Magazin. Er war der schönste Mann, den sie je gesehen hatte. Sicherlich schon vierzig, und in dem Moment, in dem Danielle Schwierigkeiten hatte, Johns Worten zuzuhören, begegneten sich ihre Blicke.

„Danielle?"

Und du siehst in dem Kleid auch noch umwerfend aus!

„Hm?" Danielle räusperte sich. „Ja?"

„Sollen wir wieder gehen?"

„Ich muss noch kurz auf die Toilette." Sie gab John ihr Glas und ging geradeaus zur Tür, neben der die beiden Männer standen. Sie spürte den Blick des einen auf sich ruhen, während sie versuchte, sich ihre Nervosität nicht ansehen zu lassen.

Als sie an dem Model vorbeiging, atmete sie kurz durch, suchte die Toilette, warf einen Blick über die Schulter und stellte fest, dass er ihr folgte.

Hatte sie das nicht gewollt? Warum raste ihr Herz dann jetzt so?

Vor dem Badezimmer angekommen, hielt sie inne. Sollte sie warten? Mit ihm reden? Noch ein Schulterblick. Er suchte sich einen Weg zwischen den Leuten hindurch, kam immer näher. Danielle wusste nicht, was sie tun sollte, was sie überhaupt gewollt hatte, öffnete die Tür zum Bad und schloss sie hinter sich.

Im Spiegel entdeckte sie die roten Flecken auf ihrem Dekolleté, was sie ärgerte. Sie wusste, sie sah heute Abend unglaublich aus, und diese roten Flecken hatten sich nur gebildet, weil jetzt etwas Neues kam, das sie noch nicht kannte: Das Gespräch, ein Flirt, mit einem Mann, von dem sie früher wahrscheinlich nicht einmal beachtet worden wäre. Aber sie war nicht mehr die Danielle mit blauer Schürze aus dem *Jeanerette's Main Supermarket*, nein, das war sie nicht mehr. Und würde sie nie wieder sein!

Sieh dich an!

Sie blickte auf. Die Flecken verschwanden. Das Kleid funkelte und glitzerte mit ihrem Armband um die Wette. Der Lippenstift hatte dem Trinken aus dem Glas standgehalten, ihr Make-up war nicht verschmiert, die Wimpern ellenlang.

Und das Parfüm würde diesen Mann um den Verstand bringen. Sie holte tief Luft, schloss die Augen.

Was für ein Leben!

Auf ihrer Zunge schmeckte sie den Geschmack des Champagners, das zweite Glas würde sie zusammen mit diesem Mann trinken, der auf dem Weg zu ihr war.

Wie wunderschön es doch sein könnte!

Sie öffnete ihre Augen und sah im Spiegel eine Frau, die sie zuvor nicht gekannt hatte. Diese Frau lächelte, diese Frau wollte dieses Leben, diesen Mann und ein zweites Glas Champagner …

Doch dann klingelte das Telefon in ihrer Clutch, in Margos Clutch. Mit tosendem Herzschlag öffnete sie den Verschluss, zog es heraus und las ihren Namen: Margo.

Jetzt nicht!

Sie begann zu zittern, starrte auf die fünf Buchstaben, wollte Margo wegdrücken, als das Vibrieren des Telefons von allein verebbte.

Zufrieden steckte sie das Telefon zurück in die Clutch. Jetzt war keine Zeit für Margo. Ein Mann war ihr nachgegangen. Ein wunderschöner Mann, ein Mann wie Ed.

Sie schüttelte ihr Haar auf, lächelte. Und war bereit.

Als sie nach Hause kam, war Ed noch wach. Er saß im Salon, ein Glas Brandy in der Hand. Danielle kam barfuß herein, die Riemchen-Sandalen, die ihren Füßen entsetzliche Schmerzen zugefügt hatten, weil sie es nicht gewohnt war, auf hohen Schuhen zu laufen, stellte sie in den Eingangsbereich und trippelte dann rüber zu ihm.

Im Kamin brannte ein schwaches Feuer, es war heiß im Salon.

„Hattest du einen schönen Abend?", fragte er, ohne von seinem Glas aufzusehen.

„Ähm … ja." Plötzlich war es ihr peinlich. Maria und Mitchell waren Freunde von Ed und Margo, nicht von John und ihr.

„Ja, danke. Und … Und du?" Sie setzte sich neben ihm auf die Kante der Couch, verstohlen blickte sie auf sein Glas, die Hände in dem Schoß vergraben.

„Anstrengend. Wichtige Gespräche." Es hörte sich an, als hätte er schon den ganzen Abend getrunken. Seine Stimme klang rau, er zog die Wörter länger als gewöhnlich.

Obwohl sie seine Augen nicht sehen konnte, spürte sie, wie sein Blick auf ihren nackten Schultern lag.

Auch wenn Danielle es nicht leiden konnte, wenn ein Mann so stark nach Alkohol stank, knisterte es in der Luft, und dieses Knistern brachte sie dazu, sich kein Stück zu rühren.

Kurz dachte sie an die Visitenkarte in ihrer Clutch, Jason Roberts, Investment Banker, New Orleans.

Ed streckte seinen Arm aus. Seine Finger berührten ihr Schulterblatt, nur zaghaft, aber sie waren da. „Ich hatte heute einen bösen Streit."

„Mit wem?" *Bitte mit Margo.*

„Mit meinem Stiefvater."

Sie erschrak selbst über ihre Hoffnung, er hätte sich mit Margo gestritten. Erst jetzt entdeckte sie das Pflaster auf der anderen Seite seines Kopfes. Es klebte ein Stück über seinem Ohr und der Wange.

„Was ist passiert?" Sie zeigte darauf.

„Ja, das kam noch dazu." Ed griff sich an die Wange.

„Habt ihr …?"

„Nein, nein. Wir haben uns nur gestritten."

„Und woher …?"

„Ach, da war diese blöde Kante in meinem Büro schuld. Da ist ein Schrank kaputt. Die Klappe springt immer wieder auf, und wenn man nicht aufpasst, trifft sie einen im Gesicht." Er grinste. „Und heute war ich das Opfer."

Sie glaubte ihm. Gerald hätte wohl kaum eine Schlägerei angefangen. „Wieso habt ihr euch gestritten?"

„Weißt du, ich habe manchmal solche Gedanken", sagte er leise und ließ den Brandy in seinem Glas rotieren. „Wenn er meine Mutter nie geheiratet hätte … dann würde er höchstwahrscheinlich länger leben."

Ihr stockte der Atem.

„Keine Angst." Er lachte, da er ihr Entsetzen bemerkt zu haben schien. „Ich habe ihn nicht umgebracht. Aber darüber nachgedacht habe ich schon."

„Worum ging es bei dem Streit?"

„Um Margo." Er betonte das o in Margos Namen.

„Um Margo?" Das überraschte sie. Als sie zusammen essen gewesen waren, war es kein einziges Mal um Margo gegangen.

„Margo ist Geralds Lieblingsthema." Ed stellte das Glas weg und setzte sich auf. „Aber gut, lassen wir das. Wollen wir schlafen gehen?"

Sie nickte und ignorierte, dass sein Ton sich nach einer Einladung angehört hatte. Aber vielleicht interpretierte sie zu viel in ihre Rolle hinein.

Als der Pegel des Alkohols auf der Rückfahrt nachgelassen und John ihr recht deutlich gemacht hatte, was er davon hielt, dass sie viel zu lange auf dem Klo verbracht hatte, hatte sie ein Stück Realität zurückerlangt.

Ed stand vor ihr auf, und noch ehe sie sich aufraffen konnte, führte er seine Finger an den Träger ihres Kleides. „Das gefällt dir, hm?"

„Ja, ich liebe es …" Leider war das die volle Wahrheit, doch meinte sie damit nicht nur das Kleid, sondern die Hand des Mannes ihrer Schwester auf ihrer Haut.

„Ich schenk's dir. Oder du kaufst dir ein Neues. Ich bezahle."

„Das musst du nicht." Danielle stand auf, bevor seine Finger weiterwandern würden. So betrunken, wie Ed war, würde er es tun, und es morgen früh bitter bereuen. Also drückte sie sich an ihm vorbei, froh darüber, dieser brenzlichen Situation noch mal entwischt zu sein, doch der Gedanke daran war auch für sie unheimlich prickelnd.

Ed beugte sich zu seinem Telefon, das zwischen den weichen Kissen lag, drehte sich damit um und wollte ihr folgen, stieß aber mit dem Bein gegen den Glastisch. Das Brandy-Glas fiel hinunter und ging zu Bruch. Danielle wollte die Scherben aufsammeln, doch Ed langte nach ihrem Arm, sodass sie sich nicht bücken konnte. „Lass mal, Clara kommt morgen noch mal. Heute hat sie die Fenster nicht geschafft." Sein Griff war fest.

„Clara, die … Putzfrau?"

„Ja." Ed ging nun vor ihr aus dem Raum zur Treppe.

Danielle folgte ihm. „Sag mal, Ed, wie … Wie hieß diese Beverly mit Nachnamen?"

Ed drehte sich um. „Wieso?"

„Nur so."

Er grinste. „Im Ernst, wieso interessiert es dich?"

„Ich würde gern nachsehen, ob man sie gefunden hat", sagte Danielle ehrlich.

Er legte seine Hand an ihre Wange. „Forsch lieber nicht nach", riet er ihr und flüsterte dann: „Sonst bist du die Nächste."

Donnerstag, 19. Oktober 2023 – Tag 9 im Haus der Schwester

Danielle hatte in dieser Nacht einen Traum.

In diesem Traum sah sie Margo, wie diese vor dem Haus stand und es anstarrte. Sie ging zur Tür, um die Schwester hereinzulassen, doch sie war verschlossen. Dann versuchte sie es an den Fenstern, doch keines ließ sich öffnen.

Margo bewegte sich in ihrem Traum nicht. Blieb stumm und regungslos vor der Villa stehen und blickte sie an.

Margo, was ist denn mit dir? Sag es mir! Ich bin bei dir!

Danielle hämmerte gegen jede Scheibe eines jeden Fensters im Erdgeschoss, schrie Margos Namen dabei, ohne Erfolg: Die Schwester schien sie nicht zu hören.

Irgendwann gab Danielle es auf.

Margo, ich wollte dir helfen.

Doch dann ging Margo, und Danielle wurde bewusst, wer in diesem Traum das Opfer war, war sie doch diejenige, die nicht entkommen konnte …

Als Danielle morgens ohne Wecker aufwachte, weil sie heute erst später ins Büro kommen sollte, schnappte sie sich ihr Telefon, um Margo anzurufen, nachdem sie ihren Anruf am Abend absichtlich verpasst hatte.

Sie runzelte die Stirn.

Margo hatte heute Morgen um 5.37 Uhr noch mal angerufen – warum hatte Danielle das nicht gehört?

Ach ja, dieser Abend. Der Empfang von Menschen, die sie nicht kannte. *Du warst fertig, hast tief und fest geschlafen.*

Danielle ließ es klingeln. Irgendwann sprang die Mailbox an. Dann schrieb sie der Schwester eine SMS:

Danielle:
Ruf mich an!

Sie stand auf und machte sich im Badezimmer fertig. Wusch sich das Gesicht und putzte sich ordentlich die Zähne. Heute keinen Alkohol, das schwor sie sich. So viel war sie nicht gewohnt, schon gar nicht auf Dauer. Als Danielle wieder ins Zimmer ging, fand sie eine Sprachnachricht von Margo auf ihrem Telefon, davor einen Anruf.

„Hä?" Danielle erinnerte sich nicht, dass es geklingelt hätte, sie hätte es doch gehört! Oder der Anrufer hatte recht schnell wieder aufgelegt. Kopfschüttelnd lauschte sie der Sprachnachricht:

Margo:
„Hey, alles okay, es war nicht wichtig! Ich wollte nur Bescheid geben, dass es mir gut geht und dass ich hoffe, du hast Spaß! Mach's gut!"

Danielle ließ das Telefon sinken und entschied, sich nicht zu wundern, denn draußen schien die Sonne und es versprach – mal wieder – ein toller Tag zu werden.

So ganz ließ sie die Sache dennoch nicht los. Ja, zugegeben, auch wenn Margo nicht hier war, mit Ed allein kam Danielle gut zurecht, und es war aufregend und machte Spaß und sicherlich wäre ihre Zeit hier gänzlich anders verlaufen, wäre Ed nach New York geflogen.

Sie hätte dann weniger über Margo erfahren, die Margo, die sie anscheinend geworden war.

Wer war Margo wirklich? Und was hatte sie so werden lassen?

Auch wenn Danielle es nicht gern zugab: Margo war immer ein Sonnenschein gewesen, der wichtigste Mensch nach Mom und Dad, und der einzige Mensch, den sie gehabt hatte, als die Eltern verunglückt waren.

Margo hatte sich immer einen Dreck um sich selbst geschert, war hilfsbereit, aufopfernd und stark gewesen. Freundlich, liebevoll und ein unfassbar tolles Wesen.

Nicht nur einmal in den sieben Jahren, in denen sie kaum Kontakt hatten, hatte Danielle sich gefragt: *Warum bin ich nicht so? Warum liegt auf meiner Stirn eine Zornesfalte, warum bin ich unzufrieden und gönne meiner Schwester, diesem guten Menschen, nicht alles, was sie sich selbst erarbeitet hat?*

Aber wahrscheinlich schwang da immer so ein kleines bisschen der Gedanke mit, dass sie es ja gar nicht selbst war. Margo war genauso wenig vermögend wie Danielle, sie hatte eben nur reich geheiratet. Und vielleicht, ja, vielleicht war da ein kleines Körnchen Wahrheit an dem Satz: *Geld verändert einen Menschen.*

Was es auch war, Danielle wollte wissen, was dran war an den Dingen, die man ihr über Margo erzählte.

Also begab sie sich in Margos Schlafzimmer. Nicht dass sie da nicht schon viel Zeit verbracht hatte, aber diesmal ging es ihr nicht um die Klamotten und das Make-up ihrer Schwester, nein. Diesmal ging es ihr um *die Geheimnisse* ihrer Schwester.

Sie suchte zunächst nach versteckten Kisten im Ankleidezimmer. Kisten gab es, aber da lagen weder Fotos drin noch Andenken oder sonst irgendetwas Interessantes. Nur alte Krawatten und ausrangierte Broschen, Schmuckkartons und anderes Zeug. In den Schubladen von Margos Schminktisch war ebenfalls nichts Auffälliges zu finden. Im Gegenteil: Viele Schubladen waren leer, weil es überall im Haus genügend Stauraum gab.

Es blieben die Nachtschränke, und Danielle war bewusst, dass das ein ziemlicher Einschnitt in Margos Privatsphäre war. Andererseits waren sie Schwestern – früher hatte es auch keine Privatsphäre zwischen ihnen gegeben, als sie sich noch eine Wohnung geteilt hatten.

Sie wusste, auf welcher Seite Ed schlief: die zur Tür. Also nahm sie sich den Nachttisch auf der Fensterseite vor. Bücher, darunter sogar eine Bibel, lagen in der oberen Schublade. Die untere war schon interessanter: Danielle fand Überreste einer getrockneten Rose, ein Sexspielzeug, bei dessen Anblick sie sich ekelte, Handschellen und eine Packung Taschentücher. In einem kleinen Kästchen lagen Ringe, einzelne Ohrstecker, ein kleines Parfüm. Doch nichts, was irgendwie merkwürdig war oder ihr mehr über Margo verriet.

Danielle schaute über das Bett. Ob sie bei Ed nachsehen sollte? Was, wenn er heimkam, aus welchem Grund auch immer, und sie erwischte?

Sie stand auf und spähte aus dem Fenster. Von hier aus konnte sie die Garage sehen, alles war ruhig. Dann ging sie um das Bett herum und öffnete die obere Schublade. Ein Notizbuch, sein Tablet. Ein Ladekabel. Nächste Schublade. Abgeschlossen.

Danielle zuckte zusammen. Warum hatte er die abgeschlossen? Schnell ging sie rüber zu Margos Schminktisch und holte eine Haarklammer. Damit fuchtelte sie im Schloss herum, und es dauerte ewig, aber die Schublade ging auf. Das Erste, was sie sah, waren Briefe. Geschriebene Blätter mit einzelnen Worten oder Wortgruppen, abgerissen von einem Block. War das Margos Schrift? Sie erinnerte sich an den Brief mit den 500 Dollar darin – war das ihre Schrift? Danielle wusste es nicht, also las sie die Zeilen und hoffte, sie stammten von jemand anders:

Ich bin ein böses, böses Mädchen.

Danielle schluckte, blätterte.

Ich habe das gar nicht verdient.

Weiter.

Ich bin ein schlimmer Mensch.

Es ging noch 50-mal so weiter. Botschaften, Verse, alle anscheinend schnell auf Papier geklatscht, und dann hier im Schrank eingeschlossen.

Außer den Briefen gab es Fotos. Volltreffer. Sie nahm den Stapel. Da waren viele Bilder von Margo, eigentlich ausschließlich von Margo. Sie posierte darauf, lächelte in die Kamera. Flirtete. Im ersten Moment sahen diese Bilder wie die Schnappschüsse einer Frau aus, die von ihrem Mann sehr geliebt wurde. Beim näheren Hinsehen wirkte es aber vielmehr so, als sei derjenige, der die Fotos gemacht hatte, von seinem Model besessen.

Danielle runzelte die Stirn. Es folgten Bilder von Margo mit einer Maske. So etwas hatte Danielle nur zum Mardi Gras gesehen, dem Fasching im Februar, der hier in New Orleans groß gefeiert wurde. Außerdem in einem Film, in dem ein Maskenball vorgekommen war.

Als Danielle eine Tür ins Schloss fallen hörte, fuhr sie zusammen. Hektisch stopfte sie die Zettel und die Fotos zurück in die Schublade und stand auf. Sie eilte aus dem Zimmer und ging die Treppen hinunter.

„Guten Morgen, Ms. Danielle", begrüßte sie Walden.

Danielle seufzte. „Jedes Mal wenn ich Sie sehe, jagen Sie mir einen Schreck ein."

„Ich dachte, es sei keiner hier."

„Ich bin hier."

„Woher sollte ich das wissen? Ach, warten Sie, klar sind Sie hier. Sie sind ja Margo." Er beäugte ihr Outfit.

Danielle hatte sich eine Jeans und eine todschicke Bluse von ihrer Schwester geliehen. „Was soll denn das?"

„Merken Sie das nicht?" Er grinste und zeigte dabei seine dreckigen Zähne. „Sie nehmen sich dem Leben der Herrin des Hauses an. Jeden Tag ein Stückchen mehr."

Danielle ignorierte seine Worte. „Was wollen Sie denn überhaupt hier?"

Walden hob seinen Werkzeugkoffer. „Die Tür zum Weinkeller klemmt ein bisschen."

Danielle erinnerte sich. Vor zwei, drei Tagen hatte sie eine Flasche Wein holen wollen, um sie mit Ed zu trinken, doch die Tür in der Küche zum Vorkeller hatte geklemmt. „Ach so, ja dann … Ich wollte mir gerade noch einen Kaffee holen und dann an die Arbeit am PC gehen."

Sie hoffte, dass das so beiläufig und selbstverständlich wie möglich geklungen hatte, eilte in die Küche, damit sie weg war, wenn er dort zu arbeiten begann, doch Walden hatte dem Anschein nach einen anderen Plan und kümmerte sich um eine Tür unter der Treppe.

„Schon gut, lassen Sie sich Zeit."

Mit ihrem Kaffee ging sie in Eds Büro.

Natürlich war auch das hier falsch, aber herrje, sie wollte Antworten. Sie schloss die Tür hinter sich und wunderte sich darüber, warum die Rollos heruntergelassen waren.

Ein Blick auf die Uhr verriet, dass sie nur noch dreißig Minuten hatte, bis sie ins Büro musste, und das Walden jetzt im Haus war, passte ihr gar nicht. Dennoch setzte sie sich an Eds Rechner. Mit zitternder Hand schaltete sie ihn ein. Es dauerte keine fünf Sekunden und der PC war an. Ein Passwort war nicht nötig gewesen.

Der Desktop war genauso aufgeräumt wie das ganze Haus. Es gab einige Ordner, mit denen sie nichts anfangen konnte. Aber einer trug den Namen *MARGO,* und auf den klickte Danielle nun. Dokumente mit dem Wort „Text" und dann ein Datum dazu. Das interessierte sie, und sie entdeckte Vorlagen. Vorlagen für ihre Posts auf Social Media. Schrieb sie sie am Computer vor? Oder … schrieb Ed sie ihr vor?

„Mein Gott, Prinzessin, tust du überhaupt was allein?", entfuhr es Danielle verächtlich.

Ansonsten waren noch Abrechnungen als Kopie in dem Ordner, was Danielle nicht interessierte, also zurück zum Desktop.

Da sie über Margo nicht allzu viel gefunden hatte, kümmerte sie sich nun um das zweite Thema, was sie nicht losließ. Aber wo sollte sie suchen, um Hinweise über die Haushälterin zu bekommen? Gab es Lohnabrechnungen? Sie kannte sich mit Computern nicht gut aus, wusste aber, dass es einen Ordner im System gab, wo Dokumente zu lesen waren, die jüngst geschrieben worden waren. Nach einigen Klicks fand sie ihn auch. Und tatsächlich: *Buchhaltung – Haushalt – Beverly Cortez.*

Der Computer ging aus.

Danielle erschrak. Im Zimmer war es stockfinster. Sie sprang von dem Stuhl auf und wartete, bis sich ihre Augen an die Dunkelheit gewöhnt hatten, bevor sie irgendeine teure Vase runterriss.

Dann hörte sie Schritte.

Walden war im Haus.

Danielles Puls raste, sie bewegte sich langsam vor. Die Tür wurde geöffnet, ein Mann stand in der Tür.

„Entschuldigung", hörte sie die stets lüstern klingende Stimme des Hausmeisters. „Das war ich."

Sie erkannte seine Silhouette in der Tür, er war so breit, dass das Tageslicht, das hier unten im Korridor sowieso schon nicht sehr hell war, hinter ihm kaum hervordrang.

„Was ist passiert?", fragte sie mit zittriger Stimme.

„Gab einen Kurzschluss, Strom ist aber gleich wieder da."

Sie hörte sein Atmen. Das Zimmer war klein. Er stand maximal zwei Meter von ihr entfernt. „Würden Sie mich durchlassen, bitte?"

„Sind Sie schon fertig?"

Oh, sie hoffte so sehr, dass der PC, wenn der Strom wieder anging, einfach ausblieb, und nicht offenbarte, wonach sie gesucht hatte. „Ja", log sie.

„Und?" Er bewegte sich keinen Zentimeter.

Danielle schloss die Augen. So unwohl wie jetzt hatte sie sich in all den Jahren neben Mr. Isaac nicht gefühlt. „Was, und?"

„Haben Sie sie gefunden?"

Die Haushälterin. „Nein", log sie wieder. „Danach habe ich doch gar nicht gesucht."

„Gut", meinte Walden. „Sie können auch einfach drüben ins Gästehaus gehen. Dort ist ihre Leiche. Und ich wohne daneben." Er lachte.

4

„Das ist seine Art, Witze zu machen."

Danielle war außer sich. „Ich hatte Angst!"

„Ich sag ihm, er soll aufhören, dich zu ärgern." Ed lachte am anderen Ende der Leitung. „Ich glaube, Walden mag es einfach, dich auf den Arm zu nehmen, weil es so gut funktioniert."

„Das ist nicht witzig!" Sie überquerte mit ihrem Kaffeebecher in der Hand die Straße und war vor dem Bürogebäude angekommen. „Also, bis heute Abend."

„Warte mal, Lunch heute Mittag?"

„Ich bin schon verabredet, sorry."

Das schien Ed zu überraschen. „Mit wem?", kam es etwas scharf.

„Mit jemanden, den ich kennengelernt habe." Sie glaubte nicht, dass sie Ed Rechenschaft schuldig war. Außerdem war es schon ein bisschen cool, dass es ihm nicht gefiel, dass sie sich mit einem anderen Mann traf.

„Ist es John?"

„Nein."

„Wer dann?"

Danielle schnaubte. „Bis heute Abend!" Sie legte auf.

Der Mann, mit dem sie sich mittags in einem Restaurant an der Ecke traf, war Jason. In Anzug mit Krawatte und mit einer Uhr um das Handgelenk, die wahrscheinlich so teuer wie ihr Haus in Charenton gewesen war, war er so attraktiv, dass nicht einmal Ed gegen ihn ankam.

Niemals hätte Danielle geglaubt, dass ein Mann wie er jemals auf sie aufmerksam geworden wäre. Doch gestern war das der Fall gewesen, und das konnte doch nicht nur an dem Kleid ihrer Schwester gelegen haben. Oder?

Irgendetwas an ihr musste ihn angezogen haben, und sie ärgerte sich, dass das Selbstbewusstsein, das sie gestern Abend noch gehabt hatte, heute verflogen war.

Schüchtern saß sie ihm gegenüber und brachte kaum ein Wort hervor, während er redete und sie ständig intensiv anschaute. Jedes

Mal wurde sie dabei rot, und hoffte, dass er nicht in ihren Augen sehen konnte, wie blöd sie sich vorkam.

Gestern war sie eine Diva gewesen, gestern hatte sie eine Rolle gespielt, die ihr so unfassbar gutgetan hatte, doch ohne Kleid, ohne Maske, war sie nicht mehr als Danielle Parker. Einer jungen Frau mit nichts auf dem Konto, nichts im eigenen Kleiderschrank und keinem Schutz über dem Gesicht, das rot wurde, wenn ein Mann, der nicht ihr Kaliber war, ihr in die Augen schaute und sie enttarnte.

Anfangs sprach er über Dinge, bei denen sie nicht mitreden konnte, ihn sogar fragend anblickte und er darüber schmunzelte, was keinesfalls belächelnd wirkte. Er verstand wohl schnell, dass sie beide aus anderen Welten kamen und wechselte so charmant wie möglich dann zu einem banalen Small Talk.

Als sie sich mit einem Kuss auf die Wange verabschiedeten, sah sie ihm eine Weile nach. Sie wollte ihm nicht hinterhertrauern, nicht daran denken, wie schön es gewesen wäre, wenn …

Nein. Die Botschaften, die sie heute in Eds verschlossenem Nachtschrank gefunden hatte und die Sache mit der Haushälterin beunruhigten sie, und sie hatte gar keine Zeit, einem Fremden hinterherzurennen.

Also konzentrierte sich Danielle aufs Wesentliche, und nach der nächsten Aufgabe, die Anna ihr gestellt hatte, gab sie den Namen der ehemaligen Haushälterin der Vanderbilts bei Google ein. Mit dem Stichwort *New Orleans* dahinter erschienen ein paar Treffer.

„Wer hat uns gesehen?" Und dann etliche Namen, darunter *Beverly Cortez*. Es gab aber keinen Artikel im Netz, der von ihr persönlich handelte. Sie war nur vermisst gemeldet worden, ihr Verschwinden wurde genauso behandelt wie das unzähliger anderer. Diese junge Frau, die nach Danielles Recherchen gerade mal dreiundzwanzig Jahre alt war, war nur eine von vielen vermissten Menschen einer Großstadt im Süden der Staaten.

Und so wie es in einem Artikel stand, musste sie sich mit diesem Thema abfinden: *„Sie könnte überall sein"*, und Hinweise auf ein Verbrechen gab es nicht. Also kam sie an dieser Stelle nicht weiter.

Mit einem tiefen Seufzer schloss sie ihre Suche und schaute sich auf Margos Tisch um, was sie tun könnte.

Julia schien ihre Gedanken zu lesen. „Der Drucker braucht neues Papier, wenn es deine Zeit erlaubt."

„Klar", antwortete Danielle, und ignorierte die Spitze. „Kannst du mir sagen, wo es ist?"

„Im Flur. Da ist der große Schrank mit den Büromaterialien. Ganz unten."

Danielle stand auf und ging schweigend aus dem Zimmer. Julia hatte bestimmt nicht erwartet, dass sie ihrer Aufforderung nachkommen würde. Doch im Gegensatz zu ihr hatte Danielle kein Problem mit ihr und somit auch nicht, etwas für sie zu tun.

Als Danielle nach dem Papier suchte, kam Anna um die Ecke. „Hey, Danielle!"

„Hi, Anna." Ah, da war das Papier. Danielle griff gleich nach zwei Paketen. „Wie geht's?"

„Ich wollte gerade zu dir. Ich habe den Text gelesen, um den ich dich gebeten habe. Kein einziger Rechtschreibfehler, gute Wortwahl und genau das, was ich im Kopf hatte." Anna strahlte. „Wir müssen reden. Über etwas sehr Erfreuliches."

Aufgeregt krallte sich Danielle fester um das Papier, als wäre es nur dazu da, ihr Halt zu geben. „Was?"

„Pass auf." Anna hob beide Hände. „Ich habe einen neuen Sponsor, und das bedeutet mehr Arbeit. Ohnehin würden uns ein, zwei neue Kollegen ganz guttun. Was hältst du davon, bei uns anzufangen?"

Danielle riss die Augen auf. „Anna …"

Anna umarmte Danielle trotz der Papierpakete zwischen ihnen. „Ich weiß. Ich glaube, das überfordert dich gerade, aber … ich wollte es dir sofort sagen. Du möchtest doch gern in Nola bleiben und … wir haben Kapazitäten, ich such dir noch einen Platz und …"

„Danke, danke, danke!", rief Danielle. Sie hüpfte vor Freude in der Umarmung auf und ab, sodass die Pakete zu Boden und ihr auf den Fuß fielen. „Ich bin so glücklich!", sagte sie ehrlich und ignorierte den Schmerz. „Ich kann es kaum fassen!"

Anna hielt für einen Moment ihre Hände fest, ehe sie sich voneinander lösten. „Gratuliere. Du machst dich wirklich gut, und ich denke, du passt gut in unser Team."

„Und was ist mit …?"

„Margo? Keine Sorge. Ich habe ihr Okay."

„Du hast sie angerufen?"

„Ich habe ihr eine E-Mail geschrieben, und glücklicherweise hat sie gleich geantwortet." Anna nickte. „Der Sponsor kommt am Montag. Da ich dich in dieses Team einteilen möchte, das direkt mit ihm kommuniziert, brauche ich dich sofort und konnte jetzt nicht warten, bis sie wiederkommt."

„Und sie hat Ja gesagt?"

„Ja." Anna lächelte.

Das war typisch Margo. Margo gönnte jedem alles. Zumindest die Frau, die sie als ihre Schwester kannte. Doch würde das gut gehen? Sie hatten sich Jahre nicht gesehen, und von jetzt auf gleich arbeiteten sie zusammen?

„Ich muss das nachher Ed erzählen. Er wird mir helfen müssen, eine Wohnung zu finden … Ich …" Tausende wunderbare Gedanken purzelten durch ihren Kopf. „Ich kann dir gar nicht sagen, wie sehr ich dir danke, Anna."

„Ich höre mich mal nach Wohnungen um, vielleicht kann ich ein oder zwei Beziehungen nutzen." Anna legte ihre Hand auf Danielles Arm. „Das wird toll. Und ich möchte, dass du Verantwortung übernimmst und verstehst, wie gut du bist und was in dir steckt!"

„Danke, Anna." Danielle war den Tränen nahe. „Du weißt gar nicht, was mir das bedeutet!" Sie verabschiedeten sich, und das Grinsen aus Danielles Gesicht wollte nicht verschwinden, als sie Margos Büro betrat. Es blieb natürlich auch von Julia nicht ungesehen.

„Was ist?", fragte sie und ließ ihre Finger nicht von der Tastatur los.

„Ach …" Sollte Danielle es ihr erzählen? Sie hatte noch nichts unterschrieben. Aber diese Glücksgefühle waren so enorm, dass sie am liebsten der ganzen Welt von den Neuigkeiten erzählen wollte. „Ich denke, ich habe einen neuen Job."

Julia zog eine Braue hoch. „Wie meinst du das?"

„Anna hat mir soeben ein Jobangebot gemacht."

Moment! Julia hatte auch Anteile an der Firma. War Julia nicht gefragt worden?

„Und du hast angenommen?", fragte Julia, als hielte sie diese Entscheidung für falsch.

„Ja", sagte Danielle und öffnete die Papierpakete, um etwas davon in den Drucker zu tun. Sie wollte auf keinen Fall, dass Julia Anna noch umstimmte.

„Das ist unglaublich!" Danielle hörte Julias Schnaufen. „*Du* bist echt unglaublich." Und das war nicht nett gemeint.

„Was ist denn eigentlich dein Problem?", fragte Danielle und wandte sich vom Drucker ab. „Anna wird uns schon nicht in ein Büro stecken, also musst du mich nur auf dem Flur ertragen."

„Und bei den Drinks am Abend."

„Wenn jeder kommen darf, darf ich das auch, es ist ja nicht eure Bar."

Julia klickte schnell etwas mit der Maus, als würde sie ihre Arbeit rasch beenden wollen, um dann aufstehen und wegrennen zu können. Sie war tiefrot im Gesicht, sodass es der Farbe des Wüstengesteins glich, das man auf dem großen Bild hinter Rahmen an der Wand sehen konnte. Die Bilder, die vergrößert überall in der Firma hingen, hatten Anna und ihre Kollegen alle selbst in Afrika gemacht. Viele Kinder waren darauf zu sehen.

„Also?", hakte Danielle nach, stützte sich nun auf dem Tisch ab und funkelte Julia wütend an.

Julia stand auf. „Ist dir das nicht peinlich?"

„Was soll mir peinlich sein?"

„Dass du dich in das Leben deiner Schwester drängst."

Danielle lachte. „Das tue ich nicht."

„Ach nein?" Julia hob die Brauen. „Du trägst ihre Sachen. Denkst du, dass bekommen wir nicht mit? Anna weiß es. Vielleicht sogar John. Sie sagen nur nichts. Ich aber schon. Es wäre mir an deiner Stelle absolut peinlich, in den Sachen meiner Schwester auf *ihrer* Arbeit anzutanzen. Deshalb frage ich dich: Ist dir das nicht peinlich?"

Nicht ein einziges Mal hatte Danielle den Gedanken gehabt, dass die anderen die Klamotten von Margo an ihr erkennen könnten. „Ich …" Sie schämte sich so sehr, dass sie unwillkürlich den Blick von Julia abwandte.

„Mag sein, dass du sie nicht kopieren willst, aber wie wenig muss man von sich halten, dass man die Sachen Fremder tragen muss, weil man denkt, nur dann könnten einen die anderen sehen?"

Sie ist nicht fremd. Sie ist meine Schwester. Doch das macht in dieser Situation hier gerade keinen Unterschied. Julia hat recht.

Danielle wusste nicht, was sie sagen sollte. Julias Worte verletzten sie stark, und plötzlich kam sie sich in der Jeans, der Bluse und den Schuhen von Margo unglaublich albern vor.

Was hatte sie nur getan?

„Ich glaube nicht, dass Margo weiß, was du hier abziehst. Ich glaube, sie wäre erschrocken, würde sie dich sehen. Sie würde den Kopf über dich schütteln, dich aber nicht bitten, es zu lassen, denn so ist sie nicht. Dennoch hat es Margo nicht verdient, dass ihre Schwester kommt und sich so dermaßen penetrant in ihrem Leben breitmacht. Margo ist der beste Mensch, den ich kenne. Margo …"

„Ist doch gut!", unterbrach sie Julia. „Ich hab's verstanden. Du magst Margo anscheinend mehr als die anderen, das ist toll, und ich habe es verstanden." Aber Julia diesen glanzvollen Sieg schenken, wollte sie nicht. „Du hast also keine Affäre mit Ed, denn so was würdest du unserer lieben Margo ja nicht antun?"

Nun war es Julia, die ganz erschrocken dreinblickte. „Was?"

Aber nach der Demütigung musste Danielle ihren Trumpf ausspielen. „Hat man sich so erzählt." Leider begann ihre Stimme zu vibrieren, weil der Kloß in ihrem Hals dicker wurde. Sie wollte hier raus, musste Julia aus dem Weg gehen. Tränen brannten in ihren Augen, als sie aus dem Büro stürmte und im Flur zum Glück kurz allein war. Dort atmete sie tief durch, ordnete ihre Gedanken und beschloss, morgen, am Freitag, shoppen zu gehen und sich ihre eigenen Klamotten zu kaufen. Schließlich hatte sie jetzt einen Job und laut John bezahlte Anna ganz gut.

Anna steckte den Kopf aus ihrem Büro. „Mal was anderes, ich habe gerade mit einer Freundin telefoniert. Haben Ed und du morgen Abend schon was vor?"

Ed und du. Wie sich das anhörte.

Danielle hoffte, dass Anna nicht auffiel, dass sie ein wenig geweint hatte. „Ähm, nicht dass ich wüsste."

„In der *Lounge Rouge* gibt es morgen eine Party. Party ist übertrieben, es ist eher so ein Ball. Ich hatte Karten für vier, und nun springt das Pärchen ab, mit dem wir gehen wollten."

„Ein Ball?"

„Ein Maskenball." Anna grinste. „Margo und Ed mögen so was gern. Ist halt was anderes. Solltest du mal ausprobieren."

Die Masken. Sofort dachte Danielle an die Fotos in Eds Schublade. „Ich frage Ed heute und sag dir Bescheid."

„Okay." Anna zog sich in ihr Büro zurück.

Danielle holte tief Luft. Dann lehnte sie sich mit dem Rücken an die Glasfront, hinter der Julia saß, die sie aber wegen der Lamellen nicht sehen konnte. Im selben Moment kam John um die Ecke und blieb stehen, als er sie entdeckte.

Er verzog seinen Mund, was aber nicht nach einem Grinsen aussah, schaute schnell weg und drehte um.

Freitag, 20. Oktober 2023 – Tag 10 im Haus der Schwester

Das Leben war magisch.

Danielle ließ sich von Julia nicht die Laune verderben, nahm sich ihre Worte aber dennoch zu Herzen und fasste einen Plan: Am Nachmittag des nächsten Tages gab sie 532 Dollar für Blusen und Kleider aus, in Geschäften, von denen sie sich sonst immer nur die Schaufenster angesehen hatte. Es waren zwar nicht die teuren Boutiquen, in denen es die Kleider gab, die in Margos Schrank hingen, aber ihre neuen Klamotten würden nicht beim ersten Waschen einlaufen, so wie es bisher der Fall gewesen war. Ja, sie konnte sich mit den neuen Sachen sehen lassen und genoss es, mit den Tüten in der Hand, die nicht aus Plastik bestanden, und mit der soeben gekauften Sonnenbrille auf der Nase durch die Straßen von New Orleans zu schlendern.

Jeffrey hatte zwischendurch angerufen, und sie hatte ihm ein Bild von sich in einem beigefarbenen Kostüm geschickt. Er hatte zurückgeschrieben, er erkenne sie kaum wieder, Smiley, doch so richtig freundlich hatte er das wohl nicht gemeint.

Aber das war ihr auch egal.

Sowieso – in letzter Zeit war Danielle so einiges egal.

Die Party, zu der Anna sie eingeladen hatte, begann erst um zehn Uhr. Ed und Danielle hatten Sushi bestellt, sich gut unterhalten, und nach dem Duschen stand sie nun vor ihrem Spiegel und hielt verschiedene Kleider an ihren Körper, die zu diesem Anlass passen konnten.

Natürlich war sie nicht für die Party einkaufen gegangen, und somit fand sie nichts, was nur annähernd das Motto des Abends beschreiben würde. Verkleiden wollte sie sich zwar auch nicht, aber so ein schönes langes Kleid in Schwarz wäre nett, doch so eines hing in Margos Schrank. Und nicht in ihrem.

Im Haus ging Musik an.

Sie drehte sich um, spähte zur Tür. Die Klänge waren laut und schienen sie förmlich nach draußen in den Flur zu ziehen. Erneut dröhnte „Beyond The Sea" von Bobby Darin durch das Haus, und weil sie es in jedem Zimmer genau gleich gut hören konnte, wusste sie, dass sie recht gehabt hatte: Es mussten sich Lautsprecher in der Decke befinden – überall.

Sie hielt sich am Geländer fest, blickte hinüber zum anderen Flügel und entdeckte Ed, der förmlich aus dem Schlafzimmer schwebte. Er trug einen grauen Frack, wie ihn Danielle live noch nie an einem Mann gesehen hatte. In der einen Hand hielt Ed einen Zylinderhut, in der anderen ein Glas Wein. Er bewegte sich zur Musik, und als sich ihre Blicke trafen, prostete er ihr zu und lächelte.

Danielle tat es ihm nach, schloss kurz die Augen, breitete die Arme aus und schaukelte zum Takt der Musik aus vergangenen Zeiten über den Flur. Dass sie sich dabei – unwillkürlich – immer weiter in Richtung Schlafzimmer von Ed und Margo bewegte, war vielleicht nur Zufall. Doch während sie ihren Weg fortsetzte, ging Ed nach unten.

Danielle tanzte durch den Raum, vorbei an Margos Schminktisch, und betrachtete sich dabei kurz im Spiegel. Ihre Haare waren noch nass und hingen in breiten Strähnen über ihre nackten Schultern. Um den Oberkörper hatte sie lediglich ein weißes flauschiges Handtuch gebunden, das mehr von ihren Achseln als von dem lockeren Knoten gehalten wurde. Gleich würde sie sich schminken. Mit dem Make-up ihrer Schwester, denn Julia konnte sie mal.

Das Kleid, an das sie gedacht hatte – und das sie natürlich schon einmal heimlich anprobiert hatte –, hing im Ankleidezimmer rechts weiter hinten. Sie zog es auf dem rosa Seidenbügel heraus und fuhr mit den Fingern über den Stoff. Es war hochgeschlossen, das Dekolleté mit glitzerndem Mesh besetzt. Ein Ärmel war kurz, der andere lang. Auch der Rock war asymmetrisch geschnitten und zeigte links viel Bein. Es war hauteng, sodass man Unterwäsche klar darunter erkennen würde – also ließ sie sie besser weg.

Mit dem Kleid auf ihrer Haut fuhr sie mit den Händen über ihre Hüfte, beugte die Knie und warf den Kopf nach hinten, während sie vor dem Spiegel stand und sich begutachtete.

Was für ein Gefühl!

Als sie sich dann an den Schminktisch setzte, acht helle Lampen ihr Gesicht bestrahlten, lächelte sie wie von selbst. *Das bist du!*

Make-up, Concealer, Bronzer, Blush. Sie benutzte alles, was sie finden konnte, schminkte sich in satten Farben mit weinrotem Lippenstift und Smokey Eyes, obwohl man die unter der Maske kaum sehen würde – und es wurde schlichtweg perfekt! Klar – mit perfekten Utensilien und perfekten Kleidern musste genau das entstehen, was sie war: Ein Mensch in Verkleidung, um nicht nur an diesem Abend etwas darzustellen, das sie nicht war.

Sie kämmte sich das Haar streng nach hinten, weil sie auf einem Korb in einer der Schubladen eine Spange mit Federn gefunden hatte. Sie waren lang und dick und fest und schimmerten blau, wenn man sie ins Licht hielt. Danielle fragte sich, ob das wohl die echte Feder eines Pfaus war.

Sie steckte die Spange auf der linken Seite ihres Kopfes ins Haar – und glaubte, so besonders und magisch auszusehen wie noch nie zuvor in ihrem Leben.

Es fühlte sich so gut an.

Es fühlte sich so gut an, hier zu sein.

Und es fühlte sich so gut an, *sie* zu sein.

Als Danielle aufstand und vor den Spiegel trat, um sich noch einmal im Ganzen zu betrachten, hatte sie das Gefühl, dass das hier nie wieder enden durfte. *Ich will nicht mehr die sein, die ich mal war, denn das hier ist das, was ich will. Für immer.*

Und als sie dann Hände an ihren Schultern spürte, Hände, die nicht ihr und nicht dahin gehörten, machte sie keine Anstalten, sich gegen sie zu wehren. Jene Hände reichten ihr eine Maske, schwarz und seidig, mit Bändern an den Seiten und Schlitze für die Augen, legten diese Maske vor ihr Gesicht, und Danielle verwandelte sich zu der Femme fatale, die sie in dieser Nacht sein wollte.

Ein Körper schob sich neben sie, jemand in Frack mit einer ebensolchen Maske, maskuliner, aber genauso verrucht und geheimnisvoll wie ihre.

„Du bist schön", sagte Ed, und weil er ihr so nahe war, spürte sie nicht nur seine Hände an ihrer Taille, sondern auch seinen Atem viel zu dicht an ihrem Ohr.

Sie bewegte sich nicht, ließ es zu und dachte nur an eines: *Bitte, Margo, komm einfach nicht wieder!*

Für den Abend in der *Lounge Rouge* waren sie bestens gekleidet: Der Club, der sich in einem Keller im Marigny Viertel der Stadt befand, war ein Ort, an dem sie alle dunkle, vornehme Kleidung trugen und niemand sein Gesicht zeigte.

Es war dunkel, die Luft stickig, die Musik leicht bedrohlich. Zu den klassischen Tönen, gemischt mit flotter Musik, konnte man sich wunderbar bewegen. Es gab viele Separees, die alle schon besetzt waren, die Sitzmöbel mit blauem Samt bezogen. Die Leuchten an der Wand und an der Decke erinnerten an den Gothic-Stil, was normalerweise gar nicht Danielles Geschmack war.

Die Menge, die sich um die Tanzfläche in der Mitte tummelte, vor der Bar und in den Sitzen schien verschiedenen Filmen entsprungen zu sein, die in einem anderen Jahrhundert spielten. Jeder spielte an diesem Abend eine Rolle, und das war es, was die Atmosphäre – gewollt oder nicht – so verdammt geheimnisvoll und aufregend machte.

Die Luft roch nach Parfüm, Schweiß und dem Rauch der Zigarren, die hier geraucht wurden. Im ersten Moment war Danielle davon furchtbar schlecht geworden. Ed zog sie an der Hand durch den Raum, zwischen den Menschen hindurch, deren Augen Danielle nicht erkennen konnten, weil sie alle Masken trugen, die davon ablenkten. Sie selbst legte ihre Finger an die weichen Federn, vergewisserte sich, dass ihre Maske noch gut saß.

„Hier sind wir!", hörte sie Annas Stimme und war fast erleichtert. Heute Morgen hatte sie den Arbeitsvertrag unterschrieben und hatte ohne Bedenken shoppen gehen können, denn sie verdiente jetzt fast das Doppelte als im Supermarkt in Charenton. Anna jetzt gegenüberzustehen, in einem völlig anderen Ambiente, war schon etwas eigenartig. Dabei sah Anna nicht halb so originell aus wie Danielle, sodass sie ganz schön Augen machte. „Na, Donnerwetter!" Sie begrüßte Ed herzlich mit einem Küsschen auf die Wange, dann stellte sie Danielle und ihm ihre Begleitung vor. Ein netter Herr, Adam, von dem Anna ihr schon mal erzählt hatte, und den Ed, warum auch immer, nicht sehr leiden konnte.

Aber als Danielle das Wort „Maskenball" gesagt hatte, hatte Ed sofort eingewilligt.

Zusammen tranken sie erst mal etwas, um anzukommen, und anders als sonst brauchte Danielle eine Weile, die Eindrücke zu verarbeiten. Ständig sah sie sich um, überlegte noch, ob sie das hier lächerlich und unsinnig fand oder sexy und interessant und entschied sich schon bald für Zweiteres.

Es baute Spannung auf, zur Tanzfläche zu sehen, und sich Ed und sie dort vorzustellen, mit den Masken über den Augen, nahe aneinander, weil die Musik es von ihnen verlangte. Voller Vorfreude schaute sie zu ihm rüber, und er nickte, als hätte er ihre Gedanken gelesen.

Gleich, Baby, gleich.

Danielle schaute schnell weg, als sich schon bald Anna und Adam auf die Tanzfläche wagten.

„Amüsierst du dich?", fragte Ed.

„Klar!" Danielle griff nach der Karte, um sich von ihren eigenen Gedanken abzulenken. Mal wieder waren keine Preise ausgewiesen, was verriet, dass die Drinks teuer waren. Aber Ed würde bezahlen und Danielle es zulassen. Plötzlich spürte sie seine Hand auf ihrem Knie, während er mit der anderen nach einer Salzstange griff. „Sag mal … Hast du dich mit diesem Typen getroffen? Gestern?"

„Du meinst Jason. Ja." Der Mann, dem sie nicht standhalten konnte. Er war eben nicht Ed. Bei Ed wäre ihr das nicht passiert.

Verflixt, Danielle! Deine Gedanken. Schnell nahm sie einen Schluck von ihrem Champagner. Hatte sie sich nicht gestern noch geschworen, nicht mehr zu trinken?

Aber es war ja gutes Zeug, würde schon schiefgehen.

„Und?", hakte Ed nach.

Sie beugte sich vor und schmunzelte. Er sah ein bisschen aus wie Zorro mit der Maske. „Wir passen nicht zusammen."

Sein Grinsen erkannte sie genau. „So ein Jammer." Dann stand er auf und hielt ihr die Hand hin. Es war so weit! „Darf ich bitten?"

Margo konnte bestimmt gut tanzen, sie aber nicht. Das letzte Mal getanzt hatte sie vor drei, vier Jahren, da war sie mit Jeffrey und einer damaligen Kollegin in New Orleans tanzen gewesen. In irgendeinem Schuppen, der gleichzeitig auch ein Hostel war. Ganz merkwürdige Geschichte und nicht wert, weiter ausgeführt zu werden.

Aber weil sowieso so viele Leute die Tanzfläche überfluteten, würde man ihre Fehltritte nicht bemerken. Außerdem war Ed sicherlich ein ausgezeichneter Tänzer und wusste, wie sie zu führen war.

Und heute Nacht *wollte* sie sich führen lassen …

Es hatte schon etwas Animalisches, sich in der stickigen Luft so anders als sonst zwischen den anderen zu bewegen. Sein Parfüm turnte sie an. Sie hätte sich niemals vorstellen können, jetzt hier mit Jeffrey, John oder Jason zu stehen – nein. Das hier war der Auftritt von Edmund Vanderbilt. Er hielt seine Hand fest auf ihrer Taille, mit der anderen umschloss er ihre Finger. Sie hätte nicht gedacht, noch vor ihrer eigenen Hochzeit einmal so klassisch mit einem Mann zu tanzen, und vielleicht war es genau deswegen auch so verrückt und wunderbar zugleich.

Ed sah ihr in die Augen, sie tat es ihm nach, und immer mehr vergaß sie, dass er kein Mann war, den sie jemals ihr Herz schenken könnte, weil er der Mann ihrer Schwester war.

Aber heute Nacht da war es, als würde sie diesen Aspekt nicht beachten müssen. Vermutlich lag es am Alkohol, der ihr erneut zusetzte, oder es lag an der Maske, die aus ihm jemanden machte, der er sonst nicht war. Ein Mann, der sie nun an sich zog, als sich die Musik änderte, und sie alles mit sich machen ließ, weil sie im Rausch dieses Ortes und ihrer Sinne gefangen genommen wurde.

Seine Hände hatte er nun auf ihre Hüfte gelegt, sie umschlang seinen Hals, sodass sie sich recht eng aneinander seicht über das Parkett bewegten.

Viel zu nahe für die, die sie waren, Ed und Danielle. Doch heute war das nicht wichtig, heute waren sie nicht Ed und Danielle. Heute waren sie die Femme fatale und der Casanova.

Für eine Nacht.

Erneut an diesem Abend spürte sie seinen Atem an ihrem Ohr, roch sein Rasierwasser, die Hitze keimte in ihrem Körper auf, als er seine Wange an ihre legte. Gleichzeitig schmiegte er seinen Körper an ihren, sie merkte sein Glied an ihrer Hüfte. Sofort schlug ihr Herz schneller, doch die Enge des Raumes, den gewöhnungsbedürftigen Klängen der Musik und der Menschen, die alle so anders aussahen, dem Prickeln in ihrem Inneren und diesem unwiderstehlichen Mann an ihrer Seite war es geschuldet, dass sie sich niemals von ihm würde lösen wollen.

In dieser Nacht war Ed ihr sicherer Hafen, an den sie gekettet war und den sie aus Angst vor Sturm und Flut nicht verlassen wollte.

Sie brauchten keine Worte, tanzten weiter, als das nächste Lied begann, während er im Schutz der Menschen um sie herum ihren Körper erforschte.

Es war falsch und doch so aufregend, dass sie es beiseite schob, Sie konnte sich morgen früh dafür hassen, dass sie nicht seine Femme fatale war, sondern die Schwester seiner Frau, die zugelassen hatte, was er mit ihr tat.

Kurz schloss Danielle die Augen, zog sich etwas an Ed heran, sodass ihr Mund dicht an seinem Ohr lag, stöhnte auf, als sich Eds Hände längst nicht mehr nur an ihrer Taille oder an ihrem Po befanden.

Immer wieder wurden sie von den anderen berührt, weil die Tanzfläche für so viele Menschen zu klein war, doch genau das machte alles nur noch aufregender.

So viele sehen dich.

So viele sehen dich mit ihm.

Und genau das willst du sein. Die Frau an seiner Seite.

Heute Nacht.

Schweigend fuhren sie im Taxi nach Hause. Ebenso schweigend gingen sie von der Straße rüber ins Haus, während über ihnen die Sterne funkelten und eine wundervolle Herbstnacht versprachen. Im Geäst des Vorgartens zirpten die Grillen.

Im Haus wurde es hell, als Ed das Licht anschaltete, und ohne ein Wort gingen sie beide, er voran, nach oben. Nach einer kurzen Pause, in der sie einander nicht ansahen, ging jeder seinen Weg: Sie rechts und er nach links.

Dann war sie es, die wenige Meter vor ihrem Zimmer stehen blieb und sich zu ihm umschaute.

Der Flur lag im Schatten, doch klar war zu erkennen, dass auch Ed nicht weitergegangen war.

Die Gedanken ebenso im Dunkeln gelassen, ging Danielle auf ihn zu, in dem Kleid *ihrer Schwester*, mit dem Gesicht *ihrer Schwester*. Auf den Mann zu, den *ihre Schwester* geheiratet hatte.

Als sie vor ihm ankam, legte er seine Hände auf ihre Taille und lächelte. Es war nicht verführerisch, aber doch eindeutig, und als er sich von ihr löste, streckte er den Arm aus, um ihre Hand zu greifen.

Es war die Einladung, die irgendwann sowieso gekommen wäre.

Ed führte sie ins Schlafzimmer. Über mehrere Meter hätte Danielle die Möglichkeit gehabt anzuhalten, umzudrehen, abzubrechen. Doch das tat sie nicht.

Sie war angekommen.

An einem Ziel, das sie nie vor Augen gehabt hatte. Trotzdem war sie froh, nun die Grenze zu überschreiten. Es war eine Sache, sich die materiellen Besitztümer ihrer Schwester auszuleihen, eine andere aber, etwas zu teilen, zu dem Margo niemals ihr Einverständnis gegeben hätte.

Genau deswegen fühlte es sich wie das höchste Gut an, das sie ihrer Schwester nehmen konnte.

Ed schloss die Schlafzimmertür mit seinem Fuß und blieb mit Danielle vor dem Bett stehen. Er fasste sie nicht an, musterte sie nur gierig von oben bis unten, sein Atem ging genauso schnell wie ihrer.

Das höchste Gut, dachte sie, als er sie an der Hüfte packte und sie aufs Bett hob.

Das höchste Gut …

Das Bett und damit den Mann ihrer Schwester.

6

Als sie aufwachte, fühlte sie sich furchtbar. Ohne Maske war die Wirklichkeit brutaler und ehrlicher als jede Lüge, die sie darstellen konnte.

Ed lag nicht mehr neben ihr.

Danielle verließ das Schlafzimmer von Ed und Margo, huschte rüber in ihr Zimmer und zog sich ein T-Shirt von sich selbst an, Shorts und Sneakers.

Dann eilte sie nach unten, wo sie Eds aufgeregte Stimme hörte.

„Ich habe dir gesagt, dass dich das nichts anzugehen hat, wer glaubst du eigentlich, wer du bist?"

Danielle hielt inne und blieb in der Nähe der Treppe stehen.

„Ich habe es satt, Gerald! Kümmere dich um deinen eigenen Kram und fang nicht immer mit derselben Scheiße an, nur weil du nichts anderes zu tun hast, als dich in das Leben anderer einzumischen!"

Ed befand sich im Korridor, Dielen knarrten unter seinen Füßen.

„Ach, du kannst mich mal!" Offenbar beendete er das Telefonat.

Sie ging um die Ecke. Ed stand mit dem Telefon in der Hand in der Nähe seines Büros. Er trug nur eine Shorthose, sein Oberkörper war nackt. Er fuhr zusammen, als er sie erblickte. „Oh … Ich habe dich gar nicht kommen hören."

„Ich wollte dich nicht erschrecken."

„Schon okay, es war Gerald, es ging um …" Er fasste sich an den Kopf. „Ach, lassen wir das."

Etwas beschämt sah sie nach unten. „Hör mal … Ich habe nachgedacht …"

„Ich auch", fiel er ihr ins Wort. „Aber sag du zuerst!"

„Ich sollte … mir eine Bleibe suchen."

„Es würde reichen, wenn du heute Nacht in deinem Zimmer schläfst."

Danielle runzelte die Stirn. Im Prinzip waren ihre Gedanken wohl die gleichen, doch war es von ihm so scharf gemeint, wie es geklungen hatte? Immerhin hatte *er* sie in das Schlafzimmer gezogen und nicht sie ihn.

„Möchtest du frühstücken?", fragte er etwas mürrisch.

„Nein, danke. Keinen Hunger."

Er sah auf die Uhr. „Ist schon spät. Ich gehe zum Training. Und danach fahre ich ins Büro."

Du willst mir aus dem Weg gehen, schon verstanden.

Danielle nickte. „Okay."

Er ging an ihr vorbei nach oben, und sie sah ihm nicht nach.

Danielle und Ed hatten nicht miteinander geschlafen. Tatsächlich hatten sie sich nicht einmal geküsst. Sie hatten sich in den Armen gelegen und gestreichelt. Trotzdem wusste Danielle – und so würde Margo es sicher auch sehen –, dass es Betrug gewesen war.

Sie hatte in dem Bett des Mannes ihrer Schwester nichts, rein gar nichts zu suchen gehabt. Es war ein Kodex – ein Ehrenkodex –, der nicht nur unter besten Freundinnen galt, sondern erst recht unter Schwestern: Der Ehemann der anderen war tabu!

Danielle tat es leid, und nicht nur einmal hatte sie sich gewünscht, es wäre nie passiert und sie hätte sich oben auf dem Flur einfach gar nicht zu ihm umgedreht.

Es war ein Fehler, der Folgen haben würde, denn sie glaubte nicht, dass sie Margo in die Augen sehen konnte, ohne dass die Schwester in ihren las, was vorgefallen war.

Sie würde es zugeben.

Und dann würde Margo Ed die Hölle heißmachen.

Doch der Verrat an der eigenen Schwester war noch viel bitterer, war Danielle so klar, wie dass man in der Kirche ‚Amen' sagte.

Sie war zu weit gegangen. Viel zu weit.

Gedankenverloren saß sie im Esszimmer am Tisch, die Kaffeetasse in der Hand, und dachte darüber nach, wie es nur dazu hatte kommen können.

Ja, sie hatte sich ein kleines bisschen in das Leben ihrer Schwester verguckt, weil sie mit ihrem eigenen Leben so unzufrieden gewesen war. Ja, sie hatte einen Fehler gemacht, doch zur Hölle, Menschen machten Fehler, sie war nicht perfekt, genauso wie Margo nicht perfekt war.

Trotzdem wusste Danielle, dass das keine Entschuldigung war.

Sie lehnte den Kopf nach hinten. Sie liebte dieses Haus. Sie würde auch noch hierbleiben, bis Margo zurückkam, denn als sie kurz mal die Apartment-Preise in New Orleans gecheckt hatte, hatte sie feststellen müssen, dass sie sich hier keine Wohnung leisten konnte.

Dann würde sie mal übers Wochenende nach Charenton fahren und schauen, dass sie alles für den Verkauf ihres Hauses in die Wege leiten könnte, und übergangsweise vielleicht bei Anna unterkommen.

Der Gedanke an Ed kam in ihr auf. Sie mochte ihn sehr. Verliebt zu sein, war ein besonderes Gefühl, sie konnte nicht leugnen, dass sie Gefühle für ihn hatte, aber spätestens seit heute Morgen war ihr bewusst geworden, dass das mit ihm nichts mit einer Zukunft war.

Danielle stand auf.

Aus dem Fenster sah sie rüber zum Gästehaus. Die Tür zum Schuppen stand offen. Da es heute so windig war, sprang sie immer wieder auf, fiel dann wieder zu, was ein Klappern verursachte, monoton und irgendwann auch nervig. Seufzend und weil sie nichts anderes zu tun hatte, ging sie durch den Nebeneingang nach draußen und überquerte den Hof, um die Tür zu schließen.

Sie hörte die Stimmen der Nachbarn und das Lachen von Kindern, wahrscheinlich wurde ein Geburtstag gefeiert, ein paar Luftballons waren über dem Zaun hinweg zu sehen.

Danielle kam am Schuppen an und drückte die Tür zu. Sie ging wieder auf. „Warum zum Teufel ...“ Sie prüfte die Tür. Sicher war irgendwas mit dem oberen Scharnier, sie kannte sich nicht aus, aber es hing aus den Angeln. Also musste die Tür wohl offen bleiben.

Für einen Moment verstummten die Stimmen im Nachbargarten. Das Rascheln in den Kronen der Bäume ebenfalls.

Die Tür blieb einen Spalt geöffnet.

*„Sie können auch einfach drüben ins Gästehaus gehen. Dort ist ihre Leiche.
Und ich wohne daneben."*

Danielle blinzelte der Sonne entgegen, legte die Hand flach an
die Stirn und betrachtete das Haus, vor dem sie stand. Das
Gästehaus, ein alter Backsteinbau, bei dem das Obergeschoss
renoviert worden war, sah nicht aus wie ein Gebäude, vor dem man
Angst haben musste. Aber bekanntlich lauerte das Böse niemals an
der Oberfläche, sondern eher in der Tiefe.

Und irgendeine Stimme sagte Danielle, sie solle jetzt
hineinsehen.

Die Tür ins Haus war abgeschlossen, Waldens Wohnung
befand sich im renovierten Teil des Gebäudes, und anscheinend
schloss er immer ab, wenn er nicht zu Hause war.

Danielle warf einen Blick über die Schulter. Waldens Truck
stand nicht im Hof, also war er wirklich nicht da. Blieb nur der
Schuppen. Und der war besser als nichts. Schließlich fand sie sich
Sekunden später zwischen dem Zeug wieder, das sie sich letztens
schon angesehen hatte, als sie auf der Suche nach einem Besen
gewesen war. Weiter hinten im Schuppen gab es Schränke, und
hätte sie nicht Angst gehabt, erwischt zu werden, würde es
sicherlich Stunden dauern, all das zu durchschnüffeln, was es in
diesem Schrank gab.

Dennoch öffnete sie die ersten Schubladen und musste
feststellen, dass Ed in jedem Bereich seines Hauses Perfektion
liebte: Alles war aufgeräumt, jedes Kästchen, jedes Blatt Papier
hatte seinen Platz. Keine Schublade war unordentlich. Alte Akten,
VHS-Kassetten mit der Aufschrift PARTY lagen ganz unten,
daneben lagerten Weinflaschen mit Staub darauf. Dann entdeckte
Danielle aber etwas, was ziemlich neu zu sein schien: eine Spieluhr.

Sie nahm sie heraus. Sie war blau. Ein Karussell mit vier kleinen
Pferden verzierte den Deckel. Sie zog sie auf. Eine Melodie ertönte,
die sie kannte, aber nicht benennen konnte. Ein Kinderlied oder
ein Lied, mit dem Babys zum Einschlafen gebracht werden sollten.
Es klang fein und sauber, das Holz war nicht verstaubt, sodass
Danielle nicht glaubte, die Spieluhr läge schon viele Jahre hier. Sie
stellte sie zurück, als ihr Blick auf eine Kiste rechts unten fiel.
„BABY" stand darauf geschrieben.

Es versetzte ihr einen Stich ins Herz.

Baby?

Danielle ging in die Hocke, zog den Karton leicht hervor und öffnete den Deckel: Babyklamotten in blau und weiß. Schnuller, Flaschen. Eine ganze Erstausstattung.

Ist Margo schwanger?

War sie schwanger?

Entsetzt, weil sie an das dachte, was sie getan hatte, legte Danielle den Deckel auf die Kiste, schob sie zurück in den Schrank und stand auf. Dann marschierte sie über den Hof zurück ins Haus.

Ein Baby.

Danielle wollte nicht daran denken. Nicht daran, dass Ed und Margo so viel mehr zusammen hatten als sie mit ihm. Auf der anderen Seite wollte sie nicht naiv sein.

Würde er dich ihr jemals vorziehen?

Sei nicht albern, Danielle.

Ihr Telefon vibrierte. Jeffrey.

Das ist das, was du hast.

Du hast einen Jeffrey, während sie einen Ed hat.

Danielle holte tief Luft.

Doch Beziehungen und Ehen konnten gebrochen werden, und am Ende erwies sich ein Neuanfang und eine neue Liebe als sinnvoll. Denn längst sprach Ed nicht mehr so viel von Margo, und es waren gestern seine Hände gewesen, die ihren Körper berührt hatten, und seine Gefühle, die ihn jetzt aus dem Haus getrieben hatten, weil der Kopf und nicht das Herz ihm befahl, zu widerstehen.

Am Abend blieben sie beide zu Hause. Ed saß im Esszimmer über ein paar Akten, während Danielle im Wohnzimmer fernsah. Auf dem kleinen Tisch vor ihr standen Popcorn und Cola, eine Decke lag auf ihrem Schoß.

Irgendwann gegen neun Uhr kam Ed zu ihr rüber. Erst lehnte am Türrahmen, dann trat er näher, griff nach der Fernbedienung und schaltete den Fernseher aus.

„Tut mir leid", sagte er und ließ sich auf die Couch neben sie fallen. „Das mit heute Morgen."

Sie hatten seitdem nicht ein Wort miteinander gesprochen.

Danielle nickte. „Schon gut."

„Weißt du, ich bin ein ehrenvoller Mann."

Ja, sicher, das hatte sie gesehen. Und gespürt …

„Ich hatte dir doch erzählt, dass Margo und ich … Probleme haben, und seit du hier bist, denke ich gar nicht mehr daran. Du lenkst mich ab, und diese Ablenkung tut mir wahnsinnig gut. Ich habe unheimlich viel Freude dabei, mit dir zusammen zu sein. Und als ich hörte, du gehst mit jemandem aus …"

„Zum Lunch, Ed. Nur zum Lunch."

„Trotzdem. Ich hatte das Gefühl, dass ich derjenige sein sollte, mit dem du ‚lunchen' gehst."

Danielle musste grinsen. „Okay." Ihr Herz klopfte schneller, als er ihre Hand nahm. „Trotzdem schlafe ich heute Nacht in meinem Zimmer", sagte sie gleich.

„Klar." Er klang enttäuscht.

Sie war sich sicher, dass er etwas für sie empfand. Es lag in der Luft. Es lag in seinen Augen, und es entfachte eine Spannung zwischen ihnen beiden, die aufregend und angenehm war.

„Darf ich dich etwas fragen?", fragte sie.

„Alles."

„Wolltet ihr je Kinder?"

Diese Frage schien ihn zu überraschen. Er ließ ihre Hand los. „Wie kommst du darauf?"

„Margo ist fünfunddreißig", antwortete sie, als sei das eine logische Erklärung.

„Und? Kinder werden in unserer Gesellschaft frühestens mit Anfang vierzig geboren." Das mochte stimmen, doch glaubte Danielle, Ed spräche nicht ganz die Wahrheit.

Warum erzählte er nicht, dass Margo schwanger war? Schwanger gewesen war und das Baby verloren hatte, irgendwas?

„Na gut", sagte sie und tat beleidigt. Sie wollte aufstehen.

„Hey, hey." Er hielt sie fest. „Geh nicht! Bleib hier! Bei mir."

Sie verstand ihn nicht. Gestern hatte er mit ihr schlafen wollen. Sein ganzer Körper hatte sich danach gesehnt, das hatte sie gespürt. Dann hatte er es nicht getan, ihr heute Morgen begreiflich gemacht, nicht noch mal so weit gehen zu wollen, und jetzt tat er es doch wieder.

Er zog sie zu sich runter, legte einen Arm um sie, mit der freien Hand streichelte er ihren Oberschenkel, der unter der weißen Shorts zu sehen war. „Du gehörst doch hierhin", sagte er. „Zu mir. Oder nicht?"

Sie genoss seine Berührungen, ja, sie genoss diese Zuneigung, die ein Mann wie Ed ihr schenkte. Es tat ihr leid für ihre Schwester, aber manchmal entliebten sich Ehemänner nun mal und fühlten sich zu anderen Frauen hingezogen. Konnte sie etwas dafür, dass Ed sie begehrte?

Musste ihr das leidtun?

Musste sie ihn wegstoßen, nur weil er der Ehemann ihrer Schwester war?

Vielleicht, doch Danielle war zu schwach. Und so saßen sie noch eine Weile auf der Couch, während er mit seiner Nasenspitze über ihren Haaransatz fuhr und flüsterte: „Wegen dieser Wohnungssache: Du wirst bleiben, oder? Du wirst nicht gehen."

Sie wollte nicht gehen.

Und sie würde nicht gehen. „Ich bleibe."

„So ist es brav", sagte er daraufhin. „Du bist ein gutes, braves Mädchen."

7

Montag, 23. Oktober 2023 – Tag 13 im Haus der Schwester

Es war mal wieder ganz angenehm, in den eigenen neuen Klamotten vor dem Spiegel zu stehen und sich wie ein neuer Mensch zu fühlen.

Doch halt, sie war kein neuer Mensch. Sie war auch nicht Margo.

Sie war Danielle Parker, die heute ihren ganz offiziellen ersten Arbeitstag in der neuen Firma antrat. Sie nahm sich ihre Handtasche, die sie ebenfalls am Freitag geshoppt hatte, und verließ das Zimmer.

Ed war bereits unterwegs, und so zog sie die Haustür fest zu, und überquerte den Weg von der Villa durch den Vorgarten zur Straße.

„Guten Morgen, Ms. Danielle." Walden schnalzte mit der Zunge.

Als sie sich zu ihm umdrehte, stützte er sein Kinn auf den Händen ab, die auf dem Stiel der Harke übereinanderlagen. Das erste Laub des Herbstes war gefallen.

„Morgen, Walden", gab Danielle mürrisch zurück.

„Wunderschöner Tag, nicht wahr?"

Danielle reckte ihr Gesicht gen Himmel. Es war leicht windig, aber warm, doch merklich wurden die Temperaturen von Tag zu Tag frischer. „Da haben Sie recht." Sie setzte ihren Weg fort, als sie sein Pfeifen hörte. Sie blieb stehen und schaute sich um. „Was soll das?"

„Darf ich nicht?"

Da dieses Gespräch völlig unnötig war, ignorierte sie sein Gebrabbel und ging weiter. Erneut pfiff er. „Walden!", rief sie aus. „Würden Sie das bitte lassen?"

„Klar doch, Ms. Danielle."

Stöhnend schritt Danielle zum Tor, als Walden ihr schon wieder hinterherpfiff. Dann reichte es ihr. Sie machte kehrt, ging an den mit Buchs begrenzten Beeten vorbei zu Walden und schleuderte ihm ihre Hand an die Wange. „Unterstehen Sie sich!", raunte sie zornig. „Wenn Sie das noch einmal tun, dann …"

„Was?", fragte er provozierend. „Was tun Sie dann, hm?"

„Ich … sage Ed, Sie hätten mich angefasst!"

„Und was würde er Ihrer Meinung nach dann tun?"

„Er würde Sie entlassen."

Walden lachte leise auf. „Ed würde mich niemals feuern. Er hätte viel zu viel Angst."

„Vor Ihnen?"

„Ja, vor mir. Und dass rauskommt, was im Gästehaus versteckt ist."

„Ach." Danielle winkte ab. „Jetzt tun Sie doch nicht wieder so. Sie wollen mir Angst machen, das ist alles."

„Okay, wie Sie meinen." Als er nach ihr griff, konnte sie gar nicht so schnell reagieren. Mit festem Druck hielt er ihren Arm fest. „Na los, ich zeig es Ihnen!"

„Loslassen!"

„Ich meine es ernst", flüsterte er nun mit einem Grinsen. „Ich zeig es dir. Und dann werden wir mal sehen, ob du dich noch mal in sein Bett legen willst!"

Auf der Arbeit bekam Danielle ein neues Büro. Die Kollegin und den Kollegen, mit denen sie sich den Raum teilte, kannte sie schon aus dem Jazz-Club, ganz zu Anfang ihres Aufenthaltes. Mit Margos Büro war Danielles neuer Arbeitsplatz nicht zu vergleichen, der Schreibtisch war kleiner, an der Wand standen Bilder, die noch aufgehängt werden mussten, es gab keinen Wasserspender, der PC war älter, aber insgesamt freute sie sich trotzdem, hier zu arbeiten.

Gleich morgens gab es ein internes Meeting, und später kam der neue Investor. Lunch fiel aus, weil Danielle immer etwas zu tun hatte. Sie telefonierte, redete, schrieb und tippte – und glaubte gegen vier Uhr nachmittags, richtig etwas geschafft zu haben.

Es tat ihr gut, hier zu sein, und als Jeffrey kurz vor Feierabend anrief, ging sie nicht ran, sondern plauderte in der Lounge noch mit Anna und anderen Kollegen.

Ihr fiel auf, dass Julia sich nicht an dem Gespräch beteiligte, als sie von draußen kam, einen Salat in einem Plastikbehälter in der

Hand. Schnurstracks ging sie in ihr Büro, ohne die anderen auch nur eines Blickes zu würdigen.

Danielle fand dieses Verhalten unmöglich und fragte sich immer wieder, was sie Julia eigentlich getan hatte.

„Ich glaube, wir machen Schluss für heute", sagte Anna. „Danielle, kommst du noch mit auf einen Drink?"

Danielle verzog den Mund zu einem Grinsen. Was für ein Leben. „Klar."

Zum Feierabend packten alle zusammen, einer nach dem anderen ging an ihr vorbei zum Fahrstuhl. Danielle war die Letzte. Bevor sie ging, nahm sie ihre Tasche und klopfte an die Tür zu Julias Büro …

Nach dem Drink in der Bar brachte Danielle Essen für Ed und sich mit. Irgendwas Orientalisches, Danielle liebte die Küche der arabischen Länder.

In der Villa stellte sie die Tüte auf dem Esstisch ab und zog sich aus. Ihre Klamotten waren nass, denn draußen war sie in ein kräftiges Herbstgewitter geraten. „Bin wieder da!", rief sie laut, damit Ed nicht überrascht wurde. Sie hörte die Rollen seines Schreibtischstuhles und ein „Okay".

„Ich habe Essen mitgebracht", sagte sie, als sie den Korridor und schließlich sein Büro erreichte. Dort blieb sie am Türrahmen stehen und starrte auf seinen Bildschirm.

Ed lehnte sich weit zurück und verschränkte die Arme hinter dem Kopf.

„Hör mal, Ed …", begann sie.

„Schon gut, ich will gar nichts hören."

Danielle seufzte. Auf dem PC hatte er alle Dokumente geöffnet, in denen sie am Donnerstag herumgeschnüffelt hatte. „Tut mir leid."

„Ich hätte es gar nicht herausgefunden, hätte ich kein Back-up gemacht." Der Stuhl drehte sich, er sah ihr in die Augen. „Es ist sehr dreist, sich an meinen Computer zu setzen und in meinen und Margos Unterlagen zu lesen. So etwas ist schon ein krasser Eingriff in die Privatsphäre. Es ist genau so, als würdest du mir direkt in die Unterhose greifen."

Danielle fand den Vergleich etwas übertrieben. „Hast du auf deinem PC denn Dinge, die du verheimlichen willst?"

„Du denkst, ich will etwas verheimlichen?"

„Es ist nur ein Computer", sagte sie. „Noch dazu gab es kein Passwort. Ich wusste nicht, dass der Inhalt dermaßen privat ist."

„Und was hast du rausgefunden?"

„Das siehst du doch. Nicht viel." Danielle rollte mit den Augen. „Komm schon, Essen wird kalt."

Sie hörte, wie er ihr folgte.

Schweigend packte sie im Esszimmer die Styroporschalen aus und verteilte sie auf dem Tisch, während Ed sich die Hände wusch. Dann zündete sie die Kerzen an. „Ich hole noch Besteck." Sie ging in die Küche, und als sie mit dem Besteck wiederkam, legte sie jedem eine Gabel, ein Messer und einen Löffel neben den Teller, während sie Ed, der schon am Tisch saß, von der Arbeit erzählte.

Erst als Danielle selbst Platz nahm, sah sie, wie Ed das Besteck anstarrte. „Was ist?"

Ed griff nach der von Danielle grob hingeworfenen Gabel und platzierte sie langsam neben dem Teller an der Tischkante. Dann zückte er eine Kreditkarte zwischen Gabelende und Tischkante, sodass ungefähr ein Millimeter Platz dazwischen blieb. Das Gleiche tat er mit seinem Messer und dann mit dem Löffel. Zufrieden blickte er zu ihr und hob die Brauen, als wollte er ihr sagen, dass es so korrekt wäre und sich gehörte. Lautstark schob Ed den Stuhl zurück, ging um den Tisch herum und stellte sich hinter Danielle. Dann tat er dasselbe mit ihrem Besteck.

„So ist es fein", sagte er, als er fertig war. „Sieht doch viel ordentlicher aus, meinst du nicht?"

„Wenn du meinst." Sie verharrte auf ihrem Stuhl, fühlte sich unwohl. „Können wir jetzt essen?" Mit Absicht nahm sie die Gabel so hastig, dass dabei Löffel und Messer verschoben wurden.

Er quittierte ihr Verhalten mit einem Seufzen. „Sicher."

Danielle begann zu essen und würdigte ihn keines Blickes. Eine Weile blieb es still am Tisch.

„Ich habe Ordnung gern, wie du weißt", sagte er.

„Ja, das weiß ich", tat sie es ab. „Hast du noch mal mit Gerald gesprochen? Samstagmorgen hattet ihr doch ein ziemlich hitziges Gespräch …"

„Ich habe Mom heute angerufen, aber Gerald war nicht da." Er spießte drei Bohnen auf einmal auf, steckte sie in den Mund und grinste. „Wieso?"

Sie wusste nicht warum, doch irgendetwas in seiner Stimme beunruhigte sie. „Warst du da?"

„Nein."

„Und wann kommt er wieder?"

„Das ist mir egal." Ed schnitt ein Fleischbällchen mit dem Messer durch, was auch gut mit der Gabel allein funktioniert hätte.

Danielle holte tief Luft. „Anna will mir helfen, eine Wohnung zu finden. Sie hat zwei, drei Adressen, die ich mir angucken will. Möchtest du mit?"

„Du brauchst nicht woanders zu wohnen, ich dachte, wir hätten das geklärt."

„Aber irgendwann muss ich woandershin. Wenn Margo wieder zurück ist, will ich hier raus sein."

„Ich will das aber nicht."

Sie sah auf. „Wieso nicht?"

„Weil es mir gefällt, dass du hier bist, und das weißt du genau." Er legte das Besteck zur Seite, und in seinen Augen lag purer Sex.

Danielle wurde rot. Wie er dasaß, so dominant, mächtig, ihr sagte, sie solle bleiben, weil er es wolle, war schon ziemlich heiß. „Ed …"

„Margo ist doch noch gar nicht wieder da", unterbrach er sie. „Ich finde, wir sollten uns diesbezüglich keine Gedanken machen, schließlich … Wer weiß, wann sie wiederkommt."

„Hast du mal mit ihr telefoniert?"

Der schmachtende Blick war wieder verschwunden. „Ja. Sie bleibt, so lange sie will."

„Aber sie wollte doch versuchen, vor Ablauf der drei Wochen wiederzukommen."

„Das hat sie gesagt. Aber du kennst Margo schlecht. Sie sagt dir, sie würde es versuchen, tut es aber nicht. Sie macht immer, was ihr passt, wann es ihr passt. Sie ändert ihre Meinung ständig und tut, wonach ihr der Sinn steht." Seine Worte klangen anders als noch vor dreizehn Tagen. „Das geht mir auf die Nerven."

Danielle legte ebenfalls das Besteck nieder. „Was geht dir denn nicht auf die Nerven?"

„Du."

Ihr Herz klopfte schneller. Seine bedrohliche, einnehmende Art war unglaublich anziehend. Er verlangte nach dem, was er haben wollte, und war erst zufrieden, wenn er es bekam. Das machte Eindruck. Das war sexy. Männlich. Und natürlich turnte sie das an. Rasch trank Danielle einen Schluck Wasser, denn die Situation von Freitagnacht sollte sich nicht wiederholen. Oder doch?

Ed beugte sich vor. „Du gehst mir nicht auf die Nerven."

„Weil ich ein braves Mädchen bin?"

„Du bist kein braves Mädchen", raunte er mit seiner dunklen Stimme. Dann stand er auf und kam zu ihr, während Danielle immer nervöser wurde. „Komm mal mit!" Er reichte ihr seine Hand, und sie nahm sie an. Ed führte sie hinüber ins Wohnzimmer, nahm die Fernbedienung vom Kaminsims und betätigte einen Knopf. Sofort ertönte „Beyond The Sea".

Er drehte sich zu ihr um und nahm ihre Hände in seine. Dann bewegte er sich zur Musik, ließ ihre Hände los und legte die seinen um ihre Taille, während sie seinen Hals umklammerte.

„Was soll das?", fragte sie, und es war nicht mehr als ein Hauch. Sie musste vorsichtig sein.

„Ich liebe es, mit dir zu tanzen." Er schob sich dichter an ihren Körper. „Und wenn ich an Freitagabend denke, fällt mir ein, dass die Nacht genauso begonnen hat."

„Weswegen wir aufhören müssen zu tanzen."

Ed schüttelte lächelnd den Kopf. „Die Nacht hat doch gerade erst begonnen."

„Und ich bin ein braves Mädchen."

„Das bist du nicht. Und das warst du nicht. *Du* hast dich nach mir umgesehen, auf dem Flur, als wir nach Hause gekommen sind."

Sie schnaubte. „Und du standest schon da und hast mich angesehen."

„Wärst du in dein Zimmer gegangen, wäre dir das gar nicht aufgefallen." Er legte sein Gesicht an ihren Kopf und flüsterte in ihr Ohr: „Aber ist schon gut. Du musst nicht immer brav sein. Es ist aufregender, wenn du ein böses Mädchen bist."

Eine Gänsehaut bildete sich auf ihrem Körper. Kurz schloss sie die Augen, um sie dann wieder aufzureißen, weil sie sich fragte, was sie hier schon wieder tat. „Ed …"

„Psssch." Er löste seine Hand von ihrer Taille und legte einen Zeigefinger auf ihre Lippen. „Es ist alles in Ordnung. Du musst nur lernen, dass ich hier das Sagen habe, auch wenn du immer wieder rebellieren willst."

Er war anders an diesem Abend. Das hatte mit der Belehrung in seinem Büro angefangen, dann hatte er sich im Esszimmer wie ein Mann aufgeführt, dem seine Frau völlig unterworfen war. Spielte er ein Spiel mit ihr?

Danielles Inneres begann zu beben, als sie seine Finger an ihrem Hals und an ihrem Dekolleté spürte. Nur Millimeter trennten sie von dem Ausschnitt ihrer Bluse.

„Schließ die Augen", flüsterte er.

Sie tat es. Seine Hände glitten zu ihrem Po, packten ihn, als er seinen Unterleib fester an ihren Körper drückte. Ed stöhnte in ihr Ohr, während seine Beine sich noch immer zur Musik bewegten.

„Ed!", sagte sie und schubste ihn von sich weg. Das Herz schlug ihr bis zum Halse. „Ich … Ich muss was trinken." Ihre Kehle war trocken.

Ed blieb am Kamin stehen. „Und dann?" Er streckte den Arm aus, griff nach ihrem Handgelenk und zog sie zurück zu sich. „Was dann, Danielle?", flüsterte er.

Danielle konnte nicht anders, als ihm zu gehorchen, und ließ sich in seine Arme sinken. „Dann …"

„… gehörst du mir?"

Sie nickte, weil sie zu keinem Wort mehr fähig war.

Er ließ von ihr ab, worüber Danielle froh war, sah ihr noch nach, als sie aus dem Wohnzimmer ging. Sie lächelte, verführerisch und kokett, weil all die Hemmungen schon lange von ihr gewichen waren.

Im Eingangsbereich war es kühl, obwohl es auch im Wohnzimmer nicht heiß gewesen war, es wohl eher der Situation geschuldet war, dass sie glaubte, innerlich zu brennen.

Der Durst zog sie in die Küche. Sonst lag immer eine Weinflasche im Fach, nur heute nicht. Also ging sie zu der kleinen Tür, die zum Vorkeller mit dem Wein führt. Sie klemmte.

„Verdammt", entfuhr es ihr, als ihr Telefon im selben Moment vibrierte. Jeffrey! Brummend drückte sie ihn weg, und erinnerte sich daran, dass Walden vor ein paar Tagen an einer Tür herumgewerkelt hatte, die sich direkt unter der Treppe im Korridor befand.

Es gab zwei Türen, die in den Weinkeller führten …

Während die Klänge von „Beyond The Sea" sie umhüllten, die sie vor Aufregung vor dem, was noch kommen würde, sogar mitträllerte, schritt sie in den Korridor. Dunkel und einsam lag er vor ihr, genau wie die absolut unscheinbar wirkende Tür unter der Treppe, von der Danielle geglaubt hatte, sie würde nicht mehr als eine Abstellkammer verbergen. Doch jetzt erinnerte sich Danielle an die Worte Waldens: *„Die Tür zum Weinkeller klemmt ein bisschen."*

Die Tür war auch jetzt verschlossen. Doch Eds Schlüsselbund lag neben seinem PC. Sie hätte ihn fragen können, doch nein, sie wollte den Wein jetzt für sie beide besorgen, denn jetzt hatte Danielle Durst.

Schnell griff sie sich das Bund, wühlte beim Zurückgehen zur Kellertür darin herum und fand einen kleineren Messingschlüssel, der passend aussah. Sie steckte ihn ins Schloss, und es funktionierte. Knarrend sprang die Tür auf.

Es war dunkel und eine Treppe führte nach unten. Danielle ging ein, zwei Stufen, dann holte sie ihr Telefon aus der Hosentasche und schaltete die Taschenlampe ein, weil sie keinen Lichtschalter an der Wand fand. Unter ihr knackte das Holz der Treppe, als sie im Augenwinkel sah, dass da unten doch ein Licht war. Ein weiß-blaues Flimmern.

Danielle stieg weiter runter in den Keller, das Flimmern wurde heller, bis sie den Ursprung dieses Lichtes erkennen konnte. Jäh fielen ihr Waldens Worte von heute Morgen ein: *„Und dann werden wir mal sehen, ob du dich noch mal in sein Bett legen willst!"*

„Verdammt", entfuhr es Danielle, als sie begriff, dass sie auf der Suche nach einer Flasche Wein für sich und Ed in den Keller gegangen war, um stattdessen dort sein Geheimnis zu finden …

8

Dienstag, 24. Oktober 2023 – Tag 14 im Haus der Schwester

Jeffrey

Jeffrey war so erzogen worden, dass er alles tat, was ihm aufgetragen wurde. Er ging jeden Sonntag in die Kirche, er meldete sich immer mittwochs bei seinen Eltern, er kam immer pünktlich zur Arbeit und gab es mehr zu tun, motzte er nicht.

Jeffrey versuchte, im Leben alles richtig zu machen, fragte sich aber manchmal, was er dafür eigentlich zurückbekam, nur um irgendwann festzustellen: nichts.

„Nein!"

„Anthony. Ich meine es ernst. Danielle geht seit Tagen nicht ans Telefon, und gestern hat sie mich sogar weggedrückt."

„Wahrscheinlich will sie nicht mit dir sprechen. Sie will ja mit gar keinem sprechen." Wütend wandte sich Anthony von Jeffrey ab.

Jeffrey seufzte. Er stand am Dienstagmorgen in aller Frühe in Anthonys Büro vor dessen Schreibtisch, hatte sich nicht einmal hingesetzt. „Ich bitte doch nur um einen Tag!"

„Verdammte Scheiße, ich habe noch nicht mal meinen Kaffee in der Hand und du belagerst mich schon mit so einem Dreck." Anthony schlug mit beiden Händen auf den Tisch. „Verflucht, Jeffrey, ich brauche dich hier! Sie ist mir schon weggelaufen, und jetzt rennst du ihr hinterher? Nein, das will ich nicht."

Ja, Jeffrey hatte immer alles getan, was andere von ihm verlangten. Und nie hatte er etwas dafür zurückbekommen. Bis jetzt.

„Ich kündige."

Anthony lachte anscheinend nicht mehr über solche Aussagen, schließlich hatte Danielle sie auch bitterernst gemeint. „Das tust du nicht."

Jeffrey ging zur Tür. „Dann sagen wir mal so: Entweder du gibst mir heute frei, oder du hast meine Kündigung auf dem Tisch." Sein

Grinsen konnte er sich nicht verkneifen. Es fühlte sich gut an, mal das zu tun, was man selbst als richtig empfand.

„Das wagst du dir nicht!", rief Anthony ihm hinterher.

„Siehst du doch", sagte Jeffrey und verließ das Büro.

Die ganze Fahrt nach New Orleans über fragte er sich: *Soll ich sie in Ruhe lassen? Interpretiere ich zu viel in die Freundschaft? Ist das hier ein Fehler?*

Und die wichtigste Frage: *Ist sie es wert?*

Immer wieder, nach jedem Schild einer neuen Ortschaft, gab er sich selbst die Antwort: *Natürlich ist sie es wert! Es ist richtig so. Sie liegt dir am Herzen. Und dein Gefühl täuscht dich nie.*

Mit seinem klappernden Wagen fuhr Jeffrey in die Richtung des Old Rivers, Mississippi. Er kannte New Orleans, er hatte sein ganzes Leben in der Nähe gewohnt und war oft dagewesen, in den letzten Jahren ab und zu sogar mit Danielle. Aber so richtig konnte er sich mit der Metropole nicht anfreunden. Zu viele Menschen, zu viele Gerüche, zu laute Musik, während er doch jemand war, der ein Freund der Stille und der Einsamkeit war.

Aber Danielle war eben anders, das hatte er schon verstanden. Wenn er auch vorher nicht den Eindruck gehabt hatte, so wusste Jeffrey genau, dass Menschen sich veränderten, und es gut sein konnte, dass eine junge Frau wie Danielle sich nicht mit einem kleinen Häuschen in der langweiligsten Stadt der Welt zufriedengab.

Jeder Mensch war ein Unikat. Und jeden Menschen behandelte Jeffrey als ebensolches.

In New Orleans angekommen, schimpfte er schon in den ersten drei Minuten über den Verkehr. Die Touristen hatten auch keine Ahnung, dass sie nicht allein auf den Straßen waren, und überhaupt nervte ihn alles. Von den Menschenmengen bis zu dem Gedränge der anderen Wagen in der Innenstadt.

Irgendwo im Garden District blieb er stehen und checkte die Nachrichten, die sie sich geschrieben hatten, um die Adresse ihrer Schwester herauszubekommen. Allerdings hatte sie ihm diese nie geschickt. Seufzend legte er das Telefon weg und schaute sich um. Überall Villen, eine schöner als die andere.

„Margo heißt sie", erinnerte er sich, als er wenig später eine ältere Dame ansprach, die komisch den Mund verzog. „Und der Mann heißt Edmund. Der Nachname, warten Sie mal … Vanderbilt!"

„Scheren Sie sich weg!" Die Frau hob ihren Regenschirm in die Luft, und Jeffrey ergriff die Flucht. Sekunden später fand er sich in einer Straße wieder, wo ein Touristenführer gerade eine Gruppe durch das Viertel lenkte. „Guten Tag!"

Der Mann fuhr herum. Vor ihm standen fünfzehn andere Leute. „Bitte?"

„Ich bin auf der Suche nach dem Haus von Edmund Vanderbilt."

„Sehe ich aus wie ein Telefonbuch?"

Jeffrey seufzte. „Ich will ja nicht die Nummer, ich will wissen, wo das Haus ist!"

„Machen Sie, dass Sie Land gewinnen! Unmöglich diese Zeugen Jehovas!"

Jeffrey gab auf und steuerte den Wagen ein Stück weiter, bis ihm ein Mann auffiel. Dieser Mann stand vor einem Haus mit gusseisernem Zaun, einem schicken Vorgarten und weißen Säulen. Es befand sich an einer Ecke. Hinter dem Haus sah er ein weiteres, unscheinbareres Gebäude, eine Garage und um das ganze Grundstück ein hoher Zaun und eine ebenso hohe Hecke.

Der Mann, der auf dem Gehweg mit den an den Ecken abgeplatzten Steinen stand, war sonderbar. Er hatte nichts bei sich, keinen Koffer, keine Tasche. Er hatte die Arme fest an den Körper gepresst, den Kopf nach oben gerichtet und starrte das Haus an.

Jeffrey parkte seinen Wagen auf der gegenüberliegenden Seite und stieg aus. Der Mann bewegte sich nicht. Er hatte rotblonde Wuschelhaare, ein paar Sommersprossen und erst, als er neben ihm stand, fiel Jeffrey auf, dass er keine Schuhe trug.

„He", sagte Jeffrey. „Alles okay?"

Der Mann wandte den Blick. „Hier ist gar nichts okay", sagte er in einem Ton, den Jeffrey nicht erwartet hatte. Er zog den Kopf zurück, wandte ihn zum Haus und bemerkte aus dem Augenwinkel, dass der Mann nun ging.

„Was für 'ne kranke Scheiße", sagte Jeffrey und beugte sich über den gusseisernen Zaun, um einen Blick auf den Briefkasten zu werfen. Seine Augen weiteten sich, als er auf dem Schild *„Vanderbilt, E."* stehen sah. „Yes!"

Jeffrey öffnete das Tor, das nicht verschlossen war, und ging über den kleinen Weg zum Haus. Er stieg die Steintreppe nach oben, fand sich zwischen den hohen Säulen wieder und klopfte mithilfe des Messingringes mit Löwenkopf an die Tür.

Die Tür wurde geöffnet.

„Hi!", grüßte Jeffrey. „Ich bin auf der Suche nach Danielle Parker. Ist sie hier?"

Der Mann, der ihm gegenüberstand, sah furchtbar aus. Er trug nur eine Unterhose, konnte seine Augen gerade so offen halten und in der Hand, mit der er die Tür festhielt, entdeckte Jeffrey eine Flasche Alkohol. „Danielle?"

„Ja. Sie sind doch Ed, oder?"

„Ich kenne Sie nicht, was machen Sie hier?"

„Oh, ich bin Jeffrey. Danielle und ich sind Freunde." Jeffrey versuchte, an dem Mann vorbei ins Haus zu schauen. „Kann ich sie sprechen?"

„Sie ist nicht hier, Mann!"

Jeffrey wich enttäuscht zurück. „Wirklich nicht?"

„Nein! Verziehen Sie sich!"

„Wo ist sie dann?"

„Keine Ahnung, noch was?"

Irgendetwas an dem Typen war komisch, aber das hatte Jeffrey ja schon immer gefunden. „Margo ist dann wahrscheinlich auch nicht da?"

Jetzt trank der Typ etwas von der Flasche in seiner Hand. „Nein."

„Aha", sagte Jeffrey. „Na dann, kann ich ja wohl nichts machen."

„So siehts aus." Die Tür flog ins Schloss.

Jeffrey drehte sich um. Der Wind raschelte in den Bäumen, ließ das Laub hinuntergleiten und spielte mit den Blättern auf dem Boden. Dunkle Wolken zogen auf, bestimmt war ein neuer Regenguss im Anmarsch.

Jeffrey ging zurück zu seinem Wagen. Zuletzt warf er noch einmal einen Blick auf das Haus, und das Gefühl, dass etwas nicht stimmte, nahm nicht ab.

Doch weil er nicht viel tun konnte, setzte er seinen Fuß ins Auto. Dann sah er den Mann mit den rotblonden Haaren wieder, der erneut auf das Haus zulief.

Jeffrey stieg aus. Der Mann hatte es eilig. „Hey!", rief Jeffrey nun schon lauter, eilte über die Straße.

Der Mann sah ihn, war nur zehn Meter vom Haus entfernt, und zuckte zusammen. Dann machte er kehrt und rannte weg.

Jeffrey flitzte hinterher, doch der Mann schoss um die nächste Ecke, und als Jeffrey dort ankam, war er nicht mehr zu sehen. Außer Atem stützte er die Hände auf die Knie und sah in die Richtung, in der er den Mann vermutete.

Das Haus der Vanderbilts lag hinter ihm.

Jeffrey betrachtete es.

„Verziehen Sie sich", hatte der Typ gesagt.

Ja, Jeffrey war jemand, der immer das tat, was man ihm auftrug. Er wusste aber auch, dass es Situationen gab, in denen er die Regeln brechen musste. Und in diesem Fall schwor er sich, nicht eher wieder nach Charenton zurückzufahren, ehe er Danielle gefunden hatte.

MARGO

Kapitel 4

Seit Margo hier drinnen war, freute sie sich jeden Abend auf „ihre Freunde".

Sie kamen zu Hunderten, doch sehen konnte sie meistens nur zwanzig von ihnen. Zehn auf dem linken und zehn auf dem rechten Fenster. Jeden Abend tauchten sie strahlend vor ihr auf und funkelten hell, was sie an das Kinderlied erinnerte, das Mom ihr vorgesungen hatte, als sie noch gelebt hatte.

Damals hatte Mom sie immer ins Bett bringen müssen, denn Margo war ein richtiges Mama-Kind gewesen, obwohl sie auch ihren Vater über alles geliebt hatte. Mom hatte ihr Kissen aufgeschüttelt, und sie war in die weichen Federn gesunken, auf dem Nachttisch hatte eine Ballerina ihre Pirouetten auf einer Spieluhr gedreht. Und wenn die Melodie verstummt war, hatte Mom stets durch die Tür gelugt, war hineingekommen, hatte sie geküsst, ihren Kopf gestreichelt und jeden Abend die Worte gesagt: „Ich liebe dich, mein großes Mädchen." Und dann hatte sie zu singen begonnen *„Funkle, funkle, kleiner Stern …"*

Tränen schossen Margo in die Augen. Nicht jetzt. Nicht schon wieder. *Du hast doch schon so viel geweint.* Es ließ sie verzweifeln, wie traurig ihre Mutter und wie entsetzt der Vater wären, wenn sie sie vom Himmel aus beobachten würden. Wie sie sich wünschen würden, noch da zu sein, um ihr großes Mädchen zu retten, weil sie es nicht hatten beschützen können.

Aber manchmal war Margo froh, dass Mom und Dad nicht mehr lebten – sie würden niemals erfahren, was sie hatte durchmachen müssen, denn keine Eltern dieser Welt würden damit gut zurechtkommen, was ihrer Tochter angetan worden war.

Du bist auch wütend!

Getobt hast du!

Doch irgendwann hat es aufgehört, dich nachts um den Verstand zu bringen, weil du begriffen hast, dass dir Wut nichts bringt.

Wut machte müde, machte kaputt, und meistens brachte Wut rein gar nichts.

„Meine Freunde", sagte sie nun, als das Sommergewitter vorbeigezogen war und die Wolken freie Sicht auf den Nachthimmel gaben. Und da waren sie. Ihre Freunde, die Sterne. „Da seid ihr ja wieder."

Margo robbte nach vorn, hielt sich mit beiden Händen an den Gitterstäben fest und presste ihr Gesicht ganz dicht an das kalte Eisen. Staunte, fühlte Freude in sich aufkeimen, weil die Sterne etwas waren, das ihr Beständigkeit und Frieden gab.

Sie kamen jede Nacht. Egal, was der Tag gebracht hatte. Egal, wie es ihr selbst ging, sie konnte sich immer darauf verlassen, am Abend wieder ihre Sterne begrüßen zu können.

Ach, was hatten die Sterne schon alles mitansehen müssen. Sie war sich sicher, wenn auch nur einer von ihnen auf die Erde käme und die Macht hätte, hätte er sie schon längst befreit.

Doch weil das Blödsinn war und Margo glaubte, allmählich den Verstand zu verlieren, war es einfach nur schön, dass sie jeden Abend vor ihren Fenstern auftauchten, wie Freunde, die zu Besuch kamen.

„Welcher Tag ist heute?", fragte sie die Sterne und ermahnte sich, das nicht mehr zu tun.

Man kann nicht mit Sternen reden! Und du möchtest nicht verrückt werden, Margo!

Doch auf der anderen Seite – konnte man es ihr verdenken, dass sie, die niemanden zum Reden hatte, mit den leuchtenden Dingern am Himmel redete?

„Ich glaube, es ist Montag, liebe Sterne, stimmt's?" Sie wusste nicht, welcher Tag genau es war. Die Sonne ging auf, die Sonne ging unter, die Freunde kamen, die Freunde gingen. Am Anfang hatte sie noch mitgezählt, doch dann hatte sie irgendwann mal gefühlt drei Tage durchgeschlafen, weil es ihr so schlecht gegangen war, und seitdem war sie nicht mehr auf dem genauen Stand.

Es musste vor Kurzem Wochenende gewesen sein, sie hatte früh morgens, wenn ein Stück von der Sonne durch das rechte Fenster schien und den neuen Tag verkündete, nicht seinen Wagen gehört, er war also nicht losgefahren. Und heute Morgen hatte er das getan. Ja, es musste Montag sein.

Sie legte den Kopf an die Streben. Aber eigentlich war es auch völlig egal, welcher Tag heute war, jeder Tag war wie der andere. Die anfängliche Hoffnung „Ein neuer Tag ist immer einer dichter an dem Tag, an dem ich hier rauskomme" hatte sie aufgegeben.

Obwohl sie wusste, dass Aufgeben das Schlimmste war, was sie tun konnte.

Doch es ging nicht anders. Es gab Momente, da dachte sie an die Zukunft. Da schienen sie ihr zu sagen: *Sieh doch hin! Sieh dich an! Du wirst hier nicht rauskommen! Du wirst hier sterben!*

Dann zitterte sie, und ihre Kehle fühlte sich an, als hätte jemand ein Seil genommen, es um ihren Hals gewickelt und es zugezogen, immer fester. Sie verschluckte sich an dem Schluchzen, das sie nicht aufhalten konnte, während die Panik stärker wurde.

An guten Tagen, da dachte sie nur daran, dass sie, wenn sie rauskäme, ganz weit weggehen würde. Auf irgendeine Insel. Sie würde nie wieder ein Dach über dem Kopf wollen, würde jeden Tag unter freiem Himmel schlafen. Das Sternenzelt wäre ihre Decke und Moos, Sand und Gras ihre Kissen.

Irgendwann …

Margo seufzte tief, blickte noch immer zu ihren Freunden, als ihr ein Schauer über den Rücken lief. Es wurde merklich Herbst. Die Nächte wurden länger und kühler, und sie hatte das Gefühl, dass es hier feuchter wurde.

Aber vielleicht bildete sie sich das auch nur ein.

Sie nahm die Hände von den Gitterstäben und legte sie verschränkt an die Oberarme. Oh, es war so kalt. Ihre Hände ertasteten schuppige Haut, das hatte sich so entwickelt, und sie schob es auf das zu wenige Trinken. Sie rieb sich über die Arme, versuchte, warm zu werden. Am Anfang war ihr Hemdchen doch noch ein langarmiges Shirt gewesen, oder nicht? War es gerissen, hatte sie sich umgezogen? Was war passiert?

Sie sah an sich hinunter, doch weil es so dunkel war, erkannte sie nichts. Nur den Umriss eines mageren Körpers, bekleidet mit einer Jogginghosen und einem Hemdchen, das einmal ein weißes Langarm-Shirt gewesen war und das mittlerweile wahrscheinlich einhundert Farben angenommen hatte. Welche, darüber wollte sie gar nicht nachdenken, zu schön war dieser Abend mit Freunden.

„Ich habe mir eine Geschichte ausgedacht", sagte sie gen Himmel gerichtet. „Wollt ihr sie hören?"

Keine Antwort.

„Also. Es war einmal ein Mädchen. Als aus dem Mädchen eine Frau geworden war, fing sie an, für das Gute im Leben zu sorgen. Sie kümmerte sich um andere. Sie arbeitete für andere. Und irgendwann meinte sie, in ein fernes Land fliegen zu müssen, um den Menschen dort helfen zu können. Es gab keine Gründe, warum sie es nicht tun sollte, also setzte sich diese Frau in einen Flieger und stieg in einem warmen Land mit Wüsten, Steppen und Seen aus und wurde von Tausenden Kindern erwartet, die sich auf ihr Kommen gefreut hatten. Sie streckte ihre Arme aus", sie tat es, ihre rechte Hand stieß an die Gitter, „und plötzlich hatte sie an jeder Hand mindestens fünf Kinder. Sie lief barfuß über den heißen Boden. Er war hart, und kleinste Kieselsteine drückten sich in ihre Sohlen. Sie reckte das Kinn in die Luft und schloss die Augen." Ihre Stimme brach. „Fühlt ihr das? Fühlt ihr diesen schönen kleinen Schmerz unter euren Füßen, der euch zeigt, dass ihr am Leben seid?" Sie biss sich auf die Unterlippe. „Sie wusste, dass hier ist das Leben. Dafür bin ich da. Ich kann helfen, ich kann da sein. Was immer in meiner Macht steht zu tun, damit es euch gut geht, damit ihr ein Leben habt, das lebenswürdig ist, das ihr genießen könnt, weil ihr zu essen und zu trinken habt und eine Schule, in die ihr gehen könnt – so will ich es tun."

Sie stellte sich Afrika vor. Dutzende Kinder, die um sie herumwirbeln, die singen und tanzen. Kein Telefon, keine Welt, in der Konsum wichtiger war als das, was das Leben uns wirklich schenkte.

Margo lächelte, während unaufhaltsam die Tränen über ihre Wange liefen und sie alsbald in die Realität zurückholten: *Du bist nicht in Afrika. Du bist hier. Bei ihm. Weil du für immer ihm gehören wirst.*

Die Dunkelheit, in der sie gefangen war, nahm sie ein, die Kälte umhüllte sie wie ein Mantel, den sie nicht tragen wollte. Sie spürte Schmutz und Essenreste unter ihrem Po. Neben ihr stand ein

Eimer gefüllt mit ihrer Pisse und kleinen Kotbrocken, weil sie kaum Nahrung zu sich nahm.

Die Geschichte war ein Traum.

Der Käfig ist die Wirklichkeit.

Schwer atmend versuchte sie, in der Dunkelheit all das auszumachen, was ihr bekannt vorkam: Da war der Käfig, ein Würfel gefertigt aus schwarzen Gitterstäben. Zwei mal zwei Meter groß, ein Zwinger für Hunde. Dann der Tisch in der Ecke, auf dem ein Brett, ein Messer und eine Schale mit Obst und Gemüse lag. Eine Futterstation wie für einen Affen, der im Käfig gefangen gehalten wurde.

Denn mehr war sie nicht.

Sie war der Affe, er der Dompteur.

Der Raum, in dem sie sich befand, bestand aus Stein, Backstein. Kalt, frostig, oh, an den Winter durfte sie nicht denken. Die Fenster links und rechts waren so hoch und winzig, dass es selbst am Tag so finster war wie in der Nacht.

Die Panik kam zurück, getarnt als der Gedanke, dass sie hier sterben würde. Dass er irgendwann kommen und sie nicht mehr am Leben halten wollte, oder sie bereits tot wäre, wenn er zur Tür hereinkäme. Erfroren, verhungert oder sich vor Wahnsinn durch die Streben drückend erstickt.

Immer wenn dieses Gefühl der Panik kam und sie es durch das Klopfen auf ihre Brust nicht selbst bezwingen konnte, musste es raus, und sie begann zu schreien.

Sie ging auf alle viere, irgendetwas schmerzte. Ihre Muskeln schmerzten immer, weil sie sich nicht richtig bewegen konnte. Nie.

Margo schrie vor Angst, Verzweiflung, vor Schmerz und weil sie schon zum zweiten Mal darüber nachdachte, ob der Wunsch zu sterben, nicht vielleicht zur Priorität werden würde. Sie warf sich unsanft zu Boden, drehte den Kopf zu den Sternen, die, anders als Freunde, nicht auf sie zukamen, um sie zu trösten.

2

Die ersten Jahre

Nach dem Heiratsantrag waren seine ersten Worte zu ihr gewesen: *Ich liebe dich.*

Nach der Hochzeit hatten seine ersten Worte gelautet: *Jetzt gehörst du mir.*

Doch Ed war ein guter Ehemann.

Die ersten Jahre ihrer Ehe hatte Margo Vanderbilt wie in einem Märchen gelebt. Sie wohnte in einem wunderschönen Haus, besaß alles, wovon sie zuvor nur hatte träumen können, und abends kam ein gut gelaunter Ehemann von der Arbeit, den sie mit ihrer Liebe zu überschütten wusste.

Sie hatten Freunde, sie flogen in den Urlaub, sie kaufte sich jeden Monat ein paar Dessous, nur um ihn zu überraschen, und in den Nächten liebte er sie, wie noch kein anderer Mann Margo je geliebt hatte.

Margo, wie dumm du doch warst.

Wenn sie auf Veranstaltungen gewesen waren, hatte ihnen beiden die Bühne gehört: Mrs. Margot und Mr. Edmund Vanderbilt.

Wann hatte es begonnen, so verdammt schlecht zu laufen?

An einigen Tagen dachte sie, es hätte an jenem Freitag, den 13. gelegen, ganz am Anfang ihrer Ehe. An jenem Abend hatten Ed und sie ihren ersten großen Streit gehabt.

„Ich mag sie nicht."

„Sie ist meine Mutter."

„Muss ich sie deshalb mögen, du magst sie doch selbst nicht!"

„Du solltest sie aber *respektieren.*"

„Ich respektiere jeden Menschen. Das weißt du genau. Aber Tabitha … Sie mag ich einfach nicht."

Ausschlaggebend dafür war gewesen, dass seine Mutter der Ansicht gewesen war, Margo solle aufhören, in der Öffentlichkeit so viel zu reden. Sie habe keinen College-Abschluss und „aus ihrem Mund" würde „immer nur Schrott" kommen. Ja, Mrs. Tabitha

Vanderbilt, die sonst so adrette Lady, hatte ganz schön einen vom Stapel gelassen.

An anderen Tagen glaubte Margo, es sei schleichend gekommen. Aber vielleicht hatte es mit dem Umstand begonnen, dass er in ihrem Auto, einem neuen Aston Martin, einen Ortungssender installieren ließ. Sie hatte protestiert, und er hatte gemeint, das gelte ihrer Sicherheit. Da sie damals so dumm gewesen war, hatte sie ihm geglaubt. Bis er irgendwann abends gefragt hatte, was sie heute in der Bourbon Street zu suchen gehabt habe, und am nächsten Tag, warum sie um drei Uhr nachmittags in der Stadt unterwegs und nicht zu Hause gewesen sei, so wie Ed es ihr vorgeschrieben habe.

Vermutlich hatte es aber auch mit der Liste begonnen, ihrem Tagesablauf, den er ihr vorgegeben hatte: Aufstehen acht Uhr, dann Sport, Frühstück, Bildungsstunde, Ausfahrt in die Stadt, Lunch, Termine, drei Uhr nachmittags Mittagspause, Kaffee, Dinner-Vorbereitung.

Aber dann, es musste vor vier Jahren gewesen sein, hatte sie nicht mehr allein ausgehen dürfen. Also war „Ausfahrt in die Stadt" nur noch für Erledigungen gedacht, Treffen mit Freundinnen mussten vorher bei ihm angemeldet werden, mit Uhrzeit, Ort und Begleitung. Manchmal war er dann dort vorbeigefahren, um zu kontrollieren, ob sie sich dort auch wirklich mit Frauen traf und nicht etwa mit einem anderen Mann.

Trotz dieser Eigenheiten – und Margo war sich sicher, jeder Mensch hatte Eigenheiten – liebte sie Ed abgöttisch. Und trotz allem hatten sie zwischenzeitlich eine richtig schöne Ehe gehabt.

Ach, Margo, wie dumm du doch warst.

„Er ist gut. Er beschützt mich. Er sorgt für mich. Mir fehlt es an nichts. Er ist respektvoll zu seinen Eltern, gut in seinem Job und abends ist er für mich da, so wie ich für ihn", hatte sie den Menschen oft erklärt, die sich „Freunde" nannten. Margo hatte in all den nachfolgenden Jahren gelernt, wer ein Freund war und wer nicht. Der Begriff „Freunde" war wie „Liebe". Im Alltag wurde er zu oft benutzt, als dass er die Bedeutung ausdrücken konnte, die er hatte.

Und so kam es, dass Ed irgendwann eine Liste von ihr gewollt hatte, mit welchen „Freunden" sie an jenem Tag gesprochen hatte. Erst akzeptierte er diese Liste mündlich, nach ein paar Wochen aber wollte er sie schriftlich.

„Das mache ich nicht."

„Das wirst du tun."

„Nein. Ich … Was weiß ich? Ich habe heute mit so vielen gesprochen."

„Ich will jeden einzelnen Namen, Margotchen!"

Margotchen.

„Das mache ich nicht!"

Sie hatte es getan. Irgendwann.

Ach, Margo, wie dumm du doch warst.

3

Juni 2021

Richtig begonnen hatte es an jenem Abend vor zwei Jahren, an ihrem 34. Geburtstag im Juni. Es war eine heiße Sommernacht. Die Grillen zirpten im Gras. Die Fenster waren alle weit geöffnet.

Der Schein der Kronleuchter reichte bis in den Garten, die Stimmen der Menschen und das Lachen der Frauen erweckten den Eindruck eines friedlichen Abends mit Freunden im schönsten Viertel fernab des Nachtlebens in der Großstadt.

Auf dem Tisch standen Gläser, beschmutztes Geschirr, noch so viel übrig gebliebenes Essen in den Schüsseln. Die Flammen der Kerzen bewegten sich nicht, weil es keinen Durchzug gab, lediglich wenn jemand der sechs Personen, gegen ein Tischbein stieß, flackerten sie kurz auf.

„Jetzt erzähl doch mal, Margo“, sagte der eine Schnösel, den sie nicht kannte. „Wie fühlt man sich mit vierunddreißig?“

Alle sahen sie erwartend an: Die vier Menschen der zwei Paare, die Freunde von ihm, aber nicht von ihr waren, und Ed, mit übereinandergeschlagenen Beinen, den Mund zu einem kaum sichtbaren Lächeln geformt, das Weinglas zwischen Daumen und Zeigefinger drehend.

„Nun …“, sagte sie, während ihr Tränen in die Augen stiegen. „Also … nicht anders als sonst.“

„Es ist nicht schlimm“, meinte die eine, mit viel zu viel Bling-Bling an Hals und Ohren. „Du musst deswegen nicht traurig sein! Wir werden alle älter.“

Du hast keine Ahnung.

Margo wollte aufstehen, ins Bad gehen, weinen, doch sie wusste, dass Ed das absolut missfallen würde.

„Ehrlich mal, Margo, ist alles okay? Du siehst so traurig aus!“, fand die andere.

Hilfe suchend blickte Margo zu Ed.

„Ich glaube, Margo ist einfach müde.“ Er stand auf, und alle taten es ihm nach. Das war so in dieser Gesellschaft. Ed hatte ein klares Zeichen dafür gesetzt, dass der Abend nun vorüber war.

Jeder verabschiedete sich von Margo mit Küssen und Umarmungen, und doch wusste sie, dass sie niemanden von ihnen wiedersehen würde. So war das mit „Freunden". Es waren Menschen, die man viel zu kurz kannte, mit denen man viele unpersönliche Gespräche führte, und die sich Wochen danach an kein Wort mehr erinnerten, und jeder dem anderen im Prinzip völlig egal war.

Als Ed die Leute rausbrachte, setzte sich Margo wieder an den Tisch. Im Spiegelbild der Weinflasche sah sie ihr Gesicht. Es war wunderschön geschminkt, die blonden kleinen Locken hochgesteckt, die Träger ihres gelben Abendkleides mit Glitzersteinen verziert. Die Mundwinkel hingen jedoch nach unten, in den Augen glitzerten Tränen, die wie zwei Diamanten funkelten.

Sie strich über die Glasscheibe des Tisches, ihr Ringfinger, an dem ein dicker Klunker und ein filigraner Ehering steckten, schlug gegen die Gabel. Das erinnerte sie an das, was vor vier Stunden passiert war.

Ed war gestresst von der Arbeit gekommen und hatte gesehen, dass sie den Tisch im Esszimmer noch nicht gedeckt hatte.

„Die Gäste kommen in einer halben Stunde!", hatte er sie angebrüllt.

Margo hatte sich im Schlafzimmer fertig gemacht. „Tut mir leid, ich bin eingeschlafen."

„Dann beeile dich!"

Sie war hinuntergeeilt und hatte das edle Porzellan aufgedeckt, Servietten gefaltet, frische Blumen aus dem Garten in Vasen verteilt und die Kerzen angezündet. Frisch geduscht war Ed hinuntergekommen und hatte sich die Krawatte gebunden, als sein prüfender Blick über den Tisch gewandert war. „Besteck?"

„Ach so, klar." Sie hatte Kopfschmerzen gehabt, doch dass sie das Essen lieber sausen lassen wollte, hatte sie ihm nicht gesagt. Sie hatte das Besteck geholt und es neben die Teller gelegt, während Ed die Gläser nachpoliert hatte. Als sie in die Küche hatte gehen wollen, um den Wein zu holen, hatte er sie aufgehalten.

„Nicht so schnell!"

Sie hatte vergessen, das Besteck nachzupolieren, ja, doch dafür war keine Zeit mehr gewesen! Und es war sauber. Eilig ging sie ins Esszimmer zurück. „Was ist?"

„Ich hab's dir schon mal gezeigt, aber du möchtest es nicht lernen." Demonstrativ hatte er zwei Stühle zur Seite geschoben, während sein Blick auf ihr ruhte. Dann hatte er aus seiner Brieftasche eine Kreditkarte hervorgezogen und war in die Hocke gegangen. Er hatte die Karte zwischen Tischkante und dem Ende des Bestecks gestellt und es hingeschoben, dass es exakte Abstände hatte. „Verstanden?"

„Ja, ich …"

„Na, na, na!" Ed hatte ihr die Karte gegeben. „Ich will es nicht nur wissen, ich will es sehen!"

Margo hatte ihn betrachtet, um herauszufinden, ob er das ernst meinte. Sie wusste, er war ein Perfektionist, aber das war ihr zu weit gegangen. „Ich …"

„Na!"

„Ed!"

„Margo." Er hatte den Finger gehoben und gelächelt. „Ich will es sehen."

Sie hatte vor Wut schreien wollen. Noch dazu hatte ihr Kopf geschmerzt. Sie hatte diese Kopfschmerzen jeden Monat, und ihr Frauenarzt hatte gemeint, das habe mit ihrem Zyklus zu tun, und vielleicht würde sie sogar Migräne bekommen, es seien die Hormone, aber manchmal hatte sie gedacht, dass Ed sie verursachte. „Wenn das Besteck so nahe an der Kante liegt, fällt es doch runter, wenn man daran kommt."

Ed hatte geschnaubt. „Warum sollte jemand so tollpatschig sein?"

„Heißt es nicht ‚einen Fingerbreit' von der Tischkante?"

„Ich möchte es aber so haben."

Sie hatte die Karte auf den Tisch gelegt. „Dann mach's selbst."

Jetzt – Stunden später – starrte sie auf den Tisch, während sie sein Lachen an der Tür hörte.

Alles nach der Sache mit der Kreditkarte war unschön gewesen. Er hatte geschrien, sein Gesicht war hochrot angelaufen, und sie hatte zurückgebrüllt, doch irgendwann verloren, als die Wuttränen gesiegt hatten.

Dann hatte sie schluchzend im Bad gesessen, während er den Tisch noch mal neu gedeckt hatte, um vor den Freunden den besten Eindruck zu schinden. Als es geklingelt hatte, hatte sie ihr Gesicht mit kaltem Wasser gewaschen und gewusst, dass man trotz allem Spuren sehen würde.

„Was für ein schöner Abend", sagte er nun, als er zurück ins Esszimmer kam. „Morgen werden wir uns um eine Haushälterin kümmern. Ich bin es leid, nach einem Dinner wie diesem das Geschirr selbst in die Küche bringen zu müssen." Er band die Krawatte ab. „Kommst du mit hoch?"

Sie sah auf. „Ich komme nach. Ich räume noch auf."

„Das kannst du morgen früh machen. Komm mit rauf." Ed lehnte lässig im Türrahmen. „Ich habe dir noch gar nicht mein Geschenk gegeben."

Du hast mir nicht mal gratuliert, dachte Margo. Sie zwang sich zu einem Lächeln. „Du bist nicht mehr wütend?"

„Doch, sehr sogar. Nicht nur wegen des Bestecks. Ich habe mich gefragt, wie man so sein kann, dass man jedem auf die Nase binden muss, dass es einem nicht gut geht."

Sie runzelte die Stirn. „Ich habe doch gar nichts gesagt."

„Der Abend endete, weil alle fanden, dass du traurig aussiehst."

„Ich bin traurig. Wir haben uns gestritten."

„Aber das muss doch niemand sehen. Du musst lernen, dir so was nicht ansehen zu lassen." Er streckte den Arm aus. „Komm mal her!" Er sprach mit ihr, als wäre sie ein Hund. „Na komm!"

Und sie ging zu ihm. Er nahm ihre Hand, zog sie die Treppe rauf, nach links zum Schlafzimmer. Durchquerte es und ging mit ihr in den Ankleideraum. Vor dem Spiegel blieb er stehen, zog sie zu sich heran und stellte sich hinter sie. „Sieh in den Spiegel, was siehst du?"

„Dich und mich."

„Betrachte dich! Sieh dir dein Gesicht an! So fahl, so grau, lächle doch mal!"

„Ich kann nicht", flüsterte sie. Dann griff er mit seinen Händen in ihr Gesicht. Sofort schlug sie die weg. „Lass das!"

Ed holte tief Luft. „Na gut, du hast es zwar nicht verdient, aber ich gebe dir dein Geschenk trotzdem."

Sie sah zu, wie er ins Schlafzimmer ging und einen Karton, schwarz mit roter Schleife, unter dem Bett vorholte.

Er übergab ihn ihr. „Mach auf!"

Sie zog die Schleife ab und öffnete den Deckel. Ein Kleid. Silber, dünne Träger. Funkelnd und glitzernd, ein Schlitz am Bein. Sehr teuer und genau das, was er mochte.

„Es ist von *Valentino*. Neue Kollektion. Ist es nicht schön?"

„Es ist toll", sagte sie. „Danke!"

„Zieh's an!"

Ihr Kopf tat so verdammt weh! Sie wollte schlafen, und morgen würde es ihr hoffentlich besser gehen. „Nicht mehr heute", sagte sie fast flehentlich. „Morgen, okay?"

Ed gab ihr einen Kuss auf die Stirn. „Na gut. Ausnahmsweise."

Sie war so erleichtert, als er sich auf den Weg ins Bad machte.

„Ich muss noch mal duschen, Gott, was war das für eine Hitze. Irgendjemand muss die Klimaanlage reparieren. Da bezahlen wir Tausende Dollar für die Instandhaltung einer Luxusvilla, und das Drecksding funktioniert seit drei Tagen nicht."

Margo hörte, wie die Dusche anging, hielt das Kleid in ihren Händen.

Sie hasste es.

Sie hasste es so sehr. Das war nicht ihre Farbe. Sie liebte gelb, sie liebte rosa und rot. Erneut begann sie zu schluchzen und rannte dann. Rannte aus dem Zimmer und die Treppe nach unten, floh aus der Haustür und warf das Kleid wütend auf den Boden. Hierlassen wollte sie es, es nicht mehr sehen, und morgen schon gar nicht anziehen.

Da lag es auf den Steinen, und weil die Wut noch immer ein Ventil suchte, und es nicht genug gewesen war, hob Margo ein Bein und trat darauf.

Vorbeiziehende Teenager lachten und grölten auf dem Weg vor dem Haus. Von einem der Nachbarhäuser hörte sie Stimmen.

Und in noch weiterer Ferne erklangen die Melodien des Nachtlebens von New Orleans.

Margo hob das Kleid auf. Ging damit ins Haus und direkt nach oben. Sie suchte einen freien Bügel und hängte es auf. Ganz nach links. Dann trat sie vor den Spiegel und sah hinein.

„Du musst lernen, dir so was nicht ansehen zu lassen."

Margo verzog den Mund zu einem Lächeln. Zum ersten Mal in ihrem Leben bedeutete das Kraft und fühlte sich an wie ein zusätzlicher Schmerz.

Ach, Margo, wie dumm du doch warst …

4

Juli 2021

Es musste einen Monat später gewesen sein, als Margo das Gespräch mit Ed suchte, um ihm von ihrer Idee zu erzählen. Sie hatten abends beim Dinner zusammengesessen und über bevorstehende Urlaube geredet, weil Ed sich im Büro mit jemandem abstimmen musste.

Die Stimmung war gut, und so nahm sie all ihren Mut zusammen und fragte: „Ich würde gern einen Instagram-Account erstellen."

Sie saßen beide im Wohnzimmer, er mit dem Laptop auf dem Schoß, sie mit nackten Füßen und einem schwarzen Satinkleidchen im Sessel. Das Buch, in dem sie gelesen hatte, klemmte zwischen ihrem Oberschenkel und der Armlehne.

Ed sah auf. „Instagram?"

„Ja, Debbie hat mir davon erzählt. Sie macht das seit Corona. Sie erzählt von ihrem Alltag, dem Haushalt, empfiehlt Pflegeprodukte, nimmt die Kamera mit, wenn sie einkaufen geht und so weiter."

„Und das willst du auch machen?"

„Ja", sagte sie überzeugt. „Ich will mich mehr auf Beauty und Lifestyle konzentrieren. Ich will zeigen, wie ich wohne, das kommt immer gut an, wie ich was einrichte, wie ich mich schminke, anziehe, mein Tagesoutfit und so weiter."

„Wen zur Hölle soll das interessieren?"

Margo zog die Schultern hoch. „Ich sehe mir das bei anderen gern an! Das ist sogar ein richtiger Beruf, wenn du Kunden gewinnst, dessen Produkte du bewerben darfst. Er nennt sich dann *Influencer*."

„Habe ich noch nie gehört."

„Du nicht, aber ... Frauen wie ich."

„Na schön."

„Ehrlich?"

„Ja ... Was soll ich dagegen haben?"

Sie war ganz aus dem Häuschen. „Wahnsinn! Danke, ich … Ich zeig dir mal die Liste mit den Namen, die ich gemacht habe." Margo lief in das Zimmer neben seinem Büro, das als Lagerraum fungierte. Sie kam mit einem Zettel wieder. „Wie findest du *MargosLove – Beauty & Lifestyle Blog?*"

„Ist nett."

„Ich brauche noch ein schönes Profilbild. Dann fange ich gleich morgen an."

„Okay."

Sie war überrascht, dass er einverstanden war. „Danke … Ed."

„Kein Problem." Er klappte den Laptop zu. „Du musst natürlich aufpassen, dass du vernünftige Sachen postest."

„Klar!"

„Zeig mir mal ein paar Beispiele. Wem folgst du? Wie möchtest du sein?" Er stellte den Laptop auf den Boden und klopfte mit der flachen Hand auf die Couch, um ihr zu bedeuten, sie solle sich dorthin setzen. Margo tat das auch, öffnete die App und zeigte ihm ein paar Profile von Frauen, denen sie nacheifern wollte.

Ed nickte immer wieder, zeigte auf Fotos, die ihm gefielen, suchte in der App auf seinem Telefon selbst nach ein paar Beispielen. „Hier die, was hältst du von der?"

„Oh, das gefällt mir. Alles in Rosa gehalten."

„Ja, aber die Fotos sind professionell gemacht", stellte Ed dann fest. „Sie muss Hilfe dabei haben."

„Vielleicht ihr Ehemann."

„Ja." Ed lachte. „Ich fotografier dich dann." Liebevoll küsste er sie auf die Stirn. Dann sah er sich die Fotos der Frau auf ihrem Profil an. „Sieh mal, das hier! So was postest du bitte nicht."

„O nein." Margo kicherte und zeigte auf ein anderes Bild. „Aber das hier ist schön geworden." Sie schmiegte sich an ihn, genoss seine Nähe, seine Aufmerksamkeit und den Umstand, dass er sie in dieser Sache unterstützte. Ja, in solchen Situationen merkte sie wieder, dass sie ihn liebte.

„Du wirst das gut machen", sagte er und streichelte ihr Bein. „Da bin ich mir sicher. Aber es muss auch perfekt sein, weißt du? Du wirst im Impressum deinen Namen schreiben müssen. Vanderbilt. Und deswegen muss alles perfekt sein."

„Ich weiß", antwortete sie. „Ich werde mir Mühe geben, verlass dich drauf."

Er legte den Arm um sie, und wenn sie es gekonnt hätte, so hätte sie diesen Moment gern eingefroren, so wunderschön und besonders war er. Es hatte in letzter Zeit sehr wenige solcher Momente gegeben.

„Die find ich gut", sagte er nun und zeigte ihr das Profil einer vollbusigen Blondine. Sie war sehr jung und Mutter von drei Kindern. Gertenschlank, in einer riesigen Villa auf Long Island wohnend.

„Ja", stimmte Margo zu.

„Und guck mal, die! Die ist hübsch. Willst du dir nicht auch mal einen Pony schneiden lassen?" Er gab ihr sein Telefon, und sie starrte die Brünette darauf an, während er an ihrem Haar rumfummelte.

Sanft drückte sie seine Hand weg. Ihr war das unangenehm. „Na ja, ich weiß nicht."

Er nahm ihr sein Telefon aus der Hand und scrollte weiter. Dann pfiff er. „Wow. Was für ein Körper. Die trainiert bestimmt täglich. Nicht schlecht."

_Allys_picturebook_ war eine rassige Blondine, die viel zu stark geschminkt in einem Gym Reels machte.

Ed kam gar nicht von ihr los, sah sich jedes Video an und sprach bewundernde Worte aus.

Margo versetzte das einen Stich ins Herzen. Sie stand auf, was er gar nicht mitbekam.

Innerhalb weniger Wochen wuchs ihre Followerzahl ins Fünfstellige, und Margo konnte ihr Glück kaum fassen. Es lief fast wie von selbst, und Ed meinte, es läge an den Events, die sie besuchte, und vielleicht auch an den Menschen, die er in der ersten Woche bezahlt hatte, damit sie ihr folgten. Je mehr Follower sie hatte, desto mehr kamen dann dazu. Margo machte es solchen Spaß, dass sie ihn bat, diese Käufe zu lassen, und die Zahlen stiegen trotzdem. Für Kooperationen war es noch zu früh, und das wollte sie auch gar nicht, sie liebte es, auf ihrem Profil Margo zu sein, und ihre Interessen zu filmen.

Ihre Videos entstanden meistens im Salon, weil da das Licht so schön war, oben im Ankleidezimmer oder draußen im Vorgarten. Sie schoss Fotos von den schönen Dingen in ihrem Leben, wie frischen Gartenblumen in einer Vase, und brauchte teilweise mehrere Stunden, um die Bilder zu bearbeiten, einen passenden Text hinzuzufügen und sie hochzuladen.

Da Margo so akribisch arbeitete, richtete Ed ihr bald ein Studio ein. Er benutzte dafür den kleinen Lagerraum neben seinem Büro. Die Wände wurden neu gestrichen, Margo durfte sich Möbel aussuchen, und schließlich war sie unheimlich glücklich, als er eines Tages nach Hause kam und ihr ein Stativ sowie ein professionelles Licht mitbrachte.

Seitdem verbrachte Margo ihre Tage immer öfter in ihrem Studio als draußen mit Freunden.

Ed schaute ihr ab und zu über die Schulter, gab Verbesserungsvorschläge und riet ihr, den Post oder die Story zu löschen, weil ihm irgendetwas daran nicht passte. Anfangs schätzte sie seine Hilfe, nach einiger Zeit und steigenden Followern prallten seine Worte aber an ihr ab.

So kam es, dass nach ungefähr sieben Monaten – es war Winter – Margo unabhängig ihrem eigenen Business folgte. Es war ein recht kühler Tag im Februar 2022, als es an der Tür läutete und Tabitha Vanderbilt draußen stand.

„Hi, Tabitha", sagte Margo, als sie der Schwiegermutter öffnete. Sie hatte ihr Telefon der Hand, weil sie eine Story drehte.

„Deswegen bin ich hier", meinte Tabitha und zeigte auf das Telefon.

„Was ist damit?"

„Gerald und ich mögen das gar nicht. Wir wurden darauf angesprochen, dass die Frau unseres Sohnes jetzt ... Wie heißt das? Social ..."

„Social Media?"

„Ja, genau. Das macht." Tabitha schob sich an ihr vorbei ins Haus. Sie trug einen Pelzmantel, obwohl die Winter in New Orleans nicht denen in Vermont ähnelten. „Jeder kann sehen, wo ihr wohnt! Hast du mal daran gedacht, dass das sehr gefährlich sein könnte? Das ist doch wie eine Einladung für Menschen, die stehlen wollen!"

„Ich verrate die Adresse nicht und zeige kaum etwas von außen. Es könnte jede Villa im Garden District sein. Und wenn wir wegfahren, kündige ich das nie an, sondern zeige es erst hinterher."

„Ich begreife das trotzdem nicht." Sie zog den Mantel aus. „Ed ist eine Person aus der Öffentlichkeit, es schickt sich nicht, wenn man weiß, wie das Schlafzimmer eines erfolgreichen Mannes aussieht. Stell dir das doch mal vor: Ed sitzt in einem Meeting, und zwei Personen halten sich die Hand vor den Mund, weil sie seinen Schlafanzug in deinem Schrank gesehen haben."

„Nun mach mal halblang. Erstens ist das doch nichts Schlimmes, und zweitens schaut niemand, mit dem Ed ein Meeting haben könnte, meine Videos."

„Kennt Ed denn deine Videos?"

„Ja, er sieht sich immer alles an."

„Grundgütiger." Wie selbstverständlich ging Tabitha in die Küche und machte sich einen Kaffee. Sie dachte im Traum nicht daran zu fragen, ob Margo vielleicht auch einen wollte. „Und wie das hier aussieht! Wann kommt dein Mann nach Hause?"

Margo ging ihr in die Küche hinterher. Sie gab ja zu, nicht so ordentlich wie Ed zu sein, und dass hier und da schon mal ein Krümel herumlag. „Gegen sieben."

„Dann hast du ja noch Zeit sauberzumachen." Tabitha starrte kopfschüttelnd auf das Telefon. „Jetzt leg doch mal das Ding weg!"

„Hör mal, das ist mein Haus!" Margo schlug sich mit der freien Hand auf die Brust. „Du kannst nicht einfach herkommen, mir meinen Job madig machen und –"

„Job?" Tabitha hätte fast ihre Tasse fallen lassen. Offenbar war sie zu heiß. „Hast du gerade ‚Job' gesagt? Das ist doch kein Job!"

„Ich sehe es als meinen Job! Und wenn du nicht so verbissen auf deine Meinung beharren würdest, könnten wir uns beide hinsetzen, und ich würde dir erklären, warum ich –"

„Ausgeschlossen!" Tabitha hob abweisend die Hand. „Ich werde mit Ed noch mal darüber reden."

In Margo begann es zu brodeln. „Jetzt tu doch nicht so, als wäre er mein Vormund!"

„Doch, wenn du unvernünftige Entscheidungen triffst, muss ich das tun!"

„Er ist weder mein Vater noch mein Vorgesetzter, er ist mein Ehemann!" Margo verschränkte die Arme vor der Brust. „Du würdest dich von Gerald nie so behandeln lassen!"

„Muss ich auch nicht." Tabitha wollte an ihr vorbei, als Margo sie stoppte und ihr die Tasse abnahm. „Was soll das?"

„Geh bitte!", sagte Margo noch ruhig.

Die ältere Dame schnaubte. „Warum?"

„Weil du in meinem Haus nicht erwünscht bist. Geh!"

Tabitha lachte laut. „*Dein* Haus? Wie viel hast du denn dazugegeben? Lass mich raten, unser Berater macht Eds Finanzen … Nichts! Gar nichts! Es ist nicht *dein* Haus! Es ist Edmunds Haus!"

„Jetzt reicht's!" Margo war so voller Wut, ging in den Eingangsbereich, griff Tabithas Mantel, der auf einem Sessel lag, öffnete die Haustür und warf ihn nach draußen. Der teure Mantel landete im Blumenbeet, und zwar da, wo Margo schon neue Erde aufgeschüttet hatte.

„Bist du verrückt?", schimpfte Tabitha. „Wie kann man mit vierunddreißig Jahren nur so kindisch sein!"

Aus dem Augenwinkel entdeckte Margo den Wagen, mit dem Tabitha gekommen sein musste. Eds Stiefvater, Gerald, saß auf dem Beifahrersitz. Sie erwartete Entsetzen in seinem Gesicht, nachdem er das mit dem Mantel gesehen haben musste, doch sein Ausdruck glich eher einem Verständnis. Er stieg nicht aus, um das Kleidungsstück seiner Frau zu retten, nein, er blieb sitzen, rauchte weiter und starrte zu Margo.

Tabitha stampfte aus dem Haus. Sie fischte ihren Pelz aus dem Beet. So wie Margo die Frau kannte, war der Pelz echt, weil andere Lebewesen ihrer Schwiegermutter scheißegal waren. „Das wirst du bereuen", sagte sie statt einer Verabschiedung.

Bereuen tat Margo es nicht, eher tat es ihr leid.

Es war ein heftiger Streit mit Ed am Abend gefolgt, für den sie sich gewappnet hatte: Sie hatte sich selbst aufgetragen, nicht gleich klein beizugeben, sie wollte nicht wie eine Ja-Sagerin enden, sie wollte bestimmt und selbstbewusst bleiben, und dennoch einsichtig, weil sie wusste, dass das Werfen des Mantels vielleicht etwas drüber gewesen war.

Also entschuldigte sie sich im Voraus für ihr Verhalten seiner Mutter gegenüber, erklärte ihre Wut und sagte, es komme nie wieder vor.

Ed saß die ganze Zeit auf der Rückenlehne der Couch im Salon, die Beine übereinandergeschlagen, einen Arm vor der Brust verschränkt und den Zeigefinger der rechten Hand ans Kinn gelegt. „Es kommt ja auch nie wieder vor", sagte er schließlich.

Sie legte den Kopf schräg.

„Du wirst mir zukünftig jede Story, jeden Post und jedes Reel vorlegen, und wir werden es gemeinsam besprechen."

Das war absolut nicht machbar. „Nein, Ed, ich kann dich doch nicht alle dreißig Minuten anrufen."

„Musst du auch nicht. Keiner weiß, welcher Tag es genau in deinen Beiträgen ist. Wir werden einen Tag vorher das besprechen, was du am nächsten Tag postest."

„Damit ich dein Einverständnis habe?" Sie lachte auf. „Was bist du, mein Boss?"

„Nein, dein Ehemann." Ed hob eine Braue und schob die Hände in die Hosentaschen. „Und jetzt mach mir Essen, es ist spät."

5

März 2022

Zwei Wochen später wurde Margo von einem lauten Hämmern geweckt. Es war acht Uhr, und Ed schon lange weg, als sie aufstand und herauszufinden versuchte, woher die Baustellengeräusche kamen, denn nun setzte eine Kreissäge ein. Sie befand sich unten in der Küche, als sie durch das Fenster zum Gästehaus sah, wo Männer mit Bauhelmen an dem Gebäude herumwerkelten. Draußen standen Schubkarren mit Schutt, Holzlatten, eingeschweißt in Folie, lagen auf dem Rasen, die Fenster des nicht renovierten Obergeschosses waren geöffnet.

Margo rief Ed an, der nicht ranging.

Als sie sich umdrehte, um sich oben anziehen zu gehen, schrie sie entsetzt, als sie einen fremden Mann im Türrahmen der Küche stehen sah.

„Morgen, Ms. Margo."

„Wer sind Sie?", schrie Margo den Mann an und zog unwillkürlich die Seiten ihres Morgenmantels fester zusammen. Sie glaubte, es wäre ein Arbeiter von draußen, doch der Mann sah anders aus. Er war ungepflegt, hatte längeres schwarzes Haar, ein braunes Gesicht mit großen Poren auf der breiten Nase. Der Schnauzer war unförmig und strähnig. Die Schultern des Mannes waren breit und kräftig, er trug lange Jeans-Latzhosen und eine dünne karierte Jacke.

„Ich bin der Neue." Er grinste.

„Verlassen Sie mein Haus, auf der Stelle." Sie hob ihr Telefon. „Ich rufe sonst die Cops."

„Schon gut, ich gehe, aber Ed wird Ihr Verhalten mir gegenüber nicht toll finden."

„Ed?"

„Ja, Ma'am." Er schnalzte mit der Zunge. Der Typ war widerlich. „Bis dann."

„Das ist Walden Meyer", erklärte Ed ihr einige Stunden später, als er zwischendurch nach Hause gekommen war. „Er ist ein alter Freund und sucht eine Bleibe."

„Und die gibst du ihm bei uns?" Margo hatte sich Sportklamotten angezogen und stand nun mit Ed zusammen im Garten. „Der sieht nicht so aus, als würde er zu deinen Freunden gehören."

„Hast du mir nicht gesagt, dass man die richtig guten Freunde an ihrer Seele und nicht an ihrem Äußeren erkennt? Walden ist so einer. Ich gebe dir Brief und Siegel, Walden besitzt einen Dollar in der Hosentasche, würde 1.000 Dollar, die ich ihm vor die Füße lege, aber nicht annehmen. Für mich ist das Freundschaft." Ed starrte auf das Gästehaus.

„Und wie lange bleibt er?" Margo folgte seinem Blick. Ed musste ziemlich viel daran liegen, dass er für Walden sogar das Gästehaus renovieren ließ. Bis jetzt hatten sie nur die zwei Schuppen in Benutzung. Darüber lagen gut und gern zwei bis drei Wohnungen – damals hatte das Gästehaus den Angestellten gedient.

„Oh, ich dachte, für immer."

Margo fuhr herum. „Ed!"

„Er ist handwerklich sehr begabt. Er kann reparieren, sich um den Garten kümmern, all das." Ed legte seine Hand auf ihre Taille. „Vertrau mir, Margotchen. Walden wird dir noch Gold wert sein. Du hast doch selbst gesagt, dass du es nicht mehr schaffst, die Beete zu pflegen. Das macht jetzt Walden."

Sie beobachtete, wie Walden auf dem Gerüst am Haus entlangging, stehen blieb und sie dreckig angrinste. Margo schüttelte sich. „Er kommt mir nicht ins Haus", sagte sie.

„Ich sag's ihm noch mal: Er darf nur ins Haus, wenn es was zu reparieren gibt." Ed lachte. „Übrigens: Heute Abend treffen wir uns mit Anna und Calvin."

Anna war die junge enthusiastische Frau, die Margo vor einem Jahr kennengelernt hatte. Sie hatte als Empfangsdame in der Firma gearbeitet, bei der auch Ed angestellt war, und hatte jetzt einen neuen Job irgendwo anders. Da sie sich gut verstanden hatten, waren Ed und sie Freunde geblieben.

„Okay."

„Ach, und Baby?"

Margo fuhr seufzend herum. „Was ist denn noch?"

„Zieh das silberne Kleid an, das ich dir letztes Jahr zum Geburtstag geschenkt habe, ja?"

Sie zog es nicht an. Sie hasste es. Es war nicht ihre Farbe. Und an den Tag, an dem sie es von Ed bekommen hatte, wollte sie auch nicht erinnert werden.

Gegen sechs Uhr abends stand sie vor dem Spiegel und entschied sich für eine teure Prada-Robe in Rosa. Sie zog goldene Riemchensandalen dazu an. Ihre Tasche war ebenfalls goldfarben. Vor dem Spiegel über ihrem Schminktisch schoss sie ein paar Fotos, die sie dann morgen – mit einem Tag Verzögerung, weil Ed ihr ja noch die Freigabe erteilen musste – posten würde.

Sie hatte sich daran gewöhnt, dass er ihr diese Auflage gegeben hatte. Die ersten Tage hatte sie nichts gepostet, weil sie wütend gewesen war. Dann aber hatten die ersten Leute in den Kommentaren unter ihrem letzten Post gefragt, ob alles in Ordnung wäre, und Margo hatte es vermisst, sich mit ihnen auszutauschen und Fotos zu posten.

Also hatte sie weitergemacht und Ed über alles, was sie veröffentlichen wollte, in Kenntnis gesetzt. Er hatte immer alles abgesegnet, ihr nur selten Änderungsvorschläge gemacht und kein einziges Mal verboten, dies oder jenes zu posten, und irgendwann hatte sie sich daran gewöhnt.

Ja, es war übertrieben, und ja, sie wusste, dass sie sich das nicht bieten lassen musste, auf der anderen Seite war Ed nun mal nicht nur ihr Ehemann, sondern der Mensch, den sie achtete und liebte. Auch wenn sie sich oft tierisch über seinen Perfektionismus und manchmal über seine Art aufregte: Er war immer gut zu ihr.

Sie liebte das Leben hier in der Villa, liebte es, so viele schöne Kleider zu besitzen, jeden Tag essen und trinken zu können, was sie wollte. Sie liebte es, mit ihm auszugehen, mit ihm irgendwo beim Dinner zu sitzen, und sie liebte das Nachtleben, in das sie sich jeden Samstagabend stürzten und bis in die frühen Morgenstunden feierten, weil sie eben noch keine Kinder hatten.

Vielleicht, dachte Margo, hatten Tabitha und Ed ja recht. Die Vanderbilts hatten sehr viel Geld, und die heutige Welt war gefährlich und niemand verbot ihr etwas. Sie sollte nur dem Menschen, dem sie all den Luxus zu verdanken hatte, in Kenntnis darüber setzen, was sie im Internet postete, und alles war gut.

Was war schon so schlimm daran?

Zsss, zsss, Margo …

Sie schüttelte ihre Zweifel ab, ging hinunter, wo Ed um halb acht vor dem Haus eintraf. „Tut mir leid, ich bin zu spät."

Sie stieg schnell in seinen Bentley. „Schon gut."

Er fuhr los, und sie atmete durch. Da sie einen Mantel trug, hatte er nicht auf das Kleid geachtet, das sie angezogen hatte.

Sie fuhren ins French Quarter, denn dort wurde in einem noblen Theater ein Varieté gespielt. So was hatten Ed und Margo schon oft besucht. Das Theater war mit Balkonen an den Seiten ausgestattet, einen davon hatte die Gruppe für sich allein. Anna und ihre Begleitung, ein Herr namens Calvin, waren bereits da. Anna trug ebenfalls ein reizendes Kleid, und bei der Begrüßung küsste Margo die Freundin auf die Wange.

„Toll siehst du aus!", schwarmte Anna, während Margo rasch zu Ed sah, der die Stirn fast unmerklich in Falten zog. Regungslos stand er an der Seite, Calvin plauderte mit ihm, und musterte sie von oben bis unten.

„Danke", sagte Margo und strich Anna über den Arm. Dann setzte sie sich eilig neben sie und bestellte ein Glas Champagner.

„Ed!" Anna fiel Ed in die Arme, ihre Begrüßung war herzlich, und als Margo den ersten Schluck von ihrem Glas nahm, spürte sie, wie ein Zeigfinger auf ihre Schulter tippte. „Komm mal mit!"

Ed reichte ihr die Hand, und Margo folgte ihm in den Gang hinter den Balkonen. Viele Leute in wunderschönen Roben und Anzügen gingen an ihnen vorbei.

„Warum hast du denn das Kleid nicht an?", wollte er wissen.

„Es hat einen Fleck." Das war nicht gelogen. Sie hatte es noch nie angehabt, und damals, als sie es auf den Boden geworfen und draufgetreten war, hatte ihre Wut Spuren hinterlassen.

„Einen Fleck?" Ed blinzelte. „Du hättest es doch reinigen lassen können."

„Aber nicht innerhalb einer Stunde. Ich habe es schließlich erst gesehen, als ich es vorhin anziehen wollte." Sie lachte und tat damit ihre Angst vor seiner Reaktion ab. „Tut mir leid, Liebling."

„Schon gut." Abschätzig blickte er an ihr hinab, während er ihre Hand hielt. „Ich mag dich nicht in Rosa."

Margo nahm ihre Hand aus seiner. „Zieh mich heute Abend aus, und dann hast du mich hautfarben. Ich glaube, das ist dir sowieso am liebsten." Sie schmunzelte, küsste ihn auf den Mund und ging schnell wieder zu Anna.

Das Varieté war toll. Es ähnelte einer Zirkusvorstellung mit Artisten, die eine phänomenale Show ablieferten. Die Musik war sehr eindrucksvoll, die Akte spektakulär und der Abend bezaubernd. In der Pause plauderten Anna und Margo über dieses und jenes, und Anna fragte: „Was ist mit Ed, er ist so komisch?"

„Ja, er ist manchmal komisch." Margo lächelte. „Sind wir das nicht alle?"

Anna verengte die Augen. „Was hat er mit deinem Kleid? Ich hab's gehört."

Margo warf einen Blick über die Schulter. „Er mag es nicht", sagte sie leise.

„Aber du magst es?"

„Ja." Margo biss sich auf die Lippe. „Und deswegen ...", erneut ein Blick, doch Ed war noch nicht von der Toilette wiedergekommen. Sie beugte sich zu Anna rüber und flüsterte: „Ich habe es beschmutzt. Das Kleid, das ich tragen sollte. Ich hasse es und will es nicht tragen." Verschwörerisch blickte sie der Freundin in die Augen.

Doch Anna reagierte anders, als Margo es gehofft hatte. „Margo, zieh's einfach an., wenn er es an dir mag. Es war sicherlich sehr teuer und ..."

„Ich mach doch nicht immer, was er will."

Anna schnaubte. „Du führst ein wunderbares Leben, nur seinetwegen."

Das war ihr bewusst, es von jemand anders so ins Gesicht geklatscht zu bekommen, war allerdings was anderes. „Ich könnte auch selbst für mich sorgen."

„Mit was denn? Mit Bildermachen und Puder-in-die-Kamera-halten?" Anna hielt nicht viel von dem, was Margo tat. Der Grund war nicht, dass sie es nicht gut fand, der Grund war, dass Anna neidisch war – glaubte Margo zumindest, denn Anna war eine simple Bürokraft mit einem Nine-to-five-Job an der Backe. „Ich an deiner Stelle hätte ihm die Freude gemacht. Und das hat nichts mit Unterwürfigkeit oder so zu tun, sondern damit, dass dein Mann dir zu deinem Geburtstag ein wunderschönes Kleid geschenkt hat und er es an dir sehen will."

„Woher weißt du, dass ich es zum Geburtstag bekommen habe?"

„Weil wir es beim Lunch im Schaufenster gesehen haben. Da war ich bei, Margo, weil ich damals noch in der Firma gearbeitet habe. Und wenn du mich fragst: *Valentino* geht immer. Es ist ein schönes Kleid." Anna legte ihre Hand an Margos Arm. „Sei doch mal ein bisschen dankbarer für das, was Ed dir bietet."

Margo wandte sich von ihr ab. „Entschuldige mich." Sie stand auf und ging zur Toilette. Schob sich zwischen den Leuten durch und holte tief Luft, als sie in den Gang mit den Toiletten einbog.

Ein Mann stand an der Wand gelehnt daneben und hörte gerade auf zu telefonieren. Ihre Blicke trafen sich kurz. Der Mann sah gut aus, hatte längere Haare, einen Vollbart und blaue Augen.

„Entschuldigung", sagte er, „kann ich Ihr Telefon benutzen?" Verdutzt blieb sie stehen.

„Verzeihung." Er kam näher, trug graue Hosen, ein weißes Hemd, silberne Manschettenknöpfe. „Mein Akku ist leer, und meine Mutter findet nicht zu unseren Plätzen zurück. Sie schwirrt hier irgendwo rum. Ich habe die Stewards schon gefragt, aber ich will sie gern anrufen, um sie zu mir zu lotsen."

„Klar." Margo gab ihm ihr Telefon.

„Danke, Sie retten mir das Leben." Er lächelte. „Oder eher das meiner Mutter."

„Gern."

Der Mann telefoniert kurz. „Ah, okay, dann bis gleich." Als er auflegte und Margo das Telefon zurückgab, seufzte er erleichtert. „Sie wurde aufgegriffen und man bringt sie gerade zu unserem Balkon."

195

Margo schmunzelte.

„Gefällt Ihnen die Show?", fragte der Mann. Er hatte eine sehr schöne Stimme.

„Oh, ich liebe sie! Ich mag so was gern."

„Ich auch." Der Mann presste die Lippen aufeinander und zeigte zur Bar. „Dürfte ich Ihnen vielleicht noch einen Drink ausgeben? Oder später, nach der Vorstellung?"

Margo hob ihre rechte Hand. „Das ist nett, aber ..." Dann zeigte sie auf ihren Ehering.

Der Mann schien enttäuscht. „Oh, natürlich. Verzeihung." Trotzdem gab er ihr die Hand. „Dann einen schönen Abend für Sie und ... dem Glücklichen."

„Ich danke Ihnen." Sie lächelte, als er wegging, drehte sich wieder zu den Toiletten um und entdeckte Ed.

Er hatte die gesamte zweite Hälfte des Varietés und der Autofahrt nach Hause nicht mit ihr gesprochen. Auch als sie in der Villa ankamen und nach oben gingen, hüllte sich Ed in Schweigen.

Margo zog sich aus, schminkte sich ab und schlüpfte in ihr Satinkleidchen, dann ging sie ins Schlafzimmer und stellte sich vor das Bett, in dem Ed schon lag und auf sein Telefon starrte.

„Tut mir leid", sagte sie, obwohl sie sich schon hundertmal entschuldigt hatte. „Was hätte ich tun sollen? Der Mann wollte meine Hilfe."

„Und du springst, sobald ein Mann das will?"

„Es ging um seine Mutter."

„Das weißt du nicht. Hier." Er drehte das Telefon in seiner Hand um. Erst jetzt sah sie, dass es ihr Telefon war. „Den Anruf hat er gelöscht. Oder gar nicht erst angerufen." Sein mahnender Ton erinnerte ihn an das, was Tabitha und Ed wohl gemeint hatten, dass sie unvorsichtig wäre, in einer Stadt, in der man wusste, wie viel Geld die Vanderbilts besaßen.

„Er wollte mich sicherlich nicht entführen und Lösegeld verlangen." Margo lachte.

„Er wollte dich vögeln."

Sie prustete. „Ed!"

Sein Blick sprach Bände.

Margo schluckte. „Dann war es eben eine Anmache, und? Ich bin doch nicht drauf eingegangen."

Ed stand auf. Er ging zu ihr und hielt ihren Arm fest. Margo wurde nervös, ihr Herz schlug schneller.

„Was hättest du mit ihm getan, wenn ich nicht gekommen wäre?"

„Du hast gesehen, dass er gegangen war."

Ed schüttelte den Kopf. „Du wusstest, ich bin irgendwo in der Nähe. Deswegen bist du ausgewichen. Hättest du dir einen Drink spendieren lassen, wenn ich nicht …?"

„Ed, sei nicht albern", mahnte sie und wollte ins Bett, als sein Griff fester wurde. Sie wagte es nicht, ihm in die Augen zu sehen.

„Jetzt reden wir mal über das Kleid."

„Das habe ich schon erklärt."

„Du bringst es morgen in die Reinigung, und am Wochenende gehen wir noch mal aus. Du wirst dann das Kleid tragen, verstanden?"

Sie dachte an Annas Worte. Wäre sein Ton nicht so scharf und würde er dieses „verstanden" nicht anhängen, hätte sie sogar zugestimmt. Aber so … „Ich weiß nicht, ob ich es morgen schaffe."

„Du wirst es schaffen." Ed ließ sie los, heftig und ruckartig, dann ging er durch das Zimmer und zog etwas vom Schminktisch, das sie nicht gleich erkennen konnte. „Mach das um!"

„Was ist das?"

Er faltete es auf. Es waren Masken. Zwei Stück. Die Artisten hatten so was getragen. Schwarze Masken, die man über den Augen trug. Spitze und Satin, vielleicht waren da auch Federn dran, aus der Ferne erkannte sie das nicht genau.

„Komm, ich helfe dir." Er stellte sich hinter sie, strich ihr volles Haar zur Seite und band die Maske an ihrem Hinterkopf zusammen. Dann legte er sich selbst die zweite Maske um. „Dreh dich zu mir!"

Sie kam sich verkleidet vor und fühlte sich unwohl. Als sie sich zu ihm umdrehte, konnte sie sehen und spüren, wie sehr ihn das hier anturnte. „Knie dich nieder", flüsterte er.

Margo schüttelte den Kopf.

Wie aus dem Nichts landete seine flache Hand in ihrem Gesicht. Der Schlag war so heftig, dass ihr Kopf zur Seite geschleudert wurde, sie den Mund offen stehen ließ und ihn voller Entsetzen anstarrte. Ihr fehlten die Worte, und Ed schien sein Tun nicht zu bereuen. „Runter auf die Knie!"

„Nee-ein!", sagte sie mit bibbernder Stimme.

Er legte seine Hände auf ihre Schultern und drückte sie nach unten. Da Ed Krafttraining machte, musste sie nachgeben, versuchte aber dennoch, sich aus seinem Griff zu befreien, ihm die Macht zu entziehen, strampelte wild, doch Ed war stärker. Nach Sekunden hockte sie am Boden, in seinen Armen gefangen, und hörte, wie er in ihr Ohr flüsterte: „Du gehörst mir, das weißt du, nicht wahr?"

Sie begann zu weinen und nickte.

Zum ersten Mal dachte sie daran, dass sie zwar ein wunderschönes Leben durch ihn führen durfte, aber dass es nicht das Leben war, das sie haben wollte.

Ed ist gut.

Sie schloss die Augen.

Ach, Margo, wie dumm du doch warst.

6

Ed hatte sie nicht mehr geschlagen.

Der Vorfall hatte ihre Ehe aber eindeutig verändert. Margo blieb ihm fern, wann immer sie konnte, und wann immer er ankam, um sich erneut zu entschuldigen, hörte sie ihm nicht zu. Sie war der festen Überzeugung, dass es das Schlimmste war, was ein Mann seiner Frau antun konnte. Mehr noch als fremdgehen, mehr noch als das Verheimlichen eines unehelichen Kindes – Margo fiel kein einziger Fehler ein, der schlimmer sein konnte als der, seine eigene Frau zu schlagen und sie zu erniedrigen –, ja, es war das Schlimmste, was Ed ihr hätte antun können.

Natürlich hatte sie darüber nachgedacht, ob es nicht besser wäre, ihn zu verlassen. Doch dass Ed einen Fehler begangen hatte, wusste er und zeigte es ihr jeden Tag. So standen jeden Morgen neue Blumen auf dem Tisch in ihrem Studio, und eines Morgens lag die zerrissene Liste des Vortages dort, wo sie aufschreiben hatte müssen, wann sie wo mit wem gesprochen hatte, um ihr zu zeigen, dass er ihr mehr Freiheiten geben würde. Abends schaltete er ihre Lieblingsfilme an und setzte sich neben sie, tat so, als würden sie ihm auch gefallen. Er kam früher nach Hause, kochte für sie und sagte ihr immer wieder, wie sehr er sie liebe und dass er ohne sie nicht leben könne.

Aber es gab Tage, da sein Fehler für sie so schwer wog, dass sie ihn allein essen ließ, sie die Abende in ihrem Studio verbrachte und sich schlafend stellte, wenn Ed ins Bett kam.

Das Ganze dauerte gute drei Monate, und nur langsam gewann sie wieder Vertrauen zu ihm.

Walden, dieser komische Vogel, wohnte nun drüben im Gästehaus. Margo sah ihn täglich. Er schlürfte seinen Kaffee draußen im Garten und hatte einen direkten Blick durch die bodentiefen Fenster ihres Studios. Jedes Mal wenn er ihr dabei zusah, wie sie ihre Arbeit verrichtete, grinste er, sodass sie Vorhänge anbringen ließ, um ihm die Sicht zu nehmen.

Manchmal gingen Ed und Walden etwas essen, was Margo wunderte. Wollte er sich mit so jemanden wirklich sehen lassen? Dann aber fand sie heraus, dass sie in irgendwelchen fragwürdigen Kneipen unterwegs waren, wo Ed sowieso nicht erkannt wurde.

Kurz nach Margos 35. Geburtstag im Juni, erhielt sie die Einladung für ein Charity Event. Es wurde von erfolgreichen Influencern veranstaltet, zu denen Margo sich nicht dazuzählte. Diese Damen hatten Millionen Follower, aber das war auch nicht wichtig. Sie fand die Sache gut, und tatsächlich gab es einige „Fans", die sie persönlich anschrieben, ob man sie an diesem Abend ansprechen dürfe. Es sollte eine große Party in einem sehr schönen Gebäude in der Stadt stattfinden, und die Spenden würden den Kinderheimen Louisianas zugutekommen.

Ed wollte sie erst begleiten, doch weil ein wichtiger Termin mit seiner Mutter und seinem Stiefvater dazwischenkam, passte es zeitlich nicht. Also fuhr Margo allein.

Sie war froh, dass sie dort Anna traf, deren Chefin eine der Organisatorinnen war. Sie begrüßten sich noch vor der Eröffnungsrede und standen, ihre Proseccos haltend, in der Menge. Margo fühlte sich großartig. Sie trug ein neues Kleid, das sie sich heute erst gekauft hatte, hellblau und im Stil der 50er Jahre mit Petticoat. Außerdem war sie bei der Maniküre gewesen, und es hatte so gutgetan, mal fast den ganzen Tag aus dem Haus gewesen zu sein.

Der Raum erinnerte an einen Ballsaal, die Decken waren hoch und das Gewölbe war mit Gold verziert, das Parkett glänzte unter ihren Füßen.

Margo machte Dutzende Fotos mit Menschen, die sie erkannten, eine junge Frau hüpfte vor Freude, sie endlich kennenzulernen.

„Du inspirierst mich", sagte die eine. „Ich habe viele meiner Klamotten versteigert, ich mag gute Sachen, und sie nicht einfach wegzuwerfen, sondern für einen guten Zweck zu spenden, war eine Wohltat!" Dazu hatte Margo aufgerufen und selbst vor Kurzem ihren Kleiderschrank ausgemistet und den Ertrag einem Kinderkrankenhaus gespendet.

Sie legte ihre Hand an die Brust. „Wirklich?" Die Worte dieser jungen Frau taten gut. „Danke, das freut mich so sehr!"

„Du bist ein so guter Mensch", sagte eine andere und hielt sie an den Händen. „Du bist nicht wie die meisten. Es geht dir nicht um Konsum. Und das macht dich zu meinem Vorbild!"

Margo verteilte selbst Komplimente, machte Selfies, tauchte in tiefe Gespräche ein und sah dann eine Frau, die sie schon die ganze Zeit beobachtet hatte.

Sie stand in der Menge allein, hatte lange schwarze Haare und trug eine Brille. Ihr Kleid war nicht von einem Designer, ihre Schuhe schon oft getragen. In der Hand hielt sie ein Glas Orangensaft. Erst dachte Margo, sie sei auch eine Followerin, doch dann kam diese Frau auf sie zu und sagte: „Hi, mein Name ist Julia Hoffmann. Können wir reden?"

Es war schon nach zehn, als die beiden Frauen auf dem Dach des Gebäudes, auf dem sich Daybeds, Teppiche, Kissen und Fackeln befanden, die eine einzigartige Atmosphäre schufen, unter dem Sternenzelt auf einer Bank saßen und sich unterhielten. Julia war Deutsche, lebte seit ihrem Studium in New Orleans. Sie war ein paar Jahre jünger als Margo, hatte noch keine Familie, besaß kein Instagram und kein neues Telefon, hatte zu Hause nicht einmal ein Tablet. Sie arbeitete als Journalistin bei einer Zeitung, in der Kultur-Abteilung, schrieb Kritiken und interessierte sich für Kunst.

„Ich reise viel", erzählte sie. „Ich war in Nepal, Indien und Tibet. Habe Australien kennengelernt und war in Tasmanien. In Venezuela war ich ganze fünf Monate, dann in Chile und Argentinien. Dort habe ich zwei Jahre gearbeitet. Dann bin ich irgendwann wieder in Nola gelandet. Mich verbindet viel mit dieser Stadt, sie war mein Anlaufpunkt, damals, als ich von Rostock in die USA gegangen bin."

Margo lachte. „Ich habe eine Schwester, die gern reist. Ich glaube, sie war auch schon mal in Europa unterwegs …" Doch weil sie so wenig Kontakt zu Danielle hatte, erinnerte sich Margo nicht genau daran.

„Reisen ist etwas Tolles. Man sollte nie aufhören zu reisen. Das Leben ist eine Reise. Und ich glaube, dass stehen bleiben ein großer

Fehler ist. Glaubst du nicht, dass das irgendwie zusammenhängt? Die Erde dreht sich. Das Leben geht weiter. Ist das Reisen, das Immerweitergehen nicht vielleicht der Sinn unserer Existenz?"

„Darüber habe ich nie nachgedacht." Margo lachte. Julia imponierte ihr.

„Weshalb ich dir das alles erzähle, hat folgenden Grund: Ich war letztes Jahr in Afrika. Ich habe Uganda, Ruanda und Burundi bereist und habe dort nicht nur für meine eigene Kolumne recherchiert, sondern auch gearbeitet. Ich habe beim Bau eines Lebensmittelladens geholfen und einer Auffangstation für verletzte Tiere. Es gibt so viele Naturheilpraktiken, die auch an Tieren angewendet werden, und so viele Menschen, die helfen wollen. Dafür brauchen sie einen Platz."

„Okay …" Margo hatte keinen Plan, worauf Julia hinauswollte.

„Was mich am meisten berührt hat, und worüber ich mir Sorgen mache, sind die Kinder. Ich war in Dörfern unterwegs, da wäre eine Schule, Hygieneeinrichtungen, Krankenstationen und so weiter wichtiger als alles, was man dann noch für Tiere bauen könnte. Da habe ich mir Gedanken gemacht, was sich für die Kinder tun ließe."

Margo verstand. „Du brauchst meine Hilfe."

„Ich brauche nicht nur deine Hilfe. Ich habe den Plan, eine Organisation zu gründen, die den Kindern zugutekommt. Ich brauche Partner, Investoren. Ein Büro. Ich weiß, dass du die Frau von Edmund Vanderbilt bist, du würdest mir helfen können."

„Klar, aber wie?"

„Sei meine Partnerin."

„Das heißt?"

„Wir brauchen Geld. Ein Startkapital. Das Geld habe ich nicht. Ich habe das Know-how, ich kann uns Investoren an Land ziehen. Durch meine Arbeit bei der Zeitung kenne ich viele Leute." Voller Enthusiasmus griff Julia nach ihrer Hand. „Was sagst du?"

Margo überlegte. „Ich würde dich so gern unterstützen. Aber das klingt nach viel Arbeit, und ich habe mein … Instagram."

„Wir könnten deine Reichweite gut gebrauchen."

„So viel Reichweite habe ich nicht." Sie nahm einen Schluck Champagner. „Heute bin ich nur eingeladen worden, weil mein Nachname Vanderbilt ist."

Julia seufzte. „Es wäre eine Chance, mit diesem Geld etwas zu ändern."

„Und was wäre meine Aufgabe?"

„So blöd es klingt, aber deine Aufgabe wäre erst mal, die Kosten zu decken. Dein Mann und du. Im Büro brauchen wir natürlich Leute. Wir müssen Projekte planen, Investoren finden, wir müssen Aufträge erstellen, mit den Behörden kommunizieren, Partner vor Ort finden …"

Das kann ich alles nicht, dachte Margo. *Ich habe noch nie richtig gearbeitet.* Im ersten Augenblick glaubte sie wirklich, dass das eine Nummer zu groß für sie war. „Ich weiß nicht. Nur du und ich?"

„Na ja, erst mal …"

Vielleicht bräuchten sie noch jemanden, der sich gut auskannte. Margo sah über die Dächer der Stadt und sagte dabei: „Was, wenn wir eine Nummer drei mit ins Boot holen?"

Julia schien nicht sehr begeistert. „Drei Frauen?"

„Warum nicht?"

„Denkst du an jemand Bestimmtes?"

Margo grinste. „Ich glaube schon."

Als Margo gegen ein Uhr nach Hause kam, saß Walden bei Ed im Wohnzimmer. Er stand auf, als er Margo sah, und trank die braune Flüssigkeit aus seinem Glas lautstark in einem Zug leer. Dann ging er an Margo vorbei. „'n Abend, Ms. Margo." Sie roch den Alkohol und verzog angewidert das Gesicht.

Die Tür fiel ins Schloss, Margo zog ihre Schuhe aus, legte die Tasche dazu und tippelte barfuß zu Ed hinüber. „Ich muss mit dir reden", sagte sie aufgeregt. Früher hätte sie ihm zur Begrüßung erst mal einen Kuss gegeben, doch die Zärtlichkeiten in ihrer Beziehung waren auf ein Minimum beschränkt.

Sie setzte sich neben ihn, als sie an seinem Ausdruck im Gesicht erkannte, dass der Augenblick, mit ihm zu reden, gerade nicht schlechter sein könnte. Seine Augen sahen müde und erschöpft aus, die Fahne roch sie, obwohl er nichts sagte. In der Hand hielt er beschriebene Zettel.

„Was ist das?"

„Das sind Posts. Deine nächsten Posts." Er gab ihr das Papier.

Auf jedem stand ein Datum, beginnend ab morgen. Dann Text, den sie anscheinend aufsagen sollte. Margo überflog die Zeilen. Sie las Dinge wie: *„Der Grund, warum ich in letzter Zeit so geknickt wirke"* und *„Mir geht es wunderbar, sehr sogar!"*.

„Was soll das?"

Ed nahm einen Schluck. Es war Brandy. „Ich habe heute alle Kommentare unter deinem letzten Foto gelesen. Mehrere meinen, du sähst nicht glücklich aus. Sie vermissen ‚dein strahlendes Lachen'. Die eine hat sogar geschrieben ‚Margo, geht es dir gut?'."

Margo schluckte. „Mir geht's ja auch nicht gut. Und ... das sehen sie nun mal."

Ed streichelte ihr Gesicht, und sie ließ es zu. „Weißt du nicht mehr, was ich dir darüber gesagt habe? Möchten wir das Thema wieder beginnen?"

„Ich kann mich nicht verstellen", flüsterte sie.

„Aber das musst du. Du bist eine Vanderbilt. Und wenn jemand denkt, es geht dir nicht gut, wen denkst du, machen sie dafür verantwortlich?"

Margo schlug seine Hand weg. „War das der Grund, warum du heute nicht mitgegangen bist? Weil du stattdessen deine Zeit damit vergeudet hast, Kommentare zu lesen?" Sie schüttelte verärgert den Kopf. „Ich hätte dich heute vielleicht gebraucht."

„Wieso?"

„Ich habe eine Frau kennengelernt, die eine Firma gründen möchte. Es handelt sich um eine Organisation, die sich für die Kinder in Afrika einsetzt."

„Gott ..." Ed griff sich an die Stirn.

„Hör doch mal zu! Sie will, dass ich mitmache, weil ich das Geld habe, und ich meinte, wir bräuchten noch jemanden, wegen der vielen Arbeit und dann ... Dann haben wir Anna gefragt, und sie war sofort dabei."

„Sag mal, Margot, reicht es nicht langsam?" Eds Blick wirkte nun zornig.

„Wieso? Ich hätte einen ‚richtigen' Job, deine Mom wäre sicherlich begeistert. Und außerdem tue ich Gutes ..."

„Kannst du damit aufhören?" Er stellte sein Glas so hastig auf den Tisch, dass der verbliebene Alkohol darin gefährlich nah an den Rand schwappte. „Deine beschissene Weltverbesserer-Haltung geht mir langsam auf die Nerven!"

„Aber …"

„Die Welt dreht sich nicht um dich, Margo! Du kannst gar nichts, weißt du das? Wer schreibt die ganzen Sachen für dich, weil du es nicht hinbekommst, für zwei Minuten mal dein nach Mitleid hungerndes Gesicht zu verstecken!"

„Ich will mich nicht verstecken!"

„Das musst du aber!", schrie Ed und stand auf. Dann beugte er sich über sie, umklammerte mit Zeigefinger und Daumen ihr Kinn, sodass ihr Mund zusammengeschoben wurde und sie nicht mehr reden konnte. Das tat weh, aber sie wagte es nicht, seine Hand wegzuschlagen.

„Du bist meine Frau! Und ich will, dass jeder Mensch im beschissenen New Orleans weiß, wie gut ich dich behandle. Hast du verstanden?"

Margo konnte nicht antworten, sein Griff war zu fest. Ihre Augen waren aufgerissen, ihr Körper zitterte. „Sag es!"

„Ihhh…"

Dann ließ er los, packte mit seiner anderen Hand ihren Arm und zog sie unsanft von der Couch. Margo versuchte, sich zu wehren, doch Ed ließ nicht locker. Er zog sie rüber ins Studio, machte das Licht an und drückte sie auf den Boden. Dann kniete er sich neben sie, fixierte ihren Arm unter seinem Knie, griff in ihr Haar, zog ruckartig ihren Kopf nach oben, sodass sie sich nun beide im Spiegel, der eine ganze Wand einnahm, betrachten konnten.

„Sieh hinein!", brüllte er sie an. „Sieh dich an!"

Margo schluchzte, bekam aufgrund ihrer Haltung am Boden kaum Luft, ihre Rippen schmerzten. Panik überkam sie, als sie sich selbst im Spiegel sah: Das Haar stand in alle Richtungen, die Schminke war durch die Tränen verlaufen, die über ihr Gesicht rannen. Doch das Schlimmste war die Angst in ihren Augen.

„Du kannst nichts, Margo", sagte er dicht an ihrem Ohr. Von seinem Atem wurde ihr schlecht, doch das war gerade ihr geringstes Problem. „Du kannst nichts, weil du nichts ohne mich bist. Du willst arbeiten? Einen richtigen Job? Sie hat dich gefragt, weil ich es bin, der helfen kann. Ich! Mein Geld! Du … hast nichts!"

„Du tust mir weh!", jammerte sie.

Ed lachte. „Das verdienst du ja auch nicht anders! Auf Händen habe ich dich getragen, Margo! Auf Händen! Nichts musstest du tun! Du kannst dein ganzes Leben genießen durch mich!" Sein Schreien dröhnte in ihren Ohren. „Und ich habe eine einzige Bitte gehabt: Lass es dir nicht ansehen, wenn du verdammt noch mal, aus irgendeinem Scheißgrund beleidigt bist!"

„ED! Hör auf!" Inständig hoffte sie, er würde sie loslassen, so viel Schmerz durchfuhr ihren Körper. Das strenge Zurückziehen ihrer Haare verursachte ein widerliches Ziepen. „Bitte hör auf, Ed, bitte, bitte!"

„HALT DEN MUND!", keuchte er. „SAG ES!"

„Was?", bibberte sie.

„SAG ES!"

„Was denn, verdammt?"

Er ließ sie los. Margo krümmte sich zusammen wie ein Embryo. Atmete schnell und hektisch und kroch im nächsten Moment dicht an den Spiegel heran, um seinen Füßen auszuweichen.

Er ging in die Hocke, betrachtete sie und sagte dann leise: „Du sollst sagen, dass du ein böses, böses Mädchen bist."

Sie verharrte die ganze Nacht in diesem Raum. Ed hatte ihn verlassen und die Tür hinter sich geschlossen. Margo hatte geweint und versucht, sich zu beruhigen, was ihr kaum gelungen war. Irgendwann hatte sie sich aufgesetzt, unter Schmerzen, weil das Runterdrücken zu Boden ihrer Hüfte und das Ziehen ihrer Haare ihrem Kopf ziemlich zugesetzt hatte.

Als sie nun hier kauerte und aus dem Fenster schaute, sah sie über dem Gästehaus den Mond, der als Sichel am Himmel hing, begleitet von Tausenden Sternen. Der Spiegel zeigte die vielen Blessuren in ihrem Gesicht. Die linke Wange war dick und rot und blau, unterhalb ihrer Schläfe entdeckte sie Blut.

Was hatte er ihr nur angetan?

Beim Anblick feinster Blutströpfchen auf ihrem neuen Kleid kullerten erneut Tränen über ihr Gesicht. Nicht weil das Kleid versaut war, sondern weil die Seele einer Frau verletzt war, die sich heute erstmals, nach so langer Zeit, bedeutend und wie ein Mensch gefühlt hatte.

Bis zu dem Zeitpunkt, an dem ein Mann gekommen war und ihr sagte, sie wäre ein Nichts.

Bitte, Margo, bitte, sei stark! Knick nicht ein und vergiss niemals, dass du besser bist als er. Dass du ein Jemand bist.

Doch schon kurz nach diesen Gedanken stemmte sie die Hände auf den Boden und schluchzte.

Wenn man einmal dieses Gefühl in sich spürte, dass jemand eine echte Chance hatte, einen zu brechen, war es schwer, sich dagegen zu wehren.

Sie hob den Blick. Sie sah wüst aus. Und sie fragte sich, wie sie morgen vor die Kamera treten und den Text aufsagen sollte, den er ihr geschrieben hatte.

Margo strich sich die Haare aus dem Gesicht, atmete einmal tief ein und wieder aus. Sie würde Make-up brauchen und eine andere Perspektive, dunkleres Licht. Im Versuch, ob sie es morgen hinbekommen würde, bemühte sie sich um ein Lächeln. Es war nicht strahlend, sondern traurig, es war nicht das, was er von ihr erwartete, aber das, wozu sie fähig war.

„Du musst lernen, dir so was nicht ansehen zu lassen."

Musik setzte ein.

„Beyond The Sea". Durch die Lautsprecher in den Decken des ganzen Hauses war sein Lieblingslied überall zu hören, auch hier. Hektisch suchte sie nach der Fernbedienung, mit der sie die Lautstärke in ihrem Studio ändern konnte, doch sie konnte kaum aufstehen.

Die Musik war zu laut, machte sie hektisch. Warum war er denn noch wach?

Margo hielt sich an der Kommode fest, zog sich daran hoch, als die Tür aufging und Eds Silhouette im Schein des Lichtes aus dem Korridor sichtbar wurde.

Margo erstarrte.

„Sag es!", kam es von Ed. Er trug nur noch eine Unterhose, soviel wie sie erkennen konnte. „Los, sag es, ich will es hören!"

Margo schluckte.

Ja, es hatte begonnen. Der Kampf darum, ob sie sich selbst oder wirklich ihm gehörte, hatte begonnen. Im schlimmsten Fall würde sie sich verlieren.

„Ich bin ein böses, böses Mädchen."

7

August 2022

Damit Margo bei ihm blieb und sich nicht über seine „Aussetzer" ausließ, wie Ed seine Fehltritte immer entschuldigte, stimmte er ihrer Mitgliedschaft bei der *African Care Organisation* zusammen mit Anna und Julia zu und übernahm sämtliche anfallenden Kosten einer Firmenneugründung sowie die Miete und Einrichtung eines noblen Stadtbüros.

Margo und Julia hatten kein imposantes Büro gewollt. Sie fanden beide, dass es widersprüchlich war, in purem Luxus zu arbeiten, um etwas für Menschen zu erreichen, die unter ärmlichsten Bedingungen leben mussten. Doch Ed hatte das so gewollt, und Anna hatte auf seiner Seite gestanden.

Termine rund um die Firmengründung und die Planungen der Leitaufgaben ihrer Organisation hatten begonnen, und großzügigerweise ließ Ed Margo bei fast allen Meetings allein, sodass sie große Entscheidungen selbst treffen konnte. Es gab nur eine Auflage, bei der Ed ganz klare Vorstellungen hatte: Während Julia und Margo zusammen 70 Prozent Anteil an der Firma hatten, und Anna nur 30, wollte Ed, dass Julia weniger Prozente erhielt. Julia hatte das zunächst für ausgeschlossen gehalten, schließlich war die Organisation ihre Idee gewesen, aber Margo hatte sie damit beschwichtigt, dass Ed Anna schon Jahre kannte und Julia nicht. Julia hatte sich geschlagen gegeben, und so galten die Verträge ab dem 01. August 2022.

So war Ed auf dem Foto präsent, das im August in allen Zeitungen erschien, und Eds Mutter und Gerald hatten ihm gratuliert, denn die Publicity diente auch den Geschäften der Eltern. Immer wieder wurde Ed auf die *African Care Organisation* angesprochen, und Margo wusste, dass Ed so tat, als wäre das alles seine Idee gewesen. Um die Kinder ging es Ed nicht.

Doch alles in allem lenkte die Organisation Margo von den Problemen zu Hause unwahrscheinlich gut ab. Die Vorstellungen, welche Ziele die Frauen mit ihrer Arbeit verfolgten, wurden klarer. Es gab Planungen für die Leitstelle in Kampala, damit das Geld, das sie in New Orleans eintrieben, auch dort ankam, wo es hinsollte. Anna schaffte es, Fachleute mit Expertise im Bereich der Hilfstätigkeit an Land zu ziehen, und zusammen fanden sie schnell ein paar Partner vor Ort, die dort das Geld verwalteten, die Planungen weitergaben und die Projekte beaufsichtigten. Die Arbeit konnte beginnen.

Margo arbeitete nun jeden Tag im Büro, ihrer Social-Media-Arbeit tat das natürlich einen Abbruch. Doch wenn sie ehrlich war, machte ihr das sowieso keinen Spaß mehr, seit Ed ihre Texte vorschrieb. Sie postete immer weniger, was auf der anderen Seite die Gerüchte unter ihren Kommentaren noch mehr anheizte.

Deshalb gab sie bald Einblicke in ihr Arbeitsleben im Büro und sprach über die Dinge, die ihr am Herzen lagen, Kindern Gutes zu tun, was Ed dazu veranlasste, ihre Posts weniger zu kontrollieren, weil sie hauptsächlich im Büro und laut Ed „unter Aufsicht" entstanden. Wen er damit meinte, wollte sie gar nicht wissen.

Margo ging in ihrer Arbeit jedenfalls richtig auf, und zusammen mit Julia und Anna war schon bald ein unschlagbares Team entstanden. Immer mehr Investoren meldeten sich, immer mehr Spenden kamen zusammen, sodass sie nach ein paar Wochen die ersten Vorstellungsgespräche hielten und Projekte und Aufgaben neu verteilten.

Die Arbeit wurde stressiger, die Tage länger, und als die Zeit kam, in der Margo manchmal später nach Hause kam als Ed, zog dieser die Reißleine.

„Wieso ist das Essen nicht fertig?", hatte er eines Abends gefragt, als sie zur Tür hereingekommen war. „Ruf mich doch an, wenn du es nicht schaffst zu kochen. Dann mach ich das."

Es gab eigentlich jeden Abend etwas, was er loswerden musste, weil es ihn störte, dass Margo jetzt selbst arbeitete und ihm nicht ständig zur Verfügung stand: „Du bist eine echte Schlampe, hast du dir mal das Badezimmer angesehen?"

Und neulich war es: „Wenn du noch einmal auf dem Sofa isst, schlag ich dir deine Tacos um die Ohren! Das gibt Flecken!"

Ja, auch wenn er sie nicht mehr anrührte, seinen innerlichen Hass auf die eigene Unzufriedenheit spürte sie jeden Tag ziemlich deutlich. Ihr Sexleben war auf dem Tiefstand, und Liebe – tja, die verging zwar nicht so schnell, doch das, was im Juni geschehen war, hatte Margo noch immer nicht verarbeitet, und jedes Mal, wenn Ed ihr Zärtlichkeiten schenken wollte, wehrte sie ihn ab.

Zusammen entschlossen sie sich dann zur Anstellung einer Haushälterin, weil Ed einsah, dass Margo diesbezüglich Hilfe brauchte.

Es war ein Donnerstag im September, als sich eine junge Dame bei ihnen vorstellen sollte. Walden stand in der Tür und besprach etwas mit Ed, während Margo auf der Couch im Salon saß und in einer Zeitschrift blätterte.

„Sie kann bei mir wohnen", raunte Walden. „Ich habe da oben noch ein paar Zimmer frei." Das Gästehaus war durch die Renovierung wirklich schön geworden. Die Wohnung, die Ed für Walden hatte einrichten lassen, hätte Margo gern als Unterkunft bei Airbnb angeboten, aber Ed bestand ja auf ihn.

„Alter Schwerenöter." Ed lachte und legte seine Hand auf Waldens Schulter. „Die, die jetzt kommt, hat bestimmt Angst vor dir, so eine kleine, zierliche Maus ist das."

Margo rollte hinter ihrer Zeitschrift die Augen.

„Ich nehme sie alle." Walden zwinkerte in ihre Richtung.

„So, mach, dass du rauskommst!" Ed schubste Walden zur Tür hinaus. „Und bleib drüben, wir wollen sie ja nicht gleich verschrecken." Belustigt kam er in den Salon und setzte sich Margo gegenüber. „Mal sehen, Beverly Cortez …" Er blätterte in ein paar Unterlagen und sah auf. „Was ist?"

„Woher kennst du Walden?"

„Vom College."

„Der war niemals auf dem College."

„War er ja auch nicht. Er mähte den Rasen vor der Sporthalle und … er hatte Zugang zu den Garagen."

Margo runzelte die Stirn. „Was war mit diesen Garagen?"

„Das musst du nicht wissen."

„Ich will es aber wissen."

„Sagen wir, wir teilten ein Hobby."

Dann klingelte es an der Tür.

Beverly Cortez war Anfang zwanzig und bildschön. Wenn Margo eine Frau nennen sollte, die sie wirklich attraktiv fand, dann hätte sie Beverly gewählt. Sie hatte einen leuchtenden braunen Teint, lange dunkelbraune Haare, seidig und glatt, mandelförmige dunkle Augen, eine süße Nase und einen vollen Mund. Sie sah genauso schön aus wie auf ihrem Bewerbungsfoto. Es lag auf der Hand, dass Ed sofort von ihr begeistert war.

„Sie sagen, Sie sind verheiratet?" Er schlürfte seinen Kaffee.

„Ja, mein Mann ist Mexikaner, ich bin Texanerin. Wir sind nach New Orleans gekommen, weil mein Mann eine Anstellung auf einer Bohrinsel im Golf bekommen hat."

„Interessant", meinte Margo. „Dann ist er gar nicht hier?"

„Richtig, er kommt alle zwei bis drei Wochen heim, ich habe also viel Zeit."

„Interessant", sagte nun auch Ed und grinste Margo an. „Meine Frau hat nämlich nicht mehr so viel Zeit, sie ist schwer beschäftigt."

„Ich habe schon gehört." Die junge Dame nickte anerkennend. „Glückwunsch zur Firmengründung."

Margo lächelte. „Danke."

„Nun, Beverly, wie viele Stunden täglich könnten Sie sich vorstellen, für uns zu arbeiten?"

„Das kommt ganz darauf an, für was ich gebraucht werde. Ich war schon früh für meine Familie verantwortlich. Meine Eltern waren krank, und ich habe zehn Geschwister. Ich bin die Älteste und habe bereits mit vierzehn Jahren Kinder versorgt, den Haushalt geführt und mich um den Garten gekümmert."

Margo hörte Beverly zu, während ihr Herz sich zusammenzog. Auch sie hatte früh Verantwortung übernehmen müssen, und unwillkürlich dachte sie nun an ihre kleine Schwester Danielle.

Sie wusste von Danielle nicht viel. Auf ihre Anrufe reagierte Danielle nicht, und wenn sie ihr schrieb, kam kaum was zurück. Sie hatte keine Ahnung, was Danielle daran hinderte, in Kontakt zu ihr zu stehen, dabei liebte Margo sie so sehr. Ja, sie liebte sie wirklich, und sie wollte nicht mehr, als dass Danielle glücklich war. Das hatte sie Mom und Dad immer versprochen, wenn sie das Grab besucht hatte. *„Ich verspreche euch, dass ich mich um sie kümmere. Sie soll glücklich sein, immer!"*

Wenn das aber hieß, dass Danielle von ihr in Ruhe gelassen werden wollte, dann war das nun mal so.

„Kinder haben wir nicht", sagte Ed. „Aber wir haben ein großes Haus, und ich lege Wert auf einen gepflegten Vorgarten. Um das meiste kümmert sich Walden, unser Hausmeister und – so wie ich ihn gern im Stillen nenne – ‚Mädchen für alles'."

Beverly lachte über Eds Witze. Sowieso – die beiden schienen sich blendend zu verstehen.

Wenn du wüsstest …

„Ich möchte abends nach Hause kommen und etwas Warmes zu essen haben. Bevor Margo zur Business-Woman mutiert ist, sind wir ausgegangen oder haben uns Essen mitgebracht oder einfach bestellt, aber ich schätze diese Tradition, dass man für den Hausherrn kocht, schon sehr."

„Ich kann gut kochen, Sir."

„Das würde aber gleichzeitig bedeuten, Sie müssten bis abends bleiben", sagte Margo.

„Wie gesagt: Ich habe Zeit, mein Mann ist nicht da."

Dann koch doch für meinen *Mann,* dachte Margo. Ihr war das egal.

„Also schön." Ed sah rüber zu Margo. „Hast du Einwände?"

Margo spielte mit einer ihrer Haarsträhnen. „Nein."

„Dann haben Sie den Job, Beverly." Alle drei standen auf und gaben einander die Hand. Als Margo Beverly ihre Hand reichte, sah sie etwas in den Augen der hübschen Texanerin: *„Ich habe es gesehen",* schienen sie zu sagen. *„Du hast es gut versteckt, aber ich habe es trotzdem gesehen."*

Margo zuckte zusammen und blieb zurück, als Ed Beverly zur Tür brachte.

„Wunderbar", sagte er und stemmte die Hände in die Seiten. „Sie fängt morgen an."

Zum ersten Mal dachte Margo daran, dass Beverly nicht nur ihr Haus, sondern vielleicht auch ihr Zusammenleben mit Ed in Ordnung bringen könnte. „Ich freue mich auf sie."

Kapitel 5

Oktober 2022

1

Die Fliesen unter ihren Füßen fühlten sich kalt an, als sie mit ihrem Kaffee in der Hand und dem Telefon zwischen Ohr und Schulter geklemmt über den Küchenboden ging.

„Ich würde mich freuen!"

Draußen war es stürmisch, der Herbst hatte an diesem Sonntag im Oktober längst Einzug gehalten. Walden strich die Außenwände der Garage, Margo konnte ihn von der Küche aus beobachten.

„Okay", sagte Margo, „bis später!"

Als sie auflegte und sich umdrehte, ließ sie vor Schreck das Telefon fallen, der Kaffee schwappte über den Rand ihrer Tasse. „Ed!"

Er stand im Rahmen der Tür, und sie sah seinen Blick auf ihren Beinen ruhen, die in einem Satinhöschen steckten, das sie für die Nacht angezogen hatte.

„Wer war das?"

„Das war John aus dem Büro." Margo hob ihr Telefon auf und legte es neben der Tasse auf die Küchentheke. Dann riss sie ein Stück Küchenpapier ab und säuberte den Boden.

„Habt ihr euch verabredet?" Er betätigte den Kaffeevollautomaten. Ein Schreddern ertönte, weil die Kaffeebohnen darin frisch gemahlen wurden.

„Ja, John, Anna, Julia und ein paar andere … Wir wollen heute Abend in den Jazzclub." Sie fragte absichtlich nicht, ob er mitkommen wollte. Doch mit seiner nächsten Frage erübrigte sich das sowieso.

„Sie haben sicherlich nichts dagegen, wenn ich mitkomme?"

Sie nahm all ihren Mut zusammen. „Ich würde gern allein gehen."

Ed pustete in seine Tasse. „Aus welchem Grund?"

„Weil es *meine* Kollegen sind, und ich dachte …" Sie holte tief Luft. „Nun ich dachte, wir wären wieder so weit, dass ich allein das Haus verlassen darf."

Ed strafte sie mit einem spöttischen Blick. „Ist das dein Ernst? Gehst du nicht jeden Tag ‚allein' aus dem Haus?"

„Die Arbeit zählt doch nicht!"

„Maniküre, Friseur, Shoppen, einkaufen gehen, das alles schon!"

„Das ist nicht ausgehen."

Er drehte sich zu der Zeitung, die auf dem Tisch lag. „Du gehst nicht!"

„Ed!"

„Ich sagte Nein", fuhr er sie an, und sein Blick drückte aus, dass sie sich ihm nicht zu widersetzen hatte. „Du gehörst mir, du gehst nicht allein aus, haben wir uns da verstanden?"

Margo suchte nach Worten, doch sie war so wütend, dass sie kaum etwas erwidern konnte. „Das ist doch nicht dein Ernst!"

„Mein voller Ernst." Er schlürfte seinen Kaffee.

Margo ging auf ihn zu und so schnell, dass er kaum reagieren konnte, griff sie seine Tasse und feuerte sie zu Boden.

„SCHEISSE, VERDAMMT!", schrie Ed, hüpfte von einem Bein aufs andere, weil er von dem heißen Kaffee und sogar der Tasse am Fuß getroffen worden war, bevor sie auf die Fliesen gefallen und der Henkel abgebrochen war.

Beide starrten sie auf die abgeplatzten feinen Scherben, bis Ed seinen Arm ausstreckte, Margos Handgelenk griff, sie so am Weggehen hinderte, und ihr mit der flachen Hand ins Gesicht schlug. „Was bildest du dir ein, wer du bist? Heb das auf, mach sauber und dann wirst du dich entschuldigen, verdammt noch mal!"

Margos Wange fühlte sich heiß an, sie wollte sich von ihm reißen, doch Ed hielt sie nun an den Armen fest. „Lass mich!"

„Du wirst darüber nachdenken, was für ein böses Mädchen du bist, und jetzt hör auf zu heulen!"

Margo schluchzte, rang nach Luft, drehte verzweifelt den Kopf von ihm weg, damit er sie nicht noch einmal schlagen konnte.

Endlich ließ er sie los, schubste sie dabei, sodass sie mit dem Rücken gegen die Küchenwand stieß.

Ed stieg über den verschütteten Kaffee und ging aus der Küche, als Margo an der Thekenwand nach unten sank und auf dem Boden kauerte. Sie hielt die Hände vors Gesicht und weinte. Erst spät merkte sie, dass sich jemand an der Tür befand und sie beobachtete.

Margo sah auf.

„Kann ich helfen, Ma'am?" An der Tür stand Beverly.

Sie ging nicht mit ihren Kollegen aus.

Um kurz nach acht Uhr würde John eine SMS empfangen, in der Margo sich aufgrund von Kopfschmerzen entschuldigte.

Während sie diese SMS geschrieben hatte, fühlte sich Margos Körper wie eine leere Hülle an, die auf das, was sie tun sollte, reagierte. Ed, der ihr den Text angesagt hatte, hatte sie angeschrien, sie solle sich zusammenreißen.

Dann hatte sie sich fertig machen müssen, denn Ed hatte ein Dinner mit seiner Mom und Gerald verabredet.

Gegen neun Uhr erreichten sie das Restaurant im Herzen der Stadt, ein teures italienisches Lokal, in dem es sehr guten Wein und Pasta aus dem Parmesanlaib gab. Alle außer Margo bestellten Muscheln als Vorspeise, und als sie mit dem Wein aus dem Gebiet Emilia-Romagna anstießen, verkündete Tabitha, dass Gerald und sie zu Weihnachten eine Kreuzfahrt nach Europa unternehmen würden. „Gerald fliegt doch nicht, der hat doch Angst."

„Angst vor dem großen Teich." Gerald lachte.

„Ach, runter kommt man immer." Ed aß von dem Brot, das in einem Korb in der Mitte stand. Dazu gab es gutes Olivenöl und hervorragende gesalzene Butter.

Margo sagte nichts. Sie saß etwas steif auf der mit rotem Samt bezogenen Couch, und weil ihr Kleid dieselbe Farbe hatte, schien sie mit ihr zu verschmelzen.

„Schätzchen, du sagst ja gar nichts", nörgelte Tabitha. Ihr Kleid war viel zu eng. Die Fettbrüste quollen über den Saum ihres Dekolletés.

Margo musste sich zusammennehmen, dort nicht hinzusehen.

„Alles okay, ich habe heute Kopfschmerzen." Ein Blick zu Ed.

„Machst du immer noch diesen Internet-Nonsens?", fragte ihre Schwiegermutter.

„Hin und wieder, nicht mehr so oft."

„Du bist doch jetzt Firmenchefin", sagte Gerald, und weil er ein Lächeln zeigte, glaubte sie, dass er tatsächlich ein bisschen stolz auf sie war. Margo mochte ihn. Er war dünn, fast schon hager, sah älter aus als seine neunundsechzig Jahre, das dünne graue Haar mit den vielen kahlen Stellen tat sein Übriges dazu. Doch er war gut. Schon immer. Da ihr Vater sie damals nicht zum Altar hatte führen können, hatte Gerald das getan.

Erst jetzt fiel ihr sein Feuerzeug auf, das auf dem Tisch neben seinem Telefon lag. Sie hatte es ihm geschenkt. Es war ein Clipper Sturmfeuerzeug, das sie ihm von einer Reise mitgebracht hatte. Seine Initialen waren darauf eingraviert. Es freute sie, dass er es noch hatte, nach über sechs Jahren.

„Ja, das bin ich wohl." Als sie von ihrem Wasser trank, spürte Margo einen Schmerz in der Wange. Sie zuckte zusammen und wollte die Hand an die Wange legen, doch weil da so viel Make-up drauf war, ließ sie das lieber.

„Wer kümmert sich um die Finanzen?", fragte Gerald an Ed gewandt.

„*Baker & Lambert*", antwortete Ed.

Gerald brummte irgendetwas Unverständliches.

„Irgendwas dagegen einzuwenden?", fragte Ed seinen Stiefvater.

„Bin nicht überzeugt von denen."

„Musst du auch nicht. Ich weiß schon, was gut ist."

„Die Muscheln!" Tabitha legte ihre Hand auf die ihres Mannes, um ihn zu unterbrechen, weil die Vorspeise serviert wurde.

Margo hasste Muscheln. Sie beobachtete, mit wie viel Genuss Tabitha sie zu essen begann und wie ausführlich Gerald sich Zitronensaft darübergoss. Ed griff erneut nach dem Brot und tunkte es in den Saft der Muscheln. Margo wurde nicht nur vom Anblick, sondern auch von dem Geruch schlecht. „Entschuldigt mich", sagte sie und stand auf. Ihr Hals fühlte sich wie zugeschnürt an, sie musste hier weg und hatte plötzlich das Gefühl, dass jeder im Raum sie beobachten würde.

„Ist sie etwa endlich schwanger?", hörte Margo Tabitha leise sagen. Sie begann zu rennen, als Ed laut seufzte.

Margo drückte wild die Tür zur Damentoilette auf, sie war zum Glück allein, stellte sich ans Waschbecken und starrte in den Spiegel. Wenn man ganz genau hinsah, konnte man unter dem Make-up tatsächlich eine Rötung ausmachen, und als ihr das bewusst wurde, kullerten die Tränen nur so aus ihren Augen. Sie wollte sie aufhalten, wedelte mit den Händen, versuchte, sich zu beruhigen, doch es funktionierte nicht, es kamen nur noch mehr.

Auf ihrem Dekolleté bildeten sich rote Flecken. Sie ärgerte sich darüber, griff nach Papier, tupfte sich die Augen trocken und erschrak, als zwei junge Frauen lachend in den Raum kamen. Sie musterten Margo, die vor dem Spiegel stand und ganz offensichtlich versuchte zu kaschieren, dass sie geweint hatte. Sie wollte kein Mitleid, doch als die beiden Frauen die Köpfe zusammensteckten und über sie redeten, verstand sie nicht, warum Menschen, und oft besonders Frauen untereinander, manchmal so fies sein konnten.

Sahen sie nicht, wie verzweifelt sie war?

Wie ihre Hände zitterten, wie traurig ihre Augen wirkten?

Wäre es unvorstellbar, ihr die Hand auf die Schulter zu legen und zu fragen: „Ist alles okay?"

Ja, scheinbar war diese Welt so. Und Margo schätzte sich so verdammt froh, jemand zu sein, die sie ein kleines bisschen besser machen wollte.

Die eine Frau lachte, die andere schaute sie verständnislos an, dann gingen beide in Richtung der Toiletten und ließen Margo in ihrer Not zurück.

Sie umklammerte den edlen Stein, aus dem das Waschbecken geformt war. *Womit hast du das verdient?,* fragte sie und überlegte, was sie getan hatte, um so bestraft zu werden.

Klar, sie konnte gehen. Aber erstens wohin, und zweitens mit was, denn Ed hatte recht: Sie hatte nichts, während er alles hatte. Die Organisation warf noch kein Geld ab. Die Checks der Angestellten stellte Ed aus, ebenso die der Geschäftsführerinnen Anna und Julia. Margo bekam selbstverständlich nichts.

Sie verließ die Toilettenräume, das Stimmengewirr und die wunderbaren Gerüche der italienischen Küche umhüllten sie, als sie zwischen den fein gedeckten Tischen zu ihrem Platz zurückging. Gerald und Ed waren nicht da, Tabitha nuckelte allein an ihrem Weinglas herum.

„Wo sind die anderen?", fragte Margo und ließ sich nieder.

„Oh, irgendwas fachsimpeln. Gerald wollte rauchen, und Ed ging mit." Tabitha tippte auf ihrem Telefon herum.

Margo legte die Hände in den Schoß und fragte sich, ob sie ihrer Schwiegermutter anvertrauen konnte, was los war. Sie hatte das Gefühl, es irgendjemandem erzählen zu müssen, der sie verstehen konnte. Tabitha war doch auch eine Frau, eine Ehefrau, und klar, Ed war ihr Sohn, aber gerade dann würde sie vielleicht mit ihm sprechen, und was hatte sie schon zu verlieren?

„Tabitha?", sagte sie vorsichtig und ärgerte sich darüber, dass sie wie ein Mäuschen klang. „Kann ich mit dir reden?"

Sie hatte es so leise gesagt, dass Tabitha sie nicht verstanden hatte, und sich über den Tisch beugte. „Bitte?"

Margo hoffte, genug Zeit zu haben, bis die Herren wiederkamen. „Also … Ich … Ich muss mal was loswerden, und ich weiß nicht, wen ich sonst, also …" Sie zitterte. „Weißt du, Ed ist nicht sehr nett zu mir. Seit letztem Jahr schon." Das Herz schlug ihr bis zum Hals. Unwillkürlich legte sie ihre Hand auf die Brust, weil es so wehtat.

„Bitte, Ed?"

„Ja, ich meine, also … Er ist nicht gut zu mir." Sie musste sich räuspern. „Ed ist nicht gut zu mir." Es war gesagt. Doch das Zittern verschwand nicht.

Tabitha runzelte die Stirn. „Was macht er denn?"

„Ja, also … Er schlägt mich." Margos Kinn vibrierte, und sie bekam kaum ein deutliches Wort heraus. „Er bevormundet mich. Er ist einfach kein guter Mann."

Tabitha zog die Brauen hoch und nahm einen Schluck Wein.

Margo wollte nicht glauben, dass sie sie nicht ernst nahm, doch als die Schwiegermutter dann sagte: „Das bildest du dir ein", brach für sie eine Welt zusammen. Sie hoffte, weinen zu können, denn Tränen würden ihre Aussage vielleicht untermauern und die

Thematik eindringlicher und überzeugender darlegen, doch warum auch immer, kam genau jetzt keine Träne aus ihrem Auge.

„Versuchst du gerade, die eine Träne rauszudrücken?", fragte Tabitha, und Entsetzen schwang in ihrer Stimme mit.

„Tabitha, bitte glaube mir!"

„Mein Sohn tut so was nicht!"

„Doch! Ed ist vor anderen immer so adrett und charmant und …"

„Halt den Mund!", fuhr Tabitha sie an. „Ist das der Dank, Margo? Für alles, was Ed für dich tut?"

„Ich will das doch gar nicht", sagte Margo. „Das ist mir alles egal …"

„Verstehe schon", unterbrach Tabitha sie. „Bei einer Scheidung würdest du ordentlich profitieren, nicht? Denn einem Ehevertrag wolltest du ja nicht zustimmen …"

„Aus Prinzip! Weil ich ihn liebte!" Margo glaubte, sich um Kopf und Kragen zu reden. Aus dem Augenwinkel vernahm sie die Blicke des Nebentisches. Als sie dorthin sah, schüttelte eine Frau den Kopf, ein Mann sagte irgendetwas und rollte mit den Augen.

Dann kamen Ed und Gerald wieder.

„Das Essen ist immer noch nicht da?", murmelte Ed.

Gerald blieb vor dem Tisch stehen. „Margo, alles okay? Du siehst so aufgewühlt aus?"

„Sie hat doch Kopfschmerzen", erklärte Ed streng. „Also, was gibt's sonst noch Neues?"

2

November 2022

Im November, als Margo die Beete im Vorgarten für den nahenden Winter fertig machte, Büsche beschnitt und Laub einsammelte, kam Walden dazu, um ihr zu helfen.

„Sagen Sie mal", fragte sie beiläufig, als sie im Beet hockte und er zusammenfegte, „Ed hat mir erzählt, Sie kennen sich vom College."

„Jawoll, Ms. Margo."

„Sie hatten Zugang zu den Garagen und so weiter."

„Ja, Ms. Margo."

Sie blickte auf. „Er hat mir erzählt, Sie hätten ein Hobby geteilt. Welches Hobby?"

Walden hörte auf zu harken, stützte seine Hände und sein Kinn auf den Stiel des Arbeitsgerätes und antwortete: „Das muss er Ihnen schon selbst sagen."

Als Margo am selben Tag abends nach Hause kam, war Ed bereits da. Beverly hatte das vorbereitete Essen im Kühlschrank gelagert, Ed hatte es aufgewärmt und den Tisch gedeckt.

Margo zog sich die Jacke aus und ging ins Esszimmer.

„Hattest du einen schönen Tag?", fragte Ed. Er hatte bereits geduscht, war heute wohl früher zu Hause gewesen.

„Er war nett." Sie setzte sich und ließ sich von ihm Wein einschenken. Auf dem Tisch in der Mitte brannten Kerzen, das Essen roch wunderbar. Beverly kochte jeden Tag, manchmal war sie sogar abends noch da, um es ihnen zu servieren.

Heute gab es Mashed Potatoes, Lachs und Bohnen. Dazu Zitronensoße. Still aßen sie eine Weile, bis Margo ihren Mann um etwas bitten wollte. „Ich würde gern eine Reise unternehmen."

„So?" Ed aß weiter. „Wohin?"

„Nach Kampala. Dort wird nächsten Monat ein kleines Office fertiggestellt." So lecker Beverlys Essen auch war, Margo hatte keinen Appetit. Das Thema war ihr wichtig. „Ich dachte, es wäre meine Aufgabe als Kopf der Organisation, vor Ort zu sein."

„Lass Anna oder Julia fliegen", meinte Ed. „Du bleibst hier."

„Anna hat zu viele Termine, sie arbeitet ununterbrochen. Ich kann mich glücklich schätzen, dass sie ihre Aufgabe als Geschäftsführerin so ernst nimmt."

„Tust *du* das nicht?"

„Doch, deswegen will ich ja fliegen."

„Was ist mit Julia?"

„Julia fliegt."

„Lass sie allein fliegen."

Margo legte das Besteck zur Seite. „Kann ich dann im Frühjahr fliegen, wenn dort die Arbeiten …?"

„Ich glaube, du hast mich nicht verstanden", unterbrach Ed sie. Er faltete die Hände über dem Teller und schaute zu ihr rüber. „Du bleibst hier."

„Ich kann mich nicht ewig davor drücken."

„Du wirst sagen, du hast Flugangst und bist zu Auslandsreisen nicht bereit."

„Ich arbeite für eine Organisation, die Kindern *in Afrika* helfen soll. Ist es da nicht selbstverständlich, dass man dorthin fliegt?" Sie schnaubte. „Ed, das ist so lächerlich!"

„Nein, du bist lächerlich!" Er stand auf und schlug mit beiden Händen auf den Tisch. Die Flammen der Kerzen flackerten auf, das Geschirr klirrte.

Margo wollte so viel entgegnen, auch wenn sie Angst vor seinen Ausrastern hatte. Aber sollte das Leben jetzt immer so weitergehen? Sollte sie immer alles hinnehmen? Für immer Angst haben?

„Margo?"

„Was denn?", fauchte sie. „Vielleicht flieg ich einfach. Was frag ich dich um Erlaubnis?" Sie stand auf und feuerte ihre Serviette auf die Tischplatte. Als sie hörte, dass Ed um den Tisch herum zu ihr ging, lief sie vor ihm weg, und ein Katz-und-Maus-Spiel um den Esstisch herum entstand. Nur jauchzte sie nicht aus Freude.

„Hör auf!", schrie sie panisch, als er ihr immer noch dicht auf den Fersen war. „Ed, hör auf!"

Er packte sie am Arm und hielt sie davon ab, durch den Türbogen in den Salon zu flüchten.

„DU WIRST AUFHÖREN!"", brüllte er sie an.

Margo wollte sich aus seinem Griff befreien, doch als ihr das nicht gelang, und sie keine Chance hatte, irgendwas zu greifen, fiel ihr nichts anderes ein, als ihm ins Gesicht zu spucken.

„O mein Gott", sagte sie, als sie den schleimigen Pfropfen am Innenwinkel seines Auges an der Nase vorbei runterlaufen sah. „Ed, das wollte ich nicht …" Sie bereute es, kaum dass sie es getan hatte. Die Strafe folgte prompt: Ed schlug ihr nicht mit der Hand, sondern mit der Außenseite seines Handrückens ins Gesicht, woraufhin Margo glaubte, ihre Nase sei gebrochen. Sie hielt sie sich, taumelte nach hinten, Ed kam auf sie zu, packte sie am Haar und zog sie durch den Salon und durch den Eingangsbereich des Hauses in Richtung Korridor.

Margo schrie, versuchte verzweifelt, seine Hand von ihrem Haar zu reißen, als Ed sich vor der Tür zum Nebeneingang zu ihr umdrehte, seinen Arm unter ihr Kinn legte und ihn anzog. Margo rang nach Luft, brachte keinen Ton mehr heraus, vernahm wie in Trance, dass er sie nach draußen schleifte. Sie hatte nicht einmal atmen können, als er sie über den Hof rüber zum Gästehaus zog und dort die Tür öffnete.

„Walden!", rief er laut und ließ Margo endlich los.

Margo landete auf dem Boden, ihr war schwarz vor Augen, alles drehte sich. Sie hatte keine Ahnung, wo sie genau war, hörte dann Schritte, die eine Treppe runterliefen, und dann Eds Stimme: „Hol den Schlüssel für den Keller. LOS!"

Margo versuchte aufzustehen, ihre Knie waren butterweich. Sie sackte zusammen, spürte Eds Hand an ihrem Arm. Er zog sie über den Boden und öffnete eine Tür. Modriger Geruch empfing sie. Sie spürte eine Treppenstufe unter ihrem Gesäß, schrie vor Schmerz, und irgendwann ummantelte sie eine Kälte, als es nur noch dunkel war und er endlich von ihr abließ.

„Denk darüber nach, was für ein schlimmer Mensch du bist!", giftete er, und nur am Geräusch erkannte sie, dass er gegen etwas trat. Weil sie keinen weiteren Schmerz spürte, war es zum Glück nicht sie gewesen.

Sie hörte ihn aus der Tür gehen, wollte sich aufraffen, Ed aufhalten, doch da hatte er schon die Tür zugeschlagen und diskutierte davor, dass Walden sie abschließen sollte.

Walden tat es.

„NEIN!", schrie Margo, als sie sich oben auf dem Treppenabsatz zusammenkauerte und hilflos in Tränen ausbrach.

Es gab zwei schmale Fenster oben in der Wand gegenüber der Treppe. Das Glas war nicht geputzt, Gitter lagen davor. Durch die Fenster konnte sie jetzt die hastig ziehenden Wolken vor dem Sternenhimmel sehen.

Margo hockte auf der untersten Stufe der Treppe, weil sie Angst vor Spinnen im Keller hatte und die doch meistens oben an der Decke lauerten. Die Treppe verlief im Raum an der Wand, also blieb sie lieber weiter unten und bildete sich ein, hier würden sie ihr schon nicht begegnen im Gegensatz dazu, wenn sie weit oben an der Tür säße.

Mittlerweile war ihr kalt. Das Kostüm, das sie trug, war dünn, und ihre Beine steckten in einem Hauch einer Feinstrumpfhose. Glücklicherweise hatte sie Schuhe an.

Nachdem sich ihre Augen an die Dunkelheit gewöhnt hatten, und sie es aufgegeben hatte, an der Tür zu rütteln, hatte sie den Kellerraum, in den er sie gesperrt hatte, näher inspiziert. Sie hatte einen Käfig in der Mitte des Raumes ausmachen können, eine Hundeleine hing vor dem geöffneten Tor. Solche Zwinger kannte sie sonst nur von draußen, wenn irgendwer seine Hunde im Hof einsperrte.

Margo spuckte Blut aus. Der Geschmack war widerlich. Er hatte ihr sicherlich die Nase gebrochen, die Schmerzen waren heftig. Genau wie der Durst. Ach, wie sehr sehnte sie sich nach dem prickelnden Wasser in ihrem Glas auf dem Esstisch, von dem sie nichts getrunken hatte, weil sie das hier nicht erahnen hätte können.

Was aber am schlimmsten war, war die Erniedrigung. Wie kam Ed dazu, zu denken, dass das hier sein Recht wäre? Er hatte kein Recht dazu, sie hier einzusperren!

Margo kannte diesen Keller nicht. Sie kannte alle Zimmer des Gästehauses, den Keller aber nicht, er war ihr nie wichtig gewesen.

Sie hörte, wie eine Tür geöffnet wurde.

Margo sprang auf.

Schritte erklangen, dann drehte jemand den Schlüssel im Schloss der Kellertür.

Sie kniff die Augen zusammen, weil Ed das Licht einschaltete. Hier gab es Licht? „Na, haben wir uns beruhigt?"

Sie blinzelte, erkannte nun den völlig vergilbten und mit dickem Staub belegten Lampenschirm oberhalb des Käfigs in der Mitte des Kellerraumes.

Margo nickte.

Ed schloss die Tür hinter sich, spielte in seiner Hosentasche mit dem Schlüssel und ging zu ihr hinunter. Er setzte sich auf die dritte Stufe von unten. Erst jetzt entdeckte sie den Zettelblock und den Stift in seinen Händen.

„Was ist das?"

„Das ist deine Hausaufgabe", sagte er in einem Ton, den sie an ihm zu hassen begann. Er machte deutlich, dass er das Sagen hatte. „Du wirst aufschreiben, dass du ein schlimmer Mensch bist und ein böses, böses Mädchen noch dazu."

„Auf keinen Fall."

Ed zuckte mit Schultern. Dann stand er auf. „Na gut, dann bleib hier."

„Ed!" Margo griff nach ihm und hielt ihn am Bein fest. „Okay. Ich … schreib's." Sie hatte solchen Durst!

Ed sah auf sie hinab. Die Situation konnte nicht entwürdigender sein. Er ließ den Block und den Stift fallen. Beides fiel durch die Stufen und verschwand in der Dunkelheit. „Ich will's sehen."

Margo kroch trotz ihrer furchtbaren Spinnenphobie unter die Treppe, wo kein Licht hinfiel. Sie spürte Spinnweben in ihrem Gesicht, panisch tastete sie nach dem Papier, den Stift hatte sie schon. Als sie etwas auf ihrem Gesicht fühlte, das sich bewegte, schrie sie auf und rannte unter der Treppe hervor. „Ed, bitte!", flehte sie.

„Du hast es fallen lassen", spottete er. „Nun heb es wieder auf."

Sie verengte die Augen. „Aber …"

„Du hast es fallen lassen!", wiederholte er diesmal etwas lauter. „Also heb es wieder auf!"

Margo schluckte. Blut kam dazu. Genau wie die Erkenntnis, dass sie verloren hatte. Dann krabbelte sie erneut in die Dunkelheit und suchte den Block.

Er schloss wieder zu, ließ das Licht aber an, und Margo schrieb die zwei Zettel. Sobald sie hier rauskam, würde sie – ja, was?

Sie könnte zur Polizei gehen. Nein, nicht zur Polizei. *Margo, du hockst in einem Keller, und er hat dich verprügelt, und sieh auf die Zeilen, die du schreiben musst …!* Also doch zur Polizei.

Und dann?

Sie hatte ein bisschen Geld auf ihrem Konto. Allerdings sorgte er dafür, dass es nie mehr als 1.000 Dollar waren. Ahnte Ed, was vielleicht irgendwann ihr Plan sein würde?

Sie konnte sich ein Hotelzimmer nehmen und dann abwarten. Sie würde definitiv die Scheidung einreichen, denn das, was sie für Ed empfand, war keine Liebe mehr, und die Ausraster waren mittlerweile nicht mehr zu entschuldigen oder gar hinzunehmen.

Ja, Margo verstand, dass sie schon viel früher die Reißleine hätte ziehen sollen, als sie sich noch stärker und unabhängiger gefühlt hatte. Denn das war es, was er ihr nahm, Stück für Stück, mit jedem Tag: Das Selbstbewusstsein und das Gefühl zu glauben, dass er die Fehler beging und sie das Opfer war, um irgendwann das zu erreichen, wohin er wollte: *Du bist selbst schuld und deine Strafe ist gerecht.*

Irgendwann würde sich ihre Wahrnehmung ändern, wer Opfer und wer Täter war, und darauf wartete Ed.

Tränen rannen über ihr Gesicht, als sie die Zeilen las, die sie geschrieben hatte: *Ich bin ein schlimmer Mensch. Ich bin ein böses, böses Mädchen.*

So passierte das doch immer. Peiniger erlangten immer mehr Kontrolle über das Ich ihrer Opfer, bis sie irgendwann glaubten, sie seien selbst schuld, sie hätten die Fehler gemacht. Und sie hätten verdient, was man ihnen antat.

Nein, dachte Margo, *so weit kriegt er mich nicht.*

Ed war gut. Ja, jetzt, als sie daran dachte, wie sie das stets beteuert hatte, fragte sie sich, wie viel er sich von ihrem Ich schon genommen hatte.

Denn Ed war nicht gut.

Ed war ein Monster.

Sie schlief noch, als er sie am Morgen befreite. Durch die Fenster sah sie blauen Himmel, und während er die Tür öffnete, raschelte das letzte Laub des Herbstes in den Bäumen. Er verlangte nach den Zetteln, las, was sie geschrieben hatte, und erst dann ließ er sie raus. Vor ihm ging sie über den Hof, und als Walden, der gerade aus der Villa kam, sie beide kommen sah, machte er Platz.

„Brauchst du den Schlüssel noch?", fragte er Ed, als sei sie Luft.

„Ich behalte ihn vorsichtshalber." Ed klimperte damit.

Margo ging ins Haus und bog direkt zum Gästebad ab. Ihr Gesicht sah furchtbar aus. Blutverschmiert, die Nase grün und blau, das rechte Auge geschwollen.

„Ich muss zur Arbeit", sagte Ed. „Mach dich sauber und dann schlaf ein bisschen."

„Ich muss auch zur Arbeit", gab sie zurück. Sie würde nicht zur Arbeit gehen. Sondern zur Polizei.

„Das wirst du schön bleiben lassen", zerstörte er ihre Hoffnung.

„Du kannst mich nicht aufhalten."

„Bei der Arbeit wissen sie schon, dass du heute nicht kommst." Ed hielt ihr Telefon hoch. „Julia hat um neun Uhr angerufen, ich habe ihr gesagt, du seist krank." Er öffnete eine App. „Auf deinem Profil habe ein altes Bild von dir gepostet und geschrieben, dass du in nächster Zeit ein paar Schritte zurücktrittst. So kannst du dich schließlich nicht zeigen."

Sie spürte seinen abwertenden Blick auf ihrem Gesicht.

Das warst du selbst, du mieses Arschloch!

„Walden wird aufpassen, dass du dich an meine Regeln hältst." Ed ließ *ihr* Telefon demonstrativ in *seine* Aktentasche fallen. „Bis heute Abend."

Als er zur Tür raus war, rannte sie zu ihrer Jacke. Dort befanden sich die Schlüssel. Dachte sie.

„Nein, nein, nein …" Kein Schlüssel. Sie durchkämmte jede Schublade, doch ihr war klar, dass das nichts nützte. Genauso wenig, wie an diversen Türen und Fenstern zu rütteln – denn Ed hatte dafür gesorgt, dass sie gefangen war …

Am Nachmittag hörte sie Waldens Stimme und die von Beverly. Er schloss ihr die Tür auf und sie schritt ins Haus. Walden machte die Tür wieder zu und blieb draußen stehen.

Margo kam von der Couch aus dem Wohnzimmer und blieb im Eingangsbereich stehen, wo Beverly einen Korb abstellte.

„Oh, hallo, Ma'am …" Beverly erstarrte, als sie Margo sah. „Ich … Ich dachte, Sie schlafen."

Margo sah durch das Milchglas, dass Walden sich nicht vom Fleck bewegte.

„Ich hörte von Ihrem Unfall. Sie müssen sehr schwer gestürzt sein …" Beverlys Stimme klang ungläubig. Aber vielleicht bildete sich Margo das auch nur ein.

„Haben Sie ein Telefon?"

Beverly schüttelte den Kopf. „Im Wagen, Ma'am. Ich bin nur hier, um Einkäufe zu bringen." Sie wandte den Blick zu einem Korb, der neben ihren Füßen stand. Eine Ananas, Bananen, Haferflocken, eingewickeltes Fleisch. „Mr. Vanderbilt unterrichtete mich, dass Sie Ruhe brauchen und ich diese Woche nicht kommen soll."

Margos Gedanken fuhren Achterbahn. Sollte sie Beverly erzählen, was wirklich passiert war? Sollte sie sie bitten, die Polizei zu rufen?

„Soll ich mein Telefon holen?", fragte Beverly, als würde sie genau wissen, was Sache war.

„Bev …" Margo kam näher.

In diesem Moment kam Walden ins Haus. „Nun, dann haben Sie die Einkäufe ja abgeliefert, nicht wahr?" Er trat auf Beverly zu und legte einen Arm um sie. Angewidert verzog diese das Gesicht. „Na, dann wünschen wir Ms. Margo mal gute Besserung und gehen wieder!"

„Wie ist das passiert?" Die zierliche Frau wand sich aus seinem Arm. „Ich würde es gern von Ihnen hören, Ma'am!"

„Wie schon gesagt, sie ist die Treppe runtergefallen", antwortete Walden für Margo. „Wahrscheinlich zu gut geputzt!"

Er schob Beverly zur Haustür hinaus. Die Tür fiel ins Schloss. Ein Schlüssel wurde gedreht. Und Margo war wieder gefangen.

3

Dezember 2022

Vor Weihnachten blieb Margo abends länger im Büro. Da sie bei einem neuerlichen Streit mit Ed Blessuren im Gesicht erlitten hatte, mied sie Zwei-Augen-Gespräche mit Mitarbeitern. Sie telefonierte lieber, anstatt vier Meter weiter in den anderen Raum zu gehen, und baute eine Mauer aus Büchern und Akten, damit Julia sie nicht direkt ansehen konnte. Das Make-up kaschierte gut, aber wenn man ganz genau hinschaute, konnte man erkennen, dass das eine Auge kleiner und noch immer geschwollen war und ein dunkler Schatten über der Nase lag, die zum Glück nicht gebrochen war.

Eines Freitagabends kam John ins Büro. „Hey, nachher noch auf ein paar Drinks ins *Dixie's*?"

„Klar!", antwortete Julia.

Margo schaute nicht von ihrem PC weg. „Danke, nein."

„Alles okay bei dir? Du sagst jetzt schon das dritte Mal in Folge ab", hakte John nach.

„Keine Lust, danke." Sie konnte aus dem Augenwinkel sehen, wie John die Augen rollte. Ja, Margos Ansehen in der Firma hatte sich geändert. Dadurch, dass sie jedem aus dem Weg ging, und wenn sie sprach, dann kurz und knapp, brachte die Kollegschaft dazu, Margo ebenfalls zu meiden. Dass über sie geredet wurde, war schnell klar gewesen, und viele konnten sie wegen ihrer schroffen Art nicht mehr so gut leiden.

Julia stand auf und stellte ihre Tasche auf den Stuhl. Das war ihr Zeichen, dass sie Feierabend und sich für den Weg nach Hause fertig machte. Es war kurz nach fünf Uhr.

An der Tür stieß sie fast mit Anna zusammen. Die Tür blieb offen, und weil auch Annas Büro nicht geschlossen war, konnte Margo die Musik hören, die von dort bis zu ihr hinüberdrang. „Beyond The Sea".

Augenblicklich spürte sie Unruhe in sich aufkommen. „Kannst du das bitte ausmachen?", blaffte sie.

„Ich mag es", entgegnete Anna. Jeder hatte sein eigenes Ritual kurz vor Feierabend. Anna drehte immer Musik auf.

Seufzend tippte Margo ihre E-Mail weiter, die sie niemals abschicken würde, weil sie an niemanden gerichtet war.

„Ich wollte mit dir reden."

„Nur zu."

„Würdest du mich dafür bitte ansehen?"

Margo schob die Tastatur ein Stück vor und lehnte sich nach hinten, um dem Lichtstrahl der grellen Schreibtischlampe zu entkommen. „Was gibt's?"

Anna nahm ihre Rolle als Geschäftsführerin sehr genau. Wie die Leiterin eines Megakonzerns stand sie nun am Kopfende beider zusammengeschobener Tische und hielt ihre Rede. „Ich habe mit Ed gesprochen."

„Warum?"

„Klär mich auf, bitte: Er hat zu mir gesagt, du hättest gesagt, *ich* arbeite so viel und deswegen flöge *ich* nicht nach Afrika, um in Kampala dabei zu sein, wenn das Office eröffnet wird." Ihr Ton klang gereizt. „Hast du ein Problem damit?"

„Das sollte er dir nicht sagen."

„Hat er aber. Ich will nur verstehen, warum du seit Tagen bis in die späten Abendstunden hierbleibst, als wärst du der fleißige Arbeiter, der keinen Feierabend findet. Toby meinte, gestern brannte hier um zehn Uhr abends noch Licht." Anna runzelte die Stirn. „Was soll das, Margo? Willst du mich ausstechen? Ich dachte, wir wären Freundinnen, Partnerinnen?"

„Das sind wir. Bei mir ist nur einiges liegen geblieben, was ich gern abarbeiten möchte. Nach Weihnachten ist das sicherlich anders. Ist es denn so schlimm, dass nicht nur du manchmal länger bleibst, sondern auch ich?"

Anna schien nicht ganz zufrieden, wusste wohl aber auch kein weiteres Argument, weshalb sie jetzt auf die persönliche Schiene wechselte. „Du verhältst dich sonderbar."

Margo hob die Brauen. „Ich muss weitermachen." Sie wandte sich wieder ihrer E-Mail zu.

„Ich will, dass wir ein regelmäßiges Meeting abhalten. Julia, du und ich, jeden Mittwoch, neun Uhr. Vielleicht erzählst du uns dann, was bei dir so ‚liegen geblieben' ist, was wir dir abnehmen könnten."

Sie glaubt dir nicht.

„Okay", antwortete Margo kurz, um Anna loszuwerden. Das war wohl auch nicht richtig, denn unzufriedener als vorher stolzierte Anna aus dem Raum.

Und weil Anna eben Anna war, provozierte sie Margo, indem sie „Beyond The Sea" etwas lauter noch mal von vorn abspielen ließ.

Margo bekam schwitzige Hände.

Julia hatte sich noch einen Kaffee geholt und kam damit zurück. „Boah, ist das laut." Sie schloss die Tür hinter sich. „Kann ich dir noch irgendwas helfen?"

Margo schüttelte den Kopf, doch aufgrund ihrer Ordnerberge konnte Julia das gar nicht sehen.

„Ist alles in Ordnung, Margo?", fragte Julia nun leise.

„Klar."

Julia trank ihren Kaffee. Es schien, als wollte sie einfach nicht gehen. „Warum möchtest du nicht nach Hause?"

Weil ich Angst vor ihm habe.

Margo konnte nicht antworten. Die Melodie in ihrem Ohr erinnerte sie an den Griff seiner Hände in ihr Haar, an den kalten Steinboden unter ihrem Po im Keller. Die Dunkelheit. Die Spinnen. Das Gefühl, dass er über sie entschieden und ihr die Freiheit genommen hatte.

Julia nahm seufzend ihre Tasche. Sie ging zur Tür, und Margo war so unendlich froh, dass sie nicht kam und sie in die Arme nahm, denn dann wäre alles vorbei.

„Also ... Ich bin immer da, wenn du mich brauchst. Und du weißt auch, wo ich wohne."

Margo nickte. „Ist alles gut, danke." Das kam schroff, unnötig stolz und war die größte Lüge, die sie je von sich gegeben hatte.

Margo verließ das Büro um sieben Uhr. Sie war die Letzte. Ed hatte sie in der Zwischenzeit dreimal darum gebeten, heute früher nach Hause zu kommen. Er hätte mit Beverly gekocht, das meiste selbst gemacht und den Tisch für sie gedeckt.

Doch Margo hatte nicht geantwortet.

Es war seine Art, sich bei ihr zu entschuldigen. Sie wusste, auf dem Tisch würde eine Schachtel liegen. Darin würde sich ein ganz besonderes Schmuckstück befinden. Eine Kette vielleicht oder ein Armband, Ohrringe, irgendetwas, was seine Schuld begleichen sollte.

Sie ging durch die Straßen des French Quarters, dort, wo das bunte Leben regierte. Wo Musik und Lichter die Gemüter der Menschen so erhellten, dort, wo selbst die dunkelsten Seelen ein kleines bisschen heller wurden.

Doch es gab auch jene, die trotz all der Lebenslust und dem Durst nach Freiheit, die die Menschen hier versprühten, wie in Trance durch die Massen flanierten, und an denen der Trubel fast spurlos vorbeiging.

Margo hörte die Musik nicht.

Margo sah die Farben nicht.

Margos Körper war eine Hülle, weil ihre Seele in der Hand eines anderen lag. Derjenige quetschte und entfaltete sie wieder, immer dann, wenn ihm der Sinn danach stand. Was blieb, war sie, eine Marionette, die nach seinen Regeln lebte.

An einem Straßenschild blieb sie stehen und betrachtete es lange. Ganz in der Nähe befand sich das *Dixie's*. Margo dachte an ihre Kollegen und wie die jetzt zusammensaßen und Jazz hörten, und dass sie früher immer dabei gewesen war.

Traurig und einsam ging sie weiter und kam an einem kleinen Laden vorbei, der vieles anbot: Klamotten, Geschenkideen, Drogerieartikel, Bücher und Dekoration. Sie kannte den Laden nicht, aber weil sie im Schaufenster so hübsche Weihnachtskugeln entdeckt hatte, ging sie rein.

Eine Glocke über der Tür kündigte ihr Kommen an. Es waren nicht sehr viele Leute im Laden, die Verkäuferin befand sich in einem Kundengespräch. Weihnachtsmusik lief. Margo ging zu dem Baum im Schaufenster. Die Kugeln waren aus Glas und in feinster Handarbeit mit Tannenzweigen, Santa Claus, Strümpfen, Zuckerstangen, Lokomotiven und Sternen bemalt. Sie glitzerten und funkelten, jede Kugel sah anders aus und die, die mit einem Engel und seiner Trompete verziert war, gefiel Margo am besten.

Sie hatte schon lange keinen Baum mehr dekoriert. Das letzte Mal in der kleinen Wohnung, in der sie mit Danielle gewohnt hatte. Sie hatte ein schönes Weihnachtsfest haben sollen, so wie bei Mom und Dad früher. Mom hatte immer einen Baum geschmückt.

Ed wollte so was nicht. Fand Weihnachten „den größten kommerziellen Mist" überhaupt, weswegen er an Weihnachten nie Urlaub machte – als Einziger aus seiner Firma.

Margo hielt die Kugel in ihren Händen.

„Hübsch, nicht?"

Margo drehte sich um. Schräg hinter ihr stand eine alte Dame, weißes Haar unter einer dunkelgrünen mit Blumen bestickten Kappe, roter Lippenstift, viele Falten, etwas kleiner als sie und einen dicken Mantel tragend.

„Ja, sie sind wunderschön", sagte Margo. „Handgemacht."

„Mir gefällt so was auch." Die alte Dame nahm eine Kugel und drehte sie in ihren behandschuhten Händen. „Sehen Sie sich das an. Santa Claus hat ein Buch in der Hand. ‚Christmas Miracles' heißt es."

Margo bekam einen Kloß im Hals. *Weihnachtswunder.*

„Aber für mich sind sie leider nichts", sagte die alte Dame. „Auf so was muss man gut aufpassen. Ich habe eine Katze. Bei mir ist die kaputt, noch bevor es Morgen wird."

Margo stellte sich einen Baum, Glaskugeln und eine Katze vor. Sie lächelte. „Dann ist das keine so gute Idee." Sie zog die Kugel mit dem Engel vom Baum. „Aber ich nehme diese mit mir. Ich habe keine Katze."

„Darling, so schön sie auch sind, aber sind Sie nicht viel zu jung für diesen Kitsch?" Die Dame griff an ihren Arm und streichelte ihn. Diese übergriffige Berührung einer Fremden müsste ihr eigentlich unbehaglich sein, doch die Frau erinnerte Margo an ihre Großmutter, und obwohl sie die Frau nicht kannte, hatte sie das Gefühl, dass diese Geste von Herzen kam.

„Wie alt sind Sie, Darling? Anfang dreißig?"

„Fünfunddreißig", kam es kratzig.

„Fünfunddreißig?" Die Frau ließ sie los. „Da haben Sie ja das ganze schöne Leben noch vor sich."

Das ganze schöne Leben.

Margos Augen füllten sich mit Tränen. „Ja … Ma'am."

Die alte Frau nickte ihr zu und schlenderte weiter durch den Laden. Margo hängte die Kugel zurück. Die Worte der Alten würde sie niemals vergessen, sich für immer an sie erinnern.

Das ganze schöne Leben.

Als Margo wieder draußen war, ging sie ein paar Schritte weiter und hielt dann vor der Tafel eines kleinen Feinschmecker-Restaurants. Es gab deutsches Schnitzel und Champignons. Und Margo musste an Julia denken.

Plötzlich hielt ein Wagen ungefähr zehn Meter vor ihr am Straßenrand. Schon am Sound des Getriebes erkannte sie Eds Wagen. „Steig ein!", rief Ed aus dem Fenster zu ihr rüber.

Margo sah die Straße entlang. So viele Menschen.

Wenn du jetzt rennst, wird er dich in der Menge nicht finden.

„Denk nicht mal dran!", warnte Ed sie. „Einsteigen!"

Tu es, Margo!

Sie sah von Ed zur Straße und wieder zurück. Autos hupten hinter ihm.

Das ganze schöne Leben!

Und Margo begann zu rennen.

4

Juni 2023

Im neuen Jahr flog Julia nach Afrika, um bei der Eröffnung des Büros in Kampala dabei zu sein, und weil Margo und Anna dadurch mehr Arbeit hatten, entspannte sich die Situation zu Hause mit Ed, da Margo kaum in der Villa war.

Als Margos Followerzahlen sanken, weil sie kaum noch was postete, war sie aufgrund diverser Kommentare, teilweise sogar Hate-Kommentare, sogar froh darüber, und überlegte, dieses Business komplett aufzugeben.

„Mein Gott, geh arbeiten!"

„Zu viel Luxus für ein Mädchen, das denkt, es sei eine Prinzessin."

„Ich verdiene 400 Dollar die Woche, arbeite Vollzeit, 48 Stunden die Woche. Ich putze Toiletten im Einkaufszentrum. DAS ist Arbeit! Du hast dir niemals die Finger dreckig gemacht! Abartig!"

Aber es gab auch viele Menschen, die Margo nach wie vor liebten, und einige besonders für das, was sie jetzt tat:

„Du bist ein guter Mensch!"

„Ich möchte mal ein Kind adoptieren, das aus dem Waisenhaus in Kampala kommt."

„Ich möchte spenden!"

„Margo, weiter so!"

Im Februar war die Organisation dann so gut aufgestellt und erfolgreich, dass immer mehr Gelder für die Projekte in Afrika zusammenkamen, und Margo und Anna kamen mit den Anfragen kaum hinterher. Zusätzlich veranstalteten sie jeden Monat einen Charity Ball, bei dem Margo immer viel Spaß hatte. Ed begleitete sie natürlich.

Ed gab sich deutlich mehr Mühe, Margo Freiräume zu lassen. So ließ er sie allein mit ihren Kollegen ausgehen und verfolgte sie nicht mehr auf Schritt und Tritt, was ihrer Ehe unheimlich guttat. Sie hatte ihm gesagt, dass sie auch nur so versuchen könnte, ihn wieder zu lieben – wenn sie ihre Freiheiten bekam und sich nicht wie sein Eigentum vorkam.

Ed hatte das eingesehen. Da er an jenem Abend, an dem Margo verzweifelt durch die Straßen New Orleans gerannt war, nach Hause gefahren war, anstatt ihr nachzulaufen, hatte sie es noch mal versuchen wollen.

Scheinbar hatte es etwas gebracht.

Ja, kurz vor Margos Geburtstag im Juni und einem halben Jahr ohne einen Vorfall häuslicher Gewalt schien die Welt wieder in Ordnung zu sein.

An einem Dienstag Mitte Juni fiel die Klimaanlage in der Villa aus. Da es im Sommer sehr heiß und ohne Klimaanlage unerträglich war, musste Margo Walden schnellstens über diesen Missstand in Kenntnis setzen.

Ed war schon aus dem Haus, als Margo versuchte, Walden telefonisch zu erreichen, weil sie nicht rübergehen wollte. Doch sein Telefon war ausgeschaltet. Margo musste sich für die Arbeit fertig machen und hatte kaum Zeit, also beschloss sie, eben doch rüber ins Gästehaus zu gehen und Walden dort zu suchen.

Sie trug schon ihre Kleidung für die Arbeit, ein graues Bleistiftkleid und hohe Schuhe, in ihrem Haar steckten noch die Lockenwickler.

„Walden?", rief sie laut, als sie vor der Eingangstür des Gästehauses stand. Links von ihr befanden sich zwei Schuppentüren.

Walden antwortete nicht. Margo seufzte und betrat das Haus. Rechter Hand befand sich die Tür zum Keller. Eine Gänsehaut breitete sich über ihren Körper aus. Links führte eine Treppe nach oben, wo sich Waldens Wohnung befand. Da sie aber fast das ganze Obergeschoss einnahm, gab es keine Tür, und somit wollte Margo nicht hochsteigen, um Walden nicht vielleicht nackt auf seiner Couch zu überraschen. „Walden?"

Wieder nichts. Er schien nicht da zu sein.

Margo wollte gehen, als sie die Neugier packte. Beide hatten sie miteinander kaum zu tun. Er redete allenfalls über das Wetter oder den Garten mit ihr oder über eine Glühbirne, die gewechselt werden müsste. Er nervte sie nicht, er störte sie nicht. Er war einfach da.

„Sagen wir, wir teilten ein Hobby."

Margo stieg langsam die Treppe nach oben. Die Wohnung war kühl und dunkel, weil Walden alle Rollos runtergelassen hatte. Es roch ein bisschen nach altem Frittierfett, ein Geruch, den Margo gar nicht mochte.

Obwohl die Räume sehr neu waren, weil sie extra für Walden renoviert worden waren, musste Margo feststellen, dass sie jetzt schon ziemlich verwohnt aussahen. Überall lag irgendetwas herum. Ein Wäscheberg im Wohnzimmer. In der Küche stapelte sich das Geschirr. Der Wasserhahn tropfte. Auf dem Tisch stand – von einer Raviolikonserve bis hin zum Werkzeugkasten und einem einzelnen Schuh – einfach alles.

Das Bett im Schlafzimmer war zerwühlt, Margo traute sich nicht hineinzugehen. Was ihr auffiel, war, dass rein gar nichts Persönliches in dieser Wohnung existierte, keine Bilder, nichts, was sagte, hier lebte jemand, der irgendwem etwas bedeutete.

Der Monitor seines Computers war schwarz. Neben der Tastatur standen leere Bierdosen und ein randvoller Aschenbecher. Das ganze Wohnzimmer war in kalten Rauch gehüllt.

Es gab einen großen Fernseher, in der Wand eingelassen, die Sofas davor waren ordentlich, die Kissen alle an ihrem Platz. Als Margo schon wieder gehen wollte, fiel ihr Blick auf einen zweiten Fernseher, ein alter Röhrenfernseher mit eingebautem VHS-Kassettenfach, der in der Ecke des Wohnzimmers vor einem Sessel stand.

Margo runzelte die Stirn. Warum gab es zwei Fernseher?

Sie brauchte nicht lange zu überlegen, als sie eine Vermutung beschlich: Dort sah sich Walden bestimmte Dinge an.

Margo verzog angeekelt das Gesicht und schaute dann auf die Uhr. Schon nach neun. Doch diese Neugier … Sie wollte zu gern wissen, *was genau* er sich hier anschaute. Eilig öffnete sie ein paar Schränke, suchte in Schreibtischschubladen, fand keine Kassetten. Dann ging sie doch ins Schlafzimmer, wo ihre Suche ebenfalls nicht von Erfolg gekrönt wurde, und dachte in diesem Moment an die Schuppen.

Wenige Sekunden später stand sie in einem davon und fand hinten im Schrank einen Karton voller VHS-Kassetten jeweils mit der Aufschrift PARTY 1, PARTY 2, PARTY 3 und so weiter.

Sie entschied sich für PARTY 2, nahm sie mit und stöckelte wieder nach oben. Sie war nicht zurückgespult, das konnte sie erkennen, schließlich hatte sie damals mit Danielle in ihrer Wohnung noch Kassetten gehabt und wusste, wie sie funktionierten. In Waldens Wohnung schob sie die Kassette in das Fernsehgerät hinein und setzte sich davor. Ihr Herz schlug so wild, dass sie die Hand an ihre Brust legen musste, um sich zu beruhigen, während der Film begann.

In Farbe, selbst aufgenommen. Unten rechts ein Datum: November 2004. Da war Ed gerade auf das College in Iowa gegangen.

Ein dunkler Raum ohne Fenster. Licht, das flackerte, als käme es von einer Flamme, so wie bei Kerzen oder Fackeln. Sie hörte Stimmen, verstand aber kein Wort. Ein Mann, nur mit einer dunklen langen Hose und Schuhen bekleidet, stand im Raum. Er trug eine schwarze Schnabelmaske vor dem Gesicht, die Augen, Nase und Mund bedeckte. Die Maske erkannte Margo sofort: Sie waren zum Sinnbild eines Pestdoktors geworden, der sich vor langer Zeit der damals gefürchtetsten Krankheit der Welt so seinen Patienten gestellt hatte.

Margo hatte dieses Bild immer als gruselig und verstörend empfunden – so auch jetzt.

Jemand musste die Kamera halten, der jetzt dem Mann folgte, als der eine Holztür öffnete. Offenbar ging es dort ins Freie. Kurz konnte Margo den Mond am Himmel erkennen. Sie verengte die Augen, um besser sehen zu können. Eine weitere Holztür wurde geöffnet. Wieder ein Raum ohne Fenster, auf dem Boden standen Kerzen. Das Licht war so schwach, dass Margo Mühe hatte, alles zu erkennen. Ganz deutlich aber machte sie zwei Gestalten am Boden aus, zwei nackte Frauen, ebenfalls Schnabelmasken tragend, und eine Leine um den Hals gebunden.

Margo atmete hektisch. Sie dachte an die Nacht im Keller dieses Hauses zurück. Dort hatte eine Leine am Käfig gehangen …

Die Kamera wurde auf irgendeinem Möbel abgestellt und der Kameramann gesellte sich zu dem anderen. Er war ebenso gekleidet, oder eher verkleidet, wie der andere. Sie gingen beide auf die Frauen zu, die auf allen vieren am Boden hockten.

Sie schrien nicht, sie waren ruhig, selbst dann noch, als die Männer sie schlugen, erst mit der flachen Hand ins Gesicht, dann mit einer kurzen Kette auf den Rücken und gegen die Arme. Die eine knickte ein, eine schwarze Feder, die Margo bis dahin nicht wahrgenommen hatte, schwebte vor ihr zu Boden. Der zweite Mann hatte eine Gerte in der Hand und schlug auf den Hintern der anderen. Rote blutige Striemen blieben zurück, doch die Frau zeigte keine Regung.

Die Bilder waren entsetzlich, verstörend und beängstigend, und Margo hatte das Gefühl, dass sich ihr gleich der Magen umdrehen würde. Das Schlimmste war, dass sie wusste, dass diese beiden Männer Ed und Walden waren, und dass es noch zwei volle Kisten mit solchen Videos gab.

Tränen strömten über Margos Gesicht, als sie dabei zusah, wie die Männer die Frauen misshandelten, sie verletzten und vergewaltigten. Und als sie das Gefühl hatte, sich übergeben zu müssen, hielt sie es aus, weil einer der Männer einer Frau die Maske abzog. Margo stockte der Atem: Die Frau grinste, leckte am Daumen des Mannes, und es sah so aus, als wollte sie mehr.

„Ich war ein böses, böses Mädchen", flüsterte die Frau, ohne Angst zu zeigen. „Bestrafe mich!"

Sie will das.

Margo schaltete den Fernseher aus und ließ die Kassette rausspringen. Dann rannte sie damit nach unten in den Schuppen. Ihre Hände zitterten, als sie die VHS zurück in den Karton legte und aus dem Raum stolperte, als genau in diesem Moment Ed und Walden vor ihr auftauchten.

Sie standen im Hof, Ed hatte den Autoschlüssel in der Hand. Margo erschrak so sehr, dass sie aufschrie und zitternd neben der Schuppentür stehen blieb.

Ed und Walden sahen fragend zu ihr.

„Margotchen", sagte Ed. „Was machst du?"

Margo bekam keinen Ton heraus. Ihr fiel nichts ein. Kein einziger Grund, weshalb sie in Businesskleidung und Lockenwicklern im Haar im Schuppen hätte sein sollen. „Die … diediedie … Klimaanlage … ff-f-unktioniert nicht."

Ed und Walden wechselten einen Blick. Walden runzelte die Stirn. Dann hob Ed den Blick nach oben zu den Fenstern.

Es war der Moment, in dem Margo begriff, dass es vorbei war.

„Ich muss noch mit dir reden", sagte Ed und lächelte. „Geh vor ins Schlafzimmer."

„Ich muss los", entgegnete Margo. „Ich muss zur Arbeit."

„So?" Er zeigte auf ihre Lockenwickler.

„Die mach ich im Auto auf."

„Du gehst nach oben, Margo." Eds Ton erlaubte keine Widerrede. „Glaub mir, es ist besser für dich, wenn du jetzt gleich nach oben gehst, bevor ich sehr, sehr wütend werde."

Sie ging ihre Optionen durch. Sie könnte zur Haustür und dann rennen, doch niemals würde sie weit kommen. Aber ein Versuch war es wert. „Okay." Als sie an beiden vorbeischritt, hörte sie, dass Ed ihr hinterherging. Walden blieb im Hof.

Scheiße, so greift er dich noch vor der Tür.

„Nach oben, Margo!", mahnte er, als sie im Eingangsbereich der Villa ankamen und sie einen Schlenker machen wollte. Voller Panik ging sie nach oben, und er folgte ihr auf dem Fuß. Es gab nur ein einziges Zimmer, das noch einen Schlüssel hatte, weil Ed alle Schlüssel eingesammelt hatte, und das war das Ankleidezimmer.

Als Margo das Schlafzimmer erreichte, drehte sie sich um, Ed war ungefähr drei Meter hinter ihr. Dann machte sie auf dem Absatz kehrt und rannte los. Sie eilte ins Ankleidezimmer und zerrte an der Tür, doch keine Chance: Ed ergriff ihren Arm, zog sie aus dem Raum und warf sie zu Boden.

„Was hast du getan?", schrie er sie an. „WAS HAST DU DRÜBEN GETAN?"

Sie wollte reden, konnte es nicht, weil sie sich zu wehren versuchte, um ihm zu entkommen. Erst als er ihre Schultern packte und kräftig schüttelte, sie dann losließ und Margo sich vor ihm auf dem Boden krümmte, brachte sie einen Ton heraus. „Ich hab's gesehen", schluchzte sie.

„Was hast du gesehen?" Ed war außer Atem, stand direkt neben ihr.

„Die Videos …"

Er stemmte die Hände in die Hüfte. „Du hast sie dir angesehen?"

Ihr Kopf dröhnte. Sie kroch über den Boden Richtung Tür. „Ja, eines …" Doch bevor sie dort ankam, war er wieder bei ihr, packte sie am Stoff ihres Kleides und zog sie zurück, sodass ihre Hände an den Ausschnitt schnellten, weil der Stoff in ihren Hals schnitt.

Sie rang nach Luft, während Ed sie zum Schminktisch schleifte. Aus dem Augenwinkel vernahm sie Walden an der Schlafzimmertür. „WALDEN, HOL DIE KETTE, VERDAMMT, UND STEH NICHT DUMM RUM!"

Ed nahm ihr Gesicht in beide Hände. „Das hättest du nicht tun sollen. Du hast doch Angst vor Spinnen, wieso zur Hölle bist du in den Schuppen gegangen?"

Dann hörte sie das Klirren einer Kette.

Da ihr Körper vor Schmerzen schrie, sie selbst aber keinen Mucks von sich geben konnte, konnte sie sich nicht dagegen wehren, dass Ed die Kette nun an ihren Handgelenken und am Bein des Schminktisches befestigte. Dabei seufzte er. „Du bist ein böses, böses Mädchen, weißt du das?"

Die Kettenglieder schnitten ihr in die Haut.

„Sie haben es gewollt. Es waren Kommilitonen. Versaute Weiber." Ed grinste. „Wir hatten Spaß, sie hatten Spaß. Das ist nicht verboten, also kannst du mich nicht verurteilen."

„Warum tust du … dann das hier?"

„Ganz einfach: Es sind *meine* Videos. Du hast nichts, absolut gar nichts da drüben verloren!" Ed ließ sich auf den Boden sinken. „Weißt du, wir haben darauf geachtet, dass man am Ende ihre Gesichter sieht, sodass sie eindeutig zu identifizieren sind. Wir haben die Kassetten nicht in einen Safe gesperrt. Wenn du etwas einschließt, beweist du doch gleichzeitig damit, dass es etwas Verbotenes ist, verstehst du? Das wollten wir umgehen. Und wir dachten, wenn sie jemand findet und uns was will, können wir die Namen der Frauen nennen, und die können dann bezeugen, es aus freien Stücken getan zu haben."

„Ich … glaube dir nicht."

Ed schüttelte den Kopf. „Na, na, na." Dann stand er auf und griff nach ihrem Telefon, das auf dem Schminktisch lag. Als er irritiert die Stirn runzelte, bekam sie Hoffnung.

„Du hast Danielle angerufen?"

„Ja … ich wollte … sie mal wieder sprechen."

„Nach so vielen Jahren?" Ed winkte ab. „Nur schade, dass sie nicht rangegangen ist. Ich werde das hier behalten und auf der Arbeit für dich absagen."

„Nein, Ed, bitte." Margo rang keuchend nach Luft. „Bitte, bitte nicht."

„Doch! Bis du begreifst, was für ein böses, böses Mädchen du bist, bleibst du hier. Es ist mir scheißegal, ob dir das gefällt oder nicht, aber du wirst mir nicht weismachen, dass ich ein schlechter Ehemann bin. Denn das bin ich nicht, verstanden?"

Sie nickte, weil sie glaubte, er würde sie sonst schlagen.

„Und du bist in das Gästehaus gegangen, obwohl du dort nichts verloren hast, richtig?"

Tränen rollten über ihre Wangen. „Ja."

„Du bist also selbst schuld?"

„Ja."

„Na, fein." Ed atmete zufrieden auf. Dann schien er gehen zu wollen, drehte sich aber auf der Türschwelle noch einmal um. „Ach, ehe ich es vergesse …" Er packte ihren Nacken, zog ihren Kopf nach vorn und legte die Lippen nah an ihr Gesicht. „Wenn du Beverly hiervon erzählst oder wenn du es wagst, mich zu verlassen oder wegzurennen, denke immer daran: ICH FINDE DICH!" Er stieß ihren Kopf zurück, wo er gegen das Tischbein prallte.

Margo schrie auf, sah unscharf Eds Silhouette in der Tür vom Schlafzimmer stehen, das durch die Rollos verdunkelt war.

„Du solltest immer daran denken, dass du mich nicht verlassen solltest", warnte Ed. „Denn ich finde nicht nur dich, ich finde auch deine kleine Schwester. Also pass auf, was du tust, verstanden?"

Margo erwachte, weil sie unbändigen Durst hatte. Es musste mittlerweile Nacht sein, denn vor dem Fenster wippte die Laubkrone der Eiche im Vorgarten im Schein des Mondes.

Ihr Kopf tat höllisch weh, ihre Lippen waren trocken, den einen Mundwinkel konnte sie nicht bewegen. Das rechte Auge bekam sie kaum auf. Oder war es offen? Sie spürte ihre linke Gesichtshälfte kaum.

„Ed?", stöhnte sie und versuchte, sich zu orientieren.

Ihre Hände spürte sie ebenfalls nicht mehr, der Rücken peinigte sie, weil sie aufgrund der straff gezogenen Ketten ihre Position kaum ändern konnte.

„Beyond The Sea" lief aus den Lautsprechern im ganzen Haus. Sie hörte Ed reden. Die Flaschen auf dem Servierwagen im Salon klirrten, als sei er gegen ihn gelaufen.

Margo bewegte sich ein Stück, um aus ihrer furchtbar schmerzhaften Haltung zu fliehen, was ihr kaum gelang. Ihre Augen wurden schwer.

Dann hörte sie Schritte.

Panisch starrte sie zur Tür und sah ihn kommen.

„Nein", jammerte sie leise, weil sie zu schreien nicht imstande war. „Nein, nein, bitte nicht …"

Sie dachte an das Video, an den Mann mit der Maske, an die Frauen, nackt, angeleint, als Walden ins Schlafzimmer trat und sich vor ihr aufstellte.

Margo krampfte zusammen und presste die Beine aneinander. „BITTE NICHT, BITTE", flehte sie verzweifelt, wollte nach Ed schreien, war aber so erschöpft und müde, dass sie es nicht fertigbrachte.

Als Walden näher kam, kniff sie die Lider aufeinander. Wollte es nicht mitansehen müssen, wollte einschlafen, damit es vorbei war, weil sie wusste, es nicht ertragen zu können. Tränen liefen heiß über ihre Wangen, als sie auf den Schmerz wartete, der nicht kam.

Lange nicht.

Sie blinzelte. Walden war nicht mehr da. Aber er hatte etwas hinterlassen: eine Flasche Wasser, direkt vor ihren Füßen.

Kapitel 6

1

Juli 2023

Eine Woche lang ging Margo nicht ins Büro. Da sie ihr Telefon nicht hatte behalten dürfen, wusste sie nicht, wer sie angerufen und sich nach ihr erkundigt hatte. Vielleicht hatte das aber auch niemand getan.

Sie war jeden Tag die ganze Zeit allein.

Ed hatte alle Türen und Fenster verschlossen, es gab kein Internet, keine Telefonleitung, nichts, was Margo mit der Außenwelt hätte verbinden können. Ein paarmal hatte sie versucht, die Nachbarin auf sich aufmerksam zu machen. Das ging nur an einem Fenster im Obergeschoss und auch nur, wenn die Frau gerade zu ihren Mülltonnen ging. Doch dann waren immer noch die Äste der großen Eiche im Weg, sodass Margo nur einen Teil ihrer Nachbarin hatte erkennen können.

Beverly sollte diese Woche nicht kommen, und auch die nächste nicht, da Ed und Margo dann in den Urlaub fahren würde. Die freundliche Haushälterin hatte gebeten, bei Bedarf trotzdem arbeiten kommen zu dürfen, da sie das Geld zurzeit dringend bräuchte. Doch Ed war kein Samariter und blieb knallhart.

Abends kam Ed mit den Einkäufen nach Hause und bereitete das Essen zu, während Margo still auf ihrem Stuhl saß und kaum einen Bissen runterbekam. Sie fühlte sich wie ein Wrack, und wenn er sie ansprach, verstand sie ihn kaum, weil ihr Körper zwar am Tisch saß, ihre Seele aber irgendwo anders war.

Die Woche darauf hatte Ed sich ein paar Tage freigenommen, weil Gerald Vanderbilt seinen 70. Geburtstag mit einem langen Wochenende mit Freunden und Familie in Vermont feiern wollte.

Es war ein langer Flug bis nach Albany und eine weite Fahrt mit dem Taxi in den Green Mountain Nationalpark in Vermont.

Was wunderschön war, war die Aussicht. Beeindruckend leuchteten die verschiedenen Grüntöne im Licht der Sonne, auf den zahlreichen Erhebungen des Landes befanden sich dicht bewachsene Wälder, Steinwände und Sessellifte, die zu versteckten Wanderwegen führten.

Ed erzählte, dass er früher jedes Jahr in Vermont Skifahren gewesen war, während Margo stumm zuhörte und sich lieber die Landschaft ansah.

Die Lodge, die ihr Schwiegervater für seine Geburtstagsfeierlichkeiten gebucht hatte, könnte traumhafter nicht sein. Eingebettet zwischen sanften grünen Hügeln bestand die Lodge komplett aus Holz, die Einrichtung war rustikal und edel zugleich. Echte Pelzteppiche lagen auf dem Boden, die Sofas waren mit Leder bezogen, die Kronleuchter funkelten mit den Kerzenständern aus Gold um die Wette. Der Ausblick aus jedem Fenster war malerisch.

Ihre Suite hatte einen Kamin im Wohnbereich und noch einen im Schlafzimmer. Die Badewanne war vor einem bodentiefen Fenster platziert. Von hier aus konnte man auf das Tal sehen, und Margo stellte sich vor, wie wunderschön es hier wohl im Herbst, im Indian Summer, aussehen musste.

Ed war ebenfalls hin und weg, und weil er glücklich und gut drauf war, schenkte er ihr mehr Aufmerksamkeit als sonst und berührte sie ständig. Er machte ihr Komplimente, schloss sie in seine Arme und streichelte sie. Beim gemeinsamen Lunch lachte er viel mit den anderen, schaute Margo immer wieder an, und sie wusste, dass er schon lange nicht mehr so zufrieden gewesen war.

Margo selbst aber war so unglücklich wie noch nie in ihrem Leben.

Abends trafen sie sich zum Dinner, und anschließend wurde in der Lobby auf den Urlaub angestoßen. Ed und Margo waren nie allein, es waren immer seine Mom und Gerald und die anderen dabei. Dennoch wurde Margo selten in Gespräche verwickelt. Es gab nie eine Tante oder eine Cousine, die sich ihrer annahm, und sie fragte sich, ob es daran lag, dass sie sie nicht kannten, oder daran, dass Margo noch nicht ein einziges Mal an diesem Tag gelächelt hatte.

In der Nacht schlief sie gut. Das Bett fühlte sich an wie eine Wolke, und am nächsten Morgen stand die Lodge im Nebel. Margo ging spazieren, während Ed neben ihr her joggte, und sie genoss das Zwitschern der Vögel und sog die frische Landluft ein.

Dann aber wurde ihr schlecht, als sie bei ihrer Rückkehr das Zimmer betrat und Ed zu „Beyond The Sea" die Hüfte schwang. Sie musste sich übergeben und legte sich ins Bett.

„Kommst du nicht mit zum Frühstück?", fragte er sie.

„Ich kann grad nicht", murmelte sie unter der Decke hervor. „Geh allein, bitte."

Wortlos ging er zum Frühstück, während sie im Bett blieb und weinte.

Sie hätte mal lieber was gegessen, denn im Anschluss des Frühstücks bat Gerald, der für sein Alter ziemlich sportlich war, zu einer Hiking Tour. Atemlos kamen sie auf dem Gipfel an und alle waren gut drauf – außer Margo.

„Mensch, dir kann man auch nichts recht machen, oder?", gab Tabitha von sich. Ihr stand der Schweiß auf der Stirn. Sie war die letzte Etappe mit der Seilbahn hochgefahren. „Merkst du nicht, dass jeder über dich redet, weil du ein Gesicht wie sieben Tage Regenwetter machst? Guck doch mal freundlich!"

Ein paar andere hatten ihre Vorwürfe mitbekommen und starrten Margo nun mit hochgezogenen Brauen an. Margo hätte Tabitha am liebsten den Hügel hinuntergestoßen.

Auch Ed fand ihr Verhalten an Tag zwei der Reise äußerst bedenklich. Es würde „keinen guten Eindruck machen" und wäre Gerald gegenüber „sehr unhöflich".

Am Nachmittag tranken sie alle unten in der Lobby Kaffee, wobei Margo kein Stück Kuchen runterbekam. Niemand scherte sich um sie, niemand fragte, was los war. Es ging nur darum, wie viele Diamanten auf den Ring irgendeiner Audrey passten, wohl einer Cousine Eds, welche hohe Position der Sohn von xy eingenommen und welche nächsten großen Reisepläne der Sitznachbar hatte.

Margo schaute in die Runde: Jeder der hier Anwesenden verdiente in dieser Sekunde Unmengen Geld, ohne einen Finger zu rühren, und genauso wenig wie sie für ihr Geld taten, interessierten sie sich für das Seelenleben ihrer Mitmenschen. Die Gesellschaft der Vanderbilts war so oberflächlich, künstlich und unfair, wie Margo es niemals sein wollte.

„Ich geh nach oben", sagte sie.

„Jetzt schon?", fragte Ed. „Es ist erst vier Uhr."

„Ich will noch schwimmen."

Margo ging rauf in ihr Zimmer und zog sich um. In einem Bademantel und Slipper von der Lodge machte sie sich auf den Weg nach unten ins Schwimmbad. Eine wohlige Wärme empfing sie, es roch nach Kräutern und Zitronen, weil nebenan in der Sauna gerade ein Aufguss gemacht wurde. Deswegen war es im Schwimmbad auch so leer, niemand befand sich im Wasser. An den bodentiefen Fenstern mit Blick auf die Berge lag ein einziger Mann auf der Liege und las in einem Buch.

Margo legte den Mantel neben den Kamin und stieg in den Pool. Das warme Wasser umhüllte ihren Körper und augenblicklich begann sie zu lächeln. Das Becken war groß genug, dass man darin seine Bahnen schwimmen konnte. Unter dem Wasser befanden sich Spots, die es hellblau und türkis leuchten ließen. Leise spielte klassische Musik, die den Wellness-Faktor untermalte.

Sie war froh, dass Ed nicht mitgekommen war. Er sollte nicht hier sein. Sie wollte allein mit ihren Gedanken sein und drehte sich auf den Rücken, sodass sie die in der Decke eingelassenen Lichter sehen konnte, die wie Sterne funkelten. Ihre Ohren befanden sich unter Wasser, als sie sich treiben ließ und dabei die Arme und Beine weit von sich streckte.

Aber frei fühlte sie sich dabei nicht. Ständig glaubte sie, Ed würde durch die Tür kommen, und als sie einmal die Augen schließen wollte, konnte sie es nicht, aus Angst, er würde sie packen.

Und dann?

Vielleicht würde er sie unter Wasser drücken. Sie dafür bestrafen, dass sie ein böses, böses Mädchen war. Dass sie nicht redete, wie ein Trauerkloß aussah, dass sie sich keine Mühe gab, die Frau an seiner Seite zu sein, die er haben wollte. Es war schließlich ihre Schuld, weil er war ja ein guter Ehemann, und immer machte sie die Fehler!

Ja, genau so würden seine Worte lauten.

Aber was war das für ein Leben, sich ständig darüber Gedanken zu machen, welche Gemeinheit als Nächstes kommen würde?

Wie weit hatte er sie schon getrieben?

Und wenn ich einfach untergehe? Wenn ich tauche und einfach nicht mehr hochkomme?

Ist der Tod nicht vielleicht friedlicher als das Leben, das sich sowieso nicht ändern wird?

Ja, dachte Margo, hier, auf dem Wasser unter den Sternen, würde sie es selbst bestimmen können. Nur einmal etwas selbst bestimmen können.

Am Abend fand nach dem Dinner eine Nachtwanderung statt. In der Dunkelheit spazierte die Geburtstagsgesellschaft durch die angrenzenden Wälder der Lodge, und jeder trug dabei eine Fackel in der Hand. Das machte Spaß und war etwas, was Margo noch nie getan hatte.

Sie waren schon eine Weile unterwegs, da seilte sich Ed etwas von ihr ab und ging vorn neben seinem Onkel her, während Margo kurz mit einer ehemaligen Kollegin Geralds gesprochen hatte, die sich dann aber schnell wieder von ihr abwandte. Als Margo dann die Letzte war, schoss ihr in den Sinn, jetzt die Chance ergreifen zu können.

Sie blickte sich um. Hinter ihr gingen zwei ältere Damen, die sie nicht kannte. Der Tross vor ihr hatte ein zackiges Tempo drauf.

„Oh", sagte Margo leise, aber laut genug, dass es die Frauen hören konnten. „Mein Schuh." Sie ging in die Hocke und tat so, als wären ihre Schnürsenkel offen. Die Damen schauten kurz zu ihr runter, gingen dann an ihr vorbei und redeten weiter.

Sofort legte Margo ihre Fackel auf den Boden und trat darauf, bis das Feuer erlosch. Ihr Puls raste, als sie sich vergewisserte, dass niemand sie beobachtete. Sie holte ihr Telefon aus der Jackentasche und ließ es im Gras liegen. Dann rannte sie los.

Es war stockfinster. Umso besser konnte sie die Fackeln sehen. Keine einzige davon entfernte sich von den anderen, was bedeutete, dass Ed ihre Flucht noch nicht bemerkt hatte.

Margo lief erst ein Stück zurück, weil sie auf dem Weg eine Abzweigung gesehen hatte.

„MARGO!"

Sie fuhr herum, gerade als sie abgebogen war und auf einem modrigen Sandweg stand. Eine Fackel löste sich von der Menge und eilte zurück. Sie sah nur das sich bewegende Licht durch die Dunkelheit. Sie musste sich beeilen. Vor ihr befanden sich nur noch wenige Bäume und dann ein glatter Hügel, tagsüber weideten hier die Kühe. Der Weg zurück führte zur Lodge.

Ihr blieb nichts anderes übrig, als über den Hügel in die Berge zu flüchten. Dort würde sie rasten und bei Anbruch des Tages ins Tal weiterlaufen.

Margo rannte, ihre Augen gewöhnten sich immer mehr an die Dunkelheit. Nahe am Weidezaun überquerte sie den Hügel, während ihr Herz zu zerspringen drohte.

Als sie hörte, dass Ed immer näher kam, kletterte sie über den Zaun, um querfeldein und dadurch schneller in Richtung Berge zu kommen. Auf der anderen Seite des Zaunes orientierte sie sich kurz und spurtete los, wurde dann aber durch ein Hindernis gestoppt, gegen das sie gerannt war. Ein beißender Schmerz durchzuckte ihr Schienbein.

Margo sank zu Boden, umklammerte ihr Bein und kniff die Augen zusammen.

Ed war nun nahe bei ihr. „Margo, wo bist du?"

Margo riss sich zusammen. Sie war gegen einen Wassertrog gerannt. Jetzt kroch sie um ihn herum und versteckte sich dahinter. Ed ging an dem Trog vorbei und hielt dann inne.

Und dann piepte irgendetwas in ihrer Jacke. Margo erschrak so sehr, dass sie zusammenzuckte.

Hatte er heimlich etwas in ihre Jacke gesteckt?

Panisch riss sie sich die Jacke vom Leib und tatsächlich: In der Jackentasche blinkte etwas Grünes durch den dünnen Stoff. Sie riss am Reißverschluss, doch er ging nicht auf.

Er hatte ihn zugeklebt.

Und dann war es zu spät.

Sie musste ihn nicht hören, nicht sehen. Sie spürte, dass er näher kam.

Weinend und kraftlos ließ sie die Jacke sinken, als das Licht der Fackel für Helligkeit sorgte und Ed sie somit gefunden hatte.

Er bestrafte sie nicht, weil sie am nächsten Tag gut aussehen sollte. Sie sollte „ihn stolz" machen, sein Mädchen, denn am Samstag feierte Gerald Geburtstag.

Als sie sich am Abend dafür fertig machte, stand er hinter ihr und legte ihr die Kette um, die das silberne Kleid mit dem Schlitz, das er so an ihr liebte, noch funkelnder machte. Er gab zu, dass sie ihm imponierte, dass er ihren Mut sexy fand und es ihn angemacht hatte, hinter ihr herzujagen. Und dass ihr die Flucht vielleicht sogar gelungen wäre, hätte es diesen Pieper nicht gegeben.

„Wie kannst du nur glauben, dass ich so blöd bin, und dich bei einer nächtlichen Wanderung durch den Wald nicht kontrolliere?" Er hielt die Fernbedienung in der Hand und betätigte sie. Der Pieper, der in Margos Nachtschrank lag, gab einen Ton von sich. Ed lachte. „Und nun los, mein Stiefdaddy wird siebzig."

Das Geburtstagsdinner war noch protziger als das Essen an den letzten Tagen. Gefeiert wurde im Restaurant der Lodge, eine Band spielte, eine Tanzfläche war freigeräumt worden. Es gab Champagner und eine Torte, die eine Minute vor Mitternacht mit einem Feuerwerk in den Raum gefahren wurde. Alle erhoben ihre Gläser für Gerald und wünschten ihm alles Gute, und in einem stillen Moment ging Margo auf ihn zu und nahm ihn in die Arme. „Ich wünsche dir alles Gute, Gerald." Sie meinte das ernst. Er war immer gut zu ihr gewesen. Seine Frau war der Drache, nicht er.

„Danke, meine Liebe." Er griff nach ihren Händen. „Ich bin so froh, dass du mitgekommen bist, auch wenn ich weiß, dass es dir momentan nicht so gut geht."

Margo versuchte zu lächeln. „Sicher, Gerald."

„Lass dir eines von einem alten Mann wie mir gesagt sein: Es wird immer – wirklich immer – alles wieder gut im Leben."

Sie hätte auf der Stelle in Tränen ausbrechen können. „Ganz bestimmt?"

„Aber ja!" Er nickte eifrig. „Auf welche Art auch immer."

Sie tätschelte sein Gesicht. Augenblicklich wurde sie an die Frau erinnert, damals in dem Laden.

Das ganze schöne Leben.
„Danke, Gerald.“

Gerald zog sie ein Stück zu sich heran. „Und Ed … Das mit ihm wird auch wieder gut.“

Margo tupfte sich die Träne weg. „Na klar, Gerald.“

„Dad.“ Er klopfte ihr liebevoll auf die Schulter.

Sie schniefte kurz. „Dad“, sagte sie und wünschte sich wie noch nie ihren eigenen Dad zurück, der sie vor ihrem Mann rettete.

Die Party ging bis zwei Uhr morgens.

Ed hatte getrunken, aber nicht so viel, dass er nicht mehr Herr seiner Sinne war.

Im Zimmer pellte sich Margo aus dem furchtbaren Kleid, stand nur mit Slip im Badezimmer, als Ed plötzlich in der Tür auftauchte. Er trug sein Hemd locker über den Schultern, unter den Shorts blitzten seine starken Beine hervor.

Doch Margo empfand nichts mehr bei diesem Anblick, sondern schlang die Arme vor die Brüste.

„Schlaf mit mir“, raunte er. „Bitte.“

Sie schüttelte den Kopf. „Nein.“

Ed lachte leise auf. „Deine Strafe für mich, hm?“

Sollte sie auf so eine blöde Frage antworten?

Er streckte den Arm aus und hielt die Hand so, dass sie nur zugreifen brauchte. Lange betrachtete sie diese Hand und nahm sie schließlich an. Er führte sie aus dem Bad, ganz langsam, und blieb vor dem Bett stehen. Dann löste er ihren Arm von der Brust, worauf sie sich unglaublich unwohl und nackt fühlte.

Ed legte seine Hände auf ihre Taille. Er küsste ihren Hals, und sie spürte an ihrem Unterleib seine Erregung.

Wenn sie ihm gab, was er wollte, würde er schnell einschlafen und sie hätte ihre Ruhe. Würde sich auf den Balkon setzen und auf den Morgen warten können. Neben ihm schlafen wollte sie nicht.

Ed streichelte ihre Brüste, tat das wirklich sehr zärtlich, küsste ihr Kinn und ihren Mund. Sie machte halbherzig mit und fühlte nichts, als er seine Hand in ihr Höschen schob und darin rumfummelte. Es machte sie nicht an, sie fand es nicht schön und hoffte, er würde bald zur Sache kommen, damit das hier erledigt war.

„Ich will ein Baby."

Sie erstarrte unter seinen Händen. „Was?"

„Ein Baby." Er zog sein Hemd aus, ging auf die Knie und küsste ihren Bauchnabel. Von unten sah er zu ihr auf. „Willst du nicht auch ein Baby?"

Nicht mit dir!

Sie schluckte, konnte nicht antworten, als er nun ihren Slip runterschob und jeweils eines ihrer Beine anhob, damit sie rausschlüpfen konnte. Dann stand er auf und zog seine Unterhose aus. „Leg dich aufs Bett!"

Margo tat, was er sagte, und Ed kletterte hinter ihr her und legte sich auf sie. Er stöhnte einmal genüsslich auf, packte die Arme unter ihren Rücken, während sie ihren Kopf zur Seite drehte und sich schwor: NIEMALS. NIEMALS WIRST DU VON MIR EIN BABY BEKOMMEN.

Du hast mir alles genommen. Meine Seele, meine Würde. Und meinen Körper.

Doch eines bekommst du nicht: Mein Baby!

2

August

Es war August, als Margo Stanley Hopkins kennenlernte.

Stan arbeitete für eine Firma, die so ziemlich dasselbe tat wie die *African Care Organisation* von Margo. Sie hatten ein Meeting arrangiert, um an einem Projekt in Afrika zusammenzuarbeiten. Und wie das bei Meetings so war, blieb es nicht bei nur einem Treffen, sondern uferte in mehrere Telefonate und mehrere Unterhaltungen aus.

Stan war ein toller Mann. Er war in ihrem Alter, war gut anderthalb Köpfe größer als sie, hatte rotblonde Locken, Sommersprossen, eine große Nase und ein Faible für zusammengewürfelte Klamotten, teils aus dem Secondhandshop, teils Designerstücke. Er war ein besonderer Typ, und das Flippigste an ihm war, dass er nie – fast nie – Schuhe trug.

Es war schon ein eigenartiges Bild, als er zum ersten Mal im Konferenzsaal saß, zwischen all dem feinen Glas, dem schweren schwarzen Leder, den edlen Kostümen der Damen und den teuren Jacketts der Männer. Aber vielleicht interessierte sich Margo genau deswegen so für ihn: Das Unperfekte machte ihn perfekt.

„Margo", begrüßte er sie äußerst freundlich, als sie sich zum Ende des Monats erneut in ihren Geschäftsräumen trafen. Anna, Julia und John saßen schon mit den anderen zusammen, als Margo und Stan immer noch an der Tür verharrten und plauderten.

Es war für jeden offensichtlich, dass beide Gefallen aneinander fanden.

Während Kaffee serviert wurde und die Verhandlungen begannen, saß er ihr gegenüber und immer, wenn jemand redete, und das viel zu lang, schauten sie einander an und kicherten wie Teenager. Er hielt den Kugelschreiber an seine Lippen, lächelte dahinter, was verschmitzt und süß aussah. Seine Augen waren besonders. Groß und grün, dazu das markante schlanke Gesicht. Zusammen mit den roten Haaren war er der schönste Mann, den sie je gesehen hatte, weil er – in seiner Art – perfekt schien.

In der Pause waren sie beide allein, was nicht ganz unbeabsichtigt war.

„Zimtrolle?", fragte Margo und bot ihm den Teller an. Sie musste grinsen, weil er es auch tat.

Lässig und verspielt stützte er den Ellenbogen auf den Glastisch und legte den Lockenkopf auf seine Hand. So was würde Ed nie tun. „Geh mal mit mir aus!"

Sie biss von der Zimtrolle ab und schüttelte den Kopf.

„Komm schon! Wir machen was Tolles. Wir essen was, dann gehen wir ins Kino, oder umgekehrt, dann trinken wir noch was und dann tanzen wir! Die ganze Nacht!" Das Wort *tanzen* sprach er euphorisch aus.

Oh, wie gern würde sie genau das mit ihm tun!

„Du weißt, dass ich verheiratet bin."

„Ja, Anna hat es mir auf die Nase gebunden."

„Siehst du." Sie wischte sich die Hände an einer Serviette ab.

Er hielt ihr das Display seines Telefons vor die Nase. Sie sah ihren Social-Media-Kanal. „Ich habe jeden Beitrag geliked. Alles voller roter Herzen."

Sie zog die Brauen hoch. „Guck an." Das hätte er nicht tun sollen, denn das bedeutete für sie Ärger zu Hause. Ed kontrollierte von Zeit zu Zeit noch immer ihre Beiträge, und das würde ihm sicher auffallen. In letzter Zeit war die Stimmung zwischen ihnen wieder schlechter geworden, weil er mindestens zweimal in der Woche Sex verlangte, um einen Jungen zu zeugen. Er wollte einen Jungen. Dass sie die Pille noch nahm, verschwieg sie ihm, der Blister lag in ihrer Schublade im Büro.

„Na gut, ich will mich nicht aufdrängen, aber ich glaube, das würde richtig gut matchen mit uns."

Wie recht er hatte. „Anna kommt."

Anna kam ins Zimmer und knallte ihre Ordner auf den Tisch. Abschätzig sah sie zu Margo rüber. „Ich habe Ed eben angerufen, für die nächsten zwei Punkte kommt er dazu."

Margo fuhr zusammen. „Warum das denn?"

„Weil er der finanzielle Leiter der Organisation ist und es jetzt um hohe Summen geht." An ihrem Grinsen erkannte Margo, dass sie das mit Absicht getan hatte. Wegen Stan. „Hast du etwa etwas dagegen, dass *dein Ehemann* am Meeting teilnimmt?"

Du blöde Hexe.

Als Ed kam, begrüßte er sowohl Margo als auch Anna mit einem Kuss auf die Wange und setzte sich dann neben seine Frau. Das Meeting begann, und Margo wagte es nicht ein einziges Mal, Stan in die Augen zu sehen, aus Angst, Ed würde etwas mitbekommen. Gleichzeitig fragte sie sich, *was genau* er denn mitbekommen würde, wenn sie schon so dachte.

Also hob sie den Kopf und schenkte Stan ein neutrales Lächeln. Er lächelte zurück.

Und Ed hatte es gesehen.

Als sie beide nach Hause kamen, ging er direkt in den Salon und kippte sich Alkohol in ein Glas. Er spülte ihn runter, als sei er Wasser.

Margo ging hingegen nach oben.

Ed jagte hinterher. „Wer ist das?"

„Wer?" Sie hatte keine Angst mehr. Und dafür gab es einen Grund.

„Na, der Typ."

„Welcher? Da waren mehrere." Sie breitete die Arme aus. „Du musst schon genauer sein." Als sie sich umdrehte, um ihren Blazer ins Ankleidezimmer zu bringen, konnte sie sich ein Grinsen aufgrund ihrer Souveränität nicht verkneifen.

„Der, den du angelächelt hast."

„Stan."

„Von mir aus, Stan."

„Ich war freundlich. Er ist sehr nett." Sie kam aus dem Zimmer zurück.

„Du hast das vor mir getan", meinte Ed und hob den Zeigefinger. „Das ist unglaublich beleidigend."

„Tut mir leid", sagte sie ironisch. „Hätte ich es tun sollen, wenn du nicht dabei bist? Ist das dann nicht hinterhältig?"

Ed hob die Brauen. „Was ist denn los mit dir?"

„Ich weiß nicht." Sie öffnete den Reißverschluss an der Seite ihres Kleides. „Was soll los sein?"

Er hatte noch immer das Glas in der Hand. Neu aufgefüllt. „Du tust so … überlegen."

„Das könnte ich doch gar nicht", sagte sie mit Nachdruck. „Oder?"

Ed verengte die Augen.

Margo warf sich ein Shirt über und schlüpfte in Leggins und Turnschuhe. „Ich gehe noch laufen." Sie ging an ihm vorbei und schaute auf die Smart-Watch an ihrem Handgelenk, als er sie am Arm packte und gegen die nächste Wand drückte.

„Du wirst mich nie wieder so beleidigen, hast du verstanden?" Während er redete, spritzte Speichel aus seinem Mund. „Nie wieder wirst du mich so behandeln! Es war beschämend, Margo! Du bist *meine* Frau!" Er packte mit einer Hand ihren Hals. „VERSTANDEN?"

Sie antwortete nicht. Als er mitbekam, dass sie nichts entgegnete, ihm weder widersprechen noch seine Forderungen bejahen würde, holte er aus.

„Na komm, schlag mich!", krächzte sie unter seinem Griff. „Komm schon, Ed!"

Ed runzelte die Stirn. Schlug sie nicht, drückte seine Hand aber fester zu.

Sie ignorierte die Schmerzen, weil sein entgeisterter Blick so viel kostbarer war, wenn sie ihm zeigte, dass er nicht immer gewinnen konnte.

Schließlich ließ er von ihr ab. Margo rutschte zu Boden, ihr war schwindelig und ihre Knie fühlten sich weich wie Butter an. Ed stieg über sie hinweg und verließ das Schlafzimmer.

Sie zitterte am ganzen Körper, aber nicht weil sie Angst hatte, oder sie gebrochen war, und nicht weil er ihr wehgetan hatte, nein: Ihr Körper vibrierte, weil sie eine Entscheidung getroffen hatte.

Das ganze schöne Leben.

Sie wusste nicht, ob es an Stan lag, aber Margo hatte entschieden, nicht aufzugeben. Nicht mehr. Denn dann wäre sie irgendwann verloren. Diese Entscheidung kostete Mut, und sie wusste auch nicht, ob sie sie durchziehen konnte. Aber jetzt gerade beflügelte es sie, einen kleinen Sieg über ihn errungen zu haben. Aus ihrer eigenen Kraft. Sie war ein Opfer, er war der Täter. Diesen

Satz wiederholte sie in ihrem Kopf, immer und immer wieder. Und genauso oft, sagte sie sich, dass wenn sie jetzt aufgäbe, er sich für immer alles von ihr nehmen könnte.

Margo krabbelte über den Teppich und erblickte in diesem Moment Beverly, die in der Tür stand, einen Staubwedel in der Hand.

„Verzeihung, Ma'am. Ich war auf der Etage …"

„Alles gut, Bev." Margo blieb auf dem Boden sitzen.

„Kann ich etwas für Sie tun, Ma'am?" In Beverlys Augen sah Margo Angst, Furcht und Mitleid.

„Nein, ist schon okay." Margo lächelte schwach. „Es war nicht so schlimm."

Beverly sah zu Boden. „Es ist falsch, was er tut."

„Ich weiß. Aber irgendwann wird alles wieder gut, da bin ich sicher."

Die Haushälterin schüttelte den Kopf. „Ich würde Ihnen so gern helfen, Ma'am."

Margo biss sich auf die Lippe. „Dann wird es noch schlimmer", sagte sie, und endlich wandte sich Beverly zum Gehen.

Margo stand auf, ging zu ihrem Schminktisch und sah in den Spiegel.

Er hatte von ihr abgelassen.

Er hatte sie dieses Mal nicht ganz bekommen.

Ihre Mundwinkel gingen nach oben.

Dieses Mal hast du gewonnen.

3

Wochen später träumte Margo davon, dass Ed sie umbrachte. Dass er nachts auf ihr gesessen und seine Hände um ihren Hals gelegt und zugedrückt hatte. Sie hatte keine Luft bekommen, ihre Lippen hatten gekribbelt, der Blick war schwarz geworden und dann war es vorbei gewesen.

Als sie aus diesem Traum erwachte, glaubte sie, dass das gar kein Traum gewesen war – und sie sein Würgen nur überlebt hatte.

An diesem Morgen hatte Margo jegliches Zeitgefühl verloren und konnte nicht einmal den Tag benennen. War es Montag? Dienstag oder Mittwoch? Sie wusste nur, dass es noch früh sein musste, denn die Sonne schien durch das rechte Fenster, knapp über dem Rahmen, wie es morgens immer der Fall war.

Das Bett war zerwühlt, Eds Seite nicht mehr warm, er musste schon lange auf sein oder hatte gar nicht neben ihr geschlafen. Ihre Bettdecke lag auf dem Boden. Sie rollte sich über die Matratze und landete darauf. Dann lehnte sie sich mit dem Rücken an das Bett und griff mit den Händen nach ihrem Hals. Er tat weh, und beim Schlucken fühlte es sich so eng und rau an. Augenblicklich traten Tränen in ihre Augen, und sie japste nach Luft, weil das Weinen ihre Atmung nur noch mehr erschwerte.

Dann stellte sie sich auf alle viere und krabbelte unendlich langsam über den Boden, weil ihre Ellenbogen zu versagen drohten.

Im Raum war es stickig, weil Ed immer die Fenster geschlossen hielt, damit die Nachbarn sein Brüllen nicht hören konnten.

Ihr Ohr schmerzte, weil das auch etwas abbekommen hatte, dennoch vernahm sie deutlich die Schritte auf der Treppe, bis eine Silhouette im Türrahmen sichtbar wurde.

„Ma'am!"

Margo kniff die Augen zusammen, weil Beverly das Deckenlicht angeschaltet hatte. Dann sagte Beverly erst mal nichts mehr, weil der Anblick ihr die Sprache verschlagen haben musste.

Das Zimmer war verwüstet. Vom Schminktisch war sämtliches Make-up heruntergerissen worden, Rouge und Lidschatten waren aus ihren Paletten gebrochen und übersäten den weißen Teppichboden mit etlichen Flecken in Dutzenden Farben. Das Rollo an einem der Fenster war eingedrückt, weil Ed sie dagegengeworfen hatte, eine Lampe vom Nachttisch lag in Scherben am Boden. Die Überreste der zerbrochenen Alkoholflasche lagen vor der Tür zum Ankleidezimmer, ein riesiger Fleck mit herunterlaufender brauner Flüssigkeit benetzte das Holz.

Aber das Schlimmste war wohl Margo selbst. Sie hatte jetzt bei Licht in den Spiegel des Schminktisches gespäht und die Spuren des letzten Abends entdeckt: Ihr Gesicht war blutunterlaufen, ein Auge geschwollen, getrocknetes Blut klebte in ihrem Haar und an ihrem Ohr. Sie sah aus wie ein anderer Mensch.

„Was hat er Ihnen angetan?", fragte Beverly verzweifelt und hockte sich zu Margo, um ihr zu helfen.

„Es war ... nur so schlimm, weil ich mich gewehrt habe." Margo ließ sich von ihr in den Arm nehmen. Es brachte nichts, um den heißen Brei zu reden, Beverly wusste ja sowieso, was offensichtlich war.

„Ma'am, Sie müssen wirklich zur Polizei gehen."

„Ich kann nicht, Bev. Ich verliere alles."

„Ist Ihnen das denn so wichtig? Meinen Sie nicht, dass Sie auch ohne das Haus glücklich wären? Alles andere können Sie ohne Mr. Vanderbilt schaffen."

„Du hast ja recht, aber ..." Wie konnte sie erklären, was man nicht erklären konnte? „Als es anfing, habe ich gedacht, es würde besser, irgendwann hört er von allein wieder auf. Und als das nicht der Fall war, habe ich darüber nachgedacht, dass ich ihn und unsere Ehe verliere, wenn ich gehe. Ich liebte Ed doch trotzdem. Ich weiß, du verstehst das nicht, aber ... Ich liebte Ed trotz allem. Als es noch schlimmer wurde, habe ich mich geschämt. Ich weiß, das ist unsinnig, nur war es so. Ich habe mich geschämt. Und dann begann er, mich festzuhalten, hier in diesem Haus, und ich verlor immer mehr Kraft, mich selbst zu retten. Erst seit Vermont ... Eine Weile fühlte ich mich stark. Ich wollte mich nicht unterkriegen lassen, aber ... Ich schaffe es nicht gegen ihn, Bev!"

„Das ist auch idiotisch, Ma'am! Er ist so viel stärker ... Sie müssen zur Polizei!"

„Das bringt nichts."

„Droht er Ihnen?"

„Ja, er sagt, er findet mich. Egal wie, egal wo. Das sagt er mir immer wieder."

„Ma'am, ich bitte Sie! Dann kann Ihnen nur die Polizei helfen. So leid es mir tut, aber dann muss Mr. Vanderbilt ..."

Margo wich von ihr weg. „Das ist doch genau das Problem: Er ist Mr. Vanderbilt. Seine Mutter, sein Stiefvater gehören zu den reichsten Menschen im ganzen Süden. Wenn ich dorthin gehe und sage, dass mein Mann mich misshandelt, was denkst du, tut die Polizei dann?"

Beverly senkte den Kopf. „Ja, aber so kann es doch auch nicht weitergehen."

Margo robbte zurück zum Bett. Jeder Zentimeter ihres Körpers schmerzte. „Ich versuche, morgen wieder arbeiten zu gehen und dann ... versuche ich, bei meiner Freundin unterzukommen. Wenigstens eine Weile."

„Sie können auch jetzt gehen", sagte Beverly leise. „Er ist gerade aus dem Haus gegangen, und ich denke, er wird bei der Arbeit sein."

„Hältst du ihn für so dumm, Bev? Er hat Vorkehrungen getroffen, und wenn er nicht achtgeben kann, dass ich bleibe, dann tut es eben sein Türsteher Walden." Margo seufzte und ließ sich auf die Decke auf dem Boden nieder. „Lass gut sein. Ich weiß deine Hilfe zu schätzen, aber momentan weiß ich nicht weiter. Ich habe die Möglichkeit, ihm zu gehorchen oder aber zu rebellieren. Ich weiß noch nicht, wofür meine Kraft reichen wird."

„Kann ich irgendetwas tun? Für Sie, Ma'am?"

„Nein, danke, Bev. Danke, dass du da bist." Margo verschaffte sich einen Überblick über das demolierte Schlafzimmer. „Ich werde noch ein bisschen liegen bleiben und mich mittags aufraffen und ein bisschen sauber machen."

Beverly hob abwehrend die Hände. „Das werde ich tun, Ma'am", sagte sie. „Ich kann mich beeilen. Ich sollte eigentlich gar nicht herkommen, aber ich habe frisches Brot gebacken, und ich weiß doch, wie sehr Sie Brot lieben!"

Margo sah sich hektisch um, als könnte Ed jederzeit aus dem nächsten Zimmer springen. „Warum tust du das, Bev? Hat Ed dich abbestellt?"

„Ja, erneut. Leider. Dabei bräuchte ich das Geld so dringend. Er rief gestern spät abends noch an und sagte mir ab. Er hat mir verboten, ja, regelrecht verboten, ins Haus zu kommen. Jetzt weiß ich warum."

Margo bekam Angst. Natürlich wollte Ed dafür sorgen, dass Beverly Margo in diesem Zustand nicht sehen konnte. „Du musst gehen! Warum bist du nur gekommen? Ich mach das nachher … Geh heim! Auf direktem Wege."

Beverly nickte rasch. „Ja, Ma'am. Ist gut! Ich sehe aber die Tage nach Ihnen …"

„Nein, ich komme zurecht! Bitte bleib zu Hause!"

Die junge Frau stand auf. „Gut. Wie Sie wünschen."

Draußen schlug Beverly die Tür hinter sich zu. Nur aus dem Augenwinkel nahm sie Ed wahr, der neben der Tür stand, und nach Beverlys Arm griff, als sie gerade die Treppenstufen hinuntergehen wollte. Schnell schleuderte er sie gegen die Hauswand und umklammerte den Hals der zierlichen Haushälterin.

„Ich habe das nicht sehr fein von dir gefunden, was du da oben gesagt hast."

„Mr. Vand…", krächzte Beverly.

„Du bist ein böses, böses Mädchen!", giftete Ed und drückte Daumen und Zeigefinger tief in ihre Kehle, genau dort, wo sich die Luftröhre befand. „Ich warne dich, Bev: Sagst du irgendwem, was du da oben gesehen hast, bringe ich dich um. Hast du verstanden? ICH BRINGE DICH UM!" Er ließ los, Beverly taumelte und fiel auf die Knie.

Ed stellte sich an die Stufen der Veranda und blickte sich um. Dann trat er auf ihre auf den Boden gespreizten Finger. „KOMM NICHT WIEDER!" Er spuckte auf sie. Ein schaumig weißer Pfropfen landete direkt neben ihrer Hand. „Verstanden?"

„Ja", kam es kurz.

„*Ja, Sir!*"

„Ja, Sir."

Ed ging und Beverly rannte.

Margo verbrachte die Nacht auf der Toilette, weil sie sich mehrere Male übergeben musste. Sie hoffte inständig, nicht schwanger zu sein, was theoretisch gar nicht möglich war, sofern Ed ihre Pille nicht manipuliert hatte. Vielleicht lag es aber auch an ihren Verletzungen, die diesmal wirklich unerträglich schmerzhaft waren, oder an der Menge Tabletten, die sie geschluckt hatte, damit sie die Schmerzen aushalten konnte.

Was es auch war, es hielt Ed davon ab, sich wieder an ihr zu vergreifen.

Am nächsten Morgen war er weg und sie allein. Arbeiten zu gehen, wäre sowieso nicht möglich, also hatte Ed wieder für sie abgesagt und die Türen verschlossen, als er das Haus verlassen hatte.

Als Margo sich nicht mehr übergeben musste, lag sie im Bett und wimmerte vor Schmerz. Der würde vergehen, sie musste nur warten. Und dann würde sie sich eine Waffe besorgen.

„Hallo, Ma'am."

Margo fuhr herum. Es war ungefähr vierundzwanzig Stunden her, dass Beverly zuletzt hier gewesen war. Jetzt stand sie wieder im Schlafzimmer, dieses Mal mit wildem Atem und aufgerissenen Augen. Ein verkrampftes Lächeln lag auf dem Gesicht. Ihre Hand, die sie geballt hatte, war voller Blut.

„Was hast du getan?", fragte Margo entsetzt.

„Da ist doch so ein kleines Fenster unten. In der Kammer vor dem Nebeneingang. Ich hab's eingeschlagen und konnte es öffnen."

Und weil du klein und zierlich bist, konntest du da durchkrabbeln.

Margo seufzte. „Ich passe aber nicht durch dieses Fenster."

„Sie sind doch schlank. Sie passen da durch. Wir beide. Sie sind's mir schuldig." Beverly zeigte auf ihre blutende Hand.

„Ich bin dir so dankbar für deine Sorge und für deine Mühe, aber ich muss das allein schaffen. Ich brauche einen Plan. Ich will nicht wegrennen und ständig die Angst im Nacken haben, dass er mich finden könnte. Das muss überlegt sein …"

„Aber wie lange wollen Sie denn noch bleiben?"

Es war nicht so, dass Margo nie darüber nachgedacht hatte. Dabei war ein Name immer wieder in ihren Gedanken aufgetaucht: Stan. „Ich werde fliehen. Aber nicht einfach so. Nicht ohne Plan. Ich will es mir genau überlegen. Wohin ich gehe …" *Mit wem.* „Und wann. Nicht heute, Bev. Ich weiß doch gar nicht, wohin …"

„Aber …"

„Beverly." Margo lächelte schwach und legte die Hände vor der Brust zusammen „Danke! Danke, dass du meine Heldin sein wolltest, aber ich muss ihn austricksen, und wenn ich mit dir renne, hat er mich heute Abend sowieso wieder zurück."

Beverly atmete tief durch und senkte den Blick. „Na gut. Dann … Brauchen Sie etwas? Wenn ich schon mal da bin?"

„Nein, denn du sollst heimgehen und dich aufs Wochenende freuen. Dein Mann kommt doch heim, nicht wahr?"

„Ja, Ma'am." Sie wandte sich zum Gehen. „Haben Sie Hunger?"

„Ein bisschen, aber …"

„Ich hole Ihnen was. Das ist kein Problem, ich habe Zeit! Wie wäre es mit einem Bagel?"

„Die müsstest du erst auftauen. Ich will dich nicht zu sehr beanspruchen, ich komme schon allein zurecht. Aber vielleicht das Brot. Du hast gestern was von Brot gesagt."

„Ja, es ist in der Küche." Beverly strahlte. Sie war eine so gute Seele, dass es Margo das Herz brach, ihre Hilfe nicht annehmen zu können. Jetzt Hals über Kopf wegzulaufen wäre zwar eine Chance, aber keine sehr kluge. „Ich hole Ihnen was."

„Danke. Und dann … Dann stehe ich auf und werde mich anziehen, und dann sieht die Welt schon besser aus."

„Ich weiß ja nicht, Ma'am."

Margo kämpfte sich aus dem Bett, schritt zu ihr und nahm ihre Hände. „Ich bekomme das hin, Bev."

Beverly schaute sie voller Mitleid an. „Na gut, Ma'am. Ich … Ich hole das Brot." Und dann machte sie endlich kehrt.

Margo sah ihr noch hinterher, bis sie um die Ecke zur Treppe verschwunden war. Dann krabbelte Margo wieder ins Bett, als sie das Geräusch von zerbrechendem Glas unten im Haus zusammenzucken ließ. Gleich darauf dröhnte „Beyond The Sea" durchs ganze Haus.

Sie erstarrte, eine Gänsehaut bildete sich auf ihrem Körper. Mühsam erhob sie sich aus dem Bett und schleppte sich in den Flur, als unten erneut Glas klirrte und zerschellte. „ED!", schrie sie, als sie den Flur erreicht und sich über das Geländer der Treppe beugte.

Und da war er: Ed, der Beverly am Hals gepackt hatte und sie im nächsten Moment gegen das Glasschränkchen im Eingangsbereich schleuderte, wo Margos Alltagshandtaschen untergebracht waren. Die kullerten nun auf den Boden, während Beverly blutüberströmt in den Glasscherben lag.

„NEIN!", schrie Margo und eilte, so schnell es ihre Schmerzen zuließen, die Treppe hinunter. „ED, NEIN!"

Doch er hörte sie nicht. Hörte sie wegen der Musik nicht und weil er sie nicht hören wollte. Beverly atmete hektisch, ihre Brust hob und senkte sich rasch. Ed packte sie am Stoff ihres Kleides. Es war mintgrün mit zig Blumen drauf, wirkte so fröhlich und leicht, genau wie das Wesen dieses Menschen, den Ed nun mit sich in den Salon schleifte.

Margo rannte hinterher, schlug Ed auf den Rücken, doch der schubste sie weg, als wäre sie ein lästiges Insekt. Margo knallte mit dem Kopf gegen den Türrahmen, sank zu Boden und konnte sehen, wie Beverly in den Servierwagen geschleudert wurde. Das Klirren übertönte die laute Musik.

„Ed", krächzte Margo unter Tränen. Sie sah sich nach dem Kaminbesteck um. Es war zu weit weg, dennoch rappelte sie sich auf, bevor die Schmerzen sie erneut in die Knie zwangen.

Ed wiederum streckte die Arme aus, bewegte seine Hände zur Musik wie ein Dirigent und betrachtete das Bild vor ihm. Beverly lag in den im Licht funkelnden Scherben und rührte sich nicht mehr. Das Bild war so unwirklich und zugleich abstrus: Dieses hübsche junge Ding, inmitten Tausender Diamanten, die ihr den Tod gebracht hatten.

„Ich hab's gesagt." Ed drehte sich zu Margo um. „Ich habe sie gewarnt. Gestern. Ich habe ihr gesagt, sie soll nicht wiederkommen, weil ich sie sonst töten würde."

„Sie kam meinetwegen." Margo robbte in Richtung Kamin. Sie würde alles dafür geben, Beverly zu retten.

„Mach dir keine Mühe. Es befindet sich Glas in ihrer Lunge. Es ist vorbei." Ed griff nach einer Flasche, die auf dem Tisch stand, und trank davon.

„Was habe ich getan?", schluchzte Margo, als sie sich aufsetzte und die Hände vors Gesicht schlug.

„Ja, das ist wirklich unverzeihlich, Margo, aber so bist du nun mal. Du bist das Opfer, jeder soll schließlich wissen, wie schlecht es dir geht – die ganze Welt dreht sich nur um dich!"

„Was redest ... du denn da?" Margo kroch über den Salonboden zu Beverly. Dabei bohrten sich Scherben in ihre Knie, doch das war ihr egal. Der Anblick ließ sie aufschreien.

Ed hockte sich neben sie. „Ja, das sieht schlimm aus."

Margo sah, dass Beverlys Augen geöffnet waren, sich aber Splitter darin befanden. Sie musste am Leben sein, denn noch immer hob und senkte sich ihre Brust, obwohl auch ihr Oberkörper mit Scherben übersät und blutüberströmt war.

„Sie lebt noch!", schrie Margo. „Ed, ruf den Krankenwagen, bitte!"

Ed brach in schallendes Gelächter aus.

Margo rappelte sich auf und schlug mit ihren Fäusten nach ihm. „WAS BIST DU FÜR EIN MONSTER!"

„Ich bin das Monster?" Ed griff nach ihr und schüttelte sie so fest, dass Margo die Sinne schwanden. „Du hast sie nach unten geschickt!"

„Woher weißt du das?" Er war nicht da! Sonst wäre Beverly doch gar nicht ins Haus gegangen. Wo war Ed gewesen, und wo hatte er gehört, was sie gesagt hatte?

Ed schlug Margo ins Gesicht und stieß sie zu Boden. Dann packte er Beverly am Kragen. Große Scherben steckten in ihrem Körper, die nicht abfielen, als er die junge Frau bewegte, die unter seinen Händen wie ein nasses Laken nachgab.

„Wo gehst du mit ihr hin?!", schrie Margo. „Sie braucht einen Arzt!"

„Die?" Ed lachte. „Die ist mausetot, Margotchen. Das sind die Muskeln, die du zucken siehst. Da, schau an ihren Hals!"

Mehrere große und kleine Scherben steckten in der Kehle der Haushälterin. Überall da, wo Glas ihre Haut eingeschnitten hatte, pulsierte Blut aus ihrem Körper. Das Bild war furchtbar und brannte sich in Margos Gehirn.

Sie sah ihm nach, als er Beverly über den Boden schleifte und das Blut eine lange dicke Spur hinterließ. Sie hörte das Knirschen, das die Scherben verursachten, die unter Beverlys Körper über das Parkett mitgezogen wurden. Margo robbte hinterher.

Ed öffnete unter der Treppe die Tür zum Keller in dem Moment, in dem das Lied endete, sodass Stille herrschte. Das Poltern, das Beverlys Körper auf den Stufen verursachte, als Ed sie wie einen Müllsack hinunterwarf, brachte Margo dazu, sich die Hände auf die Ohren zu legen.

„So." Ed klopfte sich die Hände ab. „Ich muss wohl duschen." Sein Hemd war blutverschmiert, ebenso die Hose. „So kann ich nicht ins *Büro* zurück."

Es war das erste Mal, dass er das Wort „Büro" sehr sonderbar ausgesprochen hatte. Margo legte sich flach auf den Boden und verkrampfte innerlich. Der Schmerz, Beverly verloren zu haben, war unerträglicher als jeder körperliche Schmerz, den Ed ihr hätte zufügen können.

„Geh nach oben", befahl er ihr. „Und heute Abend machen wir sauber."

4

Sie hatten die ganze Nacht dafür gebraucht, das Haus wieder sauber zu bekommen. Während Ed pfeifend das Blut im Eingangsbereich der Villa aufgewischt hatte, als sei es Schmutz vom Hof, und Walden ihn gefragt hatte, wohin er die Scherben bringen sollte, hatte Margo, noch immer unter Schock stehend, im Salon gehockt und die Flaschen vom Servierwagen, die nicht zu Bruch gegangen waren, auf den Tisch gestellt.

Sie war wie in Trance durch das Haus gelaufen, wo sich die unbekümmerten Stimmen der Männer mit der furchtbaren Musik gemischt hatten, die Ed immer wieder abspielen ließ.

Ihre eigenen Schmerzen hatte sie vergessen. Das Einzige, woran sie denken konnte, war diese arme junge Frau, die ihr Leben verloren hatte, weil Margo sich geweigert hatte, zur Polizei zu gehen oder durch ein Fenster in die Freiheit zu fliehen.

Sie hatte doch nur helfen wollen.

„Die Polizei wird kommen", hatte Margo gegen fünf Uhr morgens gesagt, als Ed sie gestützt hatte, um die Treppe raufzugehen. Sie war so unendlich müde und abgekämpft, ihr Körper so lädiert. Wie Pudding gaben ihre Knie ihrem Gewicht nach, als sie das Bett erreichten.

„Das glaube ich nicht. Sie hatte offiziell frei. Ich hatte ihr schon den Tag davor freigegeben."

„Trotzdem werden sie kommen."

„Dann wird die Leiche schon weg sein."

Leiche. Der Begriff „Leiche" in ihrem Haus hörte sich so wahnsinnig falsch und unglaublich an. Ausgesprochen von ihrem eigenen Ehemann. Margo wurde wieder entsetzlich schlecht. Ed brachte sie ins Badezimmer, wo sie aufgrund ihrer Schmerzen und ihrer Erschöpfung zusammenbrach.

Am nächsten Morgen erwachte sie durch dieselben Klänge, mit denen sie vor wenigen Stunden eingeschlafen war. Erneut dröhnte „Beyond The Sea" durchs ganze Haus.

„NEIN, NEIN, NEIN!", wimmerte Margo, legte die Hände auf die Ohren und wollte so sehr, dass es aufhörte, weil sie jeden Ton und jede Zeile dieses verdammten Liedes bis auf den Tod hasste. Dass man einen Menschen mit Musik, mit einem einzigen sich ständig wiederholenden Song, tyrannisieren konnte, hätte sie niemals für möglich gehalten.

Als sie die Augen öffnete und ihre Orientierung zurückerlangte, stellte sie fest, dass sie wieder im Badezimmer lag. Oder noch immer? In ihren Haaren klebte Blut und Erbrochenes. Neben ihr lag eine Lache von grünem und weißem Schleim mit Stückchen drin. Das erklärte wohl die Schmerzen in ihrem Bauch und in ihrem Kopf.

„Ed?" Margo zog sich am Waschbecken hoch und entdeckte im Schlafzimmer wieder den Lichtstrahl der Sonne. Okay, es musste also ungefähr neun Uhr sein.

Sie stapfte durchs Schlafzimmer, immer wieder hielt sie sich irgendwo fest, weil ihr Kreislauf verrücktspielte. „Ed?"

Er musste doch hier sein, sie brauchte Hilfe, ganz dringend. Wieder überkam sie die Übelkeit, sie lehnte sich gegen die Wand, atmete tief und stolperte weiter zur Treppe. Unten war die Musik genauso laut wie oben. Margo schritt über den blitzblanken Boden in den Korridor, in Eds Büro brannte Licht.

Dann klingelte es an der Tür.

Margo erstarrte kurz und riss die Augen weit auf. Sie drehte den Kopf und, ohne darüber nachzudenken, setzten sich ihre Beine wie von selbst in Bewegung. Sie war kaum zwei Schritte weit gekommen, da war er hinter ihr, umklammerte ihren Körper und legte die Hand auf ihren Mund. Margo musste würgen, Eds Hand stank unbeschreiblich nach Blut und Alkohol und Fleisch. Aber noch bevor sie sich übergeben konnte, zerrte er sie zur Kellertür unter der Treppe. Er öffnete sie und schob Margo auf den Treppenabsatz. Dort erbrach sie sich.

„Bäh!" Ed wischte sich die Hand an der Hose ab. „Das wirst du später selbst sauber machen."

Margo nahm all ihre Kräfte zusammen und versuchte, an ihm vorbeizustürmen. Ed drückte sich gegen sie, sodass Margo zwischen ihm und dem Türrahmen des Kellers gekeilt war. „Du wirst hierbleiben und keinen Mucks von dir geben! Verstanden!"

Sie würde schreien. Egal, wer an der Tür war, sie würde schreien!

„MARGO!", zischte er. „Wenn du etwas sagst, wenn man dich hört, dann bring ich dich um. Hast du verstanden? Und du weißt, dass ich dazu fähig bin!" Er ließ sie so ruckartig los, dass sie fast die Treppe hinuntergefallen wäre.

Dann schloss er die Tür, und Margo stand im Dunkeln.

Die Musik verstummte.

Schrei!

SCHREI!

Wenn du etwas sagst, wenn man dich hört, dann bring ich dich um!

Es kam kein Ton aus ihrem Mund.

Und du weißt, dass ich dazu fähig bin!

Tränen flossen über ihr Gesicht. Sie hatte kaum Kraft, die zwei Stufen hochzugehen, die sie von der Kellertür trennten, sie hatte nicht einmal die Energie, ihren Mund zu öffnen, um zu schreien, oder war all das die Tarnung dafür, dass sie sich nicht zu schreien wagte?

Margos Augen gewöhnten sich an die Dunkelheit, war es doch nicht stockfinster, denn unten im Keller brannte ein schwaches weiß-blaues Licht. Gleichzeitig hörte sie Stimmen, hörte Ed und Anna, aber so klar, dass sie nicht draußen im Salon reden würden, weit weg von ihr, sondern irgendwo … hier.

Margo runzelte die Stirn. Langsam rutschte sie die Treppe hinunter und entdeckte die Monitore. Sie hielt sich am Handlauf der Treppe fest, ignorierte krampfhaft den verdrehten Körper der Haushälterin am Fuß der Treppe und fixierte die zehn Monitore, die auf drei aneinandergestellte Tische im Keller standen.

„Was zum Teufel …" Margo ging weiter und betrachtete die Tastaturen und Schaltknöpfe. So etwas hatte sie noch nie gesehen, außer in irgendwelchen Filmen über Kommando-Einsatzzentralen, wenn FBI-Agenten hinter Verbrechern des Gesetzes her waren.

Sie starrte auf die Monitore und stellte schnell fest, dass es sich bei den Bildern um die Aufnahmen mehrerer Überwachungskameras handelte. Ein Monitor zeigte den Hauseingang, einer den Hintereingang und den Hof, einer das Schlafzimmer, ein anderer den Salon. Es gab eine

Überwachungskamera in ihrem Studio und eine in der Küche, im Wohnzimmer und im Eingangsbereich. Es gab Kameras in jedem Raum dieses Hauses.

Warum war ihr das nie aufgefallen? Wie gut hatte Ed diese Kameras versteckt?

Margo betrachtete den Stuhl vor dem mittleren Tisch, ein moderner und gemütlicher Bürostuhl. Wie viele Stunden verbrachte Ed hier drinnen, um sie zu beobachten? Seit wann?

Ihr Blick glitt zu dem Telefon neben einer benutzten Kaffeetasse. Es war ihr Telefon. Sie nahm es in die Hand. Es war ausgeschaltet, und den Code kannte sie nicht, weil er ihn eingegeben hatte. Doch ihr Interesse galt in diesem Moment sowieso eher dem Gespräch zwischen Anna und ihm. Sie saßen beide im Wohnzimmer, nicht etwa im Salon, wo Ed sonst die Gäste des Hauses begrüßte.

Margo konnte sie über den Bildschirm genau beobachten. Sie fand den Lautstärkeregler und drehte etwas auf.

„Verstehst du, und deswegen weiß ich nicht, was ich tun soll", sagte Ed und klang verzweifelt. „Ich kann ihre abweisende Art einfach nicht kapieren."

Wovon sprach er? Von ihr?

„Ich verstehe", tat Anna mitleidig.

„Wenn sie wenigstens mit mir reden würde", meinte er. „Aber … sie wacht morgens auf, dreht sich von mir weg und sagt kein Wort. Und das führt zu Spannungen."

„Natürlich!" Anna legte ihre Hand auf seine. „Weißt du, ich hatte den Eindruck, es läuft besser. Sie hatte schon einmal so eine Phase, aber dann, mit dem neuen Jahr, war alles wieder gut, und das ging Monate so. Sie war fröhlich, sie lachte, sie scherzte, sie arbeitete fleißig, hatte Spaß! Doch jetzt im Sommer fing es wieder an. Sie ist mürrisch auf der Arbeit. Redet kaum und verhält sich in letzter Zeit wirklich sehr merkwürdig. Ich kann ihre Launen auch nicht mehr ertragen. An manchen Tagen sieht sie mich nicht mal an, wenn ich mit ihr spreche. Und wie gesagt, das war schon mal so."

„Siehst du." Ed seufzte tief. „Dann kannst du dir ja vorstellen, wie schlimm es erst zu Hause ist."

Weinte Ed? Margo sah noch genauer hin.

„Ich … Ich weiß nicht, was ich machen soll. Ich kann sie nicht verlassen, weil ich sie liebe, aber … Sie ist oft so wütend." Ed ließ sich ernsthaft von Anna in die Arme nehmen.

Margo erstarrte.

„Anna … Ich weiß nicht, was ich falsch mache!"

„Du machst nichts falsch, Ed. Du bist so gut zu ihr!" Anna streichelte über seinen Rücken wie bei einem kleinen Kind, bis er seinen Kopf in ihre Schulter grub.

„Sie ist auch so fies zu Walden, unserem Hausmeister. Sie hasst ihn! Obwohl er nichts getan hat! Sie sagt immer, er würde sie anstarren. Ja, Walden ist komisch, aber er hat keine Leiche im Keller, ich vertraue ihm!"

Margo begann zu zittern.

Ed war verrückt.

Sie wusste ja, dass er krank war, aber spätestens nach der Entdeckung seines Reiches im Keller wusste Margo, dass ihr Ehemann verrückt war.

„Hey, hey", sagte Anna. „Sieh mich mal an."

Margo musste mitansehen, wie Anna ihre Hände um sein Gesicht legte. „Ich bin immer für dich da", kam es leise. „Das weißt du, ich habe es dir bewiesen …"

Margo kroch es die Kehle rauf. Es waren nicht nur die Worte der vermeintlich besten Freundin, die zum Kotzen waren, sondern auch das manipulierende Verhalten Eds – und der Geruch im Keller.

Als Margo kaum noch einen Zentimeter zwischen den Gesichtern von Ed und Anna ausmachen konnte, empfand sie eine unfassbare Wut und den Drang, es ihm heimzuzahlen. Alles, was er getan hatte. Alles.

Die beiden standen auf, und auf dem anderen Monitor konnte Margo sehen, wie sie sich im Eingangsbereich in den Armen lagen.

„Mach's gut, Ed. Und melde dich, wenn du mich brauchst."

Du verdammtes Stück Dreck.

„Danke, Anna. Wir sehen uns nachher im Büro?"

„Klar, ich warte auf dich."

Dieses Flüstern …

Als Anna ging und Margo sah, wie sich Ed auf den Weg zum Keller machte, ging sie von den Tischen weg und zur Treppe. Die Tür sprang auf, und Ed kam herunter. „Boah", sagte er, „das stinkt." Dann hob er den Blick zu Margo. „Hast mein Geheimnis entdeckt, hm?"

„Welches meinst du?" Sie drehte sich zu den Monitoren. „Das hier oder Anna?"

Ed lachte. „Hat's dir wehgetan?"

„Ich liebe dich nicht mehr, also tut's auch nicht weh. Fick doch, wen du willst!"

„Na, na, na." Er steckte die Hände in die Taschen seiner Hosen und ging auf sie zu. „Ich liebe dich, Margo. Nur dich. Und ich würde mir wünschen, wenn du mir den gleichen Respekt zollst und es genauso siehst. Ich lebe für dich." Theatralisch griff er sich an die Brust. „Du bist mein Leben."

Sie schüttelte den Kopf. „Sieh mich an, Ed! Das warst alles du." Dann wies sie auf Beverly. „Du hast einen Menschen getötet."

„Es war nicht meine Schuld. Es war ihre Schuld, sie hätte nicht wiederkommen dürfen. Außerdem hast du sie nach unten geschickt, nicht ich."

„Irgendwann wirst du für all das bestraft werden, Ed. Und wenn ich dafür sorgen muss." So tapfer, wie es sich anhören sollte, klang es nicht.

„Und was ist dein Plan?"

„Ich verlasse dich. Irgendwann. Wenn du nicht damit rechnest. Ich bin einfach weg. Oder mir fällt etwas ein, womit ich dich vernichten kann, aber Beverlys Tod wirst du büßen, mehr noch als alles, was du mir angetan hast." Margo weinte. „Ich schwöre dir, Ed, eines Tages werde ich dir heimzahlen, was du getan hast."

„Das wird dir nicht gelingen, denn keiner wird dir glauben." Er zeigte nach oben. „Die Tür ist offen. Mach dich schick und geh zur Arbeit. Erkläre Anna, wie böse ich bin, mal gucken, ob sie es dir abnimmt."

In Margo brodelte es. „Sie braucht sich doch nur mein Gesicht anzusehen."

Ed lachte. „Und du denkst, mir würde nichts einfallen, das zu erklären?" Er streichelte ihre Wange. „Margo, wenn du wirklich etwas vorhast, was mich beleidigen oder mir schaden würde, wenn du etwas tun möchtest, das böse wäre, denke immer daran, dass ich dich finden und töten würde."

„Du würdest mich niemals töten. Du liebst mich zu sehr."

Eds Miene veränderte sich. „Aber ich kann dir das Leben zur Hölle machen."

„Das hast du doch schon", schniefte sie. „Was, wenn ich gehe und der Polizei sage, dass du Beverly ermordet hast?"

„Hast du einen Beweis?"

„Die Kameras."

„Alles gelöscht, hältst du mich für so dumm?"

„Nein, deswegen hast du Anna einen Hinweis gegeben, dass Walden eine Leiche im Keller haben könnte."

„Und noch mal, hältst du mich für so dumm?"

Margo verstand nicht.

„Wie gesagt: Ich kann dir das Leben zur Hölle machen." Ed ließ von ihr ab und lehnte sich lässig ans Treppengeländer. „Das war kein Hinweis für Walden, sondern für dich."

Margo erstarrte.

„Beverly hat sich in mich verliebt, weißt du nicht mehr? Und ich konnte ihr kaum widerstehen. Dieses süße, hübsche Mädchen. Diese kleinen prallen Brüste. Der Knackarsch. Wie eine Puppe hat sie sich in meinen Händen angefühlt."

„Ed …" Margo hielt sich an der Wand fest. Er hatte schon einen Plan. Und in dieser Geschichte war sie – wie immer – die Schuldige.

„Meine mürrische Ehefrau ist davon überzeugt und hat begonnen, Bev zu hassen", erzählte er weiter. „Dann hat sie sie getötet. Natürlich werde ich bei der Polizei bezeugen, wie eifersüchtig du warst und ja, ich werde meine Affäre zugeben."

„Du bist krank!"

„Ich bin gut, Margotchen." Er legte ihr Kinn zwischen Zeigefinger und Daumen seiner Hand. „Dein Gesicht sieht besser aus. Es wird langsam."

Sie schlug ihn weg. „Also wirst du mir damit drohen, ja? Wenn ich gehe, wirst du mich der Polizei ausliefern."

„Natürlich werde ich das. Schließlich wird man mir glauben. Jeder wird wissen, wie sehr du an meinem Geld festhältst und keinen Nebenbuhler duldest! Aber keine Sorge, ich würde dich schon aus dem Knast kriegen, Geld regiert die Welt." Ed grinste dämlich. „So, und nun komm rauf, Walden und ich müssen eine Leiche verschwinden lassen."

5

Oktober 2023

Zwei Wochen später ging Margo das erste Mal wieder ins Büro. Während ihre körperlichen Wunden geheilt waren, hatte ihre Seele noch immer keinen Frieden gefunden, und schwer damit zu kämpfen, das Bild von Beverly in den Scherben loszuwerden.

Jedes Mal wenn Margo Ed in die Augen sah, spiegelte sich darin, was er getan hatte und dass ihr Tod verhindert hätte werden können, wenn sie nicht …

„Hey." Stan riss sie aus ihren Gedanken, als er das Büro betrat. Wie immer ohne Schuhe, das Sakko über einem T-Shirt mit dem Abbild von Billy Idol tragend, dazu Jeans. Er begrüßte erst Julia und dann Margo. Sie unterhielten sich eine Weile über das Geschäftliche, wobei Margos Aufmerksamkeit ganz woanders lag. War sie ein Mensch, der gern anderen half, hatte sie jetzt das Gefühl, dass sie dringend selbst Hilfe brauchte.

„Der Architekt war gestern hier, hast du kurz noch Zeit, dir die Pläne anzusehen?", fragte Margo und zeigte zur Tür.

„Klar." Stan folgte ihr in den Konferenzsaal.

Da auch hier die Wände aus Glas jeden Blick auf das Innere des Raumes freigaben, schloss Margo die Lamellen.

Stan hob die Brauen und lehnte sich lässig gegen einen der Stühle, als sie damit fertig war. „Jetzt? Hier? Margo, du böses Mädchen." Er lachte, während sie kurz erstarrte und die Hände zu Fäusten ballte.

„Ich wollte was mit dir bereden."

„Ich habe schon gesehen, dass hier keine Pläne liegen." Stan ergriff ihre Hand und zog sie zu sich.

Es gab etwas zwischen ihnen, das hatten sie beide schon bei ihrem ersten Treffen gespürt. Dass sie verheiratet war und er ihren Mann sogar kannte, schien Stan nicht zu interessieren. So fühlte es sich absolut richtig an, als er sie in seine Arme schloss und ihr über den Rücken streichelte.

„Wie sehr hängst du an New Orleans?", wollte sie wissen. Dabei spürte sie, wie sich seine Brust hob und senkte. Für ihn war sie kein

Flirt an der Kaffeemaschine, keine übertrieben gespielte schnelle Nummer auf dem Angestelltenklo, das wusste sie. Nein, Stan schenkte ihr das, was ihn ausmachte: Das Gefühl, dass jeder Mensch respektvoll behandelt werden sollte, dass es so viel mehr gab als ein Techtelmechtel. Dass es wichtig war, nicht nur Liebe zu empfangen, sondern auch zu geben, genauso wie Schutz und Wärme.

„Ist meine Heimatstadt, wieso?"

Sie löste sich von ihm. „Ich habe das Gefühl, dass ich hier wegmuss."

„Wann?"

„So schnell wie möglich."

„Und wo willst du hin?"

Margos Augen füllten sich mit Tränen. Stark zu sein bedeutete manchmal eben auch, in gewissen Momenten oder vor bestimmten Personen seine Maske fallen lassen zu können, ohne sein Attribut zu verlieren. „Ich weiß nicht, irgendwohin."

Stans Blick war eindringlich. „Ich habe gehört, dass neulich die Polizei bei euch war. Hat das was damit zu tun?" Jetzt legte er beide Hände an ihre Arme und fragte besorgt: „Margo, tut er dir weh?"

Sie schüttelte den Kopf. „Die Polizei war wegen dieser vermissten Frau da. Beverly hat bei uns sauber gemacht, aber … Zu dem Zeitpunkt hatte Ed sie freigestellt, und das haben die Detectives auch so hingenommen. Ich hatte echt Bedenken, sie könnten Ed was anhängen, weil sie ihn lange verhört haben, aber ich glaube, das ist nur deren Masche." Margo versuchte zu lächeln.

„Du hast meine Frage nicht beantwortet." Stan ließ nicht locker. „Tut er dir weh, Margo?"

„Ich habe den Kopf geschüttelt."

„Das reicht mir nicht. Tut er dir weh?"

„Nein!"

Er glaubte ihr nicht. Sie konnte es sehen. „Na schön."

„Also, würdest du mitkommen?", fragte sie nervös.

„Aber Margo, was ist mit Anna und Julia? Lässt du sie einfach im Stich?"

„Ich komme wieder." Klar. „Irgendwann."

Er seufzte. Wahrscheinlich suchte er nach Worten, weil er ganz genau wusste, was Sache war. „Und wo willst du hin?"

„Wo ist es denn schön?"

„Überall. Such dir was aus."

Voller Hoffnung funkelten ihre Augen. „Du kommst mit?"

Er legte den Kopf schräg. Brauchte nichts zu sagen, weil sie seine Antwort kannte. „Ich mag dich. Ich erkenne so vieles in dir, was ich mir für die eine Person an meiner Seite vorstelle. So gern würde ich dich kennenlernen. Wenn ich abends einschlafe, denke ich: Ach, es wäre schön, wenn sie jetzt hier wäre. Wache ich auf, denke ich: Wann ist verdammt noch mal unser nächster Termin zusammen? Ist es noch lange hin, bin ich ständig versucht, nach meinem Telefon zu greifen und dich zu fragen, ob wir einen Kaffee trinken gehen, obwohl ich weiß, dass du mir einen Korb geben würdest."

Seine Worte waren schön, holten sie jedoch in die Wirklichkeit zurück, denn Margo war keine fünfzehn mehr. Niemals würde sie zulassen, dass er für sie der Stadt den Rücken kehren würde, dafür war ihr Verhältnis zueinander noch gar nicht ausgereift genug. „Stan … ich …"

„Ich kenne den Grund. Und deswegen fahre ich dich auch weg von ihm. Hinnehmen kann ich das allerdings nicht. Doch bevor ich jemandem aufs Maul hauen muss, will ich wissen, ob es wirklich berechtigt ist, Margo."

Er würde dich töten.

„Stan, glaub mir." Es tat weh, ihn anzulügen. „Ich bin nicht in Gefahr. Ich will nur weg, aus mehreren Gründen. Aber du brauchst dich nicht gegen Ed zu stellen." Sie lachte schwach, um ihren Ausführungen Glauben zu schenken. „Okay?"

Stan kämpfte mit sich. „Wann?"

„Wann kannst du mich fahren?" Sie sah auf den Kalender. Heute war Donnerstag.

„Ich bin am Wochenende nicht in der Stadt."

„Verdammt!"

„Morgen?", sagte er hektisch, und sie merkte, dass ihm noch mehr Fragen und Zweifel im Kopf herumschwirrten, weil sie signalisiert hatte, es eilig zu haben.

„Dann am Montag!"

„Okay, Montag." Stan holte tief Luft. „Bis dahin hat Anna Zeit, den Schock zu verdauen."

„Ich sage es niemandem." Sie hielt ihn fest. „Und du bitte auch nicht."

„Aber deine Arbeit …"

„Ich lasse mir wegen Anna etwas einfallen. Aber es darf wirklich niemand erfahren, dass ich weggehe und wohin."

Stan seufzte tief. „Das hört sich verdammt nach einer Flucht an, und ich weiß nicht, ob ich damit zurechtkomme, dich noch vier Tage …"

„Pssst!" Sie hob ihren Zeigefinger und legte ihn an seine Lippen. Zu gern hätte sie diese geküsst. „Montagabend um sechs Uhr. Warte in der Tiefgarage auf mich."

„Okay …"

Die Tür wurde geöffnet.

Margo schrak zusammen und nahm schnell ihre Hand zurück. Beide starrten zur Tür, wo Anna abrupt stehen geblieben war.

„Ich … wollte nicht stören", sagte sie. „Aber in fünf Minuten ist hier Meeting und ich wollte den Beamer anschalten."

„Schon gut", entgegnete Margo. „Also dann, Stan, ich bekomme die Infos spätestens morgen?"

Er räusperte sich. „Spätestens." Er nickte, und beide gingen an Anna vorbei.

Als Anna gerade Feierabend machte und auch Julia ihre Tasche auf den Stuhl stellte, schrieb Margo noch ein paar E-Mails, während sie ab und zu nach Bed and Breakfasts in der Nähe von Lafayette und Baton Rouge suchte. Es waren schöne Häuser dabei. Nur, zwei, drei Zimmer, mitten im Wald oder an einem Fluss gelegen, zwischen prächtigen Blumen und Pflanzen, weit draußen auf dem Land. Sie stellte sich vor, mit ihrem Kaffee im Garten auf der Bank zu sitzen und die Vögel zwitschern zu hören.

„So", sagte Julia, als sie mit ihrem Kaffee wiederkam. „Ich bin dann mal weg."

„Bis morgen."

„Du kommst heute Abend nicht mit?"

Da gab es wieder Drinks in irgendeiner Bar. „Nein, nächstes Mal."

Julia nickte und nahm ihre Tasche. Dann ging sie zur Tür. Ihre Hand lag auf dem Knauf, als sie sich noch einmal umdrehte. „Was verschweigst du mir?"

Margo zuckte zusammen. „Hm?"

„Wenn du kommst, bleibst du länger als alle anderen. Manchmal kommst du aber nicht zur Arbeit, und oft meldet dich Ed dann ab. Was ist los?"

„Es war alles sehr viel in letzter Zeit", erklärte Margo. „Ich war krank. Ich … Ed und ich hatten ein paar Differenzen und dann die Sache mit Beverly. Das macht mich fertig."

„Das verstehe ich."

„Auch dass die Polizei in meinem Haus war. Kannst du dir vorstellen, wie furchtbar das ist?"

„Ja, ein bisschen schon." Julia seufzte. „Ich habe im Fernsehen mal was gesehen. Es gibt so Zeichen, die man machen kann, wenn man nicht reden darf oder … kann. Im Internet gibt es so Videos dazu und …"

Margos Herz wurde schwer. Julia war wie Beverly. Eine richtige Freundin.

„Nur zur Info, ich habe sie mir angesehen", flüsterte Julia. „Okay?"

Margo lächelte. „Ich brauche einfach nur eine Auszeit, aber … danke, Julia."

Julia verließ das Büro, und Margo beugte sich zu ihrer Schublade, um ihre Pille zu nehmen. Sie hatte sie vorhin aus ihrer Handtasche in die Schublade getan, doch jetzt war sie nicht mehr da. Margo runzelte die Stirn. Sie war sich ganz sicher, den Blister hier hineingelegt zu haben. Augenblicklich streckte sie den Kopf zur Decke. Gab es hier etwa auch eine Kamera? Wusste Ed von der Antibabypille in ihrem Schubfach?

War er hier gewesen?

Margo wurde heiß und kalt zugleich. Sie hörte den Fahrstuhl, in den Julia stieg, um dann nach Hause zu fahren.

Geh hinterher!

Margo zitterte.

Er findet dich überall.
Und er wird der Polizei sagen, dass du die Haushälterin getötet hast, weil du eifersüchtig auf ihre Affäre warst.

„Komm schon", japste sie.

Mut?

Oder Resignation, weil er es geschafft hatte, sie zu brechen?

Ihre Füße wollten sich nicht bewegen.

Komm schon, du warst doch so stark! Du hast angefangen, dich zu wehren! Und dann ja gesehen, was du davon hattest.

Beverly war tot.

Margo verschränkte die Arme auf dem Tisch und legte den Kopf darauf. Dann begann sie zu weinen.

Gegen neun Uhr kam sie nach Hause.

Ed wartete auf sie. Er saß an dem leeren Tisch im Esszimmer und starrte die Platte an. Es war anders als sonst, denn sonst standen dort Beverlys köstliche Gerichte, deren Duft schon von Weitem zu riechen war.

Kein Essen.

Keine Kerzen.

Nur ein nackter Tisch aus Glas und ein Mann, der an dessen Ende saß und geduldig auf seine Ehefrau wartete.

„Hey", sagte sie, zog die Jacke aus und schaute sich schon im Eingangsbereich nach ihrer Pille um.

„Guten Abend."

Margo wollte nach oben gehen.

„Bleib bitte hier!", forderte er sie weder harsch noch freundlich auf.

Sie schloss stöhnend die Augen, ging dann die zwei Stufen wieder hinunter und bog ins Esszimmer ab.

„Hinsetzen, bitte!"

Seiner Anweisung folgend, setzte sie sich.

„Ich bin nicht sehr glücklich über deinen ersten Arbeitstag."

Kameras. Jetzt war sie verloren.

Ihre Hände wurden schwitzig, eiskalt lagen sie zwischen ihren Beinen. „Zwei Sachen." Er warf ihr den angebrochenen Blister ihrer Pille entgegen. Der landete gut einen halben Meter vor ihr auf dem Glas. „Erstens."

Margo hielt die Luft an.

„Zweitens: Anna hat mich angerufen." Eds Blick veränderte sich. „Hast du etwas zu beichten?"

„Nein", sagte sie resigniert. „Das hat sie sicherlich für mich übernommen."

„Ich will es von dir hören."

„Du kannst mich mal."

Ed sprang auf, beugte sich über den Tisch, griff nach einem der gläsernen Kerzenständer und feuerte ihn gegen die Wand.

Margo wich erschrocken in ihren Stuhl zurück, da war er bei ihr und packte sie am Haar. „Wie kannst du es wagen, mich zu hintergehen?"

Sie rang nach Fassung.

„Du hast ihn angefasst! Anna hat es gesehen!"

„Ich habe ihn nicht mehr angefasst als du Anna, als sie hier war!"

„DAS IST NICHT DAS GLEICHE!", schrie er, schüttelte sie und ließ dann von ihr ab. „Warum hast du das getan?"

„Ich habe ihn nicht angefasst, verdammt, es … Er hat etwas gesagt, und ich wollte nicht, dass er weiterredet …" Margo stand auf und ging in den Eingangsbereich, Ed rannte hinterher.

Als sie zur Haustür gehen wollte, packte er ihren Arm, verdrehte ihn, sodass sie vor Schmerz aufschrie. „AU! AU! ED!"

Er zog sie mit sich, und weil sie ihren Arm nicht bewegen konnte, wehrte sie sich nicht. Tränen schossen ihr in die Augen, weil der Schmerz so widerlich war. „HÖR AUF!"

Ed schleifte sie die Treppe hinauf, oben bog er zum Schlafzimmer ab.

„Nein, Ed, nein!"

Er warf sie aufs Bett und öffnete seine Gürtelschnalle, und als sie wegkrabbeln wollte, setzte er sich auf sie und schlug ihr ins Gesicht. Dann zog er sich die Hose runter, schob ihr enges Kleid nach oben und ihren Slip zur Seite.

Margo hämmerte gegen seine Brust, doch als er sich auf sie legte, wog sein Gewicht so schwer, dass sie kaum atmen konnte.

Er will ein Kind.
Und er will dich.

Grunzend bewegte Ed sich auf ihr, während sie keine Kraft mehr hatte, sich zu wehren. Ihre Gedanken flogen in ein Haus in der Nähe des Waldes. Sie schloss die Augen. Konnte den Kaffee riechen, die Wärme der Tasse in ihren Händen und die zwischen den Tannen hindurchspähende Sonne auf ihrem Gesicht spüren.

„Ich hasse dich", hauchte Margo so leise, dass Ed sie nicht hören konnte. Und als er fertig war und sich von ihr abrollte, krümmte sie sich zusammen und träumte von Montag.

Am nächsten Morgen wurde sie wach, weil die Sonne ihre Nase kitzelte. Als Margo sich umdrehte, war Eds Seite des Bettes leer. Der Wecker zeigte nach halb zehn und die Tür war geschlossen.

Das war eigenartig, die Tür war immer offen.

Margo stieg aus dem Bett, zog den Saum ihres Kleides nach unten und als sie die Tür zum Glück öffnen konnte, hörte sie ihre Stimme.

„JULIA!" Margo rannte nach unten, doch die Tür fiel bereits ins Schloss, und Ed stand daneben.

„Verpasst."

Margo wollte an ihm vorbei, doch er hielt sie fest. Sie stieß ihm ihr Knie in den Schritt, so fest, dass er zusammenzuckte und sie losließ, machte kehrt und rannte durch das Haus und durch den Nebeneingang in den Hof, überquerte ihn bis zu den Garagen, weil dort eine Tür nach draußen führte. Sie öffnete sie, stand auf der Straße und schrie: „JULIA!"

Doch Julia war schon weiter weg, war gegangen.

Ein Windspiel ertönte, als sie die Straße runtersah. Es war wie Magie, als ihr Blick von dem Ort angezogen wurde, von dem das Glockenspiel herrührte.

Margo ging durch die Tür zurück in den Hof. Das Windspiel wurde hier lauter. Sie hatte seine Klänge noch nie gehört. Sie kamen nicht von dem Nachbar, nein, sie kamen vom Gästehaus. Es hing oben über einem der Fenster.

Ein wunderschöner Klang sich im Wind wiegender Tonschalen.

Margo betrachtete es, als sei es ein widerliches Ding, denn wer zum Teufel hatte ein so wunderschönes Teil an dieses grauenhafte Haus gehängt?

Von seiner Melodie angezogen, schritt Margo rüber zur Tür und dann die Treppe rauf. Sie hörte Walden schnarchen, denn manchmal stand der nicht vor elf Uhr auf. Neben seiner Wohnung befand sich ein Gang zu wenigen Zimmern, die noch nicht ausgebaut waren. Der Korridor war nicht vertäfelt und dunkel, doch durch die letzte Tür fiel Licht, ein in der Sonne glitzerndes Licht, das rote und blaue und grüne Funken warf.

Margo folgte diesem Licht, denn die Melodie des Windspiels wurde ebenfalls lauter.

„Was zum Teufel …" Ihr schlug das Herz zum Hals, als sie die Tür erreichte und genau wusste, was sie erwartete. Als sie sie öffnete, erblickte sie ein vollständig eingerichtetes Babyzimmer. „Nein …"

In der Mitte stand eine mit blauem Stoff bezogene Wiege. Dieselbe Farbe zierte die Wand, den Teppich und die kleinen Kissen auf der Bank unter dem Fenster. Die Sonne schien herein, das Windspiel davor tanzte in ihrem Licht. Teddys saßen in einer Reihe auf einem Regal.

Es war das schlimmste Zimmer, das sie je gesehen hatte, denn es war von einem Monster eingerichtet worden, das niemals der Vater eines Kindes werden durfte.

Margo ging in das Zimmer, die Wickelkommode war eingeräumt, Windeln lagen fein säuberlich in einem Korb, daneben Waschlappen und eine Schale mit Bodylotion und Puder. Ein kalter Schauer lief ihr über den Rücken, als sie Schnuller und Fläschchen entdeckte. Als sie sich umdrehte und den Namen an der Wand las, glaubte sie, zusammenzubrechen. *Edmund* stand in blauen Lettern neben der Tür, jeder Buchstabe mit Bällen und Bausteinen verziert.

Ein Geräusch ließ sie zum Fenster sehen. Drüben aus der Villa schritt Ed mit einem Gesicht voller Zorn. Margo rannte aus dem Zimmer, rüber zu Walden, der aufgestanden war und sie erschrocken anstarrte.

„Er kommt", flüsterte Margo, weil sie keine Ahnung hatte, was sie tun sollte.

Walden grinste, so wie immer, doch dann machte er eine Kopfbewegung in eines der unfertigen Zimmer. Margo ging dort hinein und stellte sich hinter die Tür. Ein Besen lehnte neben ihr an der Wand.

Ed kam ins Gästehaus gepoltert und rannte die Treppe rauf. „Wo ist sie?"

„Weiß ich nicht."

„DU LÜGST!" Ed schaute in jeden Raum, und als er in das Zimmer kam, in dem Margo stand, holte sie aus und schlug ihm mit dem Besen gegen die Nase.

Ed taumelte, sie stürzte an ihm vorbei, doch er hielt sie am Bein fest, und sie fiel zu Boden. Sie wollte sich aufrappeln, doch er war schneller und packte sie am Kleid. Der Stoff zerriss. Er bekam ihren Nacken zu fassen und knallte ihren Kopf auf das Parkett. „DU DUMME HURE!", brüllte er sie an.

Das Letzte, woran Margo sich erinnerte, war, dass es dunkel und kalt wurde. Leise. Richtig still.

Sie musste weggetreten sein.

Als sie zu sich kam, versuchte sie, etwas zu erkennen.

Da waren die zwei schmalen Fenster. Der Käfig im Raum. Die letzte Stufe der Treppe in ihrem Rücken und der eisig kalte Steinboden unter ihrem Po. Und dann wusste sie es genau: Sie war wieder im Keller des Gästehauses.

„Julia hat unglaublich nervige Fragen gestellt. Und sie wollte nach oben gehen, weil sie mir nicht geglaubt hat. Dann bin ich ziemlich ungehalten worden. Es wäre also besser, wenn du sie anrufst und ihr sagst, dass wirklich alles in Ordnung ist. Denn du weißt, wie es endet, wenn es jemanden gibt, der für dich kämpfen will." Ed streckte seine Hand aus, um Margos Wange zu streicheln. „Das hatten wir schon einmal, und es ist nicht sehr gut ausgegangen, nicht wahr?"

Margo erwiderte nichts. Sie hockte unten am Treppenantritt, den Kopf gegen die kalte Wand gelehnt. Ed saß eine Stufe über ihr. Neben ihm ein Teller mit Rosmarinkartoffeln und ein Steak. Sie würde es nicht anrühren.

„Nun ja, also ich gebe dir gleich das Telefon, und du wirst Julia sagen, dass du eine Migräneattacke hattest und es dir jetzt wieder besser geht. Haben wir uns verstanden?"

Margo nickte.

Ed reichte ihr das Telefon, die Nummer war gewählt. „Denk daran: Merkt sie was, bring ich sie um. Ihre Eltern befinden sich in Deutschland. Wer soll sie schon vermissen?"

„Ihre Freunde."

„Die prüde, mit Stimmungsschwankungen beladene Julia hat keine Freunde. Sieh sie dir doch mal an."

Margo schluckte. Und als Julia ans Telefon ging, gab sie ihr Bestes, die Freundin zu überzeugen, dass sie keine Hilfe brauchte. „Am Montag bin ich wieder da. Bye!"

Ed nahm ihr das Telefon ab. „Am Montag –"

„… muss ich arbeiten", fiel sie ihm ins Wort. Sie glaubte nicht, dass er ihr Gespräch mit Stan gehört hatte. Anna hatte einfach gepetzt. „Ich habe Montag zwei Termine, für die ich gekämpft habe, Ed." Das stimmte. Zumindest ein Termin davon bedeutete ihre Freiheit.

„Fein. Dann werde ich dich zur Arbeit fahren und dich abends wieder abholen." Er stand auf und ging die Treppen hinauf.

Margo rappelte sich auf, nahm den Teller und folgte ihm.

Ed blieb stehen und drehte sich um. „Wo willst du denn hin?"

„Na …"

„Du bleibst hier", sagte er und zeigte auf seinen Unterleib. „Weißt du, wie weh das getan hat? Nein, nein, junge Dame, du wirst hierbleiben und darüber nachdenken, was für ein böses, böses Mädchen du bist."

Das konnte er nicht ernst meinen. „Ed! Es ist eiskalt hier drin!"

„Ja, es ist noch nicht mal Oktober, und der Herbst scheint dieses Jahr früher zu kommen als sonst." Ed verließ den Keller und schloss die Tür.

„Ed!" Der Teller fiel zu Boden. Das Essen und das Porzellan flogen unter der Treppe. Sie hämmerte gegen die Tür. „Ed! Bitte! Ed!"

Doch draußen fiel die Tür zum Gästehaus ins Schloss.

Und Margo war allein.

Am nächsten Morgen wurde Margo von Stimmen geweckt. Sie war oben auf der Treppe eingeschlafen, hatte tierische Schmerzen, blendete die aber aus, als sie die Stimmen hörte und ihr Ohr dicht an das Holz legte.

„Ich mach das nicht, Mann!" Das musste Walden sein. „Irgendwann reicht es auch mal, Ed!"

„Und ich sage dir, du wirst es tun!" Ed.

„Warum tust du es nicht?"

„Es war immer deine Idee!"

Walden klang wütend. „Nein, Mann! Du hattest diese Ideen. Du wolltest der *Totendoktor* sein. Du hast die Masken besorgt."

Die Masken. Auf den Videos. Die Masken der Pest-Ärzte. Der schwarze Tod.

„Ist mir egal! Jetzt geh da rein und binde sie an!", schrie Ed.

Margo zuckte zusammen.

„Erinnere dich, Walden, dass ich jederzeit zur Polizei gehen und meine Vermutungen äußern kann, dass ich glaube, dass du unserer Haushälterin was angetan hast."

„Du hängst genauso drin wie ich!"

„Aber, aber! Ihre Leiche ist in deinem Haus, nicht in meinem. Und wer soll bitte glauben, Edmund Vanderbilt wäre in einen Mord verwickelt?"

Margo vernahm, wie die schwere Tür der Garage zugeschlagen wurde und das Rufen eines Mannes. „Ed!"

„Hey, Gerald!", grüßte Ed und öffnete – so glaubte Margo – die Tür des Gästehauses. „Was machst du denn hier?"

„Wollte mal nach dem Rechten sehen. Habt ihr dieses Wochenende was vor?" Ja, das war ihr Schwiegervater.

Margo hämmerte gegen die Tür. „GERALD!" Sie schlug so kräftig zu, dass sie nicht mehr verstehen konnte, was gesprochen wurde. „Ich bin hier drin! Gerald!" Als sie aufhörte, vernahm sie keine Stimmen mehr. Ed musste ihn eilig ins Haus geführt haben. Verzweifelt sank Margo auf die Knie, weinte und zitterte am ganzen Körper. Ihr Schluchzen mischte sich mit dem Knarren von Holz, was bedeuten könnte, dass jemand die Treppe nach oben in Waldens Wohnung hinaufging.

„Walden", sagte sie unter Tränen. „Walden, bist du's?"

Keine Antwort, doch das Knarren verstummte.

„Walden, bitte." Margo kroch an die Tür und legte sich davor, damit er sie besser hören konnte. „Walden ... Ich ... Bitte, du musst mir helfen, bitte."

Ich habe Durst.

Mir tut der ganze Körper weh.

Die Kälte macht mich wahnsinnig.

Und ich will nur eines: Frei sein.

Margo weinte bitterlich, weil sie glaubte, dass Walden nichts tun würde. Nicht weil er ihr nicht helfen wollen würde, sondern weil Ed auch ihn in der Hand hatte.

Trotzdem drehte sich kurz darauf der Schlüssel im Schloss.

„Deine Mutter wünscht sich, dass Margo und du daran teilnehmen", sagte Gerald. „Es ist immerhin eine große Sache. Ich weiß, du hast viel um die Ohren, aber deine Mutter fragt sich, wo das Geld hinfließt, denn müsstest du nicht eigentlich genug verdienen? Wir reden fast schon von mehreren Millionen!"

Ed saß auf der Couch im Salon, ein Glas Sherry in der Hand. „Was ich mit meinem Geld mache, geht niemanden was an, auch nicht Mom."

„Ja, gewiss, aber … es ist nicht dein Geld. Es ist das Geld deiner Mutter und es … ist auch meines. Du trägst meinen Nachnamen, Ed, und nicht ihren."

„Was willst du, *Daddy*?"

Gerald seufzte und drückte seine Zigarette in einem Aschenbecher aus. „Ich will wissen, was du mit dem Geld tust. Wie viel fließt in diese Organisation? Ist das sauber, was du machst? Wir verlangen Antworten, Ed. Das ist es, was wir wollen. Wir würden dir all unser Geld geben, das weißt du."

„Weil Mom mich so sehr liebt?" Ed trank aus seinem Glas.

„Weil sie sich sorgt."

„Um ihr Geld."

„Ed." Eindringlich schaute Gerald seinem Stiefsohn in die Augen. „Du verlangst monatlich erhebliche Geldsummen von ihr, und sie bittet nun um dieses eine Treffen mit unseren Finanzleuten, um eine Aufstellung zu machen. Es wäre gut, wenn dein Steuerberater dazukommt."

Ed wischte sich über den Mund. „Mom will also die Kontrolle über mein Geld."

„Nein, Ed." Gerald gestikulierte abwehrend. „Deine Mutter will wissen, wozu du von ihr so viel Geld brauchst, obwohl du als Analyst selbst genug verdienst."

Ed trank aus. Lautstark stellte er das Glas auf den Tisch. „Fertig?"

Nervös zündete sich Gerald die nächste Zigarette an. „Fertig. Also dann … nächste Woche Freitag. Sieben Uhr. Okay?"

„Okay." Ed stand auf und zeigte Gerald damit, dass es Zeit zu gehen war.

Gerald hievte sich hoch. „Was ist mit dem Servierwagen passiert? War er nicht von deiner Mutter?"

Ed seufzte genervt. „Ja, kaputt, kann ja mal passieren."

Margo, die das Gespräch belauscht hatte, stürzte in dem Moment hervor, als Gerald und Ed im Eingangsbereich standen. Ihr Haar war zerwühlt, sie wusste, dass sie an der Lippe blutete. Ihr Kleid, das sie schon zwei Tage trug, war dreckig, genau wie ihre Arme. Alles voller schwarzem Dreck aus dem Keller. Ihre Schuhe hatte sie nicht angezogen, war einfach gerannt.

„Hey … Margo." Entsetzt starrte Gerald sie an. „Was ist denn los … geht's dir gut?"

„Gerald, du musst mich mitnehmen", sprudelte es aus Margo heraus. „Er hat mich eingesperrt! Im Keller!" Sie wagte es nicht, zu Ed zu sehen. „Bitte! Bitte, Gerald nimm mich mit!" Sie griff mit beiden Händen nach dem locker sitzenden Blouson ihres Schwiegervaters, der völlig überfordert war. Kein Wort brachte er heraus. Und doch war er der einzige Mensch, neben Julia, von dem Margo wirklich dachte, er würde ihr glauben.

Ach, Margo, wie dumm du doch warst …

Ed eilte auf sie zu, legte die Arme um Margos Taille und zog sie von dem alten Mann weg.

„NEIN!", schrie Margo. „NEIN! Gerald, glaub mir, bitte, bitte, glaub mir!"

Du hast es doch gesehen!

In Vermont!

Du hast gesehen, dass etwas nicht in Ordnung ist!

„Ed, was ist hier los?", fragte Gerald verwirrt.

„Sie ist durcheinander, ich habe dir doch gesagt, dass es Margo in letzter Zeit sehr schwer hat! Bleib hier!" Ed umklammerte Margo, die sich heftig wehrte. „Sie ist aggressiv und total daneben. Sie nimmt starke Tabletten."

„Er tut mir weh, Gerald!", schluchzte Margo verzweifelt und schlug Ed auf die Arme. „Sieh mich doch mal an!"

„Das war Walden", erklärte Ed. „Walden kennt seine Grenzen nicht. Es ist nicht das erste Mal, dass er Margo drüben im Gästehaus nicht mehr aus der Wohnung lässt."

„Walden?" Gerald machte ein fragendes Gesicht. „Was macht sie denn drüben in seiner Wohnung?"

Margo konnte es nicht glauben. Sah Gerald nicht, was offensichtlich war?

„Drüben ist *das* Zimmer." Ed wurde leiser. „Drüben befindet sich *das Babyzimmer.*"

„Baby?", stutzte Gerald.

Margo hörte auf, sich zu wehren, weil sie nicht fassen konnte, was er gerade von sich gab.

„Ja", sagte Ed. „Margo ist schwanger."

Sie erstarrte, bewegte sich keinen Zentimeter und nahm alles, was nun passierte, lediglich wie in Trance wahr. Wie Gerald sagte, dass Ed auf sie aufpassen und er Walden kündigen sollte. Ed, wie er Tränen verdrückte, flüsterte, um Verständnis bettelte und wie er extra die Tür nur einen Spalt öffnete, damit sie ja nicht fliehen konnte.

Was soll ich noch tun?, fragte sich Margo, als sie zusah, wie ihr Schwiegervater das Haus verließ. Ohne sie.

Und *Was habe ich getan,* als Ed sich dann zu ihr umdrehte und mit hochrotem Kopf nach Walden fragte.

Ohne zu antworten, fiel Margo auf die Knie, dann kippte ihr Körper zur Seite, während Ed nach draußen und voller Zorn rüber ins Gästehaus rannte.

Margo hingegen lag auf dem spiegelglatten Fliesenboden im Eingangsbereich, der Blick nach oben in die Galerie gerichtet.

So eine schöne Galerie.

So eine prächtige Holztreppe.

Der Kronleuchter wie Millionen von Diamanten funkelnd.

Was für ein Haus.

Tränen rannen still ihre Wangen hinunter.

Oh, wie sehr hatte sie dieses Haus einst geliebt.

Und wie sehr wünschte sie sich nun, es niemals betreten zu haben.

Kapitel 7

1

Margo war nicht schwanger.

Sie hatten an diesem Samstagabend noch lange geredet. Das heißt, Ed hatte das Wort gehabt, während Margo wie ein stummes Mäuschen am Ende des Esstisches gesessen und erneut kaum einen Bissen hinunterbekommen hatte. Ed hatte verkündet, er habe es nur gesagt, damit Gerald Ruhe gab. Schließlich sei es ja möglich, so viel Mühe, wie er sich in der letzten Zeit gegeben hatte, ein Kind zu zeugen.

Margo hatte ihm kaum zugehört. In ihrem Kopf hatten so viele Fragen getobt, die sich um Gerald drehten. Sie hatte sich gefragt, was der Grund dafür war, dass er ihre Not nicht erkannt hatte.

Warum sollte sich das Babyzimmer im Gästehaus befinden und nicht in der Villa?

Und was hätte sie tun oder sagen müssen, damit Gerald glaubte, dass Ed derjenige war, der ihr das angetan hatte?

Wieso hatte ihr Schwiegervater ihr nicht geholfen?

Sie verstand die Welt nicht mehr.

Aber das war schließlich schon eine ganze Weile so.

„Tu mir einen Gefallen", hatte sie irgendwann hervorgebracht. „Bitte räum das Babyzimmer wieder aus."

„Wieso das denn? Gefällt es dir nicht?"

Sie hatte geweint „Doch. Es ist schön. Aber vielleicht bekommen wir ja auch ein Mädchen. Wie wird sie sich fühlen, wenn ihr Dad sich so sehr einen Jungen gewünscht hat?"

„Bis dahin bleibt Zeit, die Farben zu ändern."

Sie hatte den Kopf geschüttelt. „Es bringt doch sicher Unglück, alles für ein Baby einzurichten, das noch nicht einmal entstanden ist."

„Meinst du?" Er hatte die Schultern gezuckt. „Daran habe ich gar nicht gedacht. Aber das kann schon stimmen."

„Räumst du es aus? Bitte?"

„Na gut." Er hatte geseufzt. „Aber vielleicht bist du ja doch schwanger."

Sie hatte die Augen geschlossen und nicht geantwortet. Konnte man überhaupt schwanger werden, wenn man sich geistig ganz stark dagegen wehrte? Wenn man solchen Stress hatte?

Margo wollte Kinder. Aber nicht mit ihm.

Ed hatte genüsslich sein Sushi gegessen, Margo hatte es nicht angerührt, sondern ständig nur an Montag und an Stan gedacht.

Stan würde ihr helfen.

Er würde sie wegbringen.

Und das war das Einzige, was sie davon abhielt, aus dem Fenster auf die Spitzen des gusseisernen Zaunes vorm Haus zu springen.

Ed ließ sie am Montag zur Arbeit fahren, warnte sie jedoch noch ein paarmal davor, so zu tun, als bräuchte sie dringend Hilfe. Er würde jeden umbringen, der es wagte, ihr zu helfen.

Natürlich hatte Margo Angst um Julia. Und um Stan.

Doch sie würde das schon regeln.

Es war sehr aufregend an diesem Morgen gewesen. Schon in der Nacht hatte sie kaum schlafen können. Sie war aufgestanden und an das Fach drüben im Gästezimmer gegangen. Dort hatte sie schon seit Längerem Bargeld versteckt. Sie hatte immer ein bisschen mehr abgehoben, als sie gebraucht hatte. Vor einem Jahr hatte sie damit begonnen, weil der Wunsch zu fliehen, schon länger da war, als sie geglaubt hatte.

Doch wie sie es Beverly schon erklärt hatte, wenn sie das Risiko einer Flucht einging, wollte sie vorbereitet sein. Bares Geld dabeihaben, damit er ihre Kartenzahlungen nicht nachverfolgen konnte. Nicht mit dem Taxi irgendwohin fahren, denn auch das würde Ed irgendwie herausbekommen. Sie wollte nicht planlos durch die Straßen rennen, sondern einen Ort haben, wo sie unterkommen konnte, um die nächsten Schritte zu planen.

An diesem Tag hatte Margo einen Plan. Sie hatte Bargeld. Sie hatte einen Fahrer, der sie weit genug fahren würde und der von Ed nicht nachverfolgt werden konnte. Sie hatte nur noch keine Bleibe, weil Ed ihr über das Wochenende das Telefon weggenommen und sie keine Möglichkeit gehabt hatte, ins Internet zu kommen.

Ihr Herz klopfte laut, ihre Hände waren schweißnass und sie zitterte vor Nervosität, dass sie schon Angst hatte, Ed würde etwas merken, als er sie an diesem verregneten Montag vor dem Bürogebäude aussteigen ließ. „Wird sicher spät heute", sagte sie und wollte die Tür zuschlagen.

„Bekomme ich keinen Kuss?" Er beugte sich über den Beifahrersitz.

Margo starrte ins Wageninnere.

Du hast eine Frau umgebracht.

Du hast mich zwei Tage lang in einen Keller gesperrt.

Du schlägst mich und fügst mir unerträgliche Schmerzen zu.

Und jetzt fragte er nach einem Kuss …

Margo beugte sich ins Auto. Er spitzte die Lippen und schloss die Augen, als sie ihm in die Nase biss.

„Au, verdammt", schrie er und hielt die Hand daran.

Dann schlug sie die Tür zu, und er fuhr weiter.

Im Fahrstuhl nach oben vergewisserte sie sich, dass das Bargeld noch in ihrem Portemonnaie steckte. Sie würde damit sicherlich einige Nächte in einem günstigen Häuschen verbringen können, und dann mal weitersehen. Ihr Plan war es, so weit wie möglich gen Westen zu reisen und nie länger als zwei oder drei Nächte an einem Ort zu bleiben, bis sie etwas gefunden hatte, wo sie sich sicher fühlen und ein neues Leben beginnen konnte.

Sie hatte ihren Ausweis, ihren Führerschein, alles zu Hause gelassen, womit sie identifiziert werden könnte, und glaubte, an alles gedacht zu haben. Als sie sich an den Moment zurückerinnerte, an dem sie am Morgen ein letztes Mal aus dem Haus gegangen war, musste sie schlucken, um nicht in Tränen auszubrechen, weil es heute endlich vorbei sein würde.

Es bedeutete aber auch, ihren Job hinter sich zu lassen. Die spannenden Projekte für die Kinder in Afrika nicht weiterzuführen. Aber eine neue Chance tat sich dennoch auf: Ed hatte ihr verboten, nach Kampala zu fliegen. Wer sollte sie in Zukunft daran hindern, es doch zu tun? Direkt vor Ort zu sein?

Ein Lächeln huschte über ihre Lippen. Der Fahrstuhl ging auf, und Anna stand vor ihr. Sie sah überrascht aus. „Du kommst arbeiten?"

„Wieso denn nicht?"

„Keine Ahnung. Willst du zu Hause nicht irgendetwas umdekorieren, hast Migräne, deine Tage, bist brummig, irgendwas ist doch immer in letzter Zeit."

Was bin ich froh, dich bald nie wiedersehen zu müssen, dachte Margo.

„Wir reden nachher, okay?", murmelte sie und ging an Anna vorbei.

Julia stand am Kaffeeautomaten, und Margo erinnerte sich an Eds Worte. Julia durfte auf keinen Fall in die Flucht miteinbezogen werden, denn wenn ihr etwas zustoßen würde, könnte sich Margo das niemals verzeihen. „Guten Morgen", flötete sie deshalb. „Mir geht's endlich wieder besser!" Ihre schauspielerische Leistung verlangte ihr jetzt einiges ab. „Machst du mir auch einen Kaffee, bitte?"

„Gern!" Julias Miene erhellte sich. „Schön, dass du wieder da bist!"

Am Vormittag verließ Margo kurz das Büro. Da sie wusste, dass Ed jede freie Zeit im Auto an der Straße vor ihrem Bürogebäude verbrachte, um die Tür zu bewachen, fuhr sie nur zwei Etagen nach unten und besuchte Monika, die für eine andere Firma am Empfang saß und manchmal falsch abgegebene Briefe zu ihnen nach oben brachte.

Margo hatte Monika schon mal auf einen Kaffee eingeladen, als diese wegen ihrer Scheidung sehr traurig gewesen war. Heute musste Monika Margo helfen. „Ich brauche mal dein Telefon", sagte sie und zeigte ihres. „Akku leer und es ist privat, deswegen will ich nicht mit dem Firmentelefon …"

„Kein Problem." Monika bedeutete ihr, dass sie gar nicht mehr wissen musste, und wühlte in ihrer Handtasche. Dass Ed nicht nur Margos Telefon, sondern alle Leitungen im Büro abhörte, musste Monika nicht wissen.

Mit Monikas Telefon ging Margo ein paar Schritte ins Treppenhaus, wo es schrecklich hallte, aber menschenleer war. Sie tippte die Nummer des Ferienhauses ein, für das sie sich erst mal entschieden hatte. Es lag bei Baton Rouge, nicht weit weg, aber viel weiter wollte sie Stan für sie auch nicht fahren lassen. Dank des Feierabendverkehrs würden sie bestimmt zwei Stunden brauchen.

„Guten Tag, Ma'am, nein Name ist …" Sie schluckte. „Ähm, nein, ich will nur fragen, ist Ihr Ferienhaus heute Nacht verfügbar? Also nicht nur heute, so für, ich sage mal, drei Nächte? … Nein? Nein? Wirklich nicht? … Ach, verdammt!" Als sie aufgelegt hatte, schüttelte sie den Kopf. Wieso war es denn im Oktober bei diesem Wetter belegt?

Zwei Chancen hatte sie noch. Aber auch die nächsten beiden Häuser, die sie heute Morgen eilig rausgesucht hatte, waren belegt. Blieben zwei Motels. Das eine nahm kein Bargeld an, und bei dem Eigentümer des zweiten verstand sie die Sprache nicht. Außerdem wollten beide als Absicherung ihre Kreditkartennummer oder ihren vollen Namen, weshalb sie ja auch in ein privat geführtes Ferienhaus hatte ausweichen wollen.

Margo war verzweifelt. Eine Option hatte sie noch: Danielle in Charenton. Doch zu ihrer Schwester zu fahren, wäre gefährlich. Ed wusste, wo Danielle wohnte, und sicherlich wäre sie, wenn er von Margos Flucht erfahren würde, eine seiner ersten Anlaufstellen. Dieser Gefahr konnte sie Danielle nicht aussetzen. Aber hatte sie eine andere Möglichkeit?

Margo zückte ihr eigenes Telefon. Natürlich hatte sie noch Akku, nur musste Monika das nicht wissen. Wenn sie Danielle anrief, würde Ed das abhören können, wenn sie Danielle aber eine SMS schrieb, konnte er es dann lesen?

Irgendwo im Internet hatte sie in Erfahrung bringen können, dass eingehende Anrufe nicht abgehört werden konnten, nur ausgehende. Wenn also Danielle sie zurückrief, müsste das klappen! Dafür müsste sie Danielle aber erst einmal dazu bringen, überhaupt anzurufen.

Oder sie würde auf gut Glück zu ihr fahren.

Doch was, wenn sie wieder auf Weltenbummler-Tour war, wie vor ein paar Jahren? Verflixt, warum hatten sie auch so wenig Kontakt?

Also die SMS.

Es ging jetzt nicht anders.

Margos Hände vibrierten, ihre Finger rutschten immer wieder auf die verkehrten Buchstaben, als sie die Nachricht tippte:

Margo:
Hallo Danielle! Kannst du mich ganz dringend mal anrufen? Liebe Grüße, Margo.

Jetzt musste Danielle nur noch zurückrufen.

Margo schloss kurz die Augen und betete insgeheim zu Gott, an den sie nicht glaubte, dass Danielle sie nicht ignorieren würde.

Anna telefonierte, als Margo wenig später eintrat, und sie beeilte sich auch nicht, damit aufzuhören, was Margo auf die Nerven ging, denn sie wusste genau, dass Anna das Gespräch unnötig in die Länge zog.

Also setzte sie sich ihr gegenüber und wartete. Anna hatte als Einzige ein Einzelbüro. Ed hatte das in Ordnung gefunden, und Margo und Julia hatten gern zusammenbleiben wollen. Als Margo jetzt die Zeit hatte, so darüber nachzudenken, blieb ihr Blick am Schreibtisch haften. Ed war oft hier. Anna hatte ein Einzelbüro, das abgeschlossen werden konnte.

„Großer Gott", murmelte sie und verzog das Gesicht.

„Alles, klar, bis dann." Anna legte auf. „Was hast du gesagt?"

„Schon gut." Margo seufzte. Anna war nicht ihre Chefin, dennoch war sie vor diesem Gespräch so nervös, als müsste sie um ihre Stelle bangen. „Ich werde mir eine Auszeit nehmen."

Anna hob die Brauen. Ja, sie nahm ihren Job sehr ernst, vielleicht manchmal etwas zu ernst. Doch Margo konnte ihr das nicht verübeln. Sie wollten beide das Beste für die Organisation. Anna hatte Biss und Ehrgeiz und war genau die Richtige für diesen Job. Jahre zuvor war sie immer nur Empfangsdame gewesen, so was wie Monika, und hatte außer Kaffee machen und Telefonate durchzustellen nie eine anspruchsvolle Aufgabe gehabt. Hier in der Firma war Anna richtig aufgeblüht.

„Das ist aber schön für dich", sagte sie nun ironisch. „Willst du jetzt wieder Influencerin sein?"

„Was soll denn das, Anna? Ich hatte wirklich gehofft, ernsthaft mit dir reden zu können."

„Kannst du", kam es schroff zurück.

„Ich verstehe deine abweisende Art mir gegenüber nicht. Ich habe ein wenig Verständnis erwartet, da du sicher weißt, dass es mir in letzter Zeit nicht gut geht." Margos Worte kamen von Herzen. „Warst du nicht mal meine Freundin?"

„Bin ich immer noch."

„Dann weißt du, dass ich Social Media so ziemlich komplett an den Nagel gehängt habe, weil ich mich ganz unserer gemeinsamen Firma widmen möchte." Sie seufzte. „Ich habe viel vorbereitet. Und ich brauche diese Auszeit."

„Darf ich fragen wieso?" Das klang schon sanfter.

„Ed und ich haben eine schwierige Phase. Wir sind sieben Jahre verheiratet." Margo grinste. „Das verflixte siebte Jahr!"

„Und wo willst du hin?"

„Wohin es mich treibt." Margo griff über den Tisch nach Annas Hand. „Ich würde mir wünschen, wenn das unter uns bleibt, und weil du meine Freundin bist, möchte ich, dass du auch Ed nichts davon erzählst."

„Er weiß nicht, dass du eine Auszeit willst?"

„Ich rede heute mit ihm, aber ich wollte dir zeigen, wie ernst es mir ist, und dir noch mal sagen, wie sehr du auf mich zählen kannst, indem ich zuerst mit dir spreche." Margo fand, dass das ziemlich überzeugend klang.

Anscheinend sah Anna das genauso. „Einverstanden, redet heute mal miteinander. Vielleicht erledigt sich das dann mit der Auszeit." Anna drückte ihre Hand. „Und wie lange wirst du wegbleiben?"

„Drei Wochen." Doch Margo wusste, dass sie nie wiederkommen würde.

„Okay. Julia und ich werden durchziehen müssen."

„Das Projekt mit Stan ist abgeschlossen. Die Pläne sind eingereicht. Da passiert jetzt erst mal ein paar Monate nichts. Die Frischwasseranlagen in Mamuk habe ich mit dem Bauleiter durchgesprochen, und er kümmert sich um Entwürfe und Kostenvoranschläge. Alles andere ist arrangiert, und große Sachen habe ich nicht weiter, nur Kleinigkeiten. Du kannst mir Mails weiterschicken, ich schaue von Zeit zu Zeit rein. Ich habe vieles abgearbeitet, weswegen ich in der letzten Zeit auch so lange hier war."

„*Wenn* du hier warst."

Margo seufzte. „*Wenn* ich hier war."

„Hör zu … Mach, was du willst, tu, was du brauchst, aber … Ed ist doch ein toller Mann, oder? Ich verstehe gar nicht, was es da für Probleme geben soll." Anna sah aus, als würde sie gern mit Margo tauschen. „Ich kenne Ed nun seit dreizehn Jahren. Ist er zu Hause so viel anders als hier bei uns?"

„Nein, er ist genauso wunderbar zu Hause zu mir, wie er es hier zu dir ist." Margo grinste. Aber nur weil Anna so dermaßen dumm war. Doch selbst ihren schlimmsten Feind wünschte sie sich nicht an seiner Seite. „Du hast recht. Und vermutlich habe ich Fehler gemacht, die ich in meiner Auszeit zu überdenken habe." Aber für jetzt war es besser, dass niemand wusste, was für ein Monster er war, damit sie fliehen konnte.

„Okay, Margo." Anna seufzte. „Wann geht's los?"

„Übermorgen", log Margo, weil sie Anna eben doch nicht voll vertraute.

Danielle rief nicht zurück, und langsam wurde Margo wirklich ungeduldig. Ihr Herz klopfte wild, ihre Atmung ging schnell, ihre Hände schwitzten, als sie am Computer saß und so tat, als würde sie arbeiten. Wenn Danielle sich nicht meldete und auch nicht zu Hause war, wenn Margo in Charenton ankam, würde sie das nächste Motel suchen und dort irgendwie einchecken, ohne sich ausweisen zu müssen. Sie würde einen falschen Namen eingeben und dann weiter versuchen, Danielle zu erreichen.

Julia schien an diesem Tag ungewöhnlich lange für ihre letzte E-Mail zu brauchen. Aber als sie endlich irgendwann ihre Tasche auf den Stuhl stellte und sich ihren Kaffee to go holte, stellte sich Margo ans Fenster und spähte hindurch. Sie konnte Eds Wagen nicht entdecken, was aber nicht heißen musste, er würde nicht irgendwo hocken und sie beobachten.

„Also bis morgen", sagte Julia und ging zur Tür.

Margo sah ihr nach, und in Gedanken dankte sie Julia für die Hilfe, die sie sich eigentlich immer von Anna erwartet hatte. Als würde Julia etwas ahnen, blieb sie an der Tür noch mal stehen und blickte sich um. „War schön mit dir heute." Sie lächelte.

Es würde das letzte Mal sein, dass sie Julia sah. „Das fand ich auch. Bis morgen", hauchte Margo zurück. Ein Blick auf die Uhr. Die letzten zehn Minuten.

Sie ging zur Toilette, ein paar Kollegen waren noch da, Anna aber nicht mehr. So sehr hoffte Margo, Anna würde nicht mit Ed geredet haben, aber ganz fatal wäre das nicht, schließlich hatte sie von Mittwoch geredet, doch Ed würde vielleicht darauf kommen, dass sie gelogen hatte.

Für ihren Plan musste Margo in den Fahrstuhl steigen, wenn Stan mit dem Wagen in die Tiefgarage fuhr. Ihre Nervosität war nicht auszuhalten, als sie um kurz vor sechs Uhr dort einstieg und auf D2 drückte.

Ihr Körper bebte, sie hielt ihre Tasche mit dem Geld fest, der Fahrstuhl fuhr nach unten.

D1.

Sie hatte furchtbare Angst, dass die Tür aufgehen und Ed dort stehen würde. Die Angst brachte sie dazu, dass ihre Knie weich wurden und ihre Augen sich mit Tränen füllten.

D2.

Margo hielt die Luft an. Die Tür ging auf. Und direkt davor stand Stan. Erleichtert fiel sie ihm in die Arme, er hielt sie fest, und bestimmt standen sie zwei Minuten nur so da, bevor sie in sein Auto stiegen und der Wagen die Tiefgarage verließ.

Natürlich hatte er Fragen.

Sie wich ihnen aus. Aber er machte deutlich, dass er ihr nicht abnahm, dies hier sei ein Ferienausflug. Und dass es keinen Grund gab, ihren Ehemann zu verprügeln, glaubte er auch nicht. Stan war ein Mann, und meistens wollten Männer Frauen beschützen. Das lag in ihrer Natur. Aus seinen Erzählungen wollte er das bereits am Wochenende tun, nachdem er „pausenlos" an sie gedacht habe. Doch als das schon einmal der Fall gewesen war, hatte Ed diese Person umgebracht, und Margo wusste, dass er einen Nebenbuhler noch eher umbringen würde, als es bei Beverly der Fall gewesen war.

Margo sah die Stadt im Dämmerlicht an sich vorbeiziehen. Als sie durch ein Wohngebiet einer Vorstadt fuhren, kamen sie an leuchtenden Kürbissen, Geistern und übergroßen Spinnen vorbei.

„Es liegt nicht alles nur an Ed", sagte sie irgendwann in einem ganz ruhigen Ton, weil sie sich hier, bei dem Mann, der barfuß sein Auto fuhr, unglaublich sicher fühlte. „Ich bin nicht einfach, Stan."

„Das kann ich dir leider nicht glauben."

Sie schmunzelte. „Wir beide passen einfach nicht zusammen. Zwei Stiere, das geht nicht."

„Und warum sagst du ihm nicht, dass du gehst?"

„Weil er dann kommt und weint und mich anfleht." Oh, das Verharmlosen ihrer Ehe fühlte sich schlecht an, weil alles eine Lüge war. Und sie hatte Stan nie anlügen wollen. Doch es war besser für ihn. Zwischen ihnen war etwas, das man aber noch nicht Liebe nennen konnte, denn dafür war es nicht ausgereift genug. Auch stand es in keiner Relation zu dem Risiko, das er eingehen müsste, wenn er um sie buhlen würde. Doch es war schade. Zu gern hätte sie herausgefunden, was aus dieser jungen Knospe neuen Glücks hätte werden können.

Stan seufzte matt. „Letzte Woche hat sich das viel dramatischer angehört."

„Ja, letzte Woche hatten wir viel Streit. Heute sehe ich das etwas rationaler. Deswegen musst du dir auch keine Sorgen machen." Sie grinste, um ihren Worten Bedeutung zu geben. „Ich muss nur weg, damit er merkt, wie gut er ohne mich klarkommt, und dann können wir besser und mit Abstand über alles Weitere reden."

Bitte glaub mir, denn sonst bist du tot!

„Und wohin fahr ich jetzt?"

„Nach Charenton bitte. Das ist …" *Ihr Telefon!* Sie hatte es noch in der Handtasche! Verdammt! „Kannst du kurz anhalten?"

Wie konntest du nur so dumm sein, Margo?

„Hier?" Stan stoppte den Wagen an einem kleinen Park am Rand der Stadt. „Was ist denn los?"

„Nichts, ich … hast du eine Büroklammer?" Hektisch schnallte Margo sich ab.

„Zufällig nein." Stan lachte und hielt den Wagen an.

Margo stieg aus. Mit dem Telefon in der Hand eilte sie in die Richtung einer Parkbank. Sie fummelte an dem Gerät herum, um die SIM-Karte rauszuholen, das Telefon aber behalten zu können, weil sie schließlich nicht so viel Geld hatte, sich ein neues zu kaufen. Doch dazu brauchte sie etwas Spitzes, was sie vielleicht in der Mülltonne finden würde, als genau in diesem Augenblick ein Anruf kam. Danielle!

Voller Euphorie ging sie ran, ohne auf das Display zu schauen. „Danielle?"

„Nein, ich bin es, du verdammte Hure!"

Margo erstarrte.

„Wo bist du?"

Sie konnte nichts sagen, verharrte im Hier und Jetzt, sah sich panisch um. Warum war sie so dumm gewesen? Warum hatte er genau jetzt angerufen?

Und warum bist du rangegangen, Margo?

„Ich bin noch auf der Arbeit."

„Du bist in einem Park."

Sie wollte auf der Stelle zu weinen beginnen, doch nein, sie war stark. Sie sah sich zu Stans Wagen um. Der stand am Straßenrand, Stan beobachtete sie.

„Hör zu, und hör mir genau zu, sonst ist er tot, hast du mich verstanden? HAST DU MICH VERSTANDEN, MARGOT?"

Es war vorbei.

Und es war dein Fehler.

Margo schloss die Augen. „Ja."

„Du wirst zu ihm gehen und sagen, dass du mit deiner Schwester telefoniert hast, und sie dich holen kommt. Du wirst ihn dazu bringen, allein zurückzufahren! Dann wirst du zur Tankstelle gehen, damit er weiß, du bist abends nicht allein in diesem Park."

Margo schüttelte den Kopf. „Er wird nicht fahren, Ed."

„Entweder er fährt, oder ich bringe ihn um. Du entscheidest." Ed schnaufte. Seine Wut würde entweder Stan oder sie umbringen. Ed hatte recht, sie entschied.

„Margo?"

Sie nickte, obwohl er das nicht sehen konnte. „Ich sage ihm Bescheid."

„Gut. Ich bin in zwanzig Minuten da. Und noch was, Margo: Wenn du dich nicht daran hältst, denke immer daran: ICH FINDE DICH!"

2

Es war ein sehr unschönes Gespräch mit Stan gewesen. Er hatte nicht fahren wollen, und egal, was sie ihm gesagt hatte, er hatte nicht geglaubt, dass Danielle kommen und sie abholen würde. Margo hätte sich das ausgedacht, weil Ed am Telefon gewesen war. Erst als sie wirklich wütend geworden war und ihm sehr unschöne Dinge an den Kopf geworfen hatte, bei denen sie fast zusammengebrochen wäre, weil nichts davon wahr gewesen war, hatte er betroffen den Kopf geschüttelt und ihr gesagt, sie solle sich nie wieder bei ihm melden. Schließlich war er gefahren.

Niemals hätte sie mit einem Mann so geredet. Niemals mit einem Menschen. Doch sie hatte solche Angst, dass Ed ihn tötete, dass ihr alles egal gewesen war.

Margo war dann in Richtung Tankstelle gegangen, und natürlich hatte sie sich nach rechts und links umgeschaut, um sich im Vorgarten irgendeines Hauses zu verstecken.

ICH FINDE DICH.

Doch der ganze Tag hatte sie so viel Kraft und Energie gekostet, dass sie nicht fähig war, in eine Mülltonne zu kriechen oder sich hinter Büschen zu verstecken. Sie hatte einfach keine Stärke mehr, die es ihr möglich machte, vor ihm zu fliehen. Nicht mehr.

Sie hatte immer Angst vor dem Moment gehabt, in dem Ed sie brechen und gewinnen würde. Jetzt war dieser Moment gekommen.

Jetzt musste sie aufgeben, weil ihr Körper und ihre Seele keinen Kampf mehr aushielten.

Ed hatte gesiegt.

Vor Ablauf der 20 Minuten befand sie sich neben einem Graben, ein Stück vor der Tankstelle sitzend. Fünfmal hatte sie dort reinsteigen und sich ertränken wollen. Die Hemmschwelle, überhaupt erst in das kalte Wasser zu gehen, hatte sie dann aber doch nicht überwinden können.

Ed stieg aus und lehnte gegen seinen Bentley. Er sagte nichts, gab ihr Zeit, aber sie wusste, dass es nur die Ruhe vor dem Sturm war.

Im Wagen schrieb sie Stan eine SMS, die Ed ihr diktierte:

Margo:
Es tut mir leid, dass ich so aus der Haut gefahren bin. Ich bin in Sicherheit.
Ich brauche Zeit. Margo

„Ich habe dir nicht getraut", sagte Ed. „Und mein Gefühl hat mich gewarnt. Es hat mir geraten, Anna anzurufen, und sie zu fragen, was das für ein Termin ist, der dich heute angeblich länger festhalten würde. Anna meinte, du hättest keinen Termin und dass dein spätes Nachhausekommen den Vorbereitungen deiner ,Auszeit' geschuldet sein muss."

Margo seufzte innerlich.

Oh, Anna, warum nur.

„Anna hat mir alles erzählt. Brühwarm. Du solltest aufhören, ihr irgendwas zu erzählen, was ich nicht hören darf. Sie ist wie ein Schäferhund. Büxt ein Schaf aus, kommt sie zu mir, warnt mich, und ich pfeife es zurück. Natürlich konnte ich eins und eins zusammenzählen und habe sofort reagiert und dich geortet. Wie dumm von dir, dein Telefon mitzunehmen."

Ja, für diese Dummheit würde sich Margo auch auf ewig hassen.

Zurück im Garden District gingen sie gar nicht erst in die Villa, sondern direkt ins Gästehaus. Im Keller griff er nach der Leine, die am Hundezwinger baumelte, und befestigte sie um ihren Hals. Das andere Ende wickelte er um einen der Streben des Zwingers, der nun zu ihrem Käfig werden würde.

„Damit du nicht wieder oben an der Tür nach Walden rufst." Ed ließ die Tür des Käfigs sanft zufallen und schob den Riegel vor, den sie von innen nicht öffnen konnte.

Margo schloss die Augen. Ach, was war sie müde.

„Du böses, böses Mädchen", sagte er, als sie schließlich in ihrem Käfig hockte, angeleint wie ein Hund, und er ihr damit jedes bisschen Würde genommen hatte. „Du hast deiner Schwester geschrieben, nicht wahr? Du hast sie um Hilfe gebeten."

Margo öffnete die Augen.

„Das war ein großer, großer Fehler, weißt du das?" Ed streckte den Arm durch die Gitterstäbe, berührte sie am Gesicht, weder zärtlich noch grob. „Ich habe mir lange Gedanken darüber

gemacht, wie ich das bestrafen kann, was du mir angetan hast."
Seine Stimme war ruhig und leise. Doch all der Zorn, die Wut und
der Hass ihr gegenüber waren dennoch nicht zu überhören. „Du
hast mich beleidigt, mir wehgetan und mich bloßgestellt. Dafür
wirst du büßen. Und mir ist nur eine Sache eingefallen, mit der ich
dich bis ins Mark treffen kann."

Margo schluckte.

Ed ging in die Hocke und grinste. „Nichts würde dir mehr
wehtun, als wenn ich mir das nehme, was du liebst."

Sie starrte ihm in die Augen.

„Also nehme ich mir deine Schwester."

3

Tag 1 im Keller

Die erste Nacht im Käfig war kalt, unbequem und lang gewesen. Margo hatte kaum bis gar nicht geschlafen, sondern stundenlang versucht, das Scharnier außen an der Käfigtür zu öffnen, was ihr außer geschundenen Fingern rein gar nichts gebracht hatte.

Als der Mond erst durch das linke und dann durch das rechte Fenster geschienen hatte, die sich genau vor ihr oben in der Wand befanden, hatte sie sich in die Mitte des Käfigs gesetzt, zum Himmel geschaut und die Sterne gezählt. Irgendwann war ihr der Kopf auf die Knie gesunken und sie hatte vor sich hin gedöst.

Am Leib trug sie zu wenig Klamotten, als dass sie sie vor der Kälte im Keller hätten schützen können. Was war sie froh gewesen, am Morgen eine Jeans und kein Kleid gewählt zu haben. Das T-Shirt hatte Dreiviertelärmel, war aber dünn und hielt nicht warm genug, und der Blazer fühlte sich nass an, was wohl der feuchten Stelle im Käfig geschuldet war, auf der sie gelegen hatte. Zudem bewegte sie sich nicht genug, um dadurch Wärme zu erzeugen.

Sie fror erbärmlich.

Doch das größte Problem jetzt, an diesem Dienstagmorgen, als der Himmel sich hellblau und rosa gefärbt hatte, war, dass sie pinkeln musste.

Als sie das letzte Mal hier unten gewesen war, hatte sie in einen alten Betoneimer gemacht, doch nun war sie nicht nur im Keller, sondern im Käfig, und hier gab es nichts.

„ED!", schrie sie, weil sie ihm zu verstehen geben musste, dass sie rausmusste, und ignorierte, dass sie sich dabei wie ein Hund vorkam, der sein Geschäft verrichten musste. Sie würde nicht in den Käfig machen, lieber würde sie einen Nierenstau riskieren, denn dann müsste Ed sie in ein Krankenhaus bringen. War Nierenstau überhaupt die Folge davon, wenn man seinen Harn anhielt? Ach, Margo wusste es nicht, aber es konnte jedenfalls nicht gesund sein, ewig nicht zu pinkeln. „WALDEN!"

Niemand kam.

Sie sah Vögel vor dem Fenster, hörte aber das Zwitschern nicht, was ihr verriet, dass man ihr Schreien dann draußen auch nicht hören würde, also gab sie das Rufen auf. Eine Kamera gab es hier unten nicht, denn wenn es eine gäbe, hätte sie die im anderen Kellerraum entdeckt, wo sich Eds Monitore befanden.

Irgendwann, als sie erste Tropfen in ihre Hose verlor, weil sie es kaum aushielt, kam Ed durch die Tür.

Margo sprang vom Boden auf und griff an die Streben wie ein Tier, das sein Herrchen begrüßte und sich freute, endlich nicht mehr allein zu sein.

„Guten Morgen", flötete Ed. „Wie hast du geschlafen?"

„Ich muss pinkeln." Erst jetzt entdeckte sie einen Eimer in seiner Hand. Das bedeutete, er hatte nicht vor, sie rauszulassen. „Ed, hol mich rüber in die Villa! Bitte!"

„Alles zu seiner Zeit. Geh ein Stück nach hinten, damit ich dir den Eimer geben kann. Da drin sind noch eine Flasche Wasser, ein Müsliriegel und eine Banane." Er hob eine Packung Kleenex hoch. „Und das ist fürs große Geschäft."

„Ich kacke nicht in diesen Käfig!"

„Du sollst ja auch in den Eimer kacken und nicht in den Käfig." Er schob den Riegel auf und stellte den Eimer hinein.

Margo holte das Essen heraus und öffnete die Wasserflasche. Hastig trank sie sie bis zur Hälfte leer. Denn ihr Durst war mindestens genau so stark wie ihr Bedürfnis zu pinkeln.

„Kannst du dich wenigstens umdrehen, damit ich es erledigen kann, ohne, dass du mich beobachtest?" Sie presste die Hände an ihren Schritt.

„Muss sowieso gleich weg", sagte er und griff nach dem Telefon in seiner Hosentasche. Ihr Telefon. „Du rufst jetzt aber erst mal Anna an und sagst ihr, dass du schon heute gefahren bist."

„Nein", antwortete Margo matt. „Das tue ich nicht. Erklär das selbst!"

„Überleg es dir gut, Margo."

„Das habe ich. Ich werde Anna nicht anrufen."

„Okay." Ed ging zur Treppe und stieg die Stufen hinauf.

Margo vergewisserte sich, dass Ed aus dem Keller war, griff dann nach dem Eimer, zog die Jeans und ihren Slip nach unten und setzte sich auf das Plastik, weil sie Bauchschmerzen hatte und es einfach nicht mehr aushielt.

Als Ed wiederkam, ging sie schnell vom Eimer runter und beobachtete, wie er mit einem Kanister die Treppe runterkam.

„Was hast du da?"

„Oh, das?" Ed stellte sich vor den Käfig. „Das ist destilliertes Wasser."

„Wozu …" Und kaum hatte sie es ausgesprochen, schüttete er das Wasser auf ihr Haupt, sodass Margos Haare, ihr Gesicht, ihre Klamotten und die Hälfte des Bodens nass wurden. Sie prustete, und begann augenblicklich zu zittern. Ihr war so kalt, dass sie keinen Ton mehr rausbrachte.

„Rufst du an?"

„N-n-eein."

„Okay." Er ging zur Treppe.

Nicht noch mehr Wasser! „Halt, warte!"

Ed kam zurück. „Na siehst du." Er zückte das Telefon und wählte. Dann stellte er auf Lautsprecher. „Ein Mucks, und du weißt, was dann passiert."

Zitternd hockte sie vor ihm. „Was s-o-ll ich d-eeenn sagen?"

„Dass du heute schon gefahren bist. Und dich jetzt erst mal abmeldest."

Das Freizeichen ertönte.

„Ach, und hör auf zu zittern!", zischte Ed noch.

Anna ging sofort ran.

„Hey, Anna, ich bin's." Margo gab sich Mühe. „Ich wollte nur Bescheid sagen, dass ich heute schon gefahren bin." Sie blickte Ed in die Augen. „Wo ich bin? Ach, in der Tiefgarage vom Flughafen, hier hallt es etwas." Sie schluckte und versuchte, das Zittern zu unterdrücken. „Ja ist gut! Ach, und Anna, eins noch!"

Ed griff nach ihrer Hand und drückte sie warnend.

Margo ließ sich nicht irritieren. „Egal, was kommt, danke, dass du Ed gestern Abend nichts gesagt hast. Du bist eine echte Freundin. Bye."

Ed nahm das Telefon zurück und stand auf. „Der Seitenhieb war unbedingt notwendig."

„Ed, geh noch nicht", bat Margo schnell.

„Oh, was kann ich denn für dich tun?" Er tänzelte zurück zum Käfig.

Die nassen Strähnen ihrer Haare lagen eiskalt auf ihrer Schulter. Sie stützte sich mit den Händen am frostigen Boden ab. Alles in ihr war auf Kampf gerichtet. „Wenn du es wagst, Danielle etwas anzutun, bringe ich dich um."

„Es wäre deine eigene Schuld, Margo. *Du* hast ihr geschrieben. Und *du* hast um Hilfe gebeten. Wie dumm war das von dir!"

„Du kannst mit mir machen, was du willst. Ich gebe nicht auf. Ich halte durch, aber …" Margo starrte ihn an. „Lass deine dreckigen Finger von meiner Schwester!"

„Du tust, als hätte ich Schuld an diesem Desaster!" Ed griff nach ihrem Hals und drückte zu. „Dabei bist du doch in den Wagen eines anderen Mannes gestiegen! Er sollte dich von mir wegbringen! Du wolltest mich verlassen. Denkst du, ich lasse mir so was gefallen?"

Margo röchelte und versuchte, seinen Griff zu lockern.

„Noch mal", sagte Ed wütend. „Wie dumm war es von dir, ihr zu schreiben?" Er ließ sie los. So schwungvoll, dass Margo nach hinten kippte und die Leine um ihren Hals spannte.

Ed ging in Richtung Treppe. „Ich will dir wehtun, Margo. Ich will, dass du begreifst, was für ein Leben du aufs Spiel gesetzt hast. Du hast Angst, dass ich Danielle wehtue? Ich will ihr gar nicht wehtun. Denn sie wird das Leben schätzen, das ich ihr bieten kann, anders als du, die es mit Füßen tritt!"

Er ist verrückt! Er ist krank!

„Das wollte ich doch gar nicht, aber du hast mich dazu gezwungen, indem du mich wie Dreck behandelt hast!", schrie sie wütend.

„Na, na, na." Ed hob den Zeigefinger in ihre Richtung. „Streiten wir jetzt darum, was zuerst kam? Das Huhn oder das Ei?" Er schenkt ihr einen abfälligen Blick und ging dann die Treppe hinauf.

„ED!", tobte Margo und hielt sich an den Gitterstäben fest. „ED, LASS MICH RAUS!" Sie rüttelte am schwarzen Eisen. „ED!"

Doch die Kellertür fiel ins Schloss.

Gegen Mittag kam Walden zu ihr.

Margo hatte alles aufgegessen, wobei sie ein Stück des Müsliriegels zwischen zwei Streben im Käfig gelagert hatte, wo es nicht nass war. Das war für schlechte Zeiten gedacht.

Walden trug eine Tüte in der Hand. Wortlos holte er ein eingewickeltes Sandwich heraus und reichte es ihr durch die Stäbe. „Ich soll dir noch eine Decke geben, Ms. Margo." Auch die Decke, die unter seinem Arm geklemmt hatte, fummelte er nun zwischen den Stäben hindurch. Sie war dick, kratzig und steif, aber besser als gar nichts.

„Walden", sagte Margo und setzte sich auf die warme Decke. Eine Blasenentzündung, weil ihre Jeans noch immer nass an ihrem Körper klebte, war das Mindeste, was sie hier bekommen würde. „Lass mich raus, bitte!"

Walden schüttelte den Kopf. Erst dann zeigte er ihr die andere Seite seines Gesichts. „Siehst du das? Das war er."

Margo blickte auf eine dicke, rot und violett angelaufene Wange.

„Mein Weisheitszahn schmerzt seitdem." Walden griff sich an die Backe.

„Wieso hat er das getan?"

„Weil ich dich rausgelassen habe, als Gerald da war."

Margo seufzte. „Das tut mir leid."

„Ich lass dich nicht raus, Ms. Margo. Ich glaube, der bringt mich sonst um." Walden schnaubte. „Ich weiß, dass ich trotzdem stärker bin, aber ich wehre mich nicht. Ich habe nichts ohne Ed, nichts."

Das konnte gut sein. „Hilfst du mir denn wenigstens, dass ich mich selbst befreien kann?"

Walden war kein schlechter Mensch. Das hatte Margo mittlerweile begriffen. Wenn sie so darüber nachdachte, war Walden charmanter, freundlicher und immer gut zu ihr gewesen, anders als Ed.

„Ich weiß nicht. Ich will nicht irgendwo in den Scherben rumliegen und verbluten, Ms. Margo. Auch wenn ich weiß, dass er das nicht tun sollte."

Margo seufzte. Walden war ihre einzige Chance. „Du sagst es! Er sollte das nicht tun. Es ist falsch!"

„Ich habe es ihm gesagt. Aber Ed hat schon immer alles besser gewusst."

Hier kam sie erst mal nicht weiter. „Okay. Danke für die Decke und das Essen." Sie versuchte zu lächeln. Vielleicht würde Walden es sich überlegen, denn ihn jetzt anzuflehen, anzubrüllen oder ihn zu drängen, würde nichts bringen.

„Ich komme heute Abend zum Eimerwechseln." Walden ging die Treppe rauf, sah sich noch einmal zu ihr um und war dann weg.

Ed kam gegen zwei oder drei Uhr nachmittags, zumindest sagte ihr ihre innere Uhr, dass es Nachmittag war. In der Zwischenzeit hatte sie ihre Strategie überdacht. Sie war recht nervös, als er runterkam und sie begrüßte.

„Darf ich etwas sagen, bevor du was sagst?", fragte sie sanft.

„Klar, leg mal los!" Ed zog sich eine alte, mit Spinnweben bezogene Obstkiste an den Käfig heran, als würde er sich zu Freunden an einen Tisch im Restaurant setzen.

„Ich wollte sagen, dass es mir von Herzen leidtut", erklärte sie. „Ich verstehe, dass du wegen Stan wütend bist und dass das Weglaufen ein Fehler war."

Ed nickte und erwartete anscheinend mehr.

„Du musst aber auch mich verstehen, Ed, ich war wütend."

„Worüber?"

„Ich habe dich und Anna gesehen." Sie tat beleidigt. „Das hat mir wehgetan. Ihr seid unglaublich vertraut miteinander."

„Sie tröstet mich, wenn du es nicht tun willst."

„Und wenn ich verspreche, dich zu trösten, dich zu lieben und …", sie schluckte, „dir ein Kind zu schenken, lässt du mich dann bitte hier raus?"

Ed lachte. „Oh, das hast du aber gut eingeübt, Margotchen. Und du denkst, ich falle darauf rein?"

Scheiße.

Ed beugte sich vor und bedeutete ihr mit seinem Zeigefinger, dass sie zu ihm heranrutschen sollte. Er sah dabei aus wie die böse Hexe aus *Hänsel und Gretel.* „Jetzt sag ich dir mal was", flüsterte er mit seiner Alkoholfahne. „Du wirst so lange hierbleiben, wie ich es will. Denn Anna und Stan kannst du nicht vergleichen. Ich habe euch beobachtet, und ich habe es in deinen sowie in seinen Augen gesehen. Ihr wolltet mich vernichten, du wolltest mir wehtun, und sei ehrlich, zu gern hättest du noch am selben Abend mit ihm gevögelt. Nicht wahr, du dreckige kleine Schlampe?"

Margos Körper bebte.

Ed war noch nicht fertig. „Über dein Schicksal habe ich längst entschieden." Er holte ihr Telefon aus seiner Tasche. „Ruf deine Schwester an und bitte sie nach New Orleans!"

„Nein, das kann ich nicht."

„Du wirst es tun. Ansonsten werde ich zu ihr fahren und sie abholen, und glaube mir, Margo, sie wird mitgehen."

„Sie wird nicht kommen wollen."

„Du wirst ihr sagen, dass sie hier drei Wochen Urlaub machen kann, weil ich nach New York fliegen muss und du nach Atlanta."

„Wir haben uns zuletzt vor sechs oder sieben Jahren gesehen! Warum sollte sie plötzlich herkommen wollen?"

„Weil eine Auszeit mit allen Vorzügen auf sie warten wird. Sie führt ein lausiges Leben dort drüben in Charenton. Der Supermarkt, in dem sie arbeitet, ist heruntergekommen, ihr Boss ein Arschloch. Das Haus eine Bruchbude."

„Woher weißt du das?"

„Ich hatte viel Zeit."

„Ed …"

„RUF AN!" Ed griff durch den Käfig an ihre Leine, wickelte das Band um ihren Hals und zog es fest.

Margo wurde schwarz vor Augen. Sie rang nach Luft.

„Ich kann sie auch gleich umbringen", raunte Ed. „Ich kann hinfahren und sie töten. Und dir nichts davon erzählen. Wenn ich morgen den ganzen Tag weg bin, wirst du dich abends fragen: War er bei ihr? Mein Gott, war er bei ihr? Die Ungewissheit wird dich wahnsinnig machen, und ich werde es genießen, dich so in der Hand zu haben."

Margo bekam Panik, allein schon, weil sie glaubte zu ersticken.

„Du hast die Wahl", sagte Ed und ließ endlich los.

4

Tag 2 – Tag 9 im Keller

Es hatte ewig gedauert, ehe Margo die Nummer von Danielle angewählt hatte. Ed hatte vor ihr gesessen, und an zwei Gitterstäben mit seinem Zeigefinger zwischen „Ich bring sie um", „Ich bring sie nicht um" gewechselt, und wäre sich Margo nicht ganz sicher gewesen, dass Ed tatsächlich dazu fähig war, nach Charenton zu fahren und das Schlimmste zu tun, so hätte sie auch niemals angerufen.

Margo hatte so sehr gehofft, dass ihre kleine Schwester die Not in ihrer Stimme erkennen und gewarnt sein würde. Sie hatte nicht erwartet, dass Danielle die Polizei alarmieren würde, sie hatte lediglich still dafür gebetet, dass sie einfach Nein sagte.

Doch genau das Gegenteil war eingetroffen: Danielle kam.

„Sie fühlt sich wohl in deinen Sachen", berichtete Ed Margo an diesem Tag, als er wieder bei ihr auf der Obstkiste saß. „Wir sind viel unterwegs, sie liebt es, in meinem Bentley zu sitzen. Heute hat sie deine Kollegen kennengelernt. Ich glaube, sie findet Gefallen an John."

Margo tat die Blase weh, wie sie es bereits prophezeit hatte. Das Brennen beim Pipimachen war widerlich. Sie sehnte sich nach einem Medikament. Mit der Leine um den Hals hockte sie in der Ecke, einmal in den vergangenen Tagen hatte sie den Eimer umgeschmissen und in ihrer eigenen Pisse gesessen.

„Wann kann ich raus?", fragte sie und verzog aufgrund des abscheulichen Geschmacks in ihrem Mund das Gesicht.

„Du kannst hier nicht raus, meine kleine Margo." Ed grinste. „Wer sagt mir, dass du dich nicht wieder mit diesem Typen auf und davon machst?"

Margo verengte die Augen. „Was ist, wenn sie herkommt? Hierher ins Gästehaus?"

„Wird sie nicht. Sie kann Walden nicht ausstehen. Sie weiß, dass er hier wohnt, und denkt nicht daran."

„Was ist mit dem Windspiel? Ich höre es nicht mehr."

„Du hattest mich darum gebeten, die Sachen wegzuräumen. Und das habe ich getan."

Margo war müde und schwach. „Und was ist der Plan? Willst du Danielle irgendwann hier einsperren, so wie mich?"

„Tatsächlich weiß ich gar nicht, wohin die Reise mit ihr geht. Sie gefällt mir, und ich weiß, dass sie mich mag. Ich bin John um einiges überlegen. Ich reize sie. Wir warten noch ein bisschen ab. Vielleicht wird die liebe Margo nicht wiederkommen und dann ..."

„Hör auf!" Grimmig schlug sie mit der Faust auf den Boden. „Hör auf, Ed!"

„Du hast gefragt, und ich habe geantwortet." Ed stand auf. „Ich möchte den Abend jetzt gern mit deiner Schwester verbringen. Gute Nacht."

Irgendwann bekam Margo Fieber.

Weil ihr Körper glühte, zog sie den ranzigen Blazer aus, schob mit ihren Füßen die Decke vom Boden und legte sich auf die kalten Steine. Sie krümmte sich vor Schmerz und wusste, dass es an ihrer Blase liegen musste. Sie vermied es zu pinkeln, und beim letzten Mal war Blut dabei gewesen.

Es musste dringend etwas passieren, denn sterben durfte sie nicht. Sie musste versuchen, hier rauszukommen, um ihre Schwester warnen zu können.

Walden brachte ihr Wasser, wechselte ihren Eimer und steckte ihr oft Sachen zu, die sie gern haben wollte. Einen Keks, mal eine Cola, und gestern, weil sie vor Schmerzen so gejammert hatte, hatte er ihr sogar Schmerzmittel gebracht. Doch jetzt halfen die nicht mehr.

Es war spät am Abend, als das Licht anging, das seit Tagen nicht an gewesen war, und Ed und Walden zusammen unten am Käfig standen. Ed kam seltener zu Besuch, meistens kam nur Walden. Der Grund war wohl, dass Ed Danielle die Welt zu Füßen legte.

„Wie sieht's denn hier aus?", fragte Ed nun entsetzt. „Du sollst *in den* Eimer machen, nicht daran vorbeizielen!"

Sie konnte nicht antworten. Sicherlich war mal was danebengegangen. Wenn der Mond nicht zum Fenster reinschien, war es im Keller so dunkel, dass sie die Hand vor den Augen nicht erkennen konnte. Auch ein paar Essenreste lagen auf dem Boden verteilt, weil Ed ihr nie einen Teller gab – zu gefährlich wegen der Scherben.

Ihre Angst vor Spinnen war nicht mehr da – Sie hatte genügend andere Probleme.

Wie in Trance vernahm sie, dass Ed die Käfigtür öffnete, Zeug hinauswarf, eine Tüte hervorzog und sauber machte, als wäre das hier ein Tiergehege. Walden nahm ihm draußen alles ab und ging die Treppe hinauf, während Ed unentwegt mit ihr schimpfte, weil sie eine Schlampe wäre.

„Hier, wechsle deine Sachen", befahl er und reichte ihr eine Jogginghose, einen frischen Slip und eine Sweatjacke.

Als Walden wieder da war, hörte Margo, wie Ed eine Flasche öffnete. „Komm her, trink das!" Es war das erste und einzige Mal, dass er bei ihr im Käfig war. Er stützte ihren Rücken mit einer Hand, mit der anderen hielt er ihr die kleine braune Flasche an die Lippen. Vor dem Käfig stand Walden und nickte, sodass Margo trank und hoffte, es wäre irgendwas Gutes, vielleicht ein Antibiotikum.

Schnell war Ed wieder raus aus dem Käfig, erzählte ihr dann, wohin er jetzt mit Danielle fahren würde, doch aufgrund ihres Zustandes vergaß Margo es, noch bevor er den Keller verlassen hatte.

Tage später lehnte sie gegen das Gitter des Käfigs und schaute durch die Fenster in den Sternenhimmel. Es war der Moment des Tages, den sie am liebsten hatte. Die Sterne kamen jede Nacht, und wenn es nicht so war, weil die Wolken den Himmel bedeckten, sehnte sie sich nach ihnen.

„Er war einmal sehr gut zu mir", erzählte sie den Sternen nun. „Als wir uns kennengelernt haben, war ich in der Küche bei *Pizza Hut*. Ich habe den Müll rausgebracht, und er hat seine Pizza am Auto gegessen. Er sprach mich an, und ein Jahr später war ich seine Frau. Ich war so gern seine Frau. Und niemals hätte ich gedacht, was für ein Mensch er wirklich ist." Sie schloss die Augen, sie war nicht müde. Hatte kein Fieber und keine Schmerzen mehr. „Ich würde sie so gern sehen", sagte Margo. „Ich würde so gern meine kleine Schwester sehen. Ihr sagen, dass nichts so ist, wie es scheint. Sie soll erfahren, dass nicht alles Gold ist, was glänzt."

Am Morgen kam Walden zu ihr, brachte das Frühstück und leerte den Eimer. Danach setzte er sich auf die Obstkiste, und wie meistens plauderten sie noch eine Weile.

„Ms. Danielle geht's gut, mach dir keine Sorgen."

Erleichtert nickte Margo, während sie ihr Croissant verspeiste. „Und sie ahnt nichts?"

„Absolut nichts, eher das Gegenteil ist der Fall. Ich glaube, sie will gar nicht, dass du wiederkommst."

„Sie ist nicht skeptisch, dass wir nie persönlich miteinander reden?", fragte Margo enttäuscht. „Und sie wundert sich auch nicht, dass ich von heute auf morgen von der Bildfläche verschwunden bin?"

„Bist du ja nicht. Du hattest deinen Abgang dokumentiert."

„Wie meinst du das?"

„Auf deinem Profil gibt es einen Post. Ed hat ein Bild bearbeitet. Lauter kleine afrikanische Kinder und eine Ms. Margo dahinter, die schreibt, dass sie sich ihren Projekten widmen will und dafur Zeit braucht."

„Wunderbar", raunte Margo. „Ist hier eine Kamera, Walden?"

Walden schnaubte. „Dann säße ich sicherlich nicht hier! Es gibt nur Kameras drüben im Haus. Hier unten würde das nicht funktionieren. Wegen der Technik. Aber Ed hat gemeint, er würde oben einen Raum zu einem weiteren Überwachungsraum umfunktionieren und Leitungen nach hier unten führen."

„Wann hat er das gesagt?"

„Immer mal wieder."

„Also hat er vor, mich hier eine Weile drin zu lassen." Margo schluckte. „Ich habe einen Wunsch, Walden."

„Ms. Margo …"

„Ich brauche einen Spaten, Walden!" Eindringlich schaute sie ihm in die Augen.

„Was?"

„Von mir aus auch eine Schippe. Oder Gift."

„Nein, ich …"

„Nicht für Ed, Walden. Wie soll ich das denn machen? Er verbringt mittlerweile die Zeit ja lieber mit ihr als mit mir, aber ich brauche ihn, weil hier ein Tier rumläuft." Sie flüsterte die letzten Worte. „Und es ist groß."

„Was für ein Tier?"

„Ich glaube, es ist eine richtig große Ratte. Oder ein Marder. Er kommt immer nachts."

„Dann müssen wir Fallen aufstellen."

Margo dachte nach. „Gibt es so was? Wo stell ich die hin? Dieser Marder ... er kommt wegen den Essenresten in den Käfig hinein."

„Dann stell die Falle in den Käfig."

„Hast du eine?"

„Für Ratten, ja."

„Holst du sie mir?"

„Ja." Walden stand auf.

Und Margo grinste.

Zwei Abende später saß Ed eine Weile bei ihr. Vielleicht sogar Stunden. Er hatte etwas zu essen mitgebracht, Kerzen brannten auf der umgedrehten Obstkiste. Mittlerweile hatte er sich einen Hocker dazugestellt, auf dem er bequemer sitzen konnte.

Der Anblick dieses Dinners konnte wohl bizarrer nicht sein, wenn man bedachte, dass einer der Beteiligten dabei die ganze Zeit in einem Käfig hockte.

Vorher hatte Margo wieder Sprachnachrichten nach seinem Diktat aufnehmen müssen, die Ed dann und wann Danielle von Margos Telefon aus schickte. Er hatte alles ganz genau geplant. Manchmal sollte sie dabei müde und abgekämpft klingen, das andere Mal locker und fröhlich, als sei er der Regisseur seines eigenen kleinen perfiden Thrillers.

„Ich hatte heute einen Streit mit Gerald", erzählte Ed. „Er will sich ständig mit mir treffen. Meiner Mom wird das alles zu bunt. Sie fragt nach den Geldern und alles ... Das ist zurzeit sehr anstrengend."

Margo kam nicht ganz hinterher. „Was für Gelder?"

„Na ja, bei mir läuft es nicht so rund." Er hatte ihr nie viel von seiner Arbeit erzählt. Mit den Jahren war das immer weniger geworden. Jetzt fiel ihr auf, dass sie seine Kollegen schon lange nicht mehr gesehen hatte. „Aber ich bekomme das schon hin. Mom schwimmt im Geld, sie soll sich nicht so anstellen."

„Wo ist Danielle gerade?"

„Sie sind auf Marias Verlobungsfeier."

Marias Verlobungsfeier hatte Margo schon ganz vergessen. Sie hatte ein Gästebuch für sie gestaltet und sich auf die Feier gefreut.

„Maria war wirklich enttäuscht, dass du sie im Stich gelassen hast."

Margo zuckte die Schultern. „Kann ich verstehen. Mit wem ist Danielle dort?"

„Mit *John*." Das kam in einem anderen Ton als sonst.

„Du magst das nicht, hm? Dass sie mit ihm zusammen ist?"

„Es ist mir gleich. Ich ziele nicht darauf ab, mit ihr im Bett zu landen, auch wenn ich weiß, dass genau das ihr Wunsch ist."

„Das würde Danielle mir nie antun."

Ed lachte. „Wenn du wüsstest, wie sehr sie *dein* Leben gerade genießt."

Sie blendete den Gedanken daran aus. „Ich will nicht, dass du mit ihr schläfst."

„Bist du eifersüchtig?"

„Ja, schon."

Stille.

Ed runzelte die Stirn. „Moment mal … Was soll das heißen? Dir ist das nicht egal? Nach alldem hier?"

„Ich hatte Zeit nachzudenken, und es gibt einen Grund, warum ich dich geheiratet habe, und um ehrlich zu sein, vermisse ich das *Uns*." Margo rutschte nach hinten an die Käfigwand und spreizte die Beine. Dann fing sie an, mit Zeige- und Mittelfinger zwischen ihren Schenkeln entlangzufahren.

Ed sah ihr eine Weile dabei zu. „Verarsch mich nicht!", kam es etwas zornig.

„Das tue ich nicht."

Er sah sich um, als könnten sie von jemandem beobachtet werden. „Ich mag so was nicht."

„Du magst es nicht, dass ich scharf auf dich bin?" Margo lächelte verführerisch. „Was soll passieren? Komm her! Ich werd schon nicht abhauen."

Ed räusperte sich. „Aber du hast einen Plan."

„Ja, und der lautet, dass ich meinen Mann haben will. Jetzt!"

Es dauerte noch eine Weile, dann aber schob Ed die Obstkiste zur Seite. Die Käfigtür stand weit offen, das tat sie oft, wenn er direkt davorsaß.

„Du stinkst", raunte er, als er im Käfig saß, und sie berührte. „Aber das ist mir egal."

Sie legte ihre Arme um seinen Nacken und küsste ihn. Es war so widerlich und so schwer, den Würgereiz zu ignorieren.

„Du bist und bleibst die, die ich begehre. Weißt du das?" Er küsste ihren Hals, und sie stöhnte in sein Ohr. „Ich muss sagen, das macht mich ganz schön an", hauchte er. „Komm, zieh dich aus!"

Margo ging auf die Knie, die Leine um ihren Hals spannte. Sie schob hinter sich die Decke weg, während er sich an seiner Gürtelschnalle zu schaffen machte. Und dann schlug sie zu.

Es ging so schnell, dass sie später gar nicht sagen konnte, was alles zu genau derselben Zeit passierte: Margo rammte Ed die geöffnete Schlagfalle ins Gesicht, schlug ihn aber mehr, als dass sich die Spitze in seinen Kopf bohrte. Er war zwar nicht bewusstlos, kippte aber mit dem Oberkörper zur anderen Seite des Käfigs. Margo riss sich die Leine vom Hals, die sie mit der scharfen Kante der Rattenfalle in stundenlanger Handarbeit durchgeschnitten hatte, und sprang durch die offene Käfigtür. Sie hatte sie schließen wollen, doch weil die Obstkiste davorstand, funktionierte das nicht, sie würde viel zu viel Zeit verlieren.

Also rannte sie.

Unter Schmerzen, weil ihre Beine das Laufen nicht mehr gewohnt waren, humpelte sie die Treppe rauf und verließ den Keller. Draußen schien die Sonne, sie wurde geblendet, fiel auf die Knie, rappelte sich wieder auf und rannte weiter.

Die Garagentür war verschlossen, sie eilte in die Villa. Und als sie den Korridor entlanglief und ihr Blick durch das Fenster im Studio fiel, entdeckte sie Ed, der aus dem Gästehaus jagte.

Noch war es aber nicht zu spät.

Margo erreichte den Eingangsbereich, griff nach dem Knauf der Haustür und erstarrte.

Abgeschlossen.

„NEIN!", schrie sie verzweifelt und schaute über die Schulter. „NEIN! NEIN! NEIN!" Tränen der Wut brannten in ihren Augen. Wieso hatte er denn abgeschlossen? Sie rüttelte an der Tür, immer und immer wieder. Doch das brachte nichts.

Als Ed hinter ihr auftauchte, sank sie zu Boden und weinte bitterlich.

„Junge, Junge, das war ordentlich." Er wischte sich mit der Hand Blut vom Ohr. „Ich habe gewusst, dass ich dir nicht trauen kann."

Margo brach innerlich zusammen. Sie konnte nicht mehr. Erstmals erwischte sie sich dabei, dass sie sich wünschte, er würde sie jetzt umbringen.

Ed ging vor ihr in die Hocke. „Du weißt, dass du ein böses, böses Mädchen bist?"

Sie nickte.

„Und ein dummes Mädchen noch dazu?" Er schüttelte den Kopf. „Ich bin Perfektionist. Ich mache keine Fehler. Wenn ich weiß, dass ich den Käfig öffnen werde, verschließe ich die Tür, die dir die Freiheit bedeuten würde."

Margo fühlte sich leer. Ein Gefühl, das sie noch nie in ihrem Leben gespürt hatte. Es war egal, wie weh es tun, egal, wie lange es dauern würde. Ihr war völlig gleich, wie sie zu Tode kommen sollte, Hauptsache, es passierte.

Doch Eds Pläne sahen anders aus. „Zurück in den Käfig mit dir!"

5

Tag 14 im Keller

Wo es vorher Licht und Schatten im Wechsel gegeben hatte, verwandelte sich der Keller nun in ein Verlies der Finsternis.

Es gab keine Dinner mehr. Keine Cola, keinen Kaffee, keine Sandwiches, kein Obst. Ihr Eimer wurde nur noch selten gewechselt. Ed kam sie nicht mehr besuchen.

Er strafte Margo, indem er ihr jeden kleinen Luxus in diesem Keller entzog, und sie begriff, dass sie irgendwann hier drin sterben würde. Wenn nicht an Hunger oder Durst, dann an Unterkühlung, oder weil irgendwelche Krankheitserreger oder Maden einen tödlichen Cocktail in ihrem Inneren mixen würden.

Da Walden nicht mehr zu ihr durfte, kam nur Ed dann und wann, um ihr einen Kanten Brot, einen Apfel und alle zwei Tage eine Flasche Wasser zu bringen.

Ansonsten war sie allein.

Nachts war ihr so kalt, dass sie trotz der Decke fror, was daran liegen mochte, dass sie getränkt war von Wasser, Urin, Blut und Körperflüssigkeiten. Tagsüber erlitt sie immer wieder Krämpfe in allen Teilen ihres Körpers. Sie hatte nicht gewusst, wie weh es tun konnte, stundenlang sitzen zu müssen und sich maximal gebückt hinstellen zu können, und was für wahnsinnige Schmerzen in den Oberschenkeln bedeutete. Oft lag sie auf dem Rücken, die Beine nach oben gestreckt, doch dann kam sie nicht mehr hoch, weil der Boden so hart war und ihr Rücken rebellierte.

Der Keller stank. Aber das lag nicht nur an ihr. Es lag an dem Kot und an dem Urin in ihrem Eimer, und als sie mal für zwei Tage ihre Periode bekam, brach sie weinend zusammen und fühlte sich so widerlich wie noch nie in ihrem Leben.

Wenn Ed kam, sagte er kein Wort.

Nur die Sterne redeten mit ihr, und der Mond war ihr stiller Zuhörer.

An einem Tag hatte sie sich die Seele aus dem Leib geschrien. Sie hatte gewusst, dass es vormittags war, denn da sah der Himmel anders aus als am Nachmittag, wenn ein Dunst über dem hellen

Blau lag. Sie hatte jemanden im Schuppen gehört, der sich zwei Mauern weiter befand. Sie hatte ein Rumpeln vernommen und gewusst, dass es nicht Walden gewesen sein konnte.

Sie hatte im Gefühl gehabt, dass Danielle sich in ihrer Nähe befand.

Margo hatte geschrien, gerufen und geweint, doch niemand war gekommen. Nicht zu einem der Fenster, nicht zur Tür in den Keller des Gästehauses.

Niemand war gekommen – *Danielle* war nicht gekommen.

Natürlich hatte Margo darüber nachgedacht, dass Danielle sie nicht finden würde. Ganz leise kam manchmal eine Stimme dazu, die flüsterte: *Oder sie hat dich längst entdeckt, will aber nicht, dass du jemals zurückkommst …*

Wenn sie daran dachte, umklammerte sie mit ihren Armen die Knie und begann zu zittern.

Sie fühlt sich wohl in deinen Sachen.

Ich ziele nicht darauf ab, mit ihr im Bett zu landen, auch wenn ich weiß, dass genau das ihr Wunsch ist.

Wenn du wüsstest, wie sehr sie dein Leben gerade genießt.

Oft überkam sie dann die Panik, hatte Angst, er würde mit Danielle das Gleiche tun wie mit ihr, und sie betete darum, dass Ed nicht recht hatte.

Manchmal, da dachte Margo an Stan.

Ob er noch böse auf sie war.

Ob er sich sorgte.

Ob er je im Büro nach ihr gefragt oder sie angerufen hatte.

Und manchmal, wenn sie nicht schlafen konnte, lag sie mit geschlossenen Augen auf der Decke und dachte an das Ferienhaus im Wald und dass sie vielleicht nicht allein dort geblieben wäre, sondern mit ihm.

Sie dachte an seine nackten Füße und musste lächeln. Gleichzeitig rieb sie dabei ihre eigenen aneinander.

Und dann öffnete sie die Augen.

Der Mond war da.

Die Sterne auch.

Plötzlich gingen ihr Gedanken durch den Kopf, an die sie noch nie zuvor gedacht hatte.

Sie konnte nur einen Ausschnitt des Sternenhimmels sehen. Aber den ganzen Himmel sah sie nicht. Weil ER das nicht wollte.

Margo krabbelte nach vorn zu den Gitterstäben und blickte zum Mond hinauf.

Nachher würde er weitergewandert sein, und dann würde es wieder dunkel sein und sie würde den Mond nicht mehr sehen können.

Weil ED DAS NICHT WOLLTE.

Wer, ja, wer, wer zum Teufel hatte die Macht, darüber zu entscheiden, wie viel Sterne und wie lange sie den Mond sehen durfte?

Niemand.

Margos Atem ging schneller. Im Mondschein betrachtete sie ihre Arme. Sie waren dünn und dreckig.

Wer, ja, wer hatte das Recht zu entscheiden, dass sie sich nicht waschen durfte?

Niemand.

Ihr Körper begann zu beben. Sie versuchte, sich aufzustellen, und stand dann gebückt im Käfig.

Wer, ja, wer durfte bestimmen, dass sie sich nicht hinstellen, nicht gehen, nicht laufen, nicht rennen konnte, wohin sie wollte?

„Niemand."

In Margos Zehen begann es zu kribbeln. Sie fühlte Stärke, ganz unten in ihren Füßen loderte sie auf wie erste Flammen eines kleinen Feuers. Es breitete sich aus, als würde aus dem kleinen Feuer ein Brand entstehen. Die Stärke erreichte ihre Waden, die Knie, arbeitete sich ihre Oberschenkel hoch, durch ihren Bauch, ihre Brust und begegnete dort ihrem Höhepunkt.

Niemand darf dich hier einsperren.

Niemand hat dir zu sagen, wann du essen, wann du trinken darfst.

Niemand hat dir einen Eimer in den Käfig zu stellen, in dem du deine Pisse sammeln musst.

Niemand, Margo, hat das Recht, dir die Freiheit zu nehmen!

Margo klammerte sich an die Streben, starrte in den dunklen Nachthimmel, und es war, als würde diese Erkenntnis eine Kraft in ihrem Körper entfachen und das Licht der Sterne etwas in ihr verändern.

„Du hast ja ganze schöne Leben noch vor dir", wiederholte sie die Worte der alten Frau.

Ich komme hier raus, versprach sie sich selbst.

„Ich komme hier raus", versprach sie dann auch den Sternen, und allein diese Worte auszusprechen, machte ihr bewusst, dass sie nicht aufgeben durfte.

Ich werde stark sein!

Ich werde hier rauskommen!

Ich werde dafür kämpfen, mich an ihm zu rächen!

Denn niemand, wirklich niemand hat das Recht, mir die Freiheit zu nehmen!

Und dann, wie aus heiterem Himmel, wurde die Kellertür geöffnet und ein helles Licht wie das einer Taschenlampe leuchtete sie an. Margo hielt sich die Augen zu, da das Licht zu stark blendete. Sie blinzelte, um zu erkennen, wer in der Tür stand. Nie kamen Ed oder Walden mit einer Taschenlampe in den Keller.

„Hal-lo?", fragte Margo unsicher und legte die flache Hand an die Stirn, während ihre Stimme vor Nervosität vibrierte. Und als sie die Person erkannte, nahm sie die Hand runter.

„Danielle", sagte sie und erstarrte, als es wieder finster wurde und die Tür zurück ins Schloss fiel.

DANIELLE

Kapitel 8

1

Dienstag, 24. Oktober 2023 – Tag 14 im Haus der Schwester

Jeffrey

Jeffrey hatte noch eine Stunde lang in seinem Auto vor dem Haus gesessen und auf sie gewartet. Als es Mittag wurde, hatte er genug und fuhr in die Stadt zurück. Der Verkehr war ätzend, auf den Straßen war die Hölle los, daneben tummelten sich Menschenmassen. Menschen mochte er nicht, nicht so viele auf einen Haufen jedenfalls. Nicht einmal in der Rushhour am Freitagabend war im Supermarkt in Jeanerette so viel los wie hier an diesem Dienstagnachmittag.

In der Nähe des Gebäudes, in dem sich die *African Care Organisation* befand, bekam Jeffrey einen guten Parkplatz. Es konnte natürlich sein, dass sie in der Zwischenzeit zur Villa gefahren war und er sie verpasst hatte, aber einen Versuch war es wert.

Das Büro war ziemlich nobel für eine Hilfsorganisation.

Er hielt die Hände hinter dem Rücken verschränkt und schritt langsam durch eine Lounge, wo es nach Kaffee duftete, und erspähte rechts und links von ihm verdutzte Gesichter.

„Kann ich helfen?", fragte ein Typ, der an einem riesigen Drucker stand. So was hatte Anthony im Büro auch, aber der hier war noch größer.

„Ich suche Danielle."

„Ach so." Die Miene des Typen verfinsterte sich. „Die war heute hier, ist aber früher gegangen."

„Wann ist sie los?"

„Keine Ahnung. Frag mal Anna, ihr Büro ist da vorn rechts." Der junge Mann wandte sich mit seinen Blättern ab.

Jeffrey schlenderte zu dem Raum, den der Mann gemeint hatte und klopfte an, weil sich das schließlich so gehörte.

Keine Antwort.

Dann wurde die Tür geöffnet, und eine Frau mit schwarzen langen Haaren und einer Brille kam zum Vorschein. „Ja?"

Wirkliche Freundlichkeit war wohl nicht Angebot dieser Firma. „Ähm … Sind Sie Anna?"

„Nein, ich bin Julia und du?" Die junge Dame öffnete die Tür noch ein Stück und ließ ihn eintreten.

„Ich bin Jeffrey." Er streckte der jungen Frau die Hand entgegen, woraufhin diese grinste.

„In Deutschland gibt man einander immer die Hand", sagte sie in die Richtung einer weiteren Frau, einer Blondine, die hinter einem riesigen Schreibtisch saß.

„Ich glaube nicht, dass Jeffrey aus Deutschland kommt." Die Blonde lachte.

Jeffrey stellte sich vor ihren Schreibtisch. „Hi. Sind Sie Anna?"

Anna nickte. „Ja, was kann ich für Sie tun, Jeffrey?"

„Ich suche Danielle."

Die beiden Frauen wechselten einen Blick. „Na, hier ist sie nicht", sagte Julia.

„Sie war heute nur zwei Stunden da." Anna schien gereizt. „Julia, ihr wievielter Arbeitstag war das noch mal?"

Arbeitstag?

„Erst der zweite", antwortete Julia.

„Pah", machte Anna. „Genauso unzuverlässig wie ihre Schwester." Dann grinste sie wieder in Jeffreys Richtung. „Was möchten Sie denn von ihr?"

„Ich bin ihr bester Freund aus Charenton."

„Charenton!" Annas Augen leuchteten. „Meine Großeltern wohnten in Charenton. Dann sind Sie … Ja, Jeffrey, sie hat mir von dir erzählt! Schön, dich kennenzulernen. Du bist ein Kollege, richtig? In dem Supermarkt."

„Ja, Ma'am." Jeffrey hielt sich an die Höflichkeitsform. Die Frau sah zwar jung, aber sehr streng aus.

„Also, hier ist sie nicht", sagte Anna. „Sie ist bereits um elf Uhr heute Morgen heimgegangen."

„An ihrem zweiten Arbeitstag", fügte Julia hinzu.

„Wieso Arbeitstag?", fragte Jeffrey.

„Na, sie hat den Job." Anna hob die Brauen. „Hat sie dir das nicht erzählt?"

„Job? Nein … also …" Er musste Danielle dringend sprechen.

„Tut mir leid, leider können wir dir nicht helfen."

„Okay." Jeffrey nickte dankend. Er musste hier raus. Das Büro und die Menschen überforderten ihn. „Dann entschuldigen Sie die Störung. Ich gehe dann."

„Bye!" Anna wandte sich wieder ihrer Akte zu.

Jeffrey ging aus dem Zimmer, und als er die Tür hinter sich schließen wollte, kam Julia ihm hinterher. „Warte mal", sagte sie, als er zum Fahrstuhl eilen wollte. „Warst du schon in der Villa?"

„Nein", antwortete Jeffrey. „Ich wurde an der Tür abgewiesen."

„Von Ed?"

„Ja, Ed."

„Mir ist da was eingefallen." Die junge Frau sah besorgt aus. „Ich war hin und wieder etwas direkt zu Danielle, aber das hatte einen Grund."

Jeffrey wunderte sich über ihr Verhalten. „Wieso?"

„Margo, ihre Schwester, ist in ihrer ‚Auszeit'."

„In Atlanta."

„Nein, nicht in Atlanta. Das hat Danielle auch schon gesagt, aber nein, das hat sich Margo mit Ed ausgedacht. Margo ist irgendwo, und niemand weiß, wo genau."

„Und worauf wollen Sie hinaus?"

Julia seufzte tief. „Es ist Ed", sagte sie leise. „Irgendetwas stimmt da nicht. Ich bekomme es aber nicht raus. Ich mache mir Sorgen um Margo, und Danielle war heute unglaublich durcheinander. In der letzten Zeit war sie sehr gern hier. Es hat nicht gepasst, dass sie heute so früh wieder ging. Ich glaube, es hat mit Ed zu tun."

Jeffrey nickte. „Okay, ich weiß Bescheid."

Julia legte ihm eine Hand auf den Arm. „Bitte sei vorsichtig! Und vielleicht kannst du herausfinden, was los ist." Sie zückte einen Kugelschreiber und griff nach einer Serviette, die neben dem Kaffeeautomaten lag. Sie schrieb etwas darauf. „Hier ist meine Nummer."

Jeffrey griff nach der Serviette. „Okay. Danke!"

Jeffrey fuhr eine weitere Stunde durch die Stadt, ohne ein Ziel zu haben. Er holte sich irgendwo ein Sandwich und einen Eistee, ging eine Runde am Mississippi spazieren und kehrte dann am Abend noch mal zurück zur Vanderbilt-Villa. Der Himmel hatte sich verfärbt, leuchtete gelb und rot und die Nacht nahte.

Das Haus von Ed und Margo war beleuchtet, wirkte wie viele Villen im Garden District teuer und edel. Licht brannte in einigen Zimmern. Irgendwer war zu Hause.

Er suchte nach einem Parkplatz, was nicht so einfach war, denn die meisten Plätze waren besetzt. Als jemand rausfuhr, nutzte er die Chance und stand nun auf der gegenüberliegenden Seite.

Jeffrey ging über die Straße, er war nervös, aber jetzt am Abend ließ Ed ihn bestimmt ins Haus, weil Danielle da und sicherlich für ein Gespräch bereit war.

Er klingelte. Das, was er Ed sagen wollte, um nicht wieder abgewiesen zu werden, hatte er bei seinem Spaziergang am Fluss vorhin perfekt einstudiert.

Doch Ed öffnete nicht.

Es war Danielle, die sich ihm in die Arme warf. „Jeffrey!"

2

Danielle führte Jeffrey in den Salon. Dort ließ er sich auf der Couch nieder und wirkte zwischen den bauschigen weichen Kissen richtig verloren. Sie machte Kaffee für beide, obwohl es schon Abend war, und stellte noch ein paar Kekse dazu.

Dann setzte sie sich ihm gegenüber in einen der Sessel.

„Bist du allein?", fragte er und schlürfte seinen Kaffee.

„Ja, Ed ist noch im Büro. Er kommt heute später."

Jeffrey nickte. „Ich war bei Margos Arbeit."

„Tatsächlich?"

„Ja, ich habe dich gesucht. Dort sagten sie mir, du seist um elf Uhr nach Hause gegangen. Sag mal, arbeitest du da jetzt wirklich?"

„Anna hat mir einen Job angeboten, ja."

„Margos Job?"

„Nein, das hat nichts mit Margo zu tun. Einen Job als … Ich weiß nicht, ob ich da schon eine Bezeichnung habe, im Vertrag steht Koordinatorin."

„Im Vertrag?" Jeffrey sprach mit vollem Mund. „Du hast einen richtigen Vertrag unterschrieben?"

Sie hatte sich so gefreut, ihn wiederzusehen. War glücklich, ihn umarmen zu können, doch sie hatte keine Lust, ihm Rede und Antwort zu stehen. „Es ist viel passiert, Jeffrey."

„Das weiß ich. Ab und zu hast du mich ja teilhaben lassen, doch irgendwann hast du damit aufgehört."

„Du musst nicht alles wissen. Was du wissen musst, ist, dass ich glücklich bin. Ich wohne hier sehr gern und bin zufrieden mit diesem Job."

Jeffrey senkte den Blick. Sie wusste, dass er das nicht verstand. „Aber … Es ist doch *ihr* Haus. *Margos* Haus. Und *ihr* Job."

„Wie gesagt: Mein Job hat nichts mit Margo zu tun. Und dass ich hier wohne, ist selbstverständlich. Ich bin ihre Schwester."

Jeffrey machte eine kurze Kopfbewegung auf ihren Pullover. „Den habe ich noch nie an dir gesehen."

Danielle schnaubte. „Das ist meiner! Ich war einkaufen!"

„Hör zu, ich will dich nicht kontrollieren, ich will dir auch nichts madig reden, aber … ich kenne dich so nicht, Danielle. Du hast immer gesagt, dass der Lebensstil deiner Schwester völlig übertrieben ist. Und jetzt findest du das alles genauso toll?"

„Man kann sich an so einen Standard schnell gewöhnen, ja. Aber ich bin weder eine Ikone auf Instagram noch Gründerin einer Hilfsorganisation noch Hausherrin dieser Villa. Ich bekomme gerade nur ein paar Krümel davon ab."

„Und ich?" Jeffrey tippte sich auf die Brust. „Was ist mit mir?"

Sie seufzte. „Ich habe dir gesagt, dass ich wegmuss."

„Wirst du bleiben?"

Danielle nickte. „Erst mal schon. Ich habe den Job angenommen, und ich wohne hier, bis Margo zurückkommt."

„Wann wird das sein?"

„In ein paar Tagen."

„Und dann?"

„Jeffrey, jetzt stell doch nicht so viele Fragen! Lass es doch gut sein! Lass mich mein Leben genießen. Ich will hier sein und nicht in Charenton. Versteh das doch mal!"

Jeffrey musterte sie skeptisch und trank dann seinen Kaffee aus. Sie hoffte, er würde jetzt gehen wollen. Nachher kam Ed wieder, und der wollte etwas zu essen mitbringen. Sie würden zusammen essen und über so viele Dinge reden, über die sie momentan gern redete.

„Na gut", gab Jeffrey nach. „Ich hatte mir nur Sorgen gemacht."

„Ich bin erwachsen", sagte sie.

„Und *er*?" Jeffrey sah ihr in die Augen. „Er ist *ihr* Mann, Danielle."

„Das weiß ich. Aber es gehören immer zwei dazu."

Mit der Antwort war Jeffrey offensichtlich nicht zufrieden. Doch er stand auf, und sie war erleichtert darüber. Sie führte ihn zur Haustür, und draußen gingen sie zusammen über den Weg zum Tor.

„Tut mir leid", sagte sie, und das war die Wahrheit. Ihr taten viele Dinge leid, beschreiben konnte sie sie aber nicht. Sie hatte von heute auf morgen ihr Leben verlassen, sein Leben verlassen und sicherlich war es schwer für ihn, ihre abrupte Entscheidung nachzuvollziehen.

In Jeffrey schien viel vorzugehen. Unruhig steckte er die Hände in die Taschen seiner Jacke und zog sie dann wieder raus, murmelte unverständliche Laute, bis er stehen blieb und sie somit ebenfalls. „Ich weiß nicht ... Darf ich ehrlich sein?", fragte er, stand direkt vor ihr, berührte sie nicht, schenkte ihr nur diesen eindringlichen Blick, der sie verunsicherte.

„Klar."

„Du hast dich verändert, Danielle", klagte er. „Und ich weiß nicht, aber ... Ich mag dich so nicht."

„Jeff..."

„Nein." Er legte ihr den Zeigefinger auf die Lippen. „Du bist meine beste Freundin. Nein, falsch. Du bist mehr als das, meine Familie, mein ... mein Herz. Als ich dich kennengelernt habe, vor so vielen Jahren, da warst du der Mensch, der mich ohne Vorurteile genommen hat, wie ich bin. Du bist zu jedem Menschen gleich, jeder ist dir genauso viel wert. Du bist loyal, du bist ehrlich, du bist treu und gut. Ich liebe es, mit dir zu lachen, mit dir Chips zu essen und *America's Got Talent* zu schauen. Ich ... Ich liebe es, wenn du einfach bei mir bist ... Als die Danielle, die du damals warst."

Betreten sah sie zu Boden.

Jeffrey schaute an ihr vorbei auf das Haus. „Aber das hier bist du nicht, Danielle. Ich kenne deine Schwester nicht, aber so, wie du sie mir beschrieben hast, so will ich dich nicht. Du bist nicht oberflächlich."

Danielle hätte ihm gern so viel gesagt. Aber sie schwieg. „Menschen ändern sich."

Jeffrey nickte traurig. „Das stimmt, aber wenn du mich fragst ... Ich nicht. Ich ändere mich nicht. Und deswegen sage ich dir auch, dass ich ..." Seine Stimme vibrierte. „Ich sage, dass ich dich vielleicht liebe, Danielle."

Jetzt war's ausgesprochen. Danielle konnte ihm nicht in die Augen schauen.

„Aber ich werde nun wieder heimfahren. Allein. Ohne dich. Und es wird mir nicht gut gehen. Nicht weil du *hier* bist, denn ich gönne dir genau das Leben, das du Leben willst. Aber ich muss noch begreifen, dass du jetzt *anders* bist."

Sie wusste nichts darauf zu antworten.

Er öffnete das Gartentor. „Vielleicht kommst du ja wieder. Irgendwann. Wie ich schon mal sagte: Mein Leben reicht mir. Ich bin sehr glücklich mit dem, was ich habe."

„Aber du bist hier …", gab sie zu bedenken.

Jeffrey nickte. „Und damit verstehst du hoffentlich, was mich in Charenton immer glücklich gemacht hat. Es sind nicht immer die Annehmlichkeiten vor Ort oder die Umgebung, die einen zufriedenstellen. Manchmal sind es nur die Menschen um uns herum, die uns glücklich machen." Er zuckte die Schultern. „Ich hoffe inständig, dass du irgendwann zurückkommst."

Danielle sah dabei zu, wie er durch das Tor und dann über die Straße ging und in seinen Wagen stieg. Sie verschränkte die Arme vor der Brust, winkte ihm nicht zum Abschied. Stattdessen reckte sie das Kinn gen Himmel.

Die Sterne waren jetzt zu sehen, und der Mond war aufgegangen. Langsam ging sie zurück ins Haus. Jeffreys Auftauchen hatte dem Ganzen die Krone aufgesetzt.

Danielle schlurfte in Richtung Küche und wollte sich noch einen Kaffee kochen, denn es würde eine lange Nacht werden. Als sie am Esszimmer vorbeikam, erinnerte sie sich an den gestrigen Montagabend.

Sie war mit orientalischem Essen nach Hause gekommen, und Ed hatte am PC gesessen und sie darauf angesprochen, er habe entdeckt, dass sie geschnüffelt hatte. Als sie das geklärt hatten, war Danielle den Tisch decken gegangen, und Ed hatte das Besteck erwähnt. Es hatte nicht so gelegen, wie er es gern gehabt hätte.

Danielle ging nun wieder in die Küche. Sie betätigte die Kaffeemaschine. Die Bohnen wurden gemahlen, der Kaffee lief in ihre Tasse.

Sie hatten gegessen und miteinander geredet. Es war erst etwas verhalten gewesen, aber dann war es in eine andere Richtung gegangen. Danielle hatte gemeint, wenn Margo zurück wäre, wollte sie aus dem Haus sein, doch damit war Ed nicht ganz einverstanden gewesen.

„Weil es mir gefällt, dass du hier bist, und das weißt du genau", hatte er gesagt und in seinen Augen hatte purer Sex gelegen.

Danielle nahm nun die Kaffeetasse und ging damit zum Kühlschrank. Sie stellte sie auf der Theke ab und holte die Milch heraus.

Sie waren dann rüber ins Wohnzimmer gegangen, wo er die Musik angeschaltet und mit ihr getanzt hatte. Seine Berührungen hatten sich wahnsinnig gut angefühlt.

„Du musst nicht immer brav sein. Es ist aufregender, wenn du ein böses Mädchen bist", hatte er gesagt und sich an ihr gerieben.

Danielle trank von ihrem Kaffee. Sie schloss die Augen. Es war wunderschön gewesen.

Als der Hauch eines ersten Kusses in der Luft gelegen hatte, sie sich aber gebremst hatten, hatte Danielle Wein gebraucht. Oder einfach Abstand, weil er sie um den Verstand brachte. Danielle war in Richtung Keller der Villa gegangen, um in den Vorkeller zu kommen, weil die Luke in der Küche noch immer klemmte.

Jetzt stellte sich Danielle ans Küchenfenster. Der Hof lag in völliger Dunkelheit. Sie konnte aber die Lichter im Gästehaus sehen.

Gestern hatte sie wegen des Weins im Keller gestanden, stattdessen aber Eds Geheimnis entdeckt.

Das Geheimnis eines Mannes, den sie begehrte.

Die Tasse in ihren Händen fühlte sich schön warm an. Ihre Mundwinkel gingen nach oben.

Ja, was war das für ein verrückter Abend und ein verrückter Tag heute gewesen. Doch eines nach dem anderen.

Sie trank ihren Kaffee und schaute rüber zum Gästehaus, da, wo sich die Kellerfenster befanden.

Niemand ahnte, dass Ed nicht nur ein Geheimnis hatte.

Und niemand ahnte, welches andere Geheimnis er *drüben* im Keller versteckte …

Doch Danielle wusste es jetzt.

Und begann zu grinsen.

3

„Hey, Danielle. Alles wieder gut?", fragte Anna am nächsten Morgen, als Danielle und sie sich am Fahrstuhl trafen.

„Ja, entschuldige bitte. Ich habe mir die Stunden gestern natürlich aufgeschrieben. Ich … Ich hatte einen sehr krassen Montagabend und gestern war es nicht weniger turbulent."

„Wir haben deinen Freund kennengelernt."

„Jeffrey, ja, er hat mir gesagt, dass er hier war."

Oben angekommen, bog Anna zu ihrem Büro ab und wandte sich noch mal an Danielle: „Na dann. Ich würde mich freuen, wenn es ab jetzt keine unangemeldeten ‚Freistunden‘ mehr gibt. Sag mir einfach Bescheid."

Danielle nickte. „Aber natürlich!" Sie eilte Richtung Lounge, und während sich die Kaffeemaschine um ihr Getränk kümmerte, prüfte sie ihr Aussehen in der Spiegelung im Wandschrank. Tiefe Augenringe hatten sich gebildet, die Auswirkungen der beiden Nächte, die hinter ihr lagen.

„Hast nicht viel geschlafen, hm?", fragte John etwas beiläufig und ohne den Hauch eines freundlichen Lächelns.

Danielle hingegen lachte. „Wenn du wüsstest …"

Sie nahm ihren Becher, ging nicht in ihr Büro, sondern machte sich auf den Weg zu Julia.

Die packte gerade etwas in einen Karton. Sah auf und schob die Brille hoch, als Danielle eintrat. „Was ist?"

„Ich muss mit dir reden." Danielle zog die Tür zu. „Ich habe im Kalender gesehen, dass Anna, Ed und du heute einen Termin wegen der Finanzen habt."

„Ja, um zwei Uhr."

„Er bittet mich, ihn zu verschieben. Auf fünf Uhr heute Abend."

„So spät?", maulte Julia. „Warum denn das?"

„Er hat ja noch einen anderen Job, Julia, und da kommt er an seine Grenzen."

Julia kaute auf ihrer Lippe. „Und darüber beklagt er sich bei dir?"

„Ja." Danielle grinste. „Was dagegen?"

„Was ist denn mit Anna?"

„Ich denke, wenn du einverstanden bist, wird sie es auch sein."

Sie zuckte die Schultern. „Dann buch den Termin um, meinetwegen."

Danielle nickte. „Danke!" Als sie aus der Tür ging, schrieb sie Ed eine SMS.

Danielle:
Dein Termin heute Nachmittag wurde verschoben, sorry. Neu: Heute, 5 Uhr abends. Ich warte danach zu Hause auf dich ☺

Ed:
Okay, ich freu mich ☺

Danielle wollte für ihn kochen. Etwas ganz Besonderes. Sie wollte sich bedanken, für alles, was er für sie getan hatte. Sie wollte ihn überraschen und alles sollte perfekt sein.

Es gab im French Quarter einen Markt, auf dem es herrlich frische Sachen gab. Nicht nur Gemüse und Obst in allen Variationen, wie zum Beispiel die Pitahaya in einem leuchtenden Pink, sondern auch Fisch und Fleisch, und Ed liebte ja Muscheln.

Ja, heute würde sie Muscheln zubereiten!

Sie gab ein Vermögen aus. Viel zu viel Geld, aber dieser Mann war es ihr wert.

Auf dem Weg zum Taxi dachte sie an den Montagabend vor zwei Tagen, als sie den Wein geholt und danach mit ihm angestoßen hatte, nachdem sie sein Geheimnis entdeckt hatte. Sie hatte ihn nicht darauf angesprochen.

Ja, und gestern, als sie nur kurz im Büro gewesen war, ja, es hatte halt privat einiges zu erledigen gegeben, und sie wollte sich auch nicht rechtfertigen, wenn sie Zeit brauchte, um gewisse Dinge zu ‚erledigen'.

Aber gut, jetzt war das nicht wichtig.

Wichtig war, noch eine Flasche Wein zu kaufen, den teuersten, den sie nach Feierabend aufspüren konnte, und dann so schnell wie möglich heimzufahren, um alles vorzubereiten.

Danielle deckte zuallererst den Tisch. Mit ihrer Payback-Karte maß sie den Bereich zwischen Besteck und Tischkante ab, dekorierte die festliche Tafel mit hübschen Servietten. Sie holte Blumen aus dem Garten, richtete sie in der Vase in der Mitte aus.

Dann ging sie in die Küche, sah sich noch einmal das Video auf TikTok an, wie man Muscheln zubereitete. Ed liebte Mashed Potatoes, also kochte sie Kartoffeln und stampfte sie anschließend zu Brei, stellte alles warm und putzte das Ofengemüse. Dann machte sie ein Zitronensorbet, wofür es eigentlich schon zu spät war, denn Ed war schon beim Meeting und würde bald nach Hause kommen. Aber egal, sie tat es trotzdem. Für diesen Mann hielt sie den Stress aus.

Sie schnippelte das Obst, um später das Sorbet zu dekorieren, und sie lächelte, als sie es probierte. Noch ein bisschen Sekt zum Obstsalat …

Nun war das Dinner bereit, also ging sie in Margos Schlafzimmer und duschte in ihrem Bad. Sie föhnte sich das Haar, benutzte beim Schminken Margos Produkte, benetzte die Haut mit dem Parfüm der Schwester und dachte heute nicht daran, eigene Klamotten anzuziehen. Nein, Ed liebte Margos Kleider an ihr, also zog sie eines heraus und schlüpfte hinein. Es war ein kurzes schwarzes Cocktailkleid, hauteng, und sie überlegte, ob sie ihren Slip überhaupt anziehen sollte.

Als Ed kam, war sie fertig mit allem und zündete gerade die Kerzen auf dem Tisch an.

Er machte große Augen und stellte seine Tasche auf einen der Stühle ab. „Wow!"

Danielle strahlte. Sie wusste, sie sah fantastisch aus. Ihr langes blondes Haar fiel ihr über die Schultern, ihre Figur sah in dem Kleid zum Anbeißen aus.

Und der Tisch erst!

Die Muscheln waren ihr perfekt gelungen, die Kartoffeln und das Gemüse ebenso. Die Möhren glänzten, hatte sie sie doch noch mit Butter bestrichen.

„Du hast gekocht", sagte er und zog sein Jackett aus. „Danke!"

Sie ging zu ihm rüber, nahm es ihm ab und brachte es weg. Als sie zurückkam, zog er an ihrem Arm, sie drückte sich an ihn, und als sei es selbstverständlich, nahm er ihr Gesicht in seine Hände und küsste sie.

Sie machte mit und war so glücklich wie noch nie in ihrem Leben.

„Danke", wiederholte er leise. „Du bist der Wahnsinn, Danielle."

Danielle ließ ihre Hände über seinen Rücken gleiten, was sie noch nie getan hatte, und sie spürte seine Erregung an ihrem Körper. „Ich will dir wiedergeben, was du mir gegeben hast."

„Ich habe das gern getan. Du bist eine tolle Frau." Ed schaute auf sie hinab und streichelte ihre Wange. „Ich meine das ernst, Danielle." Er ließ ihr Haar durch seine Finger gleiten. „Du bist unglaublich sexy, weißt du das?"

„Das ist Margo auch."

„Sicher, ja. Aber es ist aufregend, wenn man die Frau haben kann, die man eigentlich nicht haben darf. Also vielleicht … Können wir nach dem Essen da weitermachen, wo wir vor zwei Tagen aufgehört haben?"

„Du meinst Montag? Da hast du zu viel Wein getrunken."

„Du hast mich abgefüllt."

„Und gestern hatte ich Jeffrey im Kopf." Danielle legte die Hände um seinen Nacken und zog ihn leicht zu sich runter. „Aber heute, Ed", flüsterte sie ihm ins Ohr, „da will ich dein böses, böses Mädchen sein." Sie erkannte an seinem Blick, dass er sich nun fast gar nicht beherrschen konnte, und sie gern hier auf diesem Tisch gefickt hätte.

„Aber lass uns erst essen", sagte sie. „Die Muscheln sollen nicht kalt werden."

Ed ging sich die Hände waschen und zog die Krawatte aus, legte sie auf einen der Stühle und stutzte, als Danielle in der Zwischenzeit für eine dritte Person gedeckt hatte.

Danielle saß schon am Tisch. Lächelte. „Was ist?"

„Drei Teller?", fragte Ed. Dann drehte er sich um. Niemand stand hinter ihm. „Hast du für Walden gedeckt?"

Danielle lachte laut. „Natürlich habe ich nicht für Walden gedeckt. Walden ist doch *ganz plötzlich* verreist, nicht wahr, Ed?" Sie beobachtete ihn genau. Sah, dass seine Atmung schneller wurde, dass er unsicher lächelte, sich immer wieder umschaute.

„Ja, Walden ... Er musste ... Er ist verreist."

„Von einem auf den anderen Tag, ja, manchmal ist das so." Danielle griff nach ihrem Weinglas. „Stößt du mit mir an?"

„Warten wir nicht noch auf unseren Gast?" Ed setzte sich an den Kopf des Tisches.

Danielle trank von ihrem Wein. „Oh, wie unhöflich. Wo sind meine Manieren?" Sie stand auf. Auch wenn man es ihr nicht ansah, sie war nervös. Sie hatte Angst, aber sie war bereit.

Ihr schlotterten die Knie, als sie zur Haustür ging, wo es genau in diesem Moment klingelte. Sie öffnete die Tür, kehrte zurück ins Esszimmer, stand noch im Rahmen und sagte zu Ed: „Unser Gast ist nun da."

4

Samstag, 21. Oktober 2023 – Tag 11 im Haus der Schwester

Im Nachhinein konnte Danielle nicht mehr genau sagen, wann sie angefangen hatte, Edmund Vanderbilt zu hinterfragen und zu glauben, dass die Geschichte mit Margo und Atlanta nicht stimmte.

Fing es an, als Danielle bewusst wurde, dass Margo immer nur Sprachnachrichten schickte oder dann anrief, wenn Danielle es verpassen sollte?

War es Julias „*Wo ist Margo?*" ganz am Anfang im Jazz-Club?

Oder war es das Gefühl, das sie hatte, als sie die Zettel gefunden hatte, auf denen ihre Schwester geschrieben hatte: *Ich bin ein böses, böses Mädchen.*

Sie wusste es heute nicht mehr, aber nachdem sie die Babysachen im Schuppen des Gästehauses gefunden hatte, hatte sie gewusst, dass etwas nicht in Ordnung war.

Als sie dort gestanden und die blauen Strampler in den Kisten im Schuppen des Gästehauses betrachtet hatte, war ihr ein Gedanke in den Kopf geschossen. Es war ein Blitzgedanke gewesen, und vielleicht gar nicht wichtig, aber als sie innegehalten und verpackte Fläschchen angestiert hatte, war er immer größer geworden: *Margo ist nicht in Atlanta.*

Ed hatte gelogen.

Als sie den Schuppen verließ, betrachtete sie das Gästehaus genauer. Im Grunde genommen war es ein Schandfleck. Es war das Haus hinter der Villa, was ursprünglich Sklaven als Unterbringung gedient hatte. Ein großer Klotz Backstein, ziemlich robust, aber unglaublich hässlich. Es bildete die hintere Grenze des Grundstücks, und gäbe es den Efeu nicht, der sich an der Hauswand emporschlängelte, und die paar wenigen schönen Pflanzen davor, würde man bei seinem Anblick kaum glauben, sich im Garden District, dem hübschesten Viertel New Orleans, zu befinden. Danielle wusste, dass es zwei Schuppen gab, mit unendlich viel Platz, und dass Walden in einem Teil des Hauses wohnte und der andere renoviert wurde. Es gab einen Keller und einen Heizungsraum.

„Sie können auch einfach drüben ins Gästehaus gehen. Dort ist ihre Leiche. Und ich wohne daneben."

An diesem Samstag sprachen Danielle und Ed kein Wort miteinander. Am Abend zuvor hatte es diesen Maskenball gegeben, und sie waren sich sehr nahe gekommen – Danielle hatte sogar die Nacht in Ed und Margos Bett verbracht. Sie hatten gekuschelt, aber mehr war nicht passiert. Und so prächtig und überlegen sie sich am Abend und in der Nacht auch gefühlt hatte, der Morgen hatte ihr Ernüchterung gebracht.

Sie war zu weit gegangen.

Sie wollte Margos Leben nicht kopieren. Es hatte sich nur so großartig angefühlt, in ihre Welt zu schnuppern.

Sie wollte nicht mehr nur die Danielle aus dem Supermarkt in Charenton sein.

Aber eine Anziehpuppe in einer Villa unter den Pantoffeln des Ehemanns auch nicht.

Sie würde ihren eigenen Weg finden, ganz sicher.

Aber zuerst würde sie herausfinden, wo Margo wirklich war.

Ed hatte sich zum Training und danach ins Büro verabschiedet, weil er Danielle aus dem Weg gehen wollte. Sie hatte nichts dagegen, denn das machte ihre Suche nach der Wahrheit umso leichter. Sie wusste, dass Ed in ein Fitnessstudio ganz am Ende der Stadt fuhr, in der Nähe des Hauses seiner Eltern. Als sich Danielle auf dem Weg zu seiner Arbeitsstelle machte, wusste sie, dass sie mindestens zwei Stunden Zeit haben würde.

Herauszufinden, wo Ed arbeitete, war einfach. Es gab nur eine Firma in New Orleans, die sie mit ihren Stichworten rund um die Börse bei Google gefunden hatte. Ihren Recherchen zufolge musste Ed in dem riesigen Bürogebäude in der Stadt arbeiten, an dem sie früher mit ihren Freunden oft vorbeigegangen war, und dahin war sie jetzt mit ihrem Auto unterwegs.

Sie hatte sich die Sachen angezogen, die sie gestern bei ihrem Shopping-Trip gekauft hatte und fiel unter den gut gekleideten Büromenschen kaum auf, die sich auch am Samstag im Gebäude befanden.

Danielle schritt ins Foyer, von dem aus mehrere Rolltreppen nach oben führten. Sie verschaffte sich an der vergoldeten Tafel eine Übersicht und fuhr mit dem Lift zur 8. Etage.

Bankers & Stevens stand auf der Glastür in weißer Schrift. Es gab einen Empfang, wo eine junge Frau, nicht mal zwanzig Jahre alt, saß und freundlich aufschaute. „Kann ich helfen?"

„Ich bin auf der Suche nach Edmund Vanderbilt."

Die junge Frau runzelte die Stirn. „Tut mir leid, aber …"

„Ich bin aus privaten Gründen hier." Danielle hatte sich eine Geschichte überlegt, die sie auch unbedingt loswerden wollte, ohne vorher abgewimmelt zu werden. „Ich bin seine Schwester", log sie, „und zu Besuch in der Stadt …"

„Ma'am", unterbrach die junge Dame mit dem platinblonden Haar sie. „Mr. Vanderbilt arbeitet hier nicht mehr."

Danielle erstarrte. „Was?"

„Ja, seit ungefähr einem Jahr nicht mehr. Tut mir leid."

„Wissen Sie, wo er jetzt arbeitet?"

„Nein, leider nicht."

Er arbeitet gar nicht, schoss es Danielle durch den Kopf. *Er lügt. Die ganze Zeit. Er musste nicht nach New York. Das war eine Lüge.*

Danielle bedankte sich bei der jungen Frau und verließ das Gebäude.

Jeder wusste, wo Gerald und Tabitha Vanderbilt wohnten. Die Villa am Rand der Stadt nahe dem Fluss, eine ehemalige Plantage, konnte kaum prächtiger sein. Danielle stieg aus dem Wagen und ging den langen Weg zum Haus zu Fuß, während neben ihr Wasserfontänen in einem Brunnen in die Höhe schossen.

Die ganze Zeit dachte sie darüber nach, warum Ed sie angelogen und sie nach New Orleans geholt hatte. Sie fragte sich auch, ob er Margo etwas angetan hatte. War er dazu fähig? Sie wusste es nicht, denn in seiner Nähe hatte sie sich immer sehr sicher gefühlt.

Sie könnte ihn darauf ansprechen. Doch würde er die Wahrheit sagen?

Danielle blickte auf das Haus seiner Eltern und atmete tief durch. Würde sie hier ihre Antworten finden?

Eine Angestellte führte Danielle in den Rosengarten. Der befand sich direkt am Haus, es war ein kleiner Platz mit Kieselsteinen und rundherum mit Rosen bepflanzt. In der Mitte gab es einen Pavillon, unter dem ein Tischchen mit vier Stühlen stand und auf dem nun von einer anderen Angestellten Tee serviert wurde.

Gerald kam nach draußen. Er benutzte einen Stock und ging etwas gekrümmt. Um ihn zu begrüßen, stand Danielle auf und reichte ihm die Hand, um ihn zu seinem Platz zu helfen. Sie hatte zwar gehofft, mit Eds Mutter sprechen zu können, doch Gerald war definitiv die angenehmere Variante. Er war ein guter Mensch.

„Ich weiß, warum Sie gekommen sind", begann er das Gespräch und zündete sich sogleich eine Zigarette an. Er hielt Danielle das Päckchen entgegen. Das Feuerzeug legte er neben die Tasse. Sein Name war darauf eingraviert.

„Danke, nein." Danielle hatte schon lange nicht mehr geraucht.

„So?"

„Ich wollte nicht so hart zu ihm am Telefon sein, aber es war wichtig."

Danielle runzelte die Stirn. „Sie meinen den Streit am Telefon?"

„Ganz recht. Es geht immer um das Gleiche: das liebe Geld."

Danielle holte tief Luft. „Läuft es bei seinem Job nicht?"

„Sollte man doch meinen, oder? Aber anscheinend gibt's Probleme. Und er holt sich das Geld bei seiner Mutter. Die ist wütend, und ich habe dann keinen Seelenfrieden, also muss ich das ausbaden."

Beide wissen nicht, dass Ed dort nicht mehr arbeitet!

„Gerald, wo arbeitet Ed noch mal, wie hieß diese Firma?"

„Na *Bankers & Stevens*."

Danielle griff nach ihrer Tasse und rührte Zucker in den Tee. „Ach ja, so war das."

„Wenn Sie nicht wegen des Streits hier sind, weswegen dann?", fragte Gerald. „Oder wollten Sie sich mal unsere bescheidene Hütte ansehen? Ich gebe zu, viel zu groß für uns zwei alte Schabracken."

„Es ist wunderschön", meinte Danielle. „Gefällt es Margo auch so gut hier?"

„Margo kommt nie." Gerald schüttelte den Kopf. „Wissen Sie, Danielle, Sie und Ihre Schwester, sie sind sich beide sehr ähnlich. Höflich, nett und gute Mädchen. Ich habe Margo gern, aber meine Frau mag sie nicht. Margo weiß das. Dennoch lässt sie sich nicht die Butter vom Brot nehmen, was ich äußerst bewundernswert finde. Hauptsache ist doch: Ed liebt sie und sie liebt Ed und dann ist alles gut."

„Kommt Ed denn oft her?"

„Nein. Nicht so oft. Was haben wir jetzt? Oktober … Nun, das letzte Mal muss wohl letzten Sommer gewesen sein. Auch Ed versteht sich nicht so brillant mit Tabitha. Das Verhältnis zwischen Mutter und Sohn war bereits früher sehr frostig. Sie war schon immer ein Arbeitstier, und Ed wuchs eigentlich hauptsächlich bei seinen Nannys auf."

„Das wusste ich nicht."

„Wussten Sie, dass ich eine Tochter habe?"

„Nein, Sir."

„Ja, sie ist dieses Jahr dreißig geworden. Hat Familie und lebt an der Westküste. Zu Weihnachten kommen sie alle her. Meine Tochter plus Ehemann plus vier Kinder und zwei Hunde." Gerald strahlte übers ganze Gesicht.

Danielle trank den Tee aus. „Darf ich Sie etwas fragen, Gerald?"

„Na bitte!"

„Wissen Sie, wo Margo ist?"

„In Atlanta."

Danielle seufzte tonlos.

„Da soll sich eine Zweigstelle der Organisation befinden. Ich habe keine Ahnung davon, das ist Eds Baustelle. Die Organisation frisst sein Geld und auch das Geld, das er von Tabitha bekommt."

Ach, dachte Danielle, *dahin geht das Geld.*

„Deswegen gibt es oft Krach zwischen den beiden. Und zwischen mir und Ed. Und schließlich zwischen mir und ihr, Sie verstehen."

„Ich verstehe." Danielle stand auf. „Haben Sie vielen Dank, Gerald."

„Nicht dafür." Gerald blieb sitzen. „Warten Sie mal … Da war etwas mit Walden. Kennen Sie einen Walden?"

„Ja, er ist Hausmeister in der Villa und ein alter Freund von Ed."

„Ich erinnere mich an einen Vorfall von vor … Lassen Sie mich nachdenken … zwei Wochen. Da war ich in der Villa, und Ed und Margo hatten gestritten. Wegen Walden. Und … Margo … Stimmt es, dass Margo schwanger ist?"

Danielle zuckte die Achseln. „Ich weiß es nicht."

„Jedenfalls scheint dieser Walden nicht ganz sauber zu sein …"

Am Abend blieben sie beide zu Hause. Ed arbeitete an seinem PC, während Danielle im Wohnzimmer fernsah. Auf einem Tisch vor ihr standen Popcorn und Cola, eine Decke lag auf ihrem Schoß.

Irgendwann gegen neun Uhr kam Ed zu ihr rüber. Erst lehnte er gegen den Türrahmen, dann trat er näher, griff nach der Fernbedienung und schaltete den Fernseher aus. Nachdem Ed sich für seinen barschen Ton am Morgen entschuldigt hatte, redeten sie über Kinder und dass die ersten Babys bei Paaren aus ihrer Gesellschaft erst mit Anfang vierzig geboren würden.

„Du gehörst doch hierhin", sagte er irgendwann und berührte sie zaghaft. „Zu mir. Oder nicht?"

Sie genoss diese Berührungen, weil sie Ed wirklich sehr mochte. Doch weil sie nicht wusste, welches Geheimnis er hatte, war sie vorsichtig, als er mit seiner Nasenspitze über ihren Haaransatz fuhr und flüsterte: „Wegen dieser Wohnungssache: Du wirst bleiben, oder? Du wirst nicht gehen."

Doch sie wollte gehen. Aber davor würde sie sein Geheimnis lüften. „Ich bleibe."

„So ist es brav", sagte er darauf. „Du bist ein gutes, braves Mädchen."

5

Als Ed am nächsten Morgen in ihrer Tür stand, war Danielle so müde, dass sie schlaftrunken Worte zu ihm sagte, an die sie sich im Nachhinein kaum erinnern konnte. Es musste schon weit nach zehn Uhr sein, denn Ed stand angezogen mit einem Kaffee in der Hand neben ihrem Bett und zeigte zum Fenster.

Es war hell, die Sonne schien.

Er stellte die Tasse auf ihren Nachttisch, dann setzte er sich auf das Bett, und als sei es selbstverständlich griff er ihre Hand und streichelte sie. Sie ließ ihn, denn würde sie seine Zärtlichkeiten nun abrupt ablehnen, wäre das ein Zeichen für ihn, dass etwas nicht stimmte.

„Was hast du denn heute vor?", fragte er und fügte liebevoll hinzu: „Wir könnten ja mal aufs Land fahren. Uns Oak Alley ansehen."

„Da war ich schon", sagte sie sanft. „Ich bin erschöpft und müde. Ich habe in der Nacht kaum schlafen konnen."

„Das tut mir leid."

„Hast du Pläne?", fragte sie.

Er zuckte die Achseln. „Vielleicht fahre ich ein, zwei Stunden ins Büro."

Sie fragte sich, wo er sich rumtrieb, wenn er in ein Büro fuhr, wo er nicht arbeitete. „Du hast mir Margos Büro gezeigt, könnte ich auch mal deines sehen?"

„Ich glaube, das ist keine gute Idee." Ed schnaubte. „Bleib hier und ruh dich aus."

Als er aufstand, formten sich Danielles Lippen zu einem Lächeln. „Okay!"

Ja, die Nacht war anstrengend gewesen. Sie hatte bis um halb fünf morgens an ihrem Laptop gesessen und recherchiert. Zu Ed, zu der Familie Vanderbilt im Allgemeinen, zu Margo. Sie war stundenlang jeden Post auf Instagram durchgegangen, um sich dann zu fragen: *Warum ist mir nicht eher aufgefallen, dass das letzte Bild ein Fake war? Das Bild, mit dem sie sich von ihrer Community für*

Wochen verabschiedet hatte, das Bild, auf dem zahlreiche kleine afrikanische Kinder zu sehen waren, hinter denen Margo mit ausgebreiteten Armen stand? Das war nicht echt. Margo war mit Photoshop in das Bild geklebt worden, und erst jetzt hatte Danielle die Kommentare dazu gelesen: „Photoshop?", „Du bist doch gar nicht in Afrika …" und „Das sieht nicht echt aus" waren nur ein paar davon.

Es stand fest: Margo konnte nicht in Atlanta sein. Ed hatte gelogen. Und Danielle war sich auch sicher, dass Margo nie selbst angerufen hatte oder die Sprachnachrichten und SMS selbst verfasst hatte.

Ed verabschiedete sich, aber nicht zum Arbeiten, sondern kurzfristig zum Golfen mit einem Freund, obwohl Ed nie ein Wort über diesen Sport verloren hatte. In jedem Fall ging er aus dem Haus, und Danielle hatte die Villa wieder für sich. Anna hatte angerufen und gefragt, ob sie etwas unternehmen oder am Abend auf Danielles bevorstehenden ersten Arbeitstag anstoßen wollten. Beides hatte Danielle abgelehnt.

Sie zog es vor, das Haus durch den Nebeneingang zu verlassen und rüber zum Gästehaus zu gehen. Walden war in den Baumarkt gefahren, weil er sich nun daranmachte, die restlichen Zimmer des Hauses auszubauen.

Vor den Schuppen lagen Latten neben einer Sägemaschine, das bisschen Rasen war übersät mit Spänen. Werkzeug stand in mehreren Körben daneben.

Die Tür zum Gästehaus stand offen. Das war nicht immer der Fall, da aber Walden sogar das Radio angelassen hatte, bedeutete das wohl, dass er bald zurückkommen würde.

Danielle war noch nie im Gästehaus gewesen. Sie hatte auch gar nicht sehen wollen, wie Walden wohnte, doch heute musste sie wissen, was sich hinter den Mauern des Hauses befand.

Eine Leiche? Gab es hier wirklich eine Leiche?

Linker Hand befand sich die Treppe nach oben. Danielle setzte leise einen Fuß vor den anderen und achtete darauf, keinen Dreck von draußen zu hinterlassen. Oben in Waldens Wohnung sah es aus wie in einer Junggesellenbude. Es war weder aufgeräumt noch sauber, aber nichts anderes hatte Danielle erwartet.

Sie ging durch jeden Raum, bekam einen Würgereiz, als sie im Badezimmer stand, und konzentrierte sich dann auf das Wohnzimmer. Es gab zwei Fernseher.

Ihre Aufmerksamkeit galt aber dem Bücherregal, auf dem sich einige Bücher und ein paar vertrocknete Zimmerpflanzen befanden.

Dazwischen stand eine unscheinbare Kiste.

Warum gerade eine unscheinbare Kiste aus Holz Danielle dazu brachte, sie zu öffnen, war ein Rätsel, doch Danielles Neugier wurde rasch belohnt: eine Waffe.

Danielle dachte erst, sie hätte nicht richtig gesehen, aber ja, es war eindeutig eine Pistole. Sie war schwer, und nur zu gern hätte sie gewusst, ob sie auch geladen war.

Eine Waffe.

Walden hatte eine Pistole.

Die Haushälterin.

Margo.

„Jedenfalls scheint dieser Walden nicht ganz sauber zu sein …"

Danielle überlegte rasch, wie hoch das Risiko war, die Pistole mitzunehmen, und wie groß die Wahrscheinlichkeit war, dass Walden ihr Fehlen bemerken und Danielle dafür verantwortlich machen würde.

Nimm sie mit!

Sie strich sich die Haare aus der Stirn. Es war heiß, sie schwitzte.

Dein Gefühl sagt dir, nimm sie mit, und die Stimme in deinem Ohr fügt hinzu: Du musst hier weg!

Ein Wagen.

Danielle schreckte zusammen und rannte durch das Wohnzimmer zurück zur Treppe. Eindeutig hörte sie die Garagentür, die immer in einem langen knarrenden Ton aufging, und wie jemand pfiff. Das war Walden.

Sie huschte gerade aus dem Haus, als er um die Ecke kam und sie musterte. „Nanu, Ms. Danielle, was suchen wir denn hier draußen?"

Er trug einen großen Eimer mit Bausachen in der Hand.

Danielle hielt die Hände hinter dem Rücken und zeigte aufs Gästehaus. „Ich wollte gerade zu Ihnen reingehen, Walden."

„So ein hochkarätiger Besuch? Wie kommt's?"

Danielle zog ihr Telefon aus der Hosentasche. „Weil Sie nicht ans Telefon gehen."

Walden stellte den Eimer ab und prüfte etwas auf seinem Telefon. „Sie haben aber gar nicht angerufen."

„Doch, doch." Danielle wählte erneut. „Da, der Ruf geht hin."

„Merkwürdig." Walden steckte das Telefon weg und grinste. „Was wollten Sie denn von mir, Ms. Danielle?"

Sie seufzte tief. „Weißt du, Walden, ich würde gern wissen, was du mit dieser Leiche im Gästehaus gemeint hast."

Er lachte leise auf. „Nicht so laut, die Nachbarn, Sie verstehen."

Danielle lachte nicht. „Das ist nicht witzig, Walden. Wo ist sie? Im Keller?" Das war der einzige Ort, den sie noch nicht gesehen hatte.

„Nein, das wäre doch zu einfach, oder?"

Danielle spürte einen Kloß in ihrem Hals. Dann ging sie näher auf ihn zu. Sie hatte keine Angst. „Ich will wissen, wo Beverly Cortez ist. Und ich will wissen, wo Margo ist. Sind sie beide ... am selben Ort?" Ihr Herz klopfte wild, weil sie selbst von dem Mut überrascht war, den sie aufbrachte. Aber sie wollte das Gefühl der Sicherheit ausnutzen und endlich Antworten haben.

„Ms. Margo ist in Atlanta", antwortete Walden. „Ms. Beverly aber ..."

„Ist tot."

Walden hob die Schultern. „Das haben Sie jetzt gesagt."

Sie seufzte, ging an ihm vorbei und versteckte die Pistole unter der Treppe zur Villa. Dann drehte sie sich noch einmal um. „Es wird zehn Minuten dauern, Walden."

Walden blickte irritiert über die Schulter. „Was denn?"

„In zehn Minuten ist die Polizei hier." Es reichte jetzt. „Ich bin der Annahme, dass Margo nicht in Atlanta ist. Und ich bin mir sicher, dass Beverly von dir getötet wurde. In zehn Minuten wimmelt es hier von Beamten, denn ich habe Beweise."

„Ms. Danielle!", raunte Walden nun. „Wie können Sie ... Ich habe Beverly nichts getan! Gar nichts!"

„War es Ed?"

„Nein …"

Danielle nickte und ging weiter. „Also gut, dann die Polizei. Sie werden alles durchsuchen, alles, wenn ich erkläre, dass meine Schwester spurlos verschwunden ist, kurze Zeit, nachdem die ehemalige Haushälterin als vermisst gemeldet wurde!"

„Halt!", rief Walden, und sie hörte, wie er ihr hinterherlief. Dann packte er sie an den Schultern. „Das werden Sie nicht tun!"

„Unter einer Bedingung tue ich es nicht: Du sagst mir, was mit Beverly passiert ist. Und mit Margo. Dann gehe ich nicht zur Polizei."

Walden ließ sie los. „Ich traue Ihnen nicht."

Danielle wandte sich zu ihm um und hob die Hand. „Ich verspreche es dir."

„Darauf pfeife ich."

Sie holte ihr Telefon raus. „9, 1, 1 und …"

„Nein!" Walden riss ihr das Telefon aus der Hand. „Ed wird mich umbringen, wenn ich es Ihnen sage!"

„Mach dir um Ed keine Gedanken, ich bekomme das hin. Also?"

„Beverly … Ich … Ich zeige dir Beverley, aber du musst wissen: Es war ein Unfall. Ed kann dafür nichts und ich … Ich habe dabei keinen Finger gekrümmt!"

Es gab also wirklich einen Mord.

Unfall hin oder her.

Es gab einen Mord!

Danielle konnte nicht antworten. Ihr ganzer Körper bebte. Die Angst war riesig, so riesig, dass sie kaum atmen konnte. „Und Margo?"

„Willst du Beverly nun sehen, oder nicht?"

Sie nickte, kratzte sich am Hinterkopf, ihr Haargummi löste sich.

„Aber wenn du … Wenn du Ed das erzählst oder zur Polizei gehst, ich schwöre bei Gott, dann bring ich dich um!" Er stellte sich dicht vor ihr auf. „Oder … Ed bringt Margo um, wie du willst."

„Ich gehe nicht zur Polizei", versicherte Danielle ihm. Ihr stockte der Atem. Walden würde ihr gleich eine Leiche zeigen. Sie hatte noch nie eine Leiche gesehen. Und sie hatte Angst davor.

Walden führte sie ins Gästehaus. Er mahnte sie zur Ruhe, und sie schlichen die Treppe hinauf.

Oben gingen sie an seiner Wohnung vorbei zu den Zimmern, die noch renoviert werden mussten. In einem dieser Zimmer, ein schöner heller Raum, blieben sie stehen und Walden zeigte auf die verkleidete Wand.

„Da ist sie drin."

„Ihr habt sie eingemauert?" Es hallte in dem Raum.

„Eingemauert und verkleidet. Die findet keiner mehr."

„Mein Gott." Danielle wurde schlecht. Sie hielt sich an der gegenüberliegenden Wand fest. „Wieso habt ihr das getan?"

„Um uns alle zu schützen. Vor allem aber deine Schwester." Walden wirkte betroffen. „Beverly ist gestürzt. Von der Galerie."

„Gestürzt?" Also kein Mord?

„Es gab einen Streit zwischen Margo und ihr."

„Warum habt ihr der Polizei das nicht einfach gesagt?"

„Weil es einen offensichtlichen Kampf zwischen Margo und ihr gegeben hatte. Weil Ed … Nun, er hatte Gefallen an Ms. Beverly."

„Oh, verdammt." Danielle verstand. „Und damit Margo nicht in Schwierigkeiten kommt, habt ihr die Leiche verschwinden lassen."

Walden nickte. „Ja."

Sie fragte sich, ob sie ihm glauben sollte. Der Gedanke, dass es kein Mord war, war zwar irgendwie tröstlich, doch dass die drei eine Leiche versteckt hatten, war nicht weniger furchtbar. Doch sie hatten es wohl für Margo getan.

„Danke, Walden", sagte Danielle und ging nach draußen an die frische Luft.

„Ms. Danielle." Waldens Stimme klang warnend, als er sie an der Schulter packte und zu sich herumzog. „Ich warne dich: Ich bringe dich um, wenn Ed das erfährt."

„Okay." Sie hatte das verstanden, und bei Gott, sie wusste, dass er es ernst meinte. Ihr war so schlecht, dass sie sich in den nächsten

Buchsbaum übergeben wollte, und das Gefühl, mit einer Leiche Tür an Tür zu wohnen, tat ihr Übriges dazu.

Ed hatte eine Leiche versteckt. Zusammen mit Walden.

Für Margo.

Stimmte das? War das Ganze dann weniger schlimm, weil sie es für die Schwester getan hatten?

Und … war Margo wirklich so eine Furie, die in einem Streit einen Menschen die Galerie runterstieß?

War es *wirklich* ein Unfall?

Du musst hier weg. Die Stimme in ihrem Ohr wurde lauter.

Aber nicht ohne Margo.

„Und Margo? Wo ist Margo?"

Walden grinste und schüttelte den Kopf. „Erst mal sehen, ob du ein Geheimnis wahren kannst, bevor ich dir das nächste offenbare."

6

Danielle hatte sich auf diesen Tag gefreut. Er hatte sich wie das Ziel einer langen Reise angefühlt. Sie hatte, auch wenn sie sich zu Beginn ein wenig hatte verführen lassen, nie ihre Schwester kopieren, nie das Leben von Margo führen wollen.

Sie wollte Danielle bleiben. Und ein Leben beginnen, das sie zufriedenstellte.

Die Chance dafür hatte Anna ihr gegeben, und genau das verkörperte Danielle auch, als sie durch die Bürotür schritt und ihren neuen Platz einnahm.

Der erste Tag verlief grandios, und es schien, als wäre Danielle der glücklichste Mensch der Welt, doch über diesem so glorreichen Tag lag ein tiefer Schatten, denn ihre Angst und ihre Zweifel übermannten sie immer wieder.

Sie hatte Angst.

Angst davor, was mit Margo geschehen war, und Zweifel darüber, ob Waldens Geschichte stimmte.

Jeder, der in ihr Büro kam, beglückwünschte Danielle zu ihrem neuen Arbeitsplatz, sie nahm Blumen und Willkommenssprüche entgegen und ließ ständig verlauten, wie gut es ihr ginge.

„Die letzten zweieinhalb Wochen waren die schönsten in meinem Leben", sagte sie, und vielleicht war das sogar die Wahrheit. „Ich bin froh, das Gefühl zu haben, angekommen zu sein." Auch das stimmte.

Doch innerlich fügte sie jedes Mal hinzu: *Aber da ist so viel Glitzer. So viel Glamour. So viel Gold, das glänzt und versteckt, wie hart die Realität wirklich ist, und dass unter jedem Glitzerpulver eine Figur aus Metall steckt, die weder im Licht noch im Schatten glänzt.*

Die Leute sahen an diesem Tag eine Frau, die in neuen Klamotten und viel Make-up ein Strahlen aufgesetzt hatte, deren Inneres aber nach Hilfe schrie, weil die Welt, in der die Oberflächlichkeit regierte, zu verstecken wusste, was niemand sehen sollte.

Ein Mann, der seine Eltern und seine Frau anlog.

Ein Mann, der ein Geheimnis hatte.

Eine Wand, die verbergen sollte, was einmal geschehen war.

Und ein Angestellter, der mit Mord drohte, wenn jemand ein Wort zu viel Wahrheit in einer Welt voller Lügen sagte.

Als Danielle gegen Mittag nach dem Meeting mit dem neuen Investor im Badezimmer stand und in den Spiegel schaute, waren es die Tränen, die ihr verrieten, wie viel Angst sie um ihre Schwester hatte und dass sie keine Ahnung hatte, was sie tun konnte.

Ja, sie hatten sich Jahre weder gesehen noch gehört.

Ja, Danielle war tierisch neidisch gewesen.

Ja, Danielle hatte es geliebt, kurz mal in das Leben der Schwester einzutauchen.

Aber eines hatte sich in all der Zeit nicht geändert: Mit ihrer Schwester teilte Danielle eine gemeinsame Vergangenheit. Die Liebe zu ihren Eltern und das Gefühl, keinem Menschen je näher sein zu können als ihr, weil die Eltern so früh gestorben waren.

Nichts im Leben, weder ein Leben in Luxus noch ein untreuer Ehemann, könnte dafür sorgen, dass Danielle aufhörte, ihre Schwester zu achten oder zu lieben.

Als sie die Tränen wegwischte, schwor sie sich, Margo zu finden.

Kurz vor Feierabend rief Jeffrey an, und zu gern wäre sie einfach rangegangen und hätte ihn beruhigt. Dass alles in Ordnung wäre und sie es schon alles schaffen würde. Aber er würde an ihrer Stimme erkennen, dass rein gar nichts okay war, dass sie nicht weiterwusste, und wahrscheinlich herkommen. Das konnte sie nicht riskieren. Denn heute Abend würde sie aus Ed herausbekommen, was sie wissen wollte.

Julia beteiligte sich an keinem der Gespräche, in denen Danielle heute das Thema war, sondern blieb die meiste Zeit in ihrem Büro.

„Ich glaube, wir machen Schluss für heute", sagte Anna. „Danielle, kommst du noch mit auf einen Drink?"

Ja, dieses Leben war so verdammt anders. „Klar." Doch bevor sie ging, eilte Danielle in Julias Büro.

Die hatte ihre Tasche schon auf den Stuhl gestellt und packte zusammen.

„Kann ich kurz mal mit dir reden?" Danielle lehnte sich gegen die geschlossene Tür.

Seufzend schob Julia ihre Brille gerade. „Bitte?"

„Es geht um Margo."

Nun wirkte Julia eine Spur interessierter.

„Weißt du, ob Ed ihr wehtut?", fragte Danielle frei heraus.

Julia schüttelte den Kopf. „Nein, das weiß ich nicht. Warum fragst du nicht Anna? Ihr seid doch so dicke miteinander."

„Jetzt stell dich nicht so an wie eine 15-Jährige, die Sache ist ernst." Sie blieb vor Julias Tisch stehen. „Ich habe etwas in deinen Augen gesehen, damals im Jazz-Club. Ich habe es verdrängt, aber ich erinnere mich genau. Du hast dir Sorgen gemacht, Sorgen um Margo. Und ich wollte davon nichts hören, vergessen habe ich es aber nicht."

Julia nickte. „Ich kenne Ed. Ed ist gut. Aber gut zu sein, bedeutet nicht, keine Fehler zu machen. Ich weiß, dass sie nie nach Hause wollte. Sie hatte immer Ausreden dafür. Ich habe vermutet, dass sie etwas mit sich allein ausmachen wollte. Ich habe ihr meine Hilfe angeboten. Doch sie nahm sie nicht an. Ich kann nicht beweisen, dass sie Angst vor Ed hatte, denn Ed ist ein Meister darin zu manipulieren."

„Ich weiß." Danielle nickte. „Also weißt du auch nicht, wo Margo ist."

„Nein, leider nicht."

Danielle drehte sich um, wollte gehen. „Du hast mir geholfen. Danke!"

„Danielle!", rief Julia sie noch mal zurück. „Pass auf dich auf!"

Danielle lächelte. „Das tue ich. Glaub mir: Ich finde meine Schwester."

Nach dem Feierabend-Drink hatte es dann jenes denkwürdige Dinner mit Ed gegeben. Erst hatte er Danielle zur Rede gestellt, wegen der Recherchen an seinem PC, dann hatte er sie zurechtgewiesen, weil sie den Tisch nicht so gedeckt hatte, wie er es gernhatte.

Tatsächlich waren ihre Gespräche in eine andere Richtung geglitten, und Danielle hatte sein Spiel mitgespielt, als sie aufgestanden und sich im Wohnzimmer zum Takt von „Beyond The Sea" bewegt hatten.

Sie wollte etwas trinken, weil er kurz davor war, sie zu küssen, und nach den Worten „Dann gehörst du mir", hatte sie den Keller betreten und sein Geheimnis entdeckt.

Mehrere Monitore, die nebeneinander oder auch übereinander gestapelt auf drei Tischen standen.

Eine Kommandozentrale.

Danielle stieg die Treppe ganz hinunter. Jeder Raum war auf einem Monitor dargestellt. Über eine Kamera sah sie Ed im Wohnzimmer am Kamin stehen, das Telefon in der Hand.

Danielle riss ihre Hand zum Mund, konnte es nicht fassen. Die Küche, der Salon, der obere Flur. *Ihr Zimmer.* Ed hatte immer alles sehen können …

„Nein", sagte sie leise, beugte sich über den Tisch, ihre Finger griffen nach einer Tasse. Kaffee, fast leer. Keine Schicht, die eine lange Standzeit verriet. Daneben eine offene Tüte Chips.

Ein Stuhl, sehr modern und bequem aussehend, stand vor dem Tisch. Er hatte es sich gemütlich gemacht. Das hier war sein „Büro". Dorthin verschwand er, wenn er „zur Arbeit" ging.

„Das kann nicht sein." Der Wein wurde gleichgültig, Danielle wich zurück und glaubte zusammenzubrechen.

Er hat dich die ganze Zeit beobachtet.

Und wer weiß, wie lange er Margo beobachtet hatte.

Margo!

Sie ging wieder zu den Monitoren und suchte jeden einzelnen nach ihrer Schwester ab, fand sie nicht. Vor ihr lag ein Telefon. Sie nahm es auf, das Display zeigte Margo und Ed in Badesachen am Strand. Sie ging zu den SMS-Nachrichten und fand die Wahrheit: Jede SMS hatte Ed geschrieben. „Muscheln sind eklig", das alles hatte Ed selbst geschrieben. Es war niemals Margo gewesen. Sie ging zu den Anrufen. Da, Danielle war angerufen worden, immer zu den unmöglichsten Zeiten. Es war niemals Margo, sondern immer Ed gewesen.

Die Sprachnachrichten, wie kam er an die Sprachnachrichten?

Danielle legte das Telefon weg und blickte die Treppe hinauf.

Sie muss hier sein.

Sie muss irgendwo in diesem Haus oder im Gästehaus sein.

Sie war nicht hier im Keller, sie war …

„Mein Gott", sagte Danielle leise. Wie Schuppen fiel es ihr von den Augen. Sie hielt sich am Stuhl fest, ihre Knie wurden weich, gaben nach, und sie hatte Mühe, nicht zu Boden zu stürzen.

Margo war im Keller.

Im Keller des Gästehauses …

Ihr erster Impuls war gewesen: *Weg hier. Dieser Mann ist ein Psychopath.* Doch weil er sie bereits im Korridor abfing, hatte sie dazu keine Gelegenheit. „Ich habe den Wein!" Mit einem Lächeln hob sie die Flaschen.

„Gleich zwei?"

„Mh, ja." Sie hatte Angst. Angst davor, dass Walden sie angelogen hatte und Ed doch etwas mit dem Tod von Beverly zu tun hatte. Angst davor, was er mit ihr anstellen würde, was er vielleicht schon mit Margo getan hatte. Doch jetzt gerade, in diesem Moment, konnte sie nichts anderes tun, als zu wählen:

Wartete sie bis heute Nacht. Um hoffentlich Margo zu finden und dann die Polizei zu holen?

Oder stürmte sie raus, in die Freiheit, und er käme ihr hinterher und würde sie greifen? Dann würde sie Margo finden, indem er sie zu ihr gesellte.

Danielle goss die tiefrote Flüssigkeit in Eds Glas, als sie kurz darauf im Wohnzimmer saßen. Sie stießen an, während sie ihm ihr schönstes Lächeln zeigte.

Du hast ja noch die Waffe.

Und du hast zu Julia gesagt, dass du deine Schwester finden wirst.

Von Ed geht dir gegenüber erst mal keine Gefahr aus, und deine Chancen, Margo zu finden, stehen besser, wenn du sein Spiel mitspielst, aber weißt, mit welchen Tricks er arbeitet.

„Und?", fragte er und legte seine Hand an ihre Taille. „Schläfst du heute bei mir?"

„Du bereust das morgen dann nicht wieder?"

„Niemals."

„Dann tue ich es." Sie biss sich auf die Unterlippe und sah ihm tief in die Augen. „Aber jetzt trinken wir erst mal den Wein."

Sie hatten sich geküsst, als sie in sein Bett gestiegen waren. Doch er war viel zu betrunken, um mit ihr zu schlafen. Erleichtert stand Danielle gegen ein Uhr nachts aus dem Bett ihrer Schwester auf, zog sich ihren Bademantel über und huschte aus dem Zimmer. Ja, sie hatte Ed abgefüllt. Sie hatte ihm immer mehr Wein eingegossen und sich an ihm gerieben, ihm den Nacken gestreichelt und mit der Nasenspitze sein Gesicht berührt. Das alles hatte sie Überwindung gekostet. War es das, wovon sie vor Tagen noch unanständig geträumt hatte, hatte es sich jetzt weder wie ein Traum noch wie Verrat angefühlt. Sie hatte es nur als Chance genutzt, ihre Schwester zu finden.

Sie trug keine Schuhe, als sie durch den Nebeneingang das Haus verließ und den Hof überquerte.

Mit zitternden Händen öffnete sie mit dem Schlüssel von Eds Bund die Tür zum Gästehaus und war auch hier unglaublich leise, damit Walden sie nicht hörte.

Es war kalt. Es roch nach Holz, nach neuen Räumen.

Die Kellertür lag vor ihr.

Danielle glaubte, ihr Herz würde vor Angst und Nervositat zerspringen.

Ein letztes Mal schaute sie nach draußen. Die Gewitterwolken hatten sich verzogen. Der Nachthimmel war klar, der Mond schien hell.

Sie holte tief Luft und probierte die Schlüssel aus. Der zweite passte, die Tür ließ sich öffnen. Sie schaltete das Licht ihres Telefons an und leuchtete die Treppe runter.

„Danielle?"

Und da war sie.

In einem Käfig. Sah aus wie ein Gespenst. Dreckig, dünn, ein Häufchen Elend. Es stank nach allem Möglichem in diesem Kellerloch, in dem es nass und kalt war.

Es war ein Ort, an dem kein Mensch sein sollte, den man schnell wieder verlassen wollte.

Doch sie saß mittendrin: ihre Schwester.

7

Dienstag, 24. Oktober 2023 – Tag 13 im Haus der Schwester

Edmund

„Guten Morgen", begrüßte Ed sein eigenes Spiegelbild und zeigte sich selbst ein Lächeln. Danach beäugte er kritisch sein Gesicht: Der Bart war zu lang. Das würde er heute ändern.

Doch jäh änderte sich sein Abbild im Spiegel, als das Würgen erneut begann und der Mann im Spiegel plötzlich gar nicht mehr so attraktiv wirkte. Ed eilte zur Toilette und übergab sich das zweite Mal an diesem Morgen. Er riss Toilettenpapier von der Rolle ab und wischte sich damit über den Mund. Dann spülte er und zog seinen Morgenmantel über. Sie hatten ihn in Los Angeles gekauft, als Ed Margo zum dritten Hochzeitstag mit einer Reise dorthin überrascht hatte.

Als er wieder im Schlafzimmer stand, blickte er auf die leere Bettseite neben seiner. Mit flacher Hand fuhr er über das Laken der Matratze. Es war kalt, denn Danielle war schon sehr früh aufgestanden und zur Arbeit gegangen, während er die Augen kaum hatte offen halten können.

Wein hatte er noch nie gut vertragen. Gestern hatte er ihn mit harten Sachen vermischt, um seine Wirkung abzuschwächen. Natürlich hatte das nicht funktioniert – so schlecht wie an diesem Morgen war es ihm schon ewig nicht mehr gegangen.

Dennoch war Ed kein Mann, der sich auf die Couch legen und nach seiner Mommy verlangen würde – Edmund war ein richtiger Mann! Niemand würde ihm anmerken, dass er sich hundeelend fühlte, denn auch bei Margo hatte er es gehasst, wenn sie jammerte und stöhnte, wenn es ihr schlecht gegangen war.

Ein Blick auf die Uhr verriet ihm, dass es schon nach acht war und er noch den ganzen Tag mit diesem widerlichen Gefühl würde rumlaufen müssen. Zum Glück rief kein Arbeitsplatz mehr nach ihm. Er ging nicht mehr arbeiten, hatte in den letzten Wochen aber ständig vorgeben müssen, genau das zu tun. Er hatte sich fein anziehen und aus dem Haus gehen müssen, um Danielle an der

Nase herumzuführen. Das Gleiche hatte er auch schon bei Margo getan. Und es hatte wieder funktioniert.

Mit Hemd und Krawatte hatte er stattdessen im Keller seines eigenen Hauses gehockt und erst Margo und später Danielle beobachtet. Er hatte zugesehen, wie Margo an den Schminktisch gekettet fast den Verstand verloren hatte, und ihre Unterlegenheit genossen.

Belustigt dachte er an die Zeit zurück, in der sie damals an Fenster und Türen einen Weg nach draußen gesucht hatte, um sich dann in eine Ecke zu verkriechen und zu heulen, seinetwegen, der völlige Macht über diese Frau besaß. Ihn hatte es angemacht, sie dabei zu beobachten.

Und nun war ihre Schwester dran.

Doch seit gestern hatte Danielle diesen Job und war mehrere Stunden am Tag aus dem Haus, und Ed hatte nichts zu tun, weil sich niemand im Haus befand. Also hatte er sich gestern eine neue Kamera zugelegt und schlau gemacht, wie das mit den Leitungen in den Keller funktionieren könnte, damit er tagsüber Margo zuschauen konnte, wie sie im Käfig hockte und verzweifelte.

„Da brauchst du einen Elektriker", hatte Walden gesagt. „Da drüben im Keller ist zwar Strom, aber der Empfang ist miserabel und …"

„Ach, du bist ein Nichtsnutz", hatte Ed geflucht. „Da steht ein verdammter Käfig mit einer Frau drin im Keller – welcher Elektriker behält das für sich?"

„Vielleicht findest du ja einen, der das genauso geil findet wie du", hatte Walden entgegnet.

„Halt den Mund."

„Ehrlich, Mann. Wann ist Schluss damit? Die krepiert da bald unten."

„Sie hat sich mit einem anderen getroffen. Sie ist selbst schuld."

Ja, wenn Ed daran dachte, was Margo ihm angetan hatte, könnte er vor Wut gern in den nächsten Glasschrank schlagen.

Er hasste Stanley.

Aber was er noch mehr hasste, war der Umstand, dass es zu auffällig wäre, ihn umzubringen. Er war bereits alle Optionen durchgegangen. Das einzig Schlaue war gewesen, ihn davon zu überzeugen, dass es Margo gut ging und ihn freundlich darum zu bitten, es zu unterlassen, sein Haus zu observieren.

„Es geht Margo gut, sie ist in einem schönen Ferienhaus in der Nähe ihrer Schwester untergekommen", hatte Ed ihm eines Morgens vor ein paar Tagen versichern wollen, als der irre Typ barfuß erneut vor der Villa gestanden hatte.

„Warum glaube ich Ihnen nicht?"

Ed hatte gelacht und sein Kinn gereckt. „Ich glaube, es bleibt Ihnen nichts anderes übrig. Und jetzt genießen Sie diesen wunderschönen Tag, und lassen Sie es bitte sein, sich vor meinem Haus aufzuhalten."

„Eine Frage noch: Wenn Margo bei ihrer Schwester ist, wie findet sie es dann, dass eine andere Frau bei Ihnen wohnt?"

Danielle.

„Das ist meine Cousine. Sie macht Urlaub. Und nun nochmals: Ich bin Ihnen sehr dankbar, Stanley, was Sie für die *African Care Organisation* tun, aber ich möchte Sie nicht mehr vor meiner Villa sehen, okay?"

Doch er kam wieder. Und wieder. Wie ein Insekt, von dem man glaubte, es totgeschlagen zu haben, um am nächsten Morgen erneut mit einem Stich auf der Haut aufzuwachen.

Ed ging in die Küche und ließ Kaffee in seine Tasse laufen. Der Duft breitete sich in der Küche aus, und sofort ging es seinem Magen besser.

Er würde sich heute der Kamera widmen. Sie lag noch verpackt in einem Karton drüben im Gästehaus, in jenem Zimmer, in dem Walden und er Beverlys Leiche in die Wand eingemauert hatten. Dort würde er dann auch sitzen und Margo beobachten, einen Tisch und einen Stuhl hatte er schon bestellt. Mom würde das alles bezahlen. So wie Mom ihn schon seit Jahren bezahlte und es kaum mitbekam. Ach, wie dumm sie doch war. Er würde Mom ausnehmen, privat sowie für Margos Firma, denn das hatte sie verdient. Sie war keine gute Mutter gewesen, warum sollte er ihr jemals etwas Gutes tun?

Ed starrte mit seinem Kaffee in der Hand aus dem Fenster rüber zum Gästehaus. Heute war Dienstag. Das letzte Mal hatte er Margo am Freitagmorgen gesehen. Es hatte keinen Grund gegeben, sich bei ihr hinzusetzen. Bei seinen Besuchen hatte sie ihn ziemlich genervt. Entweder war sie hysterisch gewesen oder sie hatte nicht geredet, und wenn er ihr von den Erfolgen bei Danielle berichtete, hatte sie dazu kein Wort gesagt.

Dabei war es das, was Ed so dringend brauchte: Beachtung, Bewunderung und dafür respektiert zu werden, wer er war.

Das hatten die bei der Arbeit irgendwann nicht mehr getan. Er war degradiert worden und hatte einmal über die Stränge geschlagen und seinem Chef aufs Maul gehauen. Damals hatte Mom ihm aus der Patsche geholfen und dem Typen Geld gegeben, damit der das nicht an die große Glocke hängte. Es hatte funktioniert, doch zwei Monate später hatte man Ed gekündigt. Das wiederum hatte Mom dann nicht mitbekommen.

Ed hatte daraufhin seine Tage im Fitnessstudio verbracht oder war Margo zur Arbeit nachgefahren, um sich stundenlang davor auf die andere Straßenseite zu stellen und die Eingangstür zu bewachen wie die Garde des englischen Königshauses.

Und das alles nur, weil keiner verstand, wie gut und perfekt Ed doch wirklich war.

Er behielt seine Tasse in der Hand, ging durch den Korridor und schlüpfte in die Latschen, als er dann doch rüber zum Gästehaus ging, um nach dem Rechten zu sehen.

Drüben im Gästehaus ging die Tür knarrend auf. „Walden!", rief Ed. „Hast du ihr schon das Frühstück gebracht?"

Während er die Treppe raufging, trank er weiter seinen Kaffee. Als er an Waldens Wohnung vorbeikam, hielt er kurz inne. „Walden! Das Frühstück? Ist es schon fertig?"

Waldens Kopf erschien an der Ecke. „Bin grad dabei."

Einen Fluch murmelnd, weil Walden so langsam war, schlurfte Ed rüber in das Zimmer, in das sein Kumpel gestern die neue Kamera gebracht hatte. Der Raum war hell und roch nach frischer Farbe. Ein Besen stand gegen die Wand gelehnt, der Karton mit der Kamera und eine Rolle Kabel lagen auf dem Boden. Walden hatte sich also noch nicht einmal die Arbeit gemacht, sie sich anzusehen und vielleicht zu versuchen, sie selbst zu installieren. Ein Nichtsnutz!

Sein Blick glitt zu der Wand, in der sie Beverly eingemauert hatten. Sie hatten sie mit Holz verkleidet, sodass niemand ahnen konnte, was sich dahinter befand.

Ed grinste zufrieden. Als er den Raum schon wieder verlassen wollte, entdeckte er aus dem Augenwinkel ein Haargummi auf dem Boden.

Stirnrunzelnd bückte er sich und hob es auf. Ein unscheinbares, normales Haargummi, an dem noch zwei, drei Haare hingen. Blonde Haare. Es konnte also nicht das von Beverly sein, denn die hatte dunkles Haar gehabt. Margo trug die Haare immer offen, Ed hatte sie noch nie mit einem Zopf oder einem Dutt gesehen. Danielle aber schon ...

„WALDEN!"

Ed stapfte aus dem Zimmer, das Gummi in der einen, seine Tasse in der anderen Hand. Die Kellertür unten stand offen, was bedeuten musste, dass Walden gerade bei Margo war, um ihr das Frühstück zu bringen.

Er polterte die Treppe hinunter und entdeckte Walden, der durch die Streben des Käfigs Margo einen Plastikbecher und ein Sandwich auf einem Pappteller reichte.

„Meine Güte, was machst du für einen Krach am frühen Morgen?", beschwerte sich Walden und schüttelte den Kopf.

„Was soll das?" Ed hob das Gummi.

„Keine Ahnung, was ist das?"

Ed würdigte Margo keines Blickes, ihm ging es hier nur um Walden. „Das ist ein Haargummi. Möchtest du es genauer? Das hier ist *Danielles* Haargummi!"

„Und?"

„Es war oben in dem Zimmer. Und jetzt verrate mir, wie kommt Danielles Haargummi in das Zimmer, in dem sie nichts, absolut gar nichts zu suchen hat?"

Walden und Margo sahen einander an.

Die Wut in Eds Innerem, dass sie vielleicht etwas wussten, was er nicht wusste, machte ihn rasend. „Was geht hier vor?"

„Ich weiß es nicht." Beschwichtigend hob Margo die Hände. „Walden ... was ...?"

Walden lehnte lässig gegen den Käfig und grinste. „Hab ihr 'ne kleine Führung gegeben – keine Sorge, von dem Keller weiß sie nichts."

Ed warf ihm das Gummi vor die Füße. „Findest das lustig, hm?"

Walden zuckte die Achseln. „Sie hat Fragen gestellt. Und gedroht, die Polizei anzurufen, wenn ich ihr nicht sage, was mit Beverly passiert ist. Sie hat es ernst gemeint."

„Wann war das?"

„Vor zwei Tagen. Am Sonntag."

Ed schnaufte. „Was genau hast du ihr gesagt?" Dann ging er langsam auf ihn zu.

„O mein Gott", sagte Margo.

„RUHE!", zischte Ed.

Walden hob die Brauen und ging einen Schritt von dem Käfig weg. „Ich habe ihr gesagt, dass wir es für Ms. Margo getan haben. Um sie zu schützen. Ich habe nichts darüber verraten, dass du … oder … dem Keller, davon weiß sie nichts."

„Du willst mir also damit sagen, dass Danielle nun weiß, dass wir eine Leiche in der Wand eingemauert haben? Hast ihr sogar noch den Ort gezeigt?", fragte Ed entsetzt. „Und sie sitzt jetzt gerade in einem Büro voller Menschen und muss nur ein paar Minuten darüber nachdenken, und schon wissen es alle."

„Was hätte ich tun sollen? Sie weiß, dass Margo nicht in Atlanta ist. Sie ahnt, dass etwas nicht in Ordnung ist, und sie hätte die Cops gerufen, Ed!"

„WARUM HAST DU IHR DAS VERDAMMTE TELEFON NICHT AUS DER HAND GESCHLAGEN?", brüllte Ed.

„Sorry, ich hab's nicht so mit Gewalt gegen Frauen. Das war immer dein Bier!" Walden lachte unsicher, ging rückwärts am Käfig entlang.

Ed blieb stehen. Er konnte sich kaum beherrschen. „Weißt du, du bist wirklich der dümmste Mensch der Welt. Du erzählst jemandem, dass da eine Leiche versteckt ist, und glaubst auch noch, das Mädchen würde damit schon nicht zur Polizei gehen."

„Hätte sie das dann nicht schon längst getan?"

Nachdenken. Nicht die Fassung verlieren! Was war nach Sonntag? Danielle war gestern zur Arbeit gegangen, anschließend auf einen Drink mit Kollegen. Danach war sie zu Hause gewesen. Das Fummeln. Der Wein. Sie hatte ihm immer mehr eingegossen. Und er hatte immer mehr getrunken. Der Wein …

„Du bist so dumm", sagte Ed zu sich selbst.

Sie hat es gewusst. Die ganze Zeit. Der Wein …

Walden spuckte in die nächste Ecke und befand sich nun fast an der Treppe. „Wie gesagt, sorry, ist dumm gelaufen."

„Sorry." Ed lachte, starrte Walden in die Augen und schüttelte dabei den Kopf. „DU BIST SO DUMM!" Dann holte er mit der Tasse aus, schlug sie gegen die Betonwand, sodass sie zerbrach. Im nächsten Augenblick stürzte er sich auf Walden, während Margo zu schreien begann.

Walden ging auf die Knie, unterdessen Ed ihn in die Mangel nahm, ihn zu Boden drückte, die nun zerbrochene scharfkantige Tasse in der Hand. Mit der anderen riss er Waldens Kopf nach oben und schnitt ihm die Kehle durch.

Margo schlug schreiend die Hände vors Gesicht. Ed lockerte den Griff und ließ Waldens Kopf und die Tasse zu Boden fallen. Er wischte sich mit dem blutverschmierten Ärmel seines Morgenmantels über den Mund.

„Was hast du getan?", fragte Margo. Sie hatte vor Schreck den Becher mit der Milch umgestoßen. Fortan würde er ihren Käfig reinigen müssen. Verdammt.

Ed betrachtete Waldens Leiche. Eine riesige Blutlache bildete sich unter seinem Kopf. „Er hat's doch provoziert."

„Du bist ein Monster, Ed."

„Falsch!", schrie er sie an. „Wenn *du* nicht mit Stan abgehauen wärst, wäre das alles nicht passiert!"

„Es fing mit Beverly an!" Sie ließ ihren Kopf sinken. „Oder mit mir."

„Und wieder bist du das Opfer, nicht wahr, Margo?" Ed sah an sich hinab. Er musste dringend duschen und sich etwas anderes anziehen. Wenn er den Dreck hier sauber gemacht hatte, würde er noch mal duschen müssen.

„Lass mich nicht mit ihm allein!", flehte Margo, als Ed über Waldens Leiche stieg und in Richtung Tür ging.

„Ed! ED!"

„Er ist doch tot, Himmel noch mal!", rief er ihr von oben zu und knallte die Tür zu.

Drüben im Haus hinterließen seine Füße eine Blutspur auf dem Parkett und den Fliesen im Gäste-Bad. Er zog den Morgenmantel aus und warf den blutigen Lumpen auf den Boden. Rot gefärbtes Wasser umspülte den Abfluss im Waschbecken. Das Handtuch verwischte die letzten Spuren seiner blutigen Tat, und das Bild im Spiegel zeigte einen Mann, dem das Leben eines anderen so wenig wert war wie das einer Mücke auf seiner Haut.

Er hatte Lust auf Musik. Erneut dröhnte „Beyond The Sea" in Dauerschleife viel zu laut durchs ganze Haus.

Im Wohnzimmer waren die offenen und leeren Flaschen Wein sowie der Cognac Zeugen des letzten Abends, als er hier mit Danielle getanzt, getrunken und er nicht den leisesten Hauch einer Ahnung gehabt hatte, dass sie mit Walden geredet hatte.

Ed hob die Cognacflasche an, setzte sie an seine Lippen und trank sie bis auf den letzten Schluck leer. Dann atmete er genüsslich einmal durch. Wunderbar!

Ob er sich das Klingeln an der Tür einbildete oder ob draußen jemand stand, wusste er gar nicht genau. Mit der Flasche in der Hand torkelte er zur Tür und öffnete sie.

Ein junger Mann. Ziemlich hässlich. Dünn und schlaksig.

„Hi!", sagte er. „Ich bin auf der Suche nach Danielle Parker. Ist sie hier?"

In Eds Kopf drehte sich wieder alles. Am liebsten hätte er dem jungen Mann vor die Füße gekotzt. Die Flasche in seiner Hand schlug gegen die Tür. „Danielle?"

„Ja. Sie sind doch Ed, oder?"

„Ich kenne Sie nicht, was machen Sie hier?"

„Oh, ich bin Jeffrey. Danielle und ich sind Freunde." Der Typ versuchte, an Ed vorbei ins Haus zu schauen. „Kann ich sie sprechen?"

„Sie ist nicht hier, Mann!"

Jeffrey schrak zurück. „Wirklich nicht?"

„Nein! Verziehen Sie sich!"

„Wo ist sie dann?"

„Keine Ahnung. Noch was?" Warum verschwand der Kerl nicht?

„Margo ist dann wahrscheinlich auch nicht da?"

„Nein."

„Aha. Na dann, kann ich ja wohl nichts machen."

„So siehts aus." Ed warf Jeffrey die Tür vor der Nase zu.

Ed torkelte in den Salon und ließ sich auf die Couch fallen, als er seine Augen kaum noch offen halten konnte.

Du musst aufstehen. Noch eine Leiche wegbringen.

Jetzt!

Dann wurde es dunkel.

„Ed?"

Er fuhr hoch. Die Musik war aus, und weil Danielle vor ihm hockte, glaubte er, es sei bereits abends. „Was ... Wo?"

„Hast du geschlafen?"

„Ich ... ja. Wie spät ist es?"

„Halb zwölf."

Stimmt, draußen war es noch hell. „Warum bist du schon hier?"

„Ich muss was erledigen und hatte heute keinen Kopf für die Arbeit. Ich bin schon um elf Uhr gegangen."

Ed sah Danielle mit anderen Augen, seit sie wusste, was mit Beverly geschehen war. Er musste vorsichtig sein. Doch sie schien ihm nicht abgeneigt zu sein, denn sie saß neben ihm auf der Couch und suchte förmlich seine Nähe. Das würde sie doch nicht tun, wenn sie glaubte, er sei ein Mörder, oder? Schlussendlich war sie ihm vielleicht sogar dankbar, dass er es nur getan hatte, um Margo zu beschützen.

„Ich habe jetzt Zeit für die Wäsche und dann ..."

„Lass die Wäsche heute meine Sorge sein", sagte er rasch.

„Okay, dann werde ich Walden bitten, meinen Wagen rauszufahren und ..."

„Nicht Walden", unterbrach er sie. „Walden kann heute nicht."

Danielle runzelte die Stirn. „Wieso nicht?"

„Ich fahr deinen Wagen aus der Garage." Ed strich mit seinem Daumen über ihre Wange. „Walden ... musste ganz plötzlich ... verreisen."

8

Als Danielle an diesem Dienstag in ihrem Büro saß, konnte sie sich kaum auf die Arbeit konzentrieren. Immer wieder erwischte sie sich dabei, auf den Bildschirm zu schauen und festzustellen, dass sie Quatsch geschrieben hatte, weil ihre Hände so zitterten.

Es war schwer, fröhlich und locker zu wirken, sich nichts anmerken zu lassen. Die Worte, die man ihr sagte, zogen an ihr vorbei, wenn man sie etwas fragte, antwortete sie kurz und knapp, und wenn sie einen Text las, verschwamm er vor ihren Augen und wurde zu dem Bild, das sich ihr in der vergangenen Nacht von Margo gezeigt hatte.

Als sie gerade eine Stunde gearbeitet hatte, brauchte sie eine Pause. Sie ging nach draußen. In den Hinterhof, wo es aus den Müllcontainern des Restaurants nebenan stank und wo der Lärm der Hauptstraße nur minimal gedämmt wurde.

Regen hatte eingesetzt, der Himmel war dunkel. Am Horizont allerdings schien schon längst wieder die Sonne. Ein Regenbogen hatte sich gebildet.

Aus ihrer Jackentasche fummelte sie ein Päckchen Zigaretten. Nachdem Walden sie über Beverlys Ende in Kenntnis gesetzt hatte, hatte sie den Schock verdauen müssen. Also hatte sie gestern die Kippen gekauft und in der Pause hier gestanden und geraucht. Hatte Pläne gemacht, wie sie Margo finden könnte. Heute, nachdem sie in der Nacht Margo gefunden hatte, brauchte sie die Zigarette.

Auch jetzt erinnerte sie sich an den Moment, in dem sie Margo gefunden hatte.

Vor Schreck hatte sie die Tür zugeschlagen, hatte kurz innegehalten, bis sie sich ganz sicher war, keinen Geist, sondern wirklich ihre Schwester dort unten gesehen zu haben. Dann war sie zurück in den Keller gestürmt. Sie hatte keinen Ton herausbekommen, während ihr Herz zu zerspringen gedroht hatte. Ihre Kehle hatte sich eng angefühlt. Sie hatte an den Streben gerüttelt, Margo hatte den Kopf schräg gelegt und sie mit einem Lächeln und Tränen in den Augen angesehen. „Du bist hier!"

Danielle hatte Margo so gern befreien wollen. „Ich krieg das auf! Ich krieg das auf!" Sie hatte an dem Scharnier herumgefummelt, war abgerutscht und hatte sich den halben Nagel abgerissen. „AU!" Sie hatte sich die Hand gehalten, und dann hatte erst einmal Stille geherrscht.

Die beiden Schwestern hatten im Keller des Gästehauses gesessen, die eine mit dem Rücken außen an den Käfig gelehnt, die andere im Inneren.

„Wo ist Ed?", hatte Margo schließlich gefragt.

„Er schläft seinen Rausch aus. Ich … Ich war im Keller. Ich habe die Monitore entdeckt. Und dann habe ich ihn abgefüllt. Mit Wein." Danielle hatte gekeucht und gelacht, obwohl ihr zum Heulen zumute gewesen war. „Wie hast du das nur ausgehalten? Ich wäre verrückt geworden."

„Das bin ich manchmal auch", hatte Margo geantwortet. „Aber der Gedanke, dass ich mich irgendwann an ihm rächen könnte für all das, was er mir angetan hat, hat es mich überstehen lassen."

„Du bist so stark, weißt du das?" Danielle hatte ihre Schwester noch immer nicht ansehen können. „Ich fühle mich so furchtbar."

„Du kannst doch nichts dafür!"

„Ich hätte es ahnen müssen! Ich hätte nachfragen müssen! Ich hätte … ihm niemals glauben dürfen. Ich schäme mich so … Ich schäme mich für die Gedanken, die ich hatte, weil alles so perfekt war. Ich schäme mich für die Nähe, die ich zugelassen habe … Ich …"

„Danielle!" Margo hatte durch die Stäbe nach ihren Händen gegriffen. „Du bist einfach nur drauf reingefallen. Auf einen Plan, den er ausgeheckt hat. Ich bin dir nicht böse! Für nichts! Weil ich weiß, wie manipulativ Ed sein kann."

Danielle hatte auf die schmutzigen Hände der Schwester gestarrt. Da waren getrocknetes Blut, Dreck und eingerissene Fingernägel. „Ich habe allen geglaubt. Ich habe geglaubt, du seist das unfreundliche Biest auf der Arbeit. Die nörgelnde Ehefrau. Ich habe das alles geglaubt. Dabei bist du das niemals gewesen. Er hat dich dazu gemacht. Dabei bist du der beste Mensch, den ich kenne. Das warst du immer."

„Ach, Danielle."

„Es tut mir so leid, Margo." Danielle hatte geweint. „Bitte verzeih mir!"

„Ich verzeihe dir! Es ist alles gut." Margo hatte geseufzt. „Und nun schau mich an. Schau mich an!"

Danielle hatte mit sich gerungen. Wie nah war sie Ed gekommen! Auch wenn die Zärtlichkeiten zuletzt nur dazu gedient hatten, ihn auszuschalten, war sie doch in all der Zeit zu weit gegangen. Mit einem Mann, der ihre Schwester wie eine Gefangene in einen Käfig sperrte.

„Sieh mich an!"

Danielle hatte den Kopf gehoben, und sie hatte den Menschen gesehen, der sich immer um sie gekümmert hatte.

„Ich hol dich hier raus", hatte Danielle geflüstert. „Ich rufe die Polizei." Sie hatte ihr Telefon gezückt, doch Margo hatte ihre Hand fest umschlossen. „Nein."

„Was?"

„Denkst du nicht, dass ich das alles schon in Erwägung gezogen habe?"

„Aber sie werden dich finden …"

„Und dann? Dann bekommt er fünf, sechs Jahre. Vielleicht zehn mit dem Mord an Beverly. Und dann kommt er wieder frei. Immerhin ist er eine große Nummer."

Danielle hatte geschluckt. „Was hast du vor?"

Margo hatte gelächelt. „Ich will ihn umbringen."

Danielle trat ihre Zigarette aus, als der Regen nachließ und die Luft schwül und stickig wurde. Konnte an nichts weiter denken als an Margo, die sie angewiesen hatte, den Keller zu verlassen und in der nächsten Nacht wiederzukommen. Bis dahin sollte sie Stillschweigen wahren.

Wenn das mal so einfach wäre …

Die Tür sprang auf. John kam nach draußen und zündete sich ebenfalls eine Zigarette an.

Danielle versteckte sich hinter den leeren Getränkekisten des Restaurants, damit er sie nicht sah. Sie wollte jetzt nicht reden, wollte heim, heim zu Margo.

Sie verließ das Büro um elf Uhr und entschuldige sich bei Anna dafür. Natürlich hatte Anna komisch geguckt. Es war erst Danielles zweiter Arbeitstag, und sie war bloß zwei Stunden dagewesen.

Doch Danielle konnte nicht mehr.

Zu gern hätte Danielle Margo Essen und Trinken gebracht, doch Ed war permanent zu Hause, weil er sich wegen des gestrigen Abends nicht wohlfühlte. Schließlich ging er selbst ins Gästehaus und blieb dort eine Weile, während Danielle in der Villa vor Nervosität fast wahnsinnig wurde.

Dann erzählte Ed ihr beiläufig, dass Jeffrey dagewesen wäre, und in ihr keimte die Hoffnung, dass er ihnen helfen würde.

Dass er Margo befreien würde.

Sie beide hier wegholen würde.

Heim nach Charenton, in ihr verdammtes kleines Haus, auf das unbequemste Sofa, das es gab.

Sie würde sich an ihn heften, weil es Jeffrey war, der Mann, auf den sie sich verlassen konnte.

Doch wenn Jeffrey etwas ahnte, könnte das ziemlich mies für ihn ausgehen. Und dann vielleicht für alle …

Jeffrey kam an diesem Tag ein zweites Mal. Danielle führte ihn in den Salon und sprach ganz sachlich mit ihrem besten Freund, dem sie zu gern die ganze Wahrheit gesagt hätte. Doch sie wusste, dass Ed in seinem „Büro" im Keller hockte und jedes Wort mithörte. Also machte sie Jeffrey klar, dass es ihr gut ging und dass sie bleiben würde.

Ihn zu verabschieden fiel ihr schwer. Besonders, als sie draußen unter dem Sternenhimmel standen und er ihr seine Liebe offenbarte. Zu gern wäre sie ihm um den Hals gefallen und – ja, vermutlich hätten sie sich dann sogar geküsst.

Sie liebte Ed nicht.

Das hatte sie nie getan.

Denn zum ersten Mal war ihr klar geworden, was Liebe wirklich war: Es war das Gefühl, das man hatte, wenn man sich nach einem Sofa und Chips sehnte, nach Trash-TV und gemeinsamen Träumen, nach Zeichnungen von fernen Inseln in der Luft, die für alle anderen unsichtbar waren, sie von demjenigen, den man liebte, jedoch erkannt wurden.

Es war das Gefühl, das man hatte, wenn ein Mensch die Straße zu seinem Auto runterging, und man nicht mehr wollte, als hinterherzuschreien: *Bleib! Bitte, bitte bleib! Bleib bei mir. Bleib in meinem Leben. Geh nicht!*

„Er schläft tief und fest", sagte Danielle zu Margo. Sie umklammerte die Streben und sah dabei zu, wie die Schwester in den Donut biss, den sie ihr in dieser Nacht mitgebracht hatte.

„Und was hast du dafür tun müssen?", fragte Margo.

Danielle schüttelte den Kopf. „Er hat heute Abend weitergetrunken und sich selbst ins Aus geschossen."

Margo ließ den Donut sinken. „Und Walden …"

„Soll verreist sein."

Margo schüttelte den Kopf. „Nein, Danielle." Sie holte tief Luft. „Walden ist tot."

Danielle fuhr zusammen. „Was sagst du da?"

„Ed hat rausbekommen, dass Walden dir das Versteck von Beverlys Leiche gezeigt hat."

Danielle griff sich an die Brust. „O mein Gott!"

„Ed hat Walden getötet. Ich hab's gesehen. Es … war direkt vor meinen Augen."

Sofort sprang Danielle auf und suchte auf den dunklen Steinen nach Blut. „Hier?"

Margo nickte. „Wir haben es sauber gemacht."

„Und wo ist er jetzt?"

„Hinter der Garage steht eine Tonne. Da ist Säure drin." Margo stopfte sich den Rest Donut in den Mund. „Die Tonne wird einmal im Monat abgeholt."

Danielle krampfte zusammen. „Das wollte ich nicht!", jammerte sie. „Ich … Ich habe doch nur nach der Wahrheit gesucht. Ich wollte wissen, was mit Beverly geschehen ist und mit dir!"

„Ich weiß." Margo schluckte. „Und glaube mir: Ich hatte mir furchtbare Vorwürfe bezüglich Beverly gemacht. Aber im Endeffekt … Ed hat sie getötet."

„Warte mal … Es war Ed?", fragte Danielle. „Ed hat Beverly getötet?"

„Natürlich hat Ed sie getötet!"

„Das habe ich nicht gewusst! Ich habe Walden tatsächlich geglaubt! Margo, jetzt lass uns doch …" Danielle griff nach dem Brecheisen, das sie aus dem Haus mitgebracht hatte. „Wir müssen hier weg! Sofort! Jetzt! Bevor er eine von uns umbringt!" Sie werkelte damit am Scharnier herum.

„Warte noch!", rief Margo.

Danielle hielt inne. „Wieso?"

„Ich will, dass er Angst hat, Danielle", erwiderte Margo. „Ich will, dass er dafür büßt, was er getan hat!"

„Das kann schiefgehen!" Danielle ließ das Eisen sinken.

„Es wird nicht schiefgehen! Ich habe einen Plan."

„Er ist ein Mörder. Wir müssen zur Polizei!"

„Noch mal, Danielle, keine Polizei! Wir müssen das allein hinbekommen!" Margo schüttelte den Kopf. „Er wird uns finden. Die Vanderbilts sind sehr reich! Wir werden niemals die Hilfe bekommen, die du dir erhoffst, und Ed wird wegen guter Führung nach wenigen Jahren entlassen!"

Danielle atmete hektisch und sah einer Ratte zu, die in einer Ecke auf dem Boden nach etwas suchte. Sie war dick und haarig und der Schwanz lang. „Ich kam schon kaum darauf klar zu wissen, er hat eine Leiche in die Wand eingemauert. Weil sie es für dich getan haben und weil ich wissen wollte, wo du bist, bin ich geblieben", sagte sie leise. „Aber du kannst doch nicht von mir verlangen, dass ich noch länger mit ihm drüben im Haus lebe, nachdem ich nun weiß, dass er ein Mörder ist! Das kann ich nicht, Margo! Ich habe Angst!"

„Tu es für mich, bitte! Nur noch ein paar Stunden, Danielle!"

Danielle kämpfte mit sich. „Was soll ich tun?"

„Er darf nichts ahnen. Du gehst morgen zur Arbeit und am Nachmittag kaufst du ein. Ed geht mittwochs immer zum Sport, dann haben wir genug Zeit, und du kannst das Scharnier aufbrechen. Es wird unser Abend werden."

„Das bedeutet …"

„Ganz recht." Margo lächelte. „Du wirst morgen für ihn kochen. Ihr werdet ein Dinner haben. Und es wird einen Gast geben."

Kapitel 9

1

Mittwoch, 25. Oktober 2023 – Tag 15 im Haus der Schwester

Da standen sie nun.

Danielle und Margo. Eine schöner als die andere. Man sagt, dass die jüngere von zwei Schwestern immer die hübschere sei – doch Danielle wusste, dass sie die Schönheit im Inneren ihrer Schwester niemals übertreffen könnte.

Als sie jetzt neben ihr stand, fragte sie sich, warum sie all die Jahre so neidisch gewesen war. Es hatte nie einen Grund gegeben, und es waren verschenkte Jahre gewesen, in denen sie nichts mit Margo zu tun haben wollte. Doch so eine Einsicht kam meistens zu spät.

Ed sah überrumpelt aus. Natürlich. Er war nach dem Sport bei dem Meeting im Büro gewesen und sicherlich hatte er von Anna erfahren, dass es keinen Anlass für eine Verschiebung des Termins gegeben hatte. Keinen, bis auf den, dass Danielle die Zeit allein in der Villa gebraucht hatte, um nicht nur das Essen und sich selbst vorzubereiten, sondern auch die Schwester aus dem Käfig zu befreien.

Margo hatte beim Verlassen des Gästehauses ihre Arme ausgebreitet und den feinen Regen, der erneut an diesem Tag eingesetzt hatte, auf ihre Haut prasseln lassen. Sie hatte die Augen geschlossen, während die Regentropfen sich mit ihren Tränen vermischt hatten und eins geworden waren.

„Es ist wunderschön", hatte sie geflüstert und war dann auf dem Rasen zusammengebrochen. Danielle hatte sie gestützt, ihr aufgeholfen, und zusammen hatten sie geschworen, sich für all den Schmerz, den man ihr angetan hatte, zu rächen.

Nun war es so weit.

Die Kerzen auf dem Tisch brannten. In der Luft lag der Geruch nach Meeresfrüchten. Nur das Ticken der großen Wanduhr im Esszimmer war zu hören.

Sie saßen alle drei am Tisch, doch niemand aß mit Appetit. Margo und Danielle pickten verhalten in ihrem Salat herum, wechselten ständig Blicke, während Ed kaum seine Muscheln anrührte.

„Was für eine ausgezeichnete Vorspeise", sagte Margo zu Danielle. „Du hast dich übertroffen, Schwesterchen."

„Du bist nicht die Einzige, die ganz gut kochen kann", antwortete Danielle. „Wir haben es uns beide beigebracht, damals, als wir zusammengewohnt haben, weißt du noch?"

„Aber natürlich." Margo hob ihr Weinglas in Eds Richtung. „Und nun wohnen wir wieder unter einem Dach."

Die Frauen lachten, Ed ließ die Gabel auf seinen Teller sinken. „Gut. Ich habe die Message verstanden. Ihr seid die Kriegerinnen, die eine Schlacht gegen mich gewonnen haben. Gratulation." Er sah von der einen zur anderen. „Und nun? Was habt ihr vor? Mich rauswerfen, mich *umbringen*?"

Margo schüttelte den Kopf. „Warum soll ich dir das Ende verraten, wenn der Abend doch gerade erst begonnen hat?"

„Genau." Danielle klatschte in die Hände. „Wir haben noch ein paar Programmpunkte geplant. Wir spielen dasselbe Spiel, das du gespielt hast. Erinnerst du dich? Du hast gern Sachen diktiert, die Margo am Telefon weitergeben sollte. Das werden wir jetzt auch tun." Danielle zückte ihr Telefon.

„Was …" Eds Gesicht wurde knallrot. „Wen ruft sie an?", wandte er sich an Margo.

„Sie nicht, du!" Margo lächelte. „Du wirst deine Mutter anrufen und ihr sagen, was du getan hast."

Ed lachte auf. „Das werde ich nicht tun."

Danielle hielt ihm das Telefon hin. „Nein? Okay, dann lieber gleich die Polizei." Sie wählte erneut.

Er seufzte tief. „Also, Mädels, bis hierhin war das alles ja ganz lustig. Ich muss schon sagen, ich bin stolz auf dich, Danielle." Er musterte sie streng. „Du und deine kleine schlaue Spürnase! Und Margo … Du glaubst doch wohl nicht im Ernst, dass ich dich noch lange im Käfig hätte sitzen lassen. Du weißt, dass ich nicht so ein Mensch bin, oder?"

Margo schüttelte den Kopf. „Du bist kein Mensch, Ed."

Er legte die Serviette weg. „Ich bedanke mich bei euch, meine Damen. Für das Essen und die witzige Showeinlage. Aber wir sollten mal ernsthaft miteinander reden." Er beugte sich vor. „Wer sollte euch glauben? Meine Mutter würde in schallendes Gelächter ausbrechen. Sie würde sagen, du spinnst, Margo. Sie konnte dich nie leiden. Es wäre vielleicht sogar ein gefundenes Fressen für sie, weil du es jetzt – auch noch zu zweit – wirklich auf mein Geld abzielst."

Danielle stockte der Atem, weil sich in Margos Gesicht eine Spur des Zweifels zeigte. „So?"

Ed lachte erneut. „Und die Polizei? Kommt schon, es gibt keinen Beweis, dass ich dich schlecht behandelt habe, Margo."

Margo stand auf und stützte sich mit den Händen am Tisch ab. „Da irrst du dich! Meine Spuren sind auf jedem Zentimeter dieses verdammten Kellerlochs! Du hast zehn Monitore unten im Keller, jeder Anfänger-Cop würde dich für einen Psychopathen halten."

„Wer sagt, dass das nicht erlaubt ist? Ich darf meine eigenen Zimmer überwachen." Ed deutete auf sie. „Und sieh dich an: Mag sein, dass deine Spuren zu finden sind, aber nirgendwo ist dein Blut. Und – Margotchen – sieh dich an, du siehst wunderschön aus! Ein bisschen dünn, aber keine Kratzer, nicht ein blauer Fleck. Es scheint dir blendend zu gehen. Und dann das Kleid! Übrigens sehr nett, dass du heute Abend *das Kleid* für mich angezogen hast."

Danielle starrte auf das silberne Glitzerkleid. Sie hatte ein so furchtbares Gefühl. Von Anfang an war sie gegen diesen Racheplan gewesen, auch wenn sie Margos Wunsch nach Vergeltung verstehen konnte. Doch Ed war unberechenbar.

Die Waffe. Denk immer daran, du hast eine Waffe.

Aber was, wenn er auch eine hat?

„Stell die Polizei nicht als dumm dar", fauchte Margo. „Wenn sie sich den Keller ansehen, werden sie wissen, was du getan hast."

„Das glaube ich nicht", meinte Ed. „Du hast dich auf deiner Arbeit abgemeldet. Du wolltest für dich sein. Wer weiß, ob du nicht hinter dem Ganzen steckst, um mir irgendwas in die Schuhe zu schieben. Das … Warte mal, darüber gibt's doch sogar einen Film!"

Margo riss ihren Teller samt Weinglas vom Tisch. „Du bist krank!"

Danielle hob beschwichtigend die Hände. „Der Raum oben im Gästezimmer", sagte sie zu Ed. „Walden hat mir verraten, was mit Beverly passiert ist. Das ist ein handfester Beweis, Ed."

Ed schnaubte. „Wer sagt, dass ich das war? Es ist Walden gewesen!"

„Der Walden, den du gestern Morgen umgebracht hast?", fragte Margo. „Seine Leiche liegt in der Tonne!"

„Die Säure hat die Leiche längst zersetzt. Und ohne Leiche kein Mord."

Danielles Körper bebte. Immer wieder starrte sie zu ihrer Schwester, die die Lippen zusammengepresst hatte. Die anfängliche Sicherheit schwand dahin wie ein Strand bei Flut.

Diese Idee war die dümmste gewesen, auf die Margo hatte kommen können. Das hier würde schiefgehen! Da Danielle nichts anderes einfiel, sprang sie auf, eilte zur Kommode, griff nach der Pistole und richtete sie auf Ed.

Ed erschrak, Margo genauso. Danielle hatte selbst keine Ahnung, was sie damit bezwecken wollte, wusste nur, dass der Plan nicht funktionierte und die Gefahr bestand, dass bald beide Schwestern im Käfig hocken würden.

„Ed, du wirst damit nicht durchkommen!", rief sie. Die Pistole wog schwer. Sie würde nicht schießen, wollte ihm nur damit drohen.

Und dann, Danielle?

„Danielle, nicht!", flüsterte Margo.

Ed erhob sich. „Komm, schieß!"

Verdammt, verdammt, verdammt!

Danielle umklammerte mit beiden Händen fest die Waffe.

„Komm schon!" Ed ging auf sie zu, und Danielle wich zurück. Ihre Hände vibrierten, sie würde schießen, wenn er ihr zu nahe kam, oder doch nicht? War die Hemmschwelle zu groß?

„Komm, schieß, Danielle! Erschieß mich!" Ed hatte die Augen weit aufgerissen, Wahnsinn funkelte darin. „Komm, tu es, und werde die Heldin deiner Schwester!"

Danielle stieß gegen den Türrahmen zum Wohnzimmer. Ed grinste. Sie kniff die Augen zusammen, legte den Zeigefinger auf den Abzug und …

„SCHIESS, DANIELLE!", kam es schrill von Margo.

Und dann klingelte es an der Tür.

Danielle riss die Augen auf, sah Ed, der nach ihr griff und ihr die Waffe aus den Händen riss. Er schlug ihr damit gegen den Kopf, und sie sank zu Boden. Alles drehte sich, sie erkannte nur, wie Ed mit der Waffe auf Margo zielte.

„Hallo! Macht mir mal jemand auf?" Jemand klopfte an die Haustür. „Ich höre euch doch!"

In Danielles Kopf verschwammen Gedanken und Worte miteinander, es wurde heiß und dann wieder kalt, dunkel und hell.

„Kein Ton, oder er ist tot!", raunte Ed Margo zu, packte sie am Hals, schlug sie ebenfalls mit der Waffe und zwang sie damit in die Knie. Dann ging er zur Haustür. „Hallo, Gerald!"

Gerald Vanderbilt trat ins Haus. Er trug gute Hosen und ein Hemd, das vom Regen nass geworden war. „Was für ein Wetter." Im Eingangsbereich des Hauses schloss er den Regenschirm. „Kommt von allen Seiten, der Regen."

„Bist du allein gekommen?"

„Ja, klar." Gerald atmete tief durch. „Ich will ehrlich mit dir sein, Ed. So geht's nicht weiter." Er schaute sich um. „Ist die junge Dame, Margos Schwester ... Danielle hier?"

„Wieso?"

„Weißt du, sie war am Wochenende bei mir."

Danielle warf sich auf das Parkett, versuchte, die Umrisse des Türbogens zu erkennen, durch den sie krabbeln musste, um in den Eingangsbereich zu kommen. „Ge-erald ...", krächzte sie.

Margo, dieser Haufen Mensch gegenüber am Kamin, bewegte sich nicht.

„Ach so?" Ed hob die Brauen. „Anscheinend hatte Danielle ein wirklich spannendes Wochenende. Was wollte sie denn?"

„Nun ... Erst mal fragte sie mich über deine Arbeit aus, und dann redeten wir über Margo. Und ich kann mir nicht helfen, aber ... Ich hatte das Gefühl, sie macht sich große Sorgen um ihre Schwester."

„Das ist doch in Ordnung. Ich mache mir auch Sorgen um Margo."

Gerald schien nicht zufrieden. „Hast du was zu trinken für mich?"

„Klar", sagte Ed. „Geh ins Esszimmer, dort stehen Wasserflaschen."

„Danke." Der alte Mann zückte ein Päckchen Tabak und sein Feuerzeug und ging in die Richtung. Als er durch den großen Bogen schritt, hob Danielle den Arm, murmelte viel zu leise, um gehört zu werden, seinen Namen, doch glücklicherweise sah Gerald sie und wandte den Kopf in ihre Richtung.

„Gerald", kam es von Danielle voller Hoffnung, als im selben Moment Ed hinter ihm auftauchte, ein Kaminbesteck in die Höhe hob und Gerald einen kräftigen Schlag auf den Hinterkopf gab.

Gerald sank sofort zu Boden, schlug mit dem Gesicht auf dem Parkett auf, und eine riesige Blutlache breitete sich auf dem Teppich aus.

Danielle stöhnte verzweifelt, mobilisierte alle Kräfte, ging auf alle viere, wollte sich ins Wohnzimmer retten, doch Ed war schneller. Er packte sie am Schopf, riss ihren Kopf nach oben und flüsterte dicht an ihrem Ohr: „Ihr seid böse, böse Mädchen. Ich hoffe, das wisst ihr. Denn jetzt bekommt ihr das, was ihr verdient."

2

Als die Musik begann, wusste Danielle, dass sie verloren waren. Margos Schreie konnten die Klänge von „Beyond The Sea" nicht übertönen, und damit war Danielle auch klar, warum Ed sich immer für Musik entschied: Die Nachbarn hörten damit nur, wie ein Mann über die Liebe und das Segeln sang. Die verzweifelten Laute einer Frau in Todesangst blieben ihnen verborgen.

Danielle war von Ed noch einmal so heftig ins Gesicht geschlagen worden, dass sie glaubte, ihr Mund würde sich irgendwo auf der rechten Wange befinden, und wenn sie blinzelte, öffnete sich nur das linke Auge komplett. Sie schmeckte Blut, ein schleimiger Pfropfen steckte in ihrer Kehle, der ihr die Luft zum Atmen nahm.

Doch das Schlimmste war die Demütigung, die sie empfand, wenn sie auf ihre Hände blickte.

Auf allen vieren stand sie im Wohnzimmer auf dem Boden, recht nah am Kamin. Ihre Hände waren aufgefächert, Blut klebte auf dem schneeweißen Teppich unter ihren Knien. Ihr Rücken tat weh. Wenn sie den Kopf hob, um nach Margo zu sehen, spannte die Leine um ihren Hals. Sie hatte keine Ahnung, woran sie befestigt war, wahrscheinlich am Kamingitter, sodass ihr Bewegungsradius stark eingeschränkt war. Ihre Kleidung war voller Blut.

Sie hatte sich ausziehen sollen, doch Danielle hatte sich gewehrt. Dann hatte Ed zugeschlagen.

Margo ging es nicht besser. Sie saß gefesselt an die Wand gelehnt am Türbogen zum Esszimmer, neben Geralds Leiche, die Ed zu ihr geschoben hatte, damit sie sehen konnte, was sie getan hätte. Ihr monotones Schreien, das von Panik und Angst gezeichnet war, hielt Danielle kaum aus, und sie glaubte, dass Margo, genau wie selbst, gerade völlig paralysiert war.

Es vergingen ein paar Minuten, dann betrat Ed den Raum. Er hatte etwas in der Hand. Es war schwarz, und als er vor ihr stand, zog er es sich über den Kopf. Eine Maske, aber keine, die Danielle kannte. Eine Maske wie von einem Vogel mit einem langen Schnabel. Es erinnerte sie an Horrorfilme.

„Walden und ich hatten da so ein Hobby", erklärte Ed und stellte die Musik leiser. Auch Margos Schreie verstummten für einen Moment. „Wir nannten uns die Schlächter. Ihr glaubt gar nicht, wie viele Frauen es auf dem College gab, die so durchtrieben und verdorben waren, dass sie auf jede kranke Scheiße standen, die man ihnen antun konnte." Er beugte sich zu Danielle und strich ihr über die Wange. „Keiner wusste, wer wir waren. Niemand wusste, wann wir kamen. Unser Kommen wurde lediglich über eine schwarze Feder angekündigt."

Danielle sah aus dem Augenwinkel, wie er zu der Kommode an der Wand schritt und eine einzelne schwarze Feder aus einer Vase zog und daran roch. „Wie damals."

Sie hatte gedacht, die Feder war Deko. Das war doch Trend, schwarz, weiß, minimalistisch. Eine einzelne Feder in einer hübschen Vase. Gott, hätte sie gewusst …

„Wir hinterließen die Feder am Tag unseres Kommens in den Zimmern der Frauen, von denen wir wussten, dass sie mitmachen wollten. Walden hatte die Schlüssel für alle Räume im Wohnheim. Es war so einfach. Und es war ein Privileg, denn nicht jede kam in den Genuss. Ich wollte sie blond. Stark. Willig. Walden bevorzugte Rothaarige, weil er das Spiel mit dem Feuer liebte."

Danielles Oberarme begannen zu zittern. Irgendwann würde sie zusammenbrechen.

„War die schwarze Feder auf dem Bett einer Frau zu finden, wusste sie, dass sie sich um Mitternacht aus dem Haus schleichen und in den Garagen des Campus einfinden sollte. Wir taten es nur, wenn wir wussten, dass die Luft rein war, weshalb unser Hobby auch immer nur spontan stattfinden konnte."

„Ihr seid solche Monster", keuchte Margo.

Ed stand mit der Maske auf dem Kopf noch an der Kommode. Nun legte er die Feder ab, griff nach der Waffe und schritt zu ihr rüber. „Mag sein, jedoch haben wir nie etwas getan, was die Frauen nicht wollten. Aber lass mich doch mal meine Geschichte weitererzählen, ohne dich ständig wichtigmachen zu müssen." Er ging zu Danielle und griff ihr ins Haar, sodass ihr Kopf nach oben gerissen wurde. Die Leine spannte. Die Schmerzen waren unerträglich. „Wir hatten zwei Garagen. In einer gab es einen alten

Hundezwinger. Die Frauen, die es liebten, eingesperrt zu sein, verzerrten sich danach, dass wir sie die ganze Nacht dort drinnen ließen. In der anderen Garage gab es die Verankerung in der Wand. Früher wurden dort Pferde angeleint, zu unserer Zeit waren es Frauen. Sie waren nackt, und die Leine lag um ihren Hals." Ed ließ Danielle los. „Wir peitschten sie, wir schlugen sie, wir taten all das, was sie wollten, aber noch mal: Wir taten nichts, was verboten war, denn nach jeder Nacht gab es nur noch mehr Frauen, die einmal bei den Schlächtern sein wollten."

„Und darauf bist du stolz?", fragte Margo.

Ed drehte sich zu ihr um. „Sicher! Es war eine unglaubliche Zeit. Tagsüber war ich der charmante, beliebte Edmund Vanderbilt aus gutem Hause, der Beste seines Jahrgangs. Der, der am Nachmittag in der Bibliothek und abends beim Sport zu finden war. Der nur freitags ausging. In der Nacht war ich der Schlächter, und alle sahen wieder zu mir auf."

„Zu dir oder zu dir und Walden?"

„Zu mir."

Margo lachte verächtlich. „Das war so klar. Lass mich raten, tagsüber hast du so getan, als würdest du Walden nicht kennen."

Ed schnaubte. „Und wenn, dann aus Gründen der Tarnung."

„Was tust du, wenn irgendwer doch wusste, wer du bist, und es dir jetzt anhängen wird?"

„Warum sollte das jemand tun?"

„Weil sie bald in den Nachrichten hören werden, dass in New Orleans ein Mann zwei Schwestern getötet hat. Und einen Freund, der zu der Zeit, als du auf dem College warst, dort gearbeitet hat."

„Das wird nicht in den Nachrichten kommen." Ed setzte die Maske wieder ab. Sein Gesicht leuchtete rot, Schweiß stand auf seiner Stirn. „Niemand wird Walden vermissen. Niemand wird euch beide vermissen. Ihr habt keine Familie, und Anna wird es nicht stören. Sie hat ja mich."

„Jeffrey", murmelte Danielle.

„Ach, Jeffrey ist ein Niemand. Ganz ehrlich: Ich habe ihm zugehört, als er dir seine Liebe gestanden hat. Jeffrey ist kein Mann. Er ist ein kleiner Junge. Sieh ihn dir doch nur an!"

Danielles Augen füllten sich mit Tränen. Noch nie hatte sie sich Jeffrey so sehr hergewünscht wie in diesem Moment. Oder nein. Sie wünschte ihn sich nicht her. Sie wünschte sich zu ihm. Sie wünschte sich nach Charenton. In ihr Häuschen. Mit ihm auf dem Sofa. Vielleicht war sie da wirklich glücklich gewesen, hatte es nur nicht gewusst.

„Hör auf!", schrie Margo. „Weißt du, warum er ein so viel besserer Mann ist als du? Weil er sie gehen lässt, obwohl er sie liebt! Weil er alles tun würde, weil er sie liebt! Du kannst nur Schmerzen zufügen, weil du es nicht erträgst, verlassen zu werden! Was wäre das für eine Schande, wenn die Leute hören, dass du von einer Frau verlassen wurdest."

Ed rollte die Augen. „Du solltest deinen Mund halten, Margot! Wenn ich wütend werde, und damit meine ich, so richtig wütend, wird das auf dein Schwesterchen zurückfallen." Er zielte mit der Waffe auf Danielle.

„Ed!" Margo wandte sich unter ihren Fesseln. „Du schießt nicht, Ed! Denn sie gehört dir längst, genau wie ich. Es wäre so einfach gewesen, mich umzubringen, aber das hast du nicht getan! Du hast deine Macht ausgeübt, denn mein Tod wäre das Gleiche, als wäre ich gegangen …"

„SEI RUHIG!" Ed trat nach Danielle und traf sie in die Seite. Sie sank zu Boden, doch weil die Leine spannte, war es, als würde sie sich aufhängen. Ihr wurde schwarz vor Augen, Übelkeit überkam sie, alles drehte sich.

„Willst du es riskieren?", fuhr Ed Margo an und ging auf sie zu. „Ich wollte Danielle nicht! Nie! Ich habe sie zu mir geholt, damit ich dir wehtun kann, weil du mich verletzt hast, meine Ehre, als du mit Stanley abhauen wolltest." Er nahm Margos Kinn zwischen Zeigefinger und Daumen. „Danielle war deine Bestrafung dafür, dass du siehst, was du getan hast! Ich will Danielle nicht, ich will dich, denn du bist meine Frau!"

„Ed!" Margo tobte und strampelte, als er sich langsam zu Danielle zurückbewegte.

Danielles Puls beschleunigte sich, als sie Ed immer näher kommen sah. Sie hielt es nicht mehr aus, spuckte nun Blut. Sie würde beim nächsten Schlag zusammenbrechen.

„Jetzt darfst du dir ansehen, wofür du verantwortlich bist!" Ed stellte sich vor sie.

Danielle kniff die Augen zusammen, als er sie erneut am Haar packte und ihren Kopf nach oben riss.

„ED!", brüllte Margo.

Ed holte mit der Waffe in der Hand aus. „DAS HAST DU DAVON!"

Dann hörten sie Glas splittern.

Ed hielt inne.

Danielle öffnete die Augen. Margo erstarrte.

Ed zielte von ihr zu Danielle. „Keinen Mucks, verstanden?" Er hielt die Waffe vor der Brust, als er aus dem Wohnzimmer in den Eingangsbereich ging. Wie eine Katze auf Mausejagd schlich er weiter in den Salon, dann ins Esszimmer.

Danielle schmerzte jeder Zentimeter ihres Körpers. Immer wieder knickten ihre Ellenbogen ein.

Nur kurze Zeit später kam Ed zurück. „Vielleicht nur der Regen."

Danielle sah auf. Ed ging durch den Türbogen ins Wohnzimmer, schaute nach links, wo sich Margo befinden musste und erschrak sichtlich: Margo saß nicht mehr an ihrem Platz. Im nächsten Moment sprang Margo hinter dem Sessel vor und schlug mit einem Kaminbesteck nach ihrem Ehemann. Die Waffe fiel zu Boden, genau wie Ed, der von Margo an der rechten Schulter getroffen worden war.

Blitzschnell konnte er sich aber wieder aufrichten, bekam Margo zu fassen und riss sie zu Boden. Er kletterte über sie, schlug ihr ins Gesicht, hatte die Zähne gefletscht, während in seinen Augen der pure Wahnsinn zu erkennen war.

„Nein", wimmerte Danielle, nicht imstande dazu, auch nur irgendwas zu tun, was ihrer Schwester helfen könnte. Margos Gesicht lief blau an, weil Ed nun beide Hände um ihren Hals gelegt hatte. Ihre Gliedmaßen erschlafften.

Es ist vorbei, dachte Danielle, schloss die Augen und wusste, dass sie die Nächste sein würde. Wenn er Margo umbrachte, ließ er sie nicht am Leben.

„Das wirst du mir büßen", nuschelte Ed zwischen zusammengebissenen Zähnen. „Du bist ein böses, böses Mädchen."

Und dann ertönte ein Schuss …

3

Es regnete noch immer.

Da der Herbst allmählich kühlere Temperaturen mit sich brachte, fror Danielle unter ihrer Jacke, die einige Regentropfen abbekommen hatte.

„Ich habe hier eine Decke für Sie", sagte Police Officer Stuart, eine Frau mit blondem Pferdeschwanz und jünger als sie. Sie legte Danielle eine Decke über die Schultern.

Danielle saß auf der Treppe zur Villa, rotes und blaues Licht beleuchtete die Fassade. Die Tür stand weit offen, Polizisten gingen ein und aus. Vorn an der Straße parkten mehrere Fahrzeuge, zwei Krankenwagen, Polizeiautos.

Edmund Vanderbilt hatte drei Menschen getötet, seine Ehefrau wochenlang in einen Käfig gesperrt und sie und ihre Schwester schwer misshandelt. Der Edmund Vanderbilt, von dem die Freunde seiner Eltern gesagt hätten: *„Er würde so was nie tun"* oder *„Das kann nicht sein, nicht der Sohn von Tabitha"* und *„So was tut Ed nicht"*.

Doch. So etwas tat Ed. Seit Jahren.

Danielle sah zwischen den Menschen eine Frau, die den Kopf schüttelte. Sie trug einen Bademantel, war offenbar extra aufgestanden und mitten in der Nacht hierhergekommen, um zu sehen, was hier los war. Eine andere Frau stand daneben, die Brauen hochgezogen. Sie alle unterhielten sich leise, spekulierten, und wenn sich ihre Blicke mit dem von Danielle kreuzten, konnte sie jede Menge Mitleid darin erkennen, bevor sie dann schnell wieder wegschauten.

So, wie sie alle.

„Es tut mir entsetzlich leid", hatte die Nachbarin gejammert und etliche Tränen dabei vergossen, als sie Danielle gerade notdürftig medizinisch versorgt hatten. „Ich habe gar nichts mitbekommen! Die Hecken sind so hoch!"

Die Hecken.

„Und er war doch so ein guter Mann!"

Ein guter Mann.

Danielle hatte genickt, aber kein Wort gesagt. Die Nachbarin hätte etwas hören müssen. Irgendwann einmal hätte sie das Brüllen dieses guten Mannes hören müssen. Aber vielleicht führten hohe Hecken auch zu Gehörverlust.

„Wir würden Sie gern mit ins Krankenhaus nehmen", sagte einer der Sanitäter nun, legte seine Hand auf Danielles Schulter und zeigte zum Krankenwagen. „Wir nehmen ihre Schwester auch mit."

„Ich will nicht." Sie hatten ihr den Kopf verbunden, doch der Notarzt hatte gemeint, das sollte man sich im MRT genauer ansehen. Danielle wollte das nicht.

Der Sanitäter seufzte. „Sie sind ganz sicher?"

„Ja, so weit geht's mir gut." Sie schaute zu dem Krankenwagen. „Aber ich will noch mal zu Margo."

„Sicher."

Danielle stand in dem Moment auf, als ein schwarzer Sack auf einer Bahre an ihr vorbeigetragen wurde. „Warten Sie!"

„Ma'am …", sagte einer der Männer, die die Bahre auf ihrem Gestell mit Rollen schoben.

„Bitte!", beharrte Danielle. „Ich muss ihn sehen."

Der Mann seufzte und zog an dem Reißverschluss. Ein Gesicht kam zum Vorschein. Das wunderschöne Gesicht eines Monsters. Ach, was hatte sie einmal für ihn geschwärmt. Für den Ehemann ihrer Schwester, für den Mann, der erschossen worden war, bevor er Margo und sie töten konnte.

Danielle nickte, und der Reißverschluss wurde zugezogen. Die Bahre wurde zum Leichenwagen gerollt, unter dem „Oh" und „Huh" und den erschrockenen Gesichtern der Schaulustigen hinter den Absperrbändern der Polizei.

Danielle ging den Weg zum Tor entlang, die Decke um die Schultern gelegt, auf den Krankenwagen zu, in dem sich Margo befand. Ein Sanitäter war bei ihr, als Danielle dazustieß. „Zwei Minuten", sagte er. „Dann müssen wir los."

„Ist gut." Danielle stieg in den Wagen. Sie hatte selbst Schmerzen, doch die konnte sie gut ignorieren. Margo erblickte sie und streckte die Hand nach ihr aus. Danielle ergriff sie.

„Warum muss ich ins Krankenhaus?", wollte Margo von ihr wissen.

„Du warst fast drei Wochen in einen Keller gesperrt. Die Verpflegung und die Sauberkeit deines 1-Stern-Hotels war, sagen wir mal, bescheiden." Sie streichelte Margo über die Wange. „Sie wollen dich durchchecken. Vielleicht sind ein paar Insekten in deinem Körper versteckt."

„Du Scherzkeks." Margo lächelte.

Danielle drehte sich kurz um, weil die zwei Beamten, die sich auf den Weg zu Tabitha Vanderbilt gemacht hatten, wieder zurückgekommen waren. Eds Mom würde ziemlich viel zu verarbeiten haben – so, wie sie alle.

„Anna ist hier", sagte Danielle, als sie sich wieder Margo wandte. „Sie steht ganz hinten, hat sich noch nicht getraut, nach vorn zu kommen."

„Sie kann wegbleiben", antwortete Margo.

„Julia war als Erste da." Als Danielle über sie redete, brannten Tränen in ihren Augen. „Sie hat gesagt, ich kann bei ihr wohnen. Und sie will mich sofort mitnehmen."

„Dann tu das!" Margo drückte ihre Hand fest. „Aber erst mal solltest du auch ins Krankenhaus. Dein Auge …"

„Es ist versorgt, und das wird schon wieder." Danielle wischte sich übers Gesicht. „Ich sehe dich nur halb, aber besser so als gar nicht." Sie versuchte zu grinsen.

Margo legte den Kopf auf das Kissen. „Wie geht es dir sonst?"

Danielle zuckte die Achseln. „Keine Ahnung. Ich denke an Gerald. Und dass er das nicht verdient hat, auch wenn ich weiß, dass er dir nicht geholfen hat, obwohl er dazu in der Lage war. Damals schon."

Margo nickte. „Er war gut. Er war in dieser Familie der einzige Mensch, der gut war."

Danielle setzte sich neben die Liege und legte den Kopf auf die Schulter der Schwester. „Warum hat er dir nicht geholfen?"

„Das hat er." Sie zeigte hinter sich. „Greifst du mal in meine Tasche? Dort liegt ein Feuerzeug."

Danielle fummelte das Clipper Sturmfeuerzeug aus Margos Tasche und hielt es hoch.

„Als Ed Geralds Leiche in meine Richtung geschoben hat, habe ich es aus seiner Jacke ziehen können. Die Kante ist scharf und fest.

Es hat eine Weile gedauert, und es war ziemlich knapp, aber ich habe die Fesseln damit durchtrennen können."

Danielle starrte auf den mit geschwungenen Lettern geschriebenen Schriftzug. *Gerald.* „Damit hast du dich befreit?"

„Ja." Margo schluchzte kurz auf. „Er hat mir geholfen, Danielle. Er hat uns geholfen."

Danielle umarmte Margo fest, und sie hielten sich eng umschlungen.

„Wir müssen jetzt fahren", sagte der Sanitäter.

„Ich komme!" Danielle küsste Margo auf die Stirn. „Ich komm dich nachher besuchen."

„Okay, pass auf dich auf!"

„Mach ich." Danielle stieg aus. Direkt daneben stand noch ein Krankenwagen, auf dessen Kante jetzt ein junger Mann hockte, der bis eben von der Polizei befragt worden war. Sie hatten im Salon gesessen, und der junge Mann hatte die ganze Zeit den Kopf in den Händen gehalten, weil es ihm so schlecht gegangen war. Er hatte nie vorgehabt, einen Menschen zu töten, hatte er beteuert, immer und immer wieder, aber er hätte geahnt, dass etwas nicht stimmte, und war deswegen über das Rankgitter der Rosen nach oben ins Obergeschoss geklettert und hatte dort eine Scheibe eingeschlagen, um sich Zugang zum Haus zu verschaffen. Als er die Leiche gesehen hatte, die im Wohnzimmer gelegen hatte, die junge Frau, die angeleint auf allen vieren neben einer weiteren Frau kniete, die gerade von einem Mann gewürgt wurde, hatte er keine andere Wahl gesehen und die Waffe gegriffen, die am Boden gelegen hatte.

Niemand schien daran zu zweifeln, dass der Schuss berechtigt gewesen war. Der Detective hatte zu allem genickt, war irgendwann aufgestanden, hatte sich noch einmal zu ihm umgedreht und gesagt: „Alles richtig gemacht, mein Junge."

Es hatten keine Handschellen geklickt, er war nicht einmal wie ein Täter behandelt worden. Eine Psychologin von der Polizei hatte noch mit ihm gesprochen, weil er so schockiert gewesen war.

Jetzt, zwei Stunden später, saß er auf der Kante des Rettungswagens, etwas abgeschirmt von den Schaulustigen, und schien sich beruhigt zu haben. Schaute auf das Haus, auf den Trubel. Eine Tasse in der Hand, die nicht mehr bebte.

Danielle hatte noch nicht mit ihm gesprochen, weil sie alle getrennt voneinander behandelt und befragt worden waren, aber es war an der Zeit. Also legte Danielle die Decke über den Zaun und ging zu ihm. „Darf ich?", fragte sie, als Jeffrey aufsah.

Er rückte ein Stück zur Seite, damit sie sich neben ihn setzen konnte.

Eine Weile saßen sie einfach nur da und schauten dem Treiben zu – das Resultat einer verhängnisvollen Nacht im schönsten Villenviertel von New Orleans. Danielle fühlte sich daran erinnert, wie sie genau so auf ihrem Sofa saßen, um sich *America's Got Talent* anzusehen.

Es war schon erstaunlich, wie schnell sich ein Leben innerhalb weniger Wochen ändern konnte.

Auch der Gedanke, dass es nicht viel bedurfte, um glücklich zu sein.

„Du wirst für immer mein Held bleiben", sagte sie schließlich. „Ich habe schon darüber nachgedacht, wie ich den Kollegen und Anthony von deiner tollkühnen Rettungsaktion vorschwärmen werde."

Jeffrey versuchte zu lächeln. „Vielleicht schenkt Anthony mir eine Plakette für den Mitarbeiter des Monats."

Sie musste grinsen. „Das wäre das Mindeste." Danielle ergriff seine Hand und hielt sie fest. „Nein, Jeffrey, ganz im Ernst: Ich kann dir nicht genug für deinen Mut danken, denn hättest du nicht …"

„Ich bin nicht geblieben", sagte er leise. „Gestern, als du mich heimgeschickt hast, bin ich nach Charenton zurückgefahren. Ich war heute arbeiten. Und nach Feierabend, da … Ich hatte so ein Gefühl. Ich bin die ganzen letzten Wochen jeden Abend zu dir nach Hause gefahren und habe geschaut, ob du nicht doch zurückgekommen bist, aber …"

Sie presste die Lippen aufeinander und streichelte seine Hand.

„Du kamst nie. Und heute Abend, da … Ich war wieder bei dir und … Die Klappe von deinem Briefkasten war offen. Gestern hat's gestürmt, und es war nicht verwunderlich, aber … Ich stieg aus und machte sie zu, und da rief Mr. Isaac zu mir rüber, ob's dir gut geht, und ich sagte Ja. Aber gleichzeitig kam so ein Gefühl in mir auf, das sagte: Was, wenn sie mich angelogen hat? Was, wenn sie mir nicht die Wahrheit gesagt hat? Aus welchem Grund auch immer? Dabei hatte ich eine böse Ahnung."

Böse.

„Und dann bin ich wieder in meinen Wagen gestiegen und nicht heimgefahren." Jetzt drehte er seinen Kopf zu ihr. „Sondern zu dir."

Danielle legte ihre Hände an sein Gesicht. „Danke, dass du mich gerettet hast!"

„Ich habe einen Menschen getötet."

„Dieser Mensch hätte Margo oder mich getötet. Oder uns beide. Aber mindestens eine von uns hätte in dieser Nacht noch den Tod gefunden. Und das mit dem Helden … das meine ich ernst." Und dann küsste sie ihn auf den Mund, weil es genau das war, was sie tun wollte.

Vielleicht schon immer.

Eine ganze Weile lagen sie einander in den Armen. Jetzt war es Jeffrey, der sie streichelte, der ihr – wie schon immer – ein Gefühl von Geborgenheit und Liebe gab. Und ihr bewies, dass das Glück nicht der tollste Job der Welt, der schönste Mann des Universums oder das imposanteste Haus war, sondern lediglich der Mensch, der an gemeinsame Träume glaubte und die Wünsche verstand, die man in die Luft kritzelte.

„Und nun?", fragte Jeffrey irgendwann. „Wo willst du jetzt hin?"

Danielle starrte auf das Haus ihrer Schwester. Auf eine Zeit, die die schlimmste und doch so wertvolle in ihrem Leben gewesen war.

„Nach Hause", sagte sie, weil es nur eine einzige Antwort auf diese Frage gab. „Ich will nach Hause. Mit dir."

Epilog

Childrens Care, Burundi

Die neueste Anschaffung in dem winzig kleinen Einmannbüro war der Ventilator, den Julia ihr geschickt hatte. Immer wenn Margo in den Raum kam, stand eine Gruppe kleiner barfüßiger Kinder davor, die jauchzten und kreischten, wenn der Ventilator zu ihnen schwenkte und ihnen die Luft in die Gesichter blies.

Auch wenn Margo viel zu tun hatte und sich nach Ruhe in dem kleinen Büro sehnte, ließ sie bewusst stets die Tür auf, damit alle Kinder in den Genuss dieser technischen Errungenschaft kamen und herausfinden konnten, wie viel Freude und anscheinend auch Spaß man mit so einem Ding haben konnte.

Es war kurz nach zwölf Uhr, sie kam gerade vom Mittag, als sie grinsend an den Kindern vorbei zu ihrem Schreibtisch ging und ihre Wasserflasche abstellte. Sie wischte sich über die Stirn. An das Klima hier in Burundi hatte sie sich selbst nach drei Monaten noch nicht gewöhnt. Aus einem der Schubfächer ihres Schreibtischs holte sie eine Tüte Bonbons und verteilte sie an die Kinder und bat sie dann nach draußen, weil sie telefonieren musste. Sie schloss die Tür hinter den Kindern und stellte sich ans Fenster, um ihnen dabei zuzusehen, wie sie über den Sandweg zu den Gebäuden des Waisenhauses liefen. Davor spielten ein paar Jungen Fußball, die Mädchen hatten Puppen und Hula-Hoop-Reifen in Beschlag genommen, Volontäre sangen mit den Kleineren im Schatten einer riesigen Akazie amerikanische und afrikanische Kinderlieder. Die Häuser waren bunt gestrichen, auf dem Hauptgebäude prangten zwei Zebras und eine Giraffe. Margo hatte sie mit den Kindern zusammen gemalt.

Jetzt steckte sie die Hände in die Taschen ihrer Shorts und drehte sich zu ihrem Schreibtisch um. Es lag eine Menge Arbeit vor ihr. Als sie sich an den Tisch setzte, lächelte sie.

Das Telefon klingelte. Sie war bereit. „Hey, Julia!"

„Es ging nicht früher, sorry, die Zeitverschiebung!"

„Ist doch kein Problem." Margo lehnte sich zurück. „Wie geht's?"

„Mir geht's hervorragend. Der Jetlag ist gigantisch, aber ich freue mich auf den nächsten Besuch. Hast du dir schon Gedanken gemacht, ob du zurückkommen möchtest?"

Margo atmete tief durch. Sie war mit der Absicht nach Burundi gekommen, nur drei Monate zu bleiben. Doch innerhalb dieser Zeit hatte sie mit Stans Hilfe unglaublich viel erreicht und festgestellt, dass sie die beste Hilfe erbringen konnte, wenn sie vor Ort war.

„Stan hat vor, nächste Woche zurück nach New Orleans zu fliegen", sagte sie. „Aber ich werde bleiben. Wir haben die Zusage für eine Berufsschule bekommen. Schreinerei, Küche und Töpferei. Ich denke, dass meine Hilfe gebraucht werden könnte. Außerdem – mich zieht nichts nach Nola zurück."

„Ich verstehe."

Nach jener Nacht im Oktober 2023 hatte Anna die Firma verlassen müssen, Stattdessen hatte man Stan den Job als Geschäftsführer der *African Care Organisation* angeboten. Er hatte angenommen und dafür gesorgt, dass mindestens immer einer von ihnen dreien in dem Partnerbüro in Afrika vor Ort war. Nach Weihnachten war Margo mit ihm zusammen hergeflogen, und gemeinsam hatten sie viele landwirtschaftliche Projekte unterstützt, bis Margo festgestellt hatte, dass ihr die Position der Waisenhausleitung am besten lag. Sie fühlte sich hier wohl. Sie brauchte kein schickes Büro. Die grünen und gelben Wände mit dem orangenen Unteranstrich hatten mehr Charme und Bedeutung als jeder Konferenzraum der City, und sie liebte jedes der Kinder, die sie vor einem Leben auf der Straße bewahren konnte. So viele Waisenkinder waren bei ihr untergekommen, ehemalige Kindersoldaten, die aufgrund der Geldgeber in den Staaten und ihrer Arbeit hier nun endlich ein halbwegs normales Leben führen konnten.

So oft las Margo den Kleinsten abends eine Geschichte vor, sang mit ihnen, brachte sie zu den Trommel-Kursen, bestaunte zusammen mit den Kindern die großartigen Farben der Gewänder und es fühlte sich einfach wunderbar an, vor Ort zu sein und zu helfen.

Stan hatte sie anfangs trösten müssen, wenn sie wegen des Elends abends so heftig geschluchzt hatte, dass sie kein Wort herausbringen konnte. Er hatte ihr aber auch die Schönheit Burundis gezeigt. Über zahlreiche Schlaglöcher besetzte Straßen waren sie mit dem Jeep in höhere Lagen gefahren und hatten den Regenwald bestaunt.

Ja, Stan hatte ihr eine andere Welt gezeigt, seine Welt, und so oft hatte er gesagt, dass er irgendwann bereit sein würde, für immer hierzubleiben.

Denn nichts war im Leben wertvoller und wichtiger, als mit seinen eigenen Entscheidungen vollkommen zufrieden zu sein.

Julia ging mit ihr ein paar Zahlen durch, und nach dem Telefonat arbeitete Margo noch zwei Stunden im Büro, bis sie Feierabend hatte. Sie packte ihre Sachen in einen selbst genähten Stoffbeutel und ließ – natürlich – ihre Bürotür für neugierige kleine Entdecker geöffnet.

Sie begegnete auf ihrem Weg zum Hauptgebäude Dutzenden Kindern, hielt immer wieder an, um mit den Mädchen zu tanzen oder einen Ball der Jungs zurückzukicken, genoss die afrikanische Wärme, die ihren Körper umhüllte, und den Geruch der Natur. Im Haupthaus nahm sie sich den Problemen der älteren Kinder an, half bei den Hausaufgaben, tauschte sich mit ein paar Volontären aus, kochte zusammen mit ihnen das Abendessen und aß es dann in großer Runde im Speisesaal.

Wie unbeschwert sich das Leben anfühlen konnte, wenn man keine wilden Erwartungen hatte, dachte sie, als sie am Abend durch ein von Pflanzen umranktes Tor zu dem kleinen Bau ging, in dem sie zu Hause war. Die rechte Seite des Hauses gehörte ihr, in der linken hatte Stan gewohnt, bis er irgendwann auch in den Nächten in die rechte Hausseite gewandert war.

Jeder Tag war ein Geschenk.

Und jeder Tag machte sie ein kleines bisschen stolzer und glücklicher, hergekommen zu sein und ihren Platz gefunden zu haben.

Der Himmel hatte sich verfärbt. Am Horizont erlosch das letzte Licht. Grillen zirpten, die Tiere des Waldes begannen ihr Abendkonzert.

Sie öffnete die Tür. Es war feucht und warm in ihrem Haus, das nur aus einem Raum bestand, die Einrichtung spartanisch. Im Bad gab es keine Dusche, die war draußen.

Aber es war *ihr* Haus. Sie hatte sich noch nie in ihrem Leben irgendwo mehr zu Hause gefühlt als hier.

Als sie sich einen Kaffee kochte, kam eine E-Mail rein, und als sie den Absender las, lächelte sie.

„Liebe Margo, ich hoffe, dir geht es gut. Jeffrey und ich sind gut in Oslo angekommen. Wir schlafen heute Nacht noch einmal im Hotel, und morgen starten wir mit den Rucksäcken in Richtung Trondheim. Wir haben mit ein paar Guides gesprochen, und die meinten, dass unsere Chance, Polarlichter zu sehen, bei 99 Prozent liegt. Ist das nicht cool? Zum Glück hat uns Anthony drei Wochen Urlaub genehmigt, wobei ich ihn gebeten habe, daraus drei Wochen und einen Tag zu machen. Ich will nie wieder irgendwo ‚drei Wochen‘ verbringen, wenn du verstehst, was ich meine! Ich denke an dich! Kuss, Danielle.“

Margo ließ das Telefon sinken. Zufrieden goss sie den Filterkaffee in ihre Tasse, gab Milch und Eiswürfel dazu und ging hinüber in den Wohnbereich. Dort stand ein Radio, sie griff es und ging damit nach draußen.

Die Terrasse war ebenfalls sehr klein, doch der Blick in das Hinterland gigantisch. Keine Straßen, keine Häuser, nur Wälder, Steppen und grün bewachsene Berge.

Sie stellte die Tasse und das Radio ab, zog die Schuhe aus und ließ sich auf den Plastikstuhl fallen, auf dem sie oft ihre Nachmittage am Wochenende verbrachte. Ein zweiter Stuhl stand daneben.

„In spätestens zehn Wochen komme ich wieder“, hatte Stan beim Abschied gesagt, als sie ihn zum Flughafen gefahren hatte. Es hatte keine Tränen gegeben. Kein *„Ich will nicht, dass du gehst!“* oder *„Komm doch bitte mit!“* Nein.

Jetzt machte jeder, was er für sich selbst richtig fand, und genau das tat Margo jetzt auch: Sie zog den zweiten Stuhl zu sich heran, legte ihre Füße darauf und schlürfte Eiskaffee, während sie auf die Landschaft Burundis schaute.

Sie liebte. Und wurde geliebt. Zwanglos und absolut natürlich.

Und sie hatte ein Leben, in dem sie endlich glücklich sein durfte.

Margo schaltete das Radio ein, und wie immer musste sie ein bisschen am Sender und an der Antenne herumfummeln, um irgendetwas zu empfangen, das mit Musik zu tun hatte.

Als sie etwas fand, erstarrte sie kurz, weil das Blut in ihren Adern zu gefrieren drohte. Die Klänge eines Songs ertönten, den sie nie wieder hatte hören wollen: „Beyond The Sea" von Bobby Darin.

Ihre Finger wurden steif, ihr Blick starr. Die Musik nahm die ganze Terrasse ein, hallte in ihren Ohren, bohrte sich in ihr Gedächtnis, um Erinnerungen hervorzuholen, an die sie nie wieder hatte denken wollen.

Der Keller.

Die Gitterstäbe.

Sein Gesicht.

Sie schaute über die Schultern, während ihr Herz schneller klopfte.

Er ist nicht hier. Er ist tot! Wir haben ihn besiegt.

Zu gern wäre sie aufgesprungen, hätte jeden Zentimeter des Hauses kontrolliert, um sich dann doch nicht sicher genug zu fühlen. Am Anfang war es so gewesen, in jedem Hotel und sogar auf der Arbeit.

Bis jetzt.

Ihr Herzschlag normalisierte sich. Ihre Finger lösten sich vom Senderregler, und sie ließ den Song laufen. Der Sender war schließlich gut, rauschte nicht, war vollkommen klar, und das Lied würde enden und ein neues beginnen.

Ja, und daran dachte Margo immer und immer wieder: *Schlimme Zeiten gehen vorüber, und irgendwann wird alles wieder gut.*

Margo lehnte den Kopf nach hinten und sah die Sterne leuchten. Der Mond war auch schon da. Er zeigte sich als schneeweiße Sichel direkt über ihr, als würde er ihr so nah sein wollen, wie es nur ging, um sie zu begrüßen.

„Da haben Sie ja das ganze schöne Leben noch vor sich."

Ja, dachte Margo, und es fing damit an, dass sie jetzt hier draußen sitzen durfte, es weit und breit keine Kellerwand und keinen Käfig gab, die sie daran hinderten, den Sternenhimmel und den Mond in seiner vollkommenen Schönheit zu betrachten. So lange sie wollte.

„Meine Freunde", sagte sie zu den Sternen, „da seid ihr ja wieder."